有爱的青春陪伴者

南风来晚

九阶幻方 著

江苏凤凰文艺出版社

图书在版编目（CIP）数据

南风未晚 /（澳）九阶幻方著. -- 南京 : 江苏凤凰文艺出版社, 2024. 11. -- ISBN 978-7-5594-9021-6

Ⅰ. I611.45

中国国家版本馆CIP数据核字第202441DJ41号

南风未晚

九阶幻方 著

责任编辑	王昕宁
特约编辑	裴欣怡
责任校对	言 一
出版发行	江苏凤凰文艺出版社
	南京市中央路165号，邮编：210009
网　　址	http://www.jswenyi.com
印　　刷	天津睿和印艺科技有限公司
开　　本	880mm×1230mm 1/32
印　　张	11
字　　数	455千字
版　　次	2024年11月第1版
印　　次	2024年11月第1次印刷
书　　号	ISBN 978-7-5594-9021-6
定　　价	42.80元

江苏凤凰文艺版图书凡印刷、装订错误，可向出版社调换，联系电话025-83280257

目录
/contents

第一章
再遇寒商　　001

第二章
合租条例　　025

第三章
触手可及　　049

第四章
一墙之隔　　083

第五章
不当行为　　111

第六章
他的初吻　　139

第七章
把握分寸　　167

目录 /contents

◆ **第八章**
　背水一战　*192*

◆ **第九章**
　地下关系　*213*

◆ **第十章**
　业务熟练　*240*

◆ **第十一章**
　荒诞喜剧　*262*

◆ **第十二章**
　不速之客　*281*

◆ **第十三章**
　孤独大陆　*302*

◆ **番外一**
　新年快乐　*327*

◆ **番外二**
　加州故事　*334*

第一章
再遇寒商

老旧的公寓没有电梯,许知意左边肩膀斜挎一个大帆布运动包,右边肩膀背着一个笔记本电脑包,双手攥着行李箱扶手,沿着楼梯,把沉重的箱子一级一级地往下挪。

"哐!哐!哐!"

塑胶轮子一下下敲击台阶,声音在安静的楼道里回响。

已经半夜两点,许知意却在搬家。

更可怕的是,搬是搬出来了,她却没地方可去。

行李箱是最大号的,装得太满,拉链如同正在被五马分尸的犯人,在撕裂的边缘苦苦支撑,维系着老帆布箱最后的尊严。

许知意竭尽全力,把箱子拎高,脚步放缓,希望闹出来的动静能小点。

楼门口,大包小包摊了一地。被子塞在透明手提塑料袋里,台灯连着插线板从纸箱子里探出头,只有那台三十二寸的显示器被认真地装在原包装的箱子里,开口仔细地用胶带封着。

零零碎碎,这就是许知意的全部家当。

这次回澳洲,许知意在飞机上半睡半醒地蜷缩了将近二十个小时,才一落地悉市,就收到二房东的消息。

二房东通知许知意,赶紧把寄存的东西拿走,房东要涨房租,他不打算续

租了,明天一大早就要退房交钥匙。

"赶紧来拿东西,别人都搬走了,就差你了。"

许知意原本租着这幢楼里两室一厅公寓中的一小间。

房间是二房东分租出来的,两间卧室各住着一个留学生,就连客厅也拉着布帘子住着一个人,所有人共用厨卫。

这次假期回国前,许知意把自己的东西全部收进箱子,腾出房间,好让二房东能把房间短租给新移民和游客,这样假期的几周就不用付房租。

本来说好开学回来后继续住,没想到闹出这么一茬。

航班延误,许知意取到行李时已经入夜了。

机场特有的香水和咖啡的气息与人味混杂在一起,许知意精疲力竭地坐在行李箱上,跟二房东继续争取。她商量着:"能不能让我先住一晚上,就一晚上,明天早晨就走?"

二房东铁血无情:"家具早就让人搬走了,地毯我正找人蒸汽清洁,到处都是湿的,保洁晚上还要赶时间搞卫生,你能睡哪儿?"

商量失败,许知意突然就变得无家可归。

最近正是大批留学生开学返澳的季节,外加今年工签和移民激增,还在国内时,许知意就听说了,房子难找到匪夷所思。

一间空房出来,几百个租房申请马上递进去,本地人已经抢破头,留学生连渣都捞不到。

许知意本来还在庆幸已经搞定了新学期住的地方,没想到一回来,就是当头一记闷棍。

人走背字的时候,老天爷都会跟着踩一脚,公寓外面,不知什么时候下起了雨。

八月初,北半球是夏季,南半球这个季节颠倒的地方却是冬末。南太平洋的冷空气笼罩着这座滨海城市,雨丝夹裹寒意,飘飘洒洒,落在额头上,冰凉一片。

许知意把兜帽扣在头上,继续往外一点点地挪行李。

路两边都是百年的老房子,清一色门脸很窄的两层小楼,挤挤挨挨,像一群凑在一起聊天的小老头。

在这个只有两百年历史的国家,一百年的房子就算是古迹,都不能拆,只能小心地修缮,在外墙上一层层刷漆,"小老头"们就都有了一张张五颜六色的脸,如同准备登台唱戏的老年戏班,透出一种勉强的凄凉。

一楼比萨店的玻璃门上贴着花体字的广告:真正的果木炭烤比萨。二楼住着人家,有人把彩虹旗挂在雕花铸铁栏杆上,旗子在雨里飘飘荡荡。这个区南欧人多,大半是上个世纪四十年代拥进来的意大利和希腊移民,这些年却多了不少留学生,皆因离市中心不算太远,交通方便。

不远处有个十字路口,旁边就是公交车站。

· 002 ·

一只虎斑短毛猫站在车站的雨棚下,看见许知意过来,一点都不认生,向前踱了几步,仰头"喵"了一声。

这猫长得很像她以前认识的一只。

小猫一身黄棕色条纹,四爪和肚皮雪白,脖子上挂着个金属小圆牌,牌子上镌刻着花体字,估计是它的名字。

它的小肚子鼓鼓的,明显是吃饱喝足出来消食的,拦路打劫,想打劫一个"摸摸"。

小猫有家,人却没有。

许知意脖子上、肩膀上、手上都是东西,挂得像棵缤纷的圣诞树,实在腾不出手来摸它,只得也对它"喵"了一声,也不知道它理解了没有。

小猫打劫未遂,旗帜似的高举着尾巴,遗憾地蹭了蹭她的腿,踱出雨棚,沿着人行道拐了个弯,不见了。

许知意蚂蚁搬家一样,冒着小雨,一趟趟地把行李挪到公交车站的雨棚下后,才在金属长椅上坐下,喘了口气。

手机屏幕上,仍然只有她发出去的一行字:姐,你睡了吗?二房东让我今晚搬家,没地方去,能先把东西放在你那边吗?

没人回复。

许知意的姐姐,许从心,移民澳洲十几年了,早就落地生根,结婚生子,住得离这里不太远。

不过许知意发消息时已经晚上十一点多,许从心家有两个学龄的小孩,一家人每天鸟一样早睡早起,这会儿大概已经睡熟了。

几个关系好的同学也都没回复,正是开学季,兵荒马乱的时候,大家都忙。

如果只是许知意自己,从这里坐二十分钟车,就有一家背包旅社,价格不算贵,五人的女寝四十刀一张床位。实在不行,她也能去学校图书馆随便混一晚上。

但她不是,带着这满满一地杂货摊似的行李,她没法处理。

半夜两点,下着雨,带着行李坐在路边,情绪很容易上头。

可哭是一件奢侈的事。

当没有人可以对着哭的时候,哭就没用,消耗能量,还浪费时间。

许知意低下头,上网搜索行李寄存的广告,一个一个打过去,然而时间太晚,没一个电话能打得通。

明早就有课,她总不能在公交车站坐一晚上。

雨丝被风带得飘飘洒洒,四处纷飞,许知意打了个寒战,把摊了一地的东西都往里挪了挪。

有车子在车站前一个急刹,是一辆摇摇晃晃、底盘像装了弹簧一样的公交车。

· 003 ·

这里的公交车平时开得如同疯狗,过站点时"嗖"地窜过去,只有招手才会停。许知意并没有招过手,纳闷地抬起头。

夜间的公交车里亮着灯,车厢里,一排排包着蓝花绒布的座椅全空着,没有乘客。司机大叔留着茂盛的胡子,长得像上了年岁的宇宙最强水管工马力欧。

司机大叔打开前门,热情洋溢,带着浓重含糊的澳洲口音,问她:"你要去哪儿?"

许知意怔了怔。

大叔大胡子上的眼睛弯出笑意,庄严地坐在驾驶位上,又问了一遍:"你想去哪儿?上来,我送你去。"

听着就像是她想去什么地方,他就能把她送到什么地方一样。

许知意狼狈了一晚上,面对陌生人突如其来的好意,鼻头发酸。

她摇摇头:"我不去哪儿,我正在等人。"

"真的不用帮忙?你确定?"司机大叔说,"这么晚了,你等的人可能不会来了,别继续等了,夜里在外面不安全。"

许知意点点头,大叔这才发动公交车,飞驰而去。

四周重新安静下来,不远处传来轻轻的"喵"的一声。

许知意现在空出手了,站起来,打算去看看小猫。

一拐过路口,她就看见那只小虎斑猫趴在一户人家前院的红砖矮墙上,矮墙旁种着一大排修剪整齐的栀子树。

面前站着一个男人。

他很高,穿着一件半长的深色厚外套,因为下雨,衣领竖着,遮住大半边脸颊,手插在口袋里,正在低头看猫。

老房子镶着彩色玻璃的花窗里透出灯光,照在他脸上,高挺的鼻梁落下阴影,眼睛藏在分明的眉骨下,掩着浓睫。

许知意的心脏瞬间停跳。

这个人,好像寒商。

他把手从口袋里伸出来,用拇指轻轻撸了撸小猫的脑门。

他开口,说的是英文,离得有一段距离,隐隐约约,许知意听不太清楚。

他好像在说:"小可怜。"

小猫得偿所愿,扬起脑袋。

许知意呆了两秒,不敢再看,火速往后退,飞快地回到公交车站,躲到白亮到晃得人眼花的大灯箱后面,

这人长得真的很像寒商。

尤其是那种万事万物都不太放在眼里的特殊神情。

像,又不太像,跟寒商相比,他个子更高,肩也更宽。

不过毕竟已经过了六年了。

这些年,许知意曾无数次幻想过重新遇到寒商的场景,无论在哪一种场景里,

她都化着全妆,穿着最合体的衣服,光鲜无比,功成名就,在丁达尔效应的背景中"噌噌"放光。

绝对不是现在。

从昨天上飞机到现在,她脸都没洗过,头发早就在座椅上蹭得乱成鸟窝,脚边咧开嘴的大塑料袋里还装着半旧的电饭锅,"噌噌"放光的只有身旁公交车站的广告牌。

许知意拉了拉头上的兜帽,又用头发遮住脸,心中绝望地想:是他吗?不是他吧?

应该不是他吧?

他现在明明应该在德国。

大半夜,刚从盛夏进到冬天,在混乱的时间与地点,累得头昏眼花的时候,也许只是错觉。

手机忽然一振,是姐姐许从心的消息:还没睡,在跟你姐夫吵架。发个定位过来,我让他去接你。

许知意顾不上寒商的事,火速回了个定位。

发完,她还是忍不住,悄悄一步步挪到路口,探出头。

矮墙那边,小猫没了,那人也不见了,路上安静无比,仿佛刚才只是幻觉。

许知意的姐夫向衍到得很快,没多久就开着他那辆小小的银灰色马自达停在公交车站旁边。

向衍人到中年,身材却一直保持得不错,挺拔利落,看起来也就刚刚三十岁的样子,他紧锁着眉头,帮许知意把大包小包拎到后备厢,放不下的一股脑全塞进后座。

许知意坐上副驾驶座,扣好安全带,车子拐过十字路口时,她忍不住又透过车窗,回头看了一眼。

路边没有半个人影,刚才那人不知去哪儿了。

不过寒商也是这样。

随心所欲,想干什么就干什么,突然任性地在别人的生命中出现,又连招呼都不打,说消失就消失,无影无踪。

向衍驾驶着车子,开口道:"知意,你有时间劝劝你姐,她现在的脾气是越来越不好了,一点小事就跟我吼。"

让向衍大半夜开车来接人,确实麻烦了他。许知意想忍一忍,但还是没能忍住。

今晚就算是睡马路,她也要实话实说。

许知意说:"我姐太累了,要做家务,要辅导两个孩子,还要做代购赚钱,每天只能睡四五个小时,换成谁脾气都好不了。"

向衍偏头看了她一眼,没再吭声。

· 005 ·

许从心一家住在一幢老式红砖公寓楼里，两室一厅，地方局促，夫妻两个一间房，两个孩子一间房，四口人住得紧巴巴的。

向衍刚掏出钥匙，许从心就从里面轻轻把门打开，放他们进来。

门一开，一股晚饭后没散尽的烟火气冲出来，许从心穿着睡衣，头发胡乱拢着，鹅蛋脸上只留着一点昔日秀美的影子，肤色暗沉，挂着浓重的黑眼圈。

她用气声悄悄说："咱们轻一点，孩子们都睡了。"

客厅里，从沙发到地板，堆满了做代购用的箱子和包装袋，还有各种保健品和化妆品的瓶瓶罐罐，校服胡乱堆在衣架上，小朋友的书包和大人的电脑包堵在门口，满得没有下脚的地方。

好像明天一家人还要各自奔赴战场，今晚先在此地放下一身装备，暂且扎营。

许知意放好东西就打算走。

向衍不出声，没什么表示，许从心却把她拦下来了。

"就住这儿吧，这么晚了你要去哪儿？太不安全。"

许从心指挥向衍："你睡沙发，知意跟我睡主卧。"

客厅里两张书桌之间的空当，塞着一张双人座的沙发，许知意以前睡过，沙发短到局促，连她都不能伸直腿，向衍那么高的个子，更加没法好好躺着。

许知意说："让姐夫睡卧室，我在沙发上睡就行了。"

许从心冷着脸瞪了向衍一眼，转头对妹妹说："让他睡。他活该。"

两个人还在吵架。

许知意好不容易躺到床上时，已经快凌晨三点了。

姐妹俩小时候常常挤在一张床上说悄悄话，现在长大了，难得在一起，许从心却累到只问了问租房的事，就睡着了。

许从心睡着的时候，眉头还是紧皱着的。

看姐姐这一地鸡毛的生活，让人没法不恐婚。

许知意想，这还不如只有自己，想去哪儿就去哪儿，一个人吃饱，全家不饿。

许知意望着黑暗中的天花板，错过了困点，睡不着，又想起了今晚遇到的人。

那半张脸的侧影太像了。

这些年她也曾遇见过有点像寒商的人，有人有类似形状的眼尾，有人笑起来嘴角会有差不多的弧度，手像的人最多，许知意看见过几次，那样的腕骨，那样的手指。

一丝一点的，却没办法拼凑出一个完整的寒商来。

许知意翻了个身，强迫自己闭上眼睛。

雨还在继续下着。

公寓楼外，和许知意直线距离不到一百米的路边，停着一辆黑色越野车。

车里，寒商一直等到那幢老公寓唯一亮着灯的房间熄了灯，才发动车子。

可是两只手都在奇怪地发麻。

像是压得太久，血液不流通一样，不太听使唤，带着无数针尖似的星星点点的刺痛。

寒商攥了攥双手，忽然有点明白，为什么有人在某些时刻想要抽烟。

寒商索性把车子熄了火。

刚刚在路边，他看见那只小虎斑猫时，让他想起了一些往事，顺手摸了摸小猫的头。小猫就跳下矮墙，沿着路往前走。

寒商跟了几步，转过拐角，就看到了许知意。

那一瞬间，寒商全身的血液上涌，耳边轰鸣得听不见声音，站了好几秒，才回过神，火速回到车上。

然后，他就莫名其妙地跟着她到这里来了。

寒商拿起手机，熟门熟路地找到裴长律的微信，想了想，给裴长律发了一条消息：长律，我刚刚遇到你女朋友了。

两人的上一次对话还是去年过年的时候，裴长律发了条不知哪里复制来的春节祝福，夹杂着左一个右一个花里胡哨的表情符。

加州和这里有时差，现在正是上午，裴长律应该在实验室，消息回得很快：女朋友？

不过紧接着就跟过来另一条：你说知意？你去澳洲了？还遇到我老婆了？怎么会这么巧？

寒商盯着那行字。

这说明，许知意不止没有跟裴长律一起待在美国，而且裴长律很清楚她在澳洲。

裴长律的下一条消息已经追过来了：刚刚？你们那边现在几点？

他反应不慢。

手机响了，是裴长律打过来的，他劈头就问："知意怎么了？你们现在大半夜的，你是在哪儿遇到她的？"

寒商的手麻着，心脏悬浮在半空，像是放不对位置，没着没落的，语调听起来却自然如常。

"马路边。她在公交车站，像要搬家一样，带着个电饭锅，好像在等人。"

"半夜搬家？"裴长律的声音中透着点明显的着急，"她前两天从国内走之前，还在微信上跟我说过，最近澳洲的房子特别难租，她该不会是没地方住了吧？"

寒商默默听完，问："她怎么样，难道你不知道？"

裴长律叹了口气："她跟我打电话，向来是报喜不报忧。她非要去那种鸟不拉屎的地方读那种奇奇怪怪的学位，说自己搞科研会疯，一看文献就头疼，死都不要再进实验室，只能先等她读完书，再到美国来。"

寒商没有说话。

裴长律突然意识到什么，问："你就那么看着她在马路边坐着？你不管？寒商你是不是人？"

寒商停顿了很久，忽然笑了一声。

他在车里伸了伸两条长腿，改成悠闲懒散的语调："否则呢？我住的地方楼上楼下是打通的，只有一张床，你想让我们两个睡一起？"

"我去你祖宗的。"裴长律直接骂了句。

寒商淡淡地答："你随意。姓寒的祖宗我也不太想要。"

裴长律没理会他发疯，接着问："那她现在在哪儿？"

寒商抬起头，看了一眼公寓楼熄了灯的窗口，脑中浮现出刚才接许知意上车的那个男人。

那男人长相周正，身材不错，看着三十出头，成熟稳重，年龄应该比许知意大上一截。

许知意跟他上车时神情从容自然，肯定不是绑架。

两人停好车后，一起把许知意的行李搬上楼，然后再没下来。没过多久，楼上一间房间的灯就熄了。

寒商收回目光，回答裴长律："我哪知道。我回车上拿了点东西，回来的时候她人已经走了。"

裴长律想了想："这样，明天我问问她情况。我把她手机号码给你，你正好在那边，能帮就帮一把。"

寒商好半天才"嗯"了一声："你欠我人情，记得还。"

裴长律说："那没问题，我肯定领你的情。等你什么时候来美国，我请你吃饭。"

寒商靠在座椅背上："谁缺你那顿饭。"

裴长律说："你该不会又想让我裸奔吧？说真的，听知说，你那边最近好像是真的不太好租房子，你有什么办法吗？"

寒商想了想："我好像还真有。我妈很多年前来澳洲的时候，在这边顺手买过一个鬼屋。"

裴长律莫名其妙："鬼屋？"

"是一百多年的老房子，上次翻新起码是二三十年前，也没租出去，一直扔着没人住。"寒商说，"我前些天去看过一次，到处都是灰，跟盘丝洞似的，要是当鬼屋的话，挂上牌子就能营业。"

裴长律沉默了下。

他家是能干出这种事的，随手买了幢房子，就扔在那儿不管了。

裴长律郑而重之地说："那我家知意就麻烦你了，富二代。"

第二天一早，许知意就有课。

学校坐落在市中心，这些年因为留学生多，一笔笔学费收下来，赚得盆满钵满，教学楼进进出出的都是亚裔面孔。

许知意坐在阶梯教室里，还在犯困。

许知意在读硕士第二年，今天是好几个专业都会选修的大课，因为和编程有点关系，教室里华人占了大半壁江山。

印度裔也不少，澳洲本地人多数是来进修的上班族，还有些看着和华人很像，但仔细观察神情和着装，就能分辨出微妙差异的东南亚各国人等。

有人拍了许知意的肩膀一下。

是夏苡安。

夏苡安身材高挑，凤眼长长的，一把长发发量多得让人羡慕，不太打理，发质却奇好，一弯腰，头发就流泻下来，发出一阵沙沙声。

她一脸精疲力竭，在许知意旁边坐下，把头靠在许知意的胳膊上："累。"

许知意伸手摸摸她的头。

夏苡安肯定累，她假期没回国，去农场打工赚学费，昨天晚上刚坐火车回来。

夏苡安说："累散架了，倒下去就睡着了，没看见你的消息，你后来找到住的地方没有？"

许知意也打了个哈欠："昨天在我姐那儿凑合了一晚上。"

夏苡安说："你先住我那儿呗，不过就一张单人床，要么打地铺，要么咱俩挤一起。"

以前有一次许知意租的房子突然出问题，就是和夏苡安挤在一张床上，凑合了好几天。

这不是长久之计。

许知意说："我还是先抓紧时间找房子，就不信找不着。"

"今年的房子比往年都难租，"夏苡安说，"不光房租涨上天了，我看见有留学生愿意直接给一年的房租，都拿不到房子。"

前座是个短发女生，叫顾嘉，上学期也一起上过课，回过头插话说："是，今年都疯了，都说找不着房就只能住桥洞。"

留学生没有本地的信用记录，也没有收入证明，房东都不太愿意租，宁愿选没什么存款、赚一天钱花一天的本地人。

许知意翻了翻手机，给她们看中文论坛上的合租广告："还有人在客厅里搭了两个帐篷出租。"

三个人凑在一起研究那两个奇葩的帐篷。

"高层，对着落地窗，景不错，还挺奢侈。"

夏苡安继续往下刷："看这条。我前些天也听说这个房东了，是不是个变态？只招年轻女生，有年龄要求，还要面试，写明了条件是每天和房东睡一张床。"

哈？什么玩意儿？

许知意探头看了一眼，竟然是真的。

顾嘉讶异："这什么不要脸的奇行种。"

许知意说："这是假的吧？说不定是有人故意拿别人的手机号码恶搞的。"

夏苡安说："不是，还就是真的。我听说前几天有人假装要租房，打电话

去问过了,对方让她过去面试,挂断电话后还一直往回打。"

租房这么难的时候,趁火打劫得有点太过匪夷所思。

许知意感慨:"就出个国而已,又不是重新投了次胎,这是把一层人皮都出没了?"

许知意举起手机,手指点了点屏幕:"看,手机号还挺吉利。"

结尾"3666",一串六。

一点之下,屏幕一跳,突然变成了拨出电话的界面。

竟然打出去了。

许知意吓了一跳,赶紧手忙脚乱地点了挂断。

两人对视一眼,夏苡安迟疑:"……应该没打出去吧?"

许知意心虚:"那么短的时间,估计都没振铃。"

正说着,手机忽然响了,就是刚刚拨出去的号码打回来了。

许知意差点把手机扔了,不过还是定定神,点了接听。

对面是个男人扁细的公鸭嗓,用英文问:"我接到这个号码打过来的电话,请问是谁?"又改用中文,"你要租房子吗?"

"不是,我打错了。"许知意回答,马上挂断电话,和夏苡安两个人对着吁了口气。

夏苡安拍拍许知意:"实在找不着地方就去我那儿,我上课去了。"

夏苡安比许知意早入学,再修几门课就毕业了,这学期有些课选得不太一样,不在这间教室。

她刚走,许知意的手机就又响了。

许知意接起来。

对面还是那个公鸭嗓,锲而不舍:"你真的不租?要不要约个地方见面谈谈?"

这人比杀猪盘还执着。

许知意:"我真的是打错了,你不要再打过来了。"

挂断电话不到两秒钟,手机就又响动起来,还是刚刚那个号码,3666。

许知意没理,打开笔记本。

过了好久,手机才终于消停了。

这门课的老师来了,是个秃顶有肚子的中年白人大叔,他把一沓打印的课程资料掏出来分给第一排,让大家一份份传下去。

手机却又响动起来。

屏幕上显示的手机号长长一串,仍然是04开头,3666结尾。

都已经快上课了,周围的嗡嗡声渐渐低了下去,许知意索性按下接听,趴在桌子上,用手遮住嘴巴,压低声音。

"一直打过来,你是不是脑子有病?都说了不住你的房子!那么想占女生的便宜,做你的白日梦去吧。"

对面像被骂得愣住了，没有出声。

许知意直接挂断了电话。

她干脆利落地把号码拉黑，想了想，又放出来了。他再敢打过来，就骂他个狗血喷头。

许知意点了几下，给这号码备注了个名字：想睡女留学生的变态。

骂是有效的，没人再打电话过来。

课间空当，许知意抓紧时间按照合租广告上的联系方式一个个找过去，可惜房间都是一登出来就一抢而光。

一无所获。

倒是远在美国的裴长律给她打了电话，问她这次回澳洲找到住的地方没有。

"暂时还没有，"许知意说，"不过没关系，应该能找到。"

裴长律挂了电话后，二话不说，转了一笔钱过来：没地方住，就先去住酒店，别流落街头。

许知意哭笑不得，把钱又给他转回去了：哪就流落街头了？不至于。我还有钱。

她顺手打开银行 App 看了一眼余额。

钱是她从大学到毕业工作到现在，这些年一点点攒下来的，没有家里托底，这是她应付一切意外的唯一安全网。

要交学费，还要付生活费，无论如何，必须能省则省。

裴长律无奈：那好。别硬撑。

许知意回了他一个"好"，看着手机，停了好半天，才又打了一句话：寒商最近还在德国吗？

当初寒商走后，一口气拉黑了她的所有联系方式，但是许知意知道，他和裴长律一直都有联系。

许知意的手指悬停在"发送"上，深吸一口气，才点下去。

裴长律过了好一会儿，才回复：他当然在德国啊。昨天还在跟我说，那边最近天气不怎么样。怎么了？你找他有事？

许知意：没事。

果然，那人并不是寒商，是她想太多。

一直到下午下课，许知意都没搞定房子的事，可今晚无论如何都不能再让姐夫睡沙发了。

下课后，有人在教室门口等她，是上学期一起结过组的男生，叫乐燃。

乐燃和许知意同专业，但和许知意不同的是，他以前在国内读的专业是美术，人也一望而知就是美术生。

他假期回了次国，头发新漂过，浅灰中透着蓝调，皮肤白到毫无瑕疵，人清澈得像冰泉水，今天穿着一条造型奇怪、布料搭来搭去、分不清腿在哪里的

黑裤子,招摇无比地倚在门口。

来来往往的人都忍不住多看他一眼。

乐燃扬手跟许知意打了个招呼。

"听夏苡安说,你还没找到地方住?你记得上学期一起上课的那个杰瑞吗?他有个远房表哥,有房间能分租出来,说可以介绍同学过去,你要不要去看看?"

杰瑞的表哥,那不就是能揍扁汤姆的那只大耗子吗?

乐燃补充:"地址我也拿到了,要的话,我陪你一起过去。"

竟然有这种好事,许知意马上答:"当然好啊。"

两人一起去乘火车,看地址,杰瑞表哥的房子就在许知意原本租的公寓附近。

"林荫大道33号。"乐燃嘀咕,"竟然有路名就叫'林荫大道'。"

林荫大道路如其名,两边都是不知多少年的参天大树,树荫浓密,遮着一排排老房子。

许知意遥遥地就看见33号了。

这房子也像古董一样,倒不似其他房子那么窄,占地不小,上下两层,通体深红色的砖,前廊装饰着拱形的木制饰板。

从前用的砖和现在很不一样,一块块光滑厚重,这座房子如同一个敦实的碉堡,估计就算丧尸爆发,都能扛得住。

房子的门窗上嵌着老式的彩色花玻璃,门大开着,有工人正在进进出出。

"据说正在收拾房子,我们自己进去看就行了。"

乐燃带头进去,东张西望。

房子里一片热火朝天,有人在做卫生,还有工人正在清理地板,在上面铺上一层新地毯。

许知意纳闷:"这是正在装修吗?那什么时候才能住?"

乐燃也很纳闷:"说是今天就能搬进来啊?"

房子里的装修也是悉市百年老房子的调调。

采光不足,昏昏暗暗的,走廊上一排高高的细长的彩色窗格下,装饰着拳头大的浮雕小天使,用没有瞳孔的白眼珠死盯着路过的人。

起居室里有个老式壁炉,烟道狭窄,圣诞老人大概得变成液态才能流得进来,壁炉的黑铁铸件上蒙着一层厚灰,清洁工在努力擦洗上面的雕花纹路。

乐燃东张西望:"有情调——适合拍鬼片。"

许知意:"我觉得还不错。"

总比睡她姐家的沙发强多了。

客厅里也有沙发,卧室放着简单的床铺和桌椅,明显都是新买的,床垫上的塑料膜都还没撕。

房东神龙见首不见尾,连面都不肯露,许知意问乐燃:"要出租的是哪间房啊?"

· 012 ·

乐燃答:"我也不知道。杰瑞给我房东的微信号了,不然你直接加他问问。"

房东的微信头像黑漆漆的,没头没脸,像个鬼影子。

许知意在验证栏里写:我是杰瑞的同学,有意向租房。

没一分钟,房东就通过了。

许知意敲字:我们现在正在房子这边,看到有不少工人在干活,请问房子从什么时候可以起租?

对方只回了两个字:今天。

言简意赅。

今天?许知意忍不住又扫了眼施工现场。

许知意:我看见楼上楼下有好几间,请问分别是什么价格?

对方停顿了好半天。

许知意心中打鼓,这种到处都租不到房的时候,房东该不会想狮子大开口吧?

他终于回了:你觉得什么价格合适?

许知意纳闷,她觉得?这还用问,当然是不花钱最合适。

不过房东很快就补充:房间任选,每周两百刀。

许知意不能相信,两百刀?这么便宜?

许知意和乐燃对视了一眼,现在市中心附近的新公寓,分租房间每周至少五百刀往上,就算这种稍远点的区,很老的房子的小单间也已经直奔每周三百刀了。

这价格便宜得出奇。

房东没等到许知意的回答,半晌又补了一句:不然一百八十刀?

竟然还会自己给自己杀价,而且还恩赐了一个问号。

许知意小心翼翼,试探地问:这个价格包bill(水电煤网费用)吗?

有些房东包bill,水电煤网都包括在租金里,不用房客额外再付钱。

对方这次回得很快:包。

许知意放下手机,对乐燃说:"我不想租了。"

感觉不太对劲。

天上不会掉馅饼,如果一块饼它又香又大,准准地拍在头上,不用想,九成九里面裹着TNT(炸药)。

这房东不是骗子,就是心怀不轨。

"你先别着急,我帮你问问。"乐燃干脆拿起手机,打给杰瑞。

两人聊了好一会儿,乐燃"嗯""嗯""啊""啊"了半天,才挂掉电话。

"没事,放心。他这个远房表哥是个标准的富二代,我让他发消息问过了,他表哥说,是前几天跟朋友打了个赌,赌输了,才把家里的一幢老房子拿出来分租,不是为了赚钱,他大概连房租应该是多少都不知道。"

许知意犹豫。

手机一振,是房东发消息过来了,这是他第一次主动问许知意:你租吗?

这房东不太靠谱,可确实没地方住。许知意攥着手机,踌躇不决。

对方等了一会儿,忽然难得地打了长长的一句话:我对租金要求不高,但是对房客要求非常高。一定要整洁、安静,我在维护环境卫生和尊重个人空间上,有一些比较细节,甚至可能稍微苛刻的要求。如果租的话,我会拟一个合租条例,希望你能严格遵守。

许知意盯着这一大段字。

这房东自己都说自己苛刻,应该是毛病非常多的样子。

但是这样,反而让人放心。

房租低得出奇,又没什么要求,才不正常。

对方又发:我忙着,想好没有?不租我就给别人了。

据说这些天租房中介收到的申请排山倒海,私人房东就更不用说,把房子挂出去,十分钟就租掉了。

这回许知意没再纠结,回复他:我租。

对面停顿了片刻,回了个:嗯。

许知意又问:请问你也要住在这边吗?

房东要求很多,要是住在一起,估计会很麻烦,不过这人是为了打赌才出租老宅,大概也不会自己住过来。

不知道这问题是有多难回答,过了很久,久得像宕机了一样,那人才终于回复:有可能。

许知意继续问:我可以住一楼对着后院的房间吗?

这次房东回得很快:随便你。

许知意:我能开火做饭吗?

他回:可以。

许知意跟他敲定:那我今晚就搬过来,怎么付房租和押金?如果不签合同的话,至少你得给我写个收据。

房东半天才答:钥匙问清洁公司的人要,付租金的事不急,我现在没空,明天再说。

许知意问清洁工人拿到一套钥匙时,还有点不可置信。

从昨晚起就让人头大得不行的租房的事,居然这么顺利就搞定了。

乐燃却皱起眉:"你今天晚上就搬过来?只有你自己住这边,会不会不太安全?"

许知意研究房间的门锁:"房间门能反锁,应该没事。"

这区治安不错,再说租房这么紧张的时候,其他房间应该很快就会有人搬进来了。

乐燃嘱咐了几句就走了,工人们也搞定收工。傍晚的时候,向衍开车把许知意寄存的行李全送了过来。

老房子里只剩下许知意一个人。

她把门锁好，在夕照中一点点收拾东西，把床铺起来，又一样样摆出日用品。

地毯是新铺的，踩上去有种从没被碾压过的特殊的厚重柔软，窗户上老旧的金属把手被擦得锃亮，反着光。房子虽然老，却打扫得一尘不染，也没那么不能接受。

小房间对着后院，后院刚刚割过草，满地齐刷刷腰斩的草茬，宛如割草机留下的凶案现场。

许知意把窗子开大，深深地吸了口气。

清新的草汁气味浓郁到略带一丝血腥气。

像记忆中的十年前。

十年前的那天，因为印象深刻，一切细枝末节都如同昨天发生的一样清晰。

那时候许知意还在家乡熙市，刚刚考进熙市最好的重点高中，熙市三中，在读高一。

那是个夏日，教学楼门口的草坪也正在剪草，草叶飞溅，"嗡嗡"的噪声响个不停。

许知意下楼时避开人流，绕远走了侧边的楼梯。

她才下了一层，就看见前面有个男生。

男生的个子很高，穿着三中夏季校服的白衬衣和灰色长裤，正沿着楼梯往下走。

楼梯转角的地方，站着另一个男生，面庞清秀，许知意认识，是高一隔壁班的，姓很特殊，姓寒，好像叫寒翎。

寒翎原本手撑着栏杆，在看楼下剪草，听见动静回过头，看清正在下楼的男生，忽然扯着嘴角笑了一下。

他说了句话，许知意离得远，没太听清，隐隐约约好像是"……你妈妈……"什么的。

下楼的男生脚步顿了顿，不过很快就继续往下走，几步走到寒翎面前。

寒翎比他矮半个头，明显害怕了，往后躲了躲。

高个子男生向前逼近一步，却没做什么，只倾身过去，在寒翎耳边低声说了句什么。

寒翎的脸色马上变了。

高个子男生说完，直起身，向后退了一步，已经黑脸的寒翎却立刻跟上，一拳朝高个子男生挥了过去。

高个子男生身手好得不像话，侧身避过他这一拳，抬脚踹在寒翎肚子上，人跟着上去，利落地跨到寒翎身上，转眼间，就占据了压倒性的优势。

男生抡起拳头，一拳捶下去，寒翎鼻血长流。

许知意愣在台阶上。

男生一拳接着一拳，不紧不慢，但是拳拳到肉。

寒翎被彻底打蒙了，一只手扯住男生的衣服，另一只在空中无助地抓挠。

血腥气带着特有的金属味，在转角过道里弥漫，以压倒性的势头遮蔽了新割的青草汁的气息。

压在上面的男生忽然松开一只手，伸向旁边。

最近工人正在修教学楼排水的管道，旁边楼梯转角的地上堆着一堆金属管，男生随手抄起一根铁管。

这和用拳头打大不一样，一棍子下去，就要出人命。

许知意下意识地叫出声："不要！"

男生攥着铁管的手顿在空中，转过头，望向许知意。

许知意看着那双本应该极其清亮的眼睛，此时却眯着，像是杀红了眼。

旁边传来脚步声和尖叫声，这本来就不是僻静的地方，有人过来了。

那男生仿佛骤然清醒了一样，扔掉手里的铁管，不过仍然按着寒翎不放。

一大群人拥上来。

人不少，不过谁也不敢拉架。

教导主任到得飞快，拨开人堆冲进去，一把抓住揍人的男生的肩膀，吼："干什么呢？不许打架！"

男生没有转头，随手挣了一下，矮胖的中年教导主任被他撞到了楼梯的栏杆上。

好几个男老师也挤进来了，一拥而上，一起上手。揍人的男生终于被拉开了。

闹出这么大的乱子，男生却一脸的不在乎，被几个男老师拉拉扯扯地拖着往前走。

他在拉拽中转过头，跟教导主任说话，语调自然平常："对不起，刚才没看见，不是故意要推您的，一不小心劲使大了，腰没事吧？"

教导主任愣是没能说出话来，半天才挥挥手："走走走，先去教务处。"

他们穿过人堆，从许知意面前经过。

男生身上戾气太重，许知意火速往后躲了一步。

那男生立刻留意到了，转过头，看向许知意。

他的眼睛微微眯了一瞬，抬起手。

电光石火间，许知意完全明白他想干什么，可惜往后退得太慢了。

他半蜷的食指划过，在许知意雪白无瑕的校服衬衣上轻轻一擦。

一道红色的血迹，蹭在她左边肩窝的地方。

白衬衣染上血，想洗都洗不掉，许知意瞪着他，可是他已经走了。

前面有高一新生在低声议论。

"这人是个校霸吗？"

"哪是什么校霸啊，他叫寒商，学霸还差不多。他是高二的，长得帅，成绩又好，人家从入学起，从来都是年级第一。"

·016·

"那他怎么会打架啊?"

"被揍的那个好像是他亲弟弟吧?"

"是他弟,不过不是一个妈生的。你不知道寒商?他家的八卦可复杂了。"

许知意看了一眼躺着不动,刚刚被老师搀起来的寒翎——他已经被打得鼻青脸肿,脑袋像猪头一样。

走廊里乱成一团,许知意冲进洗手间,脱下校服衬衣,只穿着里面的小背心,就着水龙头的冷水搓洗衣服上的血迹。

她边搓边生气。

他绝对是故意的。

恩将仇报。

要不是她及时出声,喊了一嗓子,把他从揍红了眼的状态里拉回来,他现在已然变成了杀人凶手。

这件事闹得太大,学校没有自己处理,报警了。那天下午,许知意上课时,还能听见教学楼下警车和救护车的鸣笛声,好久才消停。

课间休息时,许知意找了个没人的时候,悄悄溜进教务处。

教导主任正焦头烂额,看见许知意,怔了怔:"有事?"

许知意是高一的尖子生,教导主任认识,不知道她突然来教务处干什么。

许知意说:"他们打架之前,我就在楼梯上,我听见寒翎先对寒商说,'你妈妈'什么的,寒商才走过去的,也是寒翎先动的手。"

教学楼的楼道里装着监控,但是转角的地方,视野受限,不知道会不会刚好落在监控死角里,而且也未必能录到声音。

教导主任点点头:"知道了,你先回去吧。"

该说的说完了,许知意往外走。

她转身的瞬间,不知为什么,直觉有目光落在她身上,后脖颈上的寒毛直竖。

她转过头,看见教务处的里间开着门,寒商一条长腿屈着,另一条伸直,正大马金刀地坐在教导主任的椅子上。

原来他还押在这儿,没被警察带走。

他惹出这么大的事,神情却满不在乎,看见许知意回头,视线在她脸上定了定,就滑落在她左边肩膀那一大片被水洗过的湿印子上。

看到这个,许知意就来气,只当没看见他,转身出门。

这是那年夏天,三中闹得最大的一件事。

许知意后来听人说,最后双方签了谅解书。

监控录到了两人动手的全过程,又有人做证,都能证明是他弟弟寒翎先挑衅,也是寒翎先动手,最多只能算是互殴。动手之前,两个人到底说了什么,他俩却死都不肯说。

寒商把人打成那样,并没有被拘留,也没有退学,只收了个警告处分。

· 017 ·

两人是亲兄弟，大概也没法追究。

寒翎半个月没能来上课，只有他们共同的爸爸寒启阳焦头烂额，天天往学校跑。

许知意在走廊上看到过寒启阳几次。

只看一眼，就知道那是寒商他爸。寒启阳个子很高，身材保持得很好，英俊的眉眼和寒商非常像，只是眉宇间两道深深的川字纹，让那张脸不怒自威，让人没来由地心生畏惧。

寒商打架的事就这么不了了之。

那之后很长一段时间，许知意一想到"寒商"这个名字，鼻端就会没来由地闻到一股浓重的血腥味。

有时候还会做噩梦。

梦里全是血，还有拳头打在肉上的一声声闷响。

那件校服衬衣，靠近肩窝的位置，留下了一个洗不掉的浅浅的淡黄色印子，像是那天留在记忆里的一小块痕迹。

后来的一天，许知意下楼时，又路过那个出事的楼梯转角，下意识地抬起头。

她忽然发现，如果站在寒翎原本靠近栏杆的位置，确实刚好落在监控死角里。

许知意想起寒商当时退后的一步。

他退后了一步，打架的全程才能被走廊上的监控拍得清清楚楚。

高二的教室就在高一的楼上一层，自此之后，课间时，或者放学后，许知意常常偏头去看教室外面上下楼的楼梯。

有时候会看见寒商。

他的身形容易辨认，比别人都高一些，肩也更宽一点，每天把一个硕大的银灰色双肩包挂在一边肩膀上，有时候还随便搭着件运动服外套。

上下楼梯时，人一晃一晃的，背后的书包就跟着他的脚步一晃一晃。

偶尔也能看见隔壁班的寒翎。

寒翎仿佛知道许知意帮寒商做人证的事，每次遇到她都眯着眼睛打量，不知在想什么。

许知意并不怕他，路过他时，向来看都不多看他一眼。

寒商家的事，就算不打听，都会自动流进耳朵里。

他的爸爸寒启阳是熙市非常有名的一号人物，早些年靠房地产发家，后来涉足的领域越来越广，接了不少基建的大单，生意也早就不局限在熙市的范围。

寒商打人时，他母亲刚刚因为车祸过世，被他狠揍的寒翎，是寒启阳在外面和别人生的儿子，只比寒商小一岁。

没人知道寒商为什么忽然打人，也许就只是看寒翎不爽。

许知意心中却一直放着这事，仿佛翻开一本推理小说，只看到了中段，没有前因，也没有后果。

后来帮她解开未解之谜的是裴长律。

裴长律比许知意大两岁,从许知意出生起两个人就认识。

两家原本是邻居,住在同一幢楼里,门对门,爸妈都是林业局的同事。后来裴长律的爸爸官运亨通,一路升迁,逐渐变成了局里的一把手,许知意的爸妈却原地不动,一直是光头小科员。

他家虽然搬走了,但两家的关系却维持得不错。

裴长律和许知意也一直是好朋友,和小时候一样。

裴长律那时候高三毕业,暑假时已经接到了明大的录取通知书,每天闲极无聊地到处乱晃,有天来许知意家,给她送资料。

他考上了明大,各种资料和笔记都变成了抢手货,单位里一群人跟他爸妈预订,裴长律谁也没理,直接全部搬到许知意这里。

许知意翻了翻,忽然看到其中一本资料的封面上写着"寒商"两个字。

"这是我一哥们的,我们两个一起参加过竞赛培训,很熟,"裴长律解释,"我的这本书找不着了,就把他的借来了。"

"寒商"两个字写得龙飞凤舞,极其嚣张。

许知意问:"就是那个打人的寒商?"

裴长律笑了:"他可真是,打了一架,全校闻名。"

许知意好奇:"他为什么要打人?寒翎不是他弟吗?"

裴长律"呵"了一声。

"是他爸在外面和别人生的弟弟,早就有了。以前养在别的地方,现在寒商妈妈家里不太行了,就直接弄回这边来了。他爸是白眼狼。"

裴长律对寒商家的事很清楚。

寒启阳原本是个穷小子,年轻时人长得非常帅,脑袋更是灵光,又很会哄人,娶到了寒商的白富美妈妈。

当时正是熙市发展的好时候,寒启阳背靠丈人的资源和财力,一步步发迹,才做到现在。

如今光景不同,寒商妈妈家老人过世,寒启阳自己也已经做大,就明目张胆地把外面的寒翎和寒翎的妈妈接回了熙市。

寒启阳是想离婚的,可和寒商妈妈谈不妥条件,两人闹得不可开交。

就在这种特殊的时候,寒商妈妈莫名其妙地出了车祸。

寒商妈妈当时在东南亚一个小国度假,被冲上来的一辆车撞了,人还没到医院就没了,肇事司机根本没跑,老老实实,什么都认,进了警察局。

人就这么不明不白地死了。

寒启阳不许寒商跟过去料理后事,寒商最后还是去了。

他看到了他妈妈车祸后被碾得不成样的尸体,又亲手把他妈妈的骨灰接回国后,守了三天灵,才回到学校。

然后就有了打人的事。

裴长律说:"这车祸不太对劲。寒商说,他妈妈去世前给他发过消息,说

· 019 ·

感觉好像无论走到哪儿,都有人鬼鬼祟祟地跟着。"

许知意不寒而栗:"所以到底是他爸买凶杀人,还是寒翎他妈买凶杀人?"

裴长律:"那谁知道。"

许知意问:"报警了没有?"

"那种国家本来就乱,警察倒也调查了,可是没能找到证据,最后还是按交通肇事处理,把肇事司机抓起来就算完了。寒商他爸现在不住在家里,基本都在外面那个女人那边。"

裴长律:"寒商跟我说,那天看见寒翎,他嘴里又不干不净,忽然就冲动了,没能克制住,觉得你们杀了我妈,我就宰了你们儿子,很公平。"

许知意眼前又冒出寒商上前一步,低头在寒翎耳边说话的样子。

他冲动了,还记得挑衅,让对方先动手,也记得退一步,退回监控范围内。

这人也不知到底是冷静还是疯。

许知意没想到很快她又再次见到了寒商。

暑假的一天早晨,裴长律打电话过来,叫许知意来他家玩。

许知意好不容易可以睡懒觉,早就醒了,却躺在床上不想动:"我不要。你考完了,我可没有,没时间跟你玩。"

"来吧。"裴长律说,"我过几天就要走了,见一面少一面。"

许知意:"说得你像要死了一样。"

裴长律并不在意,笑道:"你就当是先来奔个丧?"

他都把话说到这个份上了,许知意痛苦地从床上爬起来,随便拢了拢头发,在脑后扎成马尾。

许知意妈妈推开门,探头进来:"一大早的,跟谁打电话呢?快出来吃饭,一会儿都凉了。"

许知意拉开衣柜门,把脑袋扎进去找衣服,声音闷声闷气:"裴长律找我过去。"

许知意妈妈立刻绽开满脸笑容。

"长律啊?那快过去吧。正好,我刚买了点特别甜的大樱桃,你顺便给你罗姨带点过去。"

罗姨是裴长律的妈妈。

妈妈扫一眼许知意身上的T恤:"上个礼拜不是刚买了一件新的吗?我给你洗好收起来了。"

她过来和许知意一起翻衣柜。

别人家爸妈都不许孩子早恋,许知意爸妈大概巴不得她早恋。

仅限和裴长律。

当然,裴长律家世清白,条件不错,人长得帅,成绩又优秀,轻松考上了名校,一副前途无量的样子。

而且在许知意爸妈面前特别会装。

他每次过来,都斯斯文文地坐在沙发上,和许知意爸妈闲话家常,有时候装得让许知意很想揍他。

妈妈终于掏出一件叠好的 T 恤,一边帮她换,一边唠叨。

"长律过几天就走了,我跟你罗姨说了,哪天请他来咱家吃顿饭,他给了你那么多复习资料,得好好谢谢人家……"

妈妈帮许知意拉好衣服,对着镜子里打量:"我们知意,长得这么好看,又干干净净的,一看就是好学生的样子。"

许知意也打量了一遍镜子里的自己。

如果时间轴在此时向后拉,十年后的许知意会觉得,那时候的自己清新到透亮,皮肤润泽,连不太打理的发丝都在闪闪发光。

可是当时的许知意对着镜子,只觉得正在发育中的身体别别扭扭,从上到下,就连脚踝和手腕都细骨伶仃,和路上走来走去的漂亮小姐姐们相比,像根正在抽长的小苗,哪里都尴尬。

妈妈接着说:"知意啊,你也努努力,争取和长律一样,考上明大。"

许知意沉默了下:"妈,你女儿的成绩比裴长律还要好一点,考明大没有那么难。"

许知意妈妈一脸茫然:"啊?你能考上明大吗?"

许知意无语地看着她妈。

姐姐许从心向来优秀,八项全能,各种竞赛奖项拿到手软,光环太强,身为不太被重视的老二,早就已经习惯了。

"去明大好,"妈妈回过神,继续唠叨,"以后有长律在那边,还能照顾你,我和你爸也放心……"

许知意到裴长律家的时候,是裴长律妈妈开的门。

许知意乖乖地叫:"罗姨。"递上那袋樱桃。

罗姨看见许知意,笑弯了眼睛,接过樱桃。

"你妈妈跟我客气什么。长律和同学在里面呢,不用换鞋了,人多,他们都没换。"她回头叫,"长律,快出来,知意来了。"

裴长律应了一声,立刻从里面出来了。

裴长律一眼看去是个清俊沉静的美少年,只有许知意从小和他一起长大,知道他见人说人话,见鬼说鬼话,绝不是表面那个样子。

客厅里已经坐了一屋子人。

多数是裴长律的同学,刚刚高考完,一个个东倒西歪,放松得如同大赦后的死刑犯,也有零星的高二的几个来凑热闹。

裴长律对大家说:"我老婆来了。"

一片起哄声。

这人向来不大着调,许知意反驳:"你胡说八道什么呢?谁是你老婆?"

有人说:"长律,这真是你女朋友啊?"

裴长律笑:"不是,我说着玩的。这是许知意,从小跟我一起长大,就像我妹妹一样,你们谁也不许欺负她。"

"我就说嘛,你不是正在追七中那个校花?"

旁边的人搭茬:"啊?不是跳舞的那个了?换了?"

裴长律笑而不答,从他手里一把夺过游戏手柄,塞给许知意:"你玩半天了,给知意玩一会儿。"

他们正开着大屏幕的投影,玩一个组队打丧尸的游戏。

许知意在沙发的贵妃榻上坐下,随手接过游戏手柄。

她忽然看见寒商了。

裴长律家是一整层通透的大平层,四面的窗全开着,通风透气,窗外树荫下的凉风透进来,带着不知什么花的香味,一丝暑气也没有。

寒商正站在卧室门口那边,丝丝凉风中,遥遥地看着这边,手抄在裤子口袋里,随便倚着墙。

他今天没穿校服,穿了件黑T恤和宽松的浅卡其色裤子,还有双造型狰狞黑红配色的球鞋,好像脚下踏着那天的血一样。

他这种应该叫作浓颜系,建模脸,轮廓很深,鼻梁端直,一双漂亮的眼睛藏在眉骨和眼窝的阴影里,还神奇地长着明显的卧蚕。

这人的样子,既有种强烈的侵略性,又有种浑不在意的疏离感,彼此矛盾,又和谐共存。

这会儿疏离感占据上风。

他远远地站着,像是与这边热闹的人群格格不入。

许知意的鼻端仿佛又冒出血腥气,心想:他竟然也在。

完蛋,今天晚上又要做噩梦了。

第二个莫名其妙的念头却紧跟着冒出来:刚才随手一扎,都没有好好梳过头发。

许知意很想抬手顺顺头发,但是又觉得寒商明显正在看着这边,只能死死忍住。

裴长律在许知意身后坐下,用胳膊肘捣了捣旁边的人:"坐过去一点,别挤知意。"

他从背后伸过来两条胳膊,和她一起握住手柄,随手帮她按上面的按键。

"我教你。"裴长律说,越过她的肩,低头和她一起看手柄上的按键,"下面这个是射击,左上是特殊技能,你靠近队友的时候按这个,就会出来一道光,给队友加血……"

许知意低头从他的胳膊里钻出来:"不用,我会。"

余光中,有人过来了,是寒商。

他在侧边坐下,和她只有几十厘米的距离。

有人立刻谄媚地递上手柄："寒商，要玩吗？长律家这个大屏幕，打着就是爽。"

"不用。"寒商拒绝了，淡淡地说，"这有什么爽，要是有一天，游戏变成自己在这种环境里真打枪，才是真的爽。"

裴长律转头笑道："说得那么好，等着你以后做出来噢。"

许知意攥着游戏手柄，盯着屏幕，莫名地有点走神。

丧尸尖叫着往上扑，许知意按住按键不松，疯狂扫射。

视野的余光里，只有寒商的两条长而直的腿，还有他随便搭在旁边的手。肤色偏白，手指极其修长，手背上淡青色的脉络略微隆起。

许知意没留神看屏幕，开着枪，一头扎进丧尸堆里。

角色被丧尸啃了，她转身把游戏手柄给别人，故意转的是寒商那边，手在递着手柄，眼睛下意识地瞥向寒商。

没想到，他也刚好在看她。

两人的目光猝不及防地撞到一起，他的瞳孔比记忆中那天在走廊上见到时还黑。

裴长律顺手接过她的手柄，也注意到寒商在看许知意，笑道："知意，这是寒商。寒商，这就是我跟你说的知意，你们还没见过吧？"

寒商没有回答，目光滑落，落在许知意左边肩窝处。

许知意今天又是穿的白色。

是件洁白柔软的T恤，肩膀干干净净，没有他留下的印子。

被他这么看着，许知意肩膀上仿佛又冒出那天的感觉，衣服被水洇湿一大片，贴在肩膀上，凉飕飕的。

寒商微不可察地扯了下嘴角。

"没见过。"他说。

他不提那天在楼梯转角的事，就像什么都没发生过一样，许知意就也没吭声。

队友冲过来，把人复活了，裴长律顺手开始接着打："知意，看我给你报仇。"

其他人都在乱哄哄地聊天，抢手柄，热闹得不行。

寒商还在不转眼珠地盯着她瞧，也不说话。

许知意干脆主动开口："你叫寒商？商人的商？是因为家里做生意吗？"

寒商半天才回答，仿佛心不甘情不愿一样，简洁地说："五音宫商角徵羽，其中商音肃杀，属秋，寒商是秋风的意思。"

许知意顿时觉得自己是个文盲，恨不得咬掉自己瞎说话的舌头。

她转头看向屏幕。

耳边却忽然听见寒商悠悠地问："那你呢？你为什么叫'知意'？南风知我意，吹梦到西洲？"

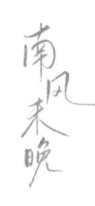

　　许知意回过头,发现他还在看她。

　　许知意答:"不是。我有个姐姐,我妈给她起名叫许从心,希望她万事都遂自己的心,结果她生下来以后,每天晚上都又哭又闹不睡觉,特别任性。所以生我的时候,我妈就给我起名叫知意,大概是希望我善解人意,让她能睡个好觉吧。"

　　寒商问:"所以你让她好好睡觉了?"

　　许知意摇头:"没有。我小时候比我姐还能闹腾。我妈说,我姐那会儿只能算是模拟演习,到我这儿才是正规战场。"

　　寒商忍不住笑了。

　　这人的笑一闪即逝,但是在那一瞬间,会露出一点牙,牙齿雪白,

　　许知意接着说:"所以我妈说,我和我姐就是她这辈子命里的灾星,为了我们两个,她操心得人都老了。"

　　许知意顿了顿:"我就跟她说,这不能怪我。如果可以让我自己选的话,其实我也并没有那么想被生出来。"

　　寒商望着她,漂亮的眼睛微微眯着,下颌抬着,勾出一个棱角。

　　好半天,他慢悠悠地说:"那我们一样。我也不想。"

第二章
合租条例

时间一晃已经过去了十年。

十年后,大洋彼岸,距离熙市八千公里外,异国的静夜里,寒商把行李箱挪进老宅的主卧,关好门。

行李箱的轮子没有沾地,脚步声在厚重的地毯里隐没。

他动作很轻,像个闯空门的贼。

已经是半夜两点,又是昨晚在路边遇见许知意的时间。

隔壁房间的门关着,门缝漆黑,没有透出灯光,许知意折腾了两天,应该已经睡了。

寒商昨晚从裴长律那里拿到她的手机号,对着那串号码纠结了一夜,等到早晨,才打了她的电话。

结果一句话没说,就被她劈头盖脸地骂了一通。

她骂的当然是别人。

她说"不住你的房子""占女生的便宜"什么的,听起来像是在骂昨晚带她回家的那个三十多岁的男人。

被她骂了,寒商也冷静下来了。

他嘱咐裴长律,不用告诉许知意他在澳洲的事,也不用说他会帮忙找房,只不过帮一点小忙而已,完全没必要。然后,他不再直接找她,弯弯绕绕地挖出一个和她同专业的远房亲戚。

　　今天白天他找了清洁公司,把老宅清扫干净,买了基本的家具电器,最后总算把许知意成功引到这幢老宅里。

　　寒商原本打算,这件事就算了结了,帮她找到住的地方,已经仁至义尽。
　　以后每周按时收她房租,她爱住到什么时候就住到什么时候,住到毕业离开澳洲时也没关系。两个人连面都不必见,她也根本不需要知道房东是谁。
　　可是就在今天,一切都谈妥时,她最后忽然问了一句:请问你也要住在这边吗?
　　寒商盯着这行字,盯了很久。
　　请问你也要住在这边吗?
　　最终,就如同有鬼捉着他的手一样,他回了三个字:有可能。
　　回完,他就想剁了自己的手:有可能什么有可能?
　　许知意问的那句话,就像一只小小的鱼钩,银色的,亮闪闪的,埋在他心里面。
　　而且埋得很浅。
　　一整天,它都在那里,只露出一个带着倒刺的小小的尖儿,随着他走的每一步路,说的每一句话,一下一下地撩拨。
　　撩拨得他心烦意乱,什么都做不下去。
　　到了晚上,去衣帽间拿衣服时,寒商忽然发现,自己莫名其妙地把行李箱拎出来了。
　　就像被行李箱的提手烫到一样,他把它甩到旁边,在床边坐下来。
　　这不就是犯贱。
　　就像当初一样。
　　她只要放出钓钩,满脸无辜地轻轻扯一扯线,他就会像条鱼一样,一口咬上去,还死不松口。
　　寒商逼着自己洗澡,上床,躺在床上,一动不动地盯着天花板。
　　盯到了半夜,他最终还是起来了。
　　他打开行李箱,把常用的东西往箱子里收。
　　心脏在狂跳,跳得根本没法集中精神琢磨需要带什么,寒商干脆直接拉上拉链,把行李箱扔进后备厢,在夜色中一口气开车到了老宅。

　　老宅的次卧房门紧闭,主卧空着,摆着简单的新家具。
　　新床垫的塑料膜一蹭就发出"刺啦刺啦"的怪响,寒商三两下把它扯掉,和衣倒在床上,忽然觉得,一切像做梦一样。
　　这些年,他本以为和她之间遥遥地隔着九千公里,横跨整个大西洋,昨晚却忽然发现,竟然和她同在一座城市的天空下。
　　而现在,她就睡在隔壁,只有一墙之隔,几米的距离。
　　如果静下心,甚至都会听见她那边翻身时床的轻响。

好像阻隔在中间的那些岁月都隐去了，消失不见。只有心底的抽痛还在，一下又一下。

冬末的晚上仍然很冷，寒商忘了带枕头过来，也没有带被子，他把外套的拉链一拉到顶。

来都来了，算了。

但是无论如何，他都不能再跟她见面。

无论如何，也不能让她知道，他就住在和她一墙之隔的地方。

绝不能让她知道，他就像一条扔石头都赶不走的野狗一样，使劲往她身边凑。

好在早晨给她打电话时，她错把他当成别人了，并没有意识到电话是他打过去的。

寒商又忽然想起另一件事。

今天她租房时，大概他的租金说得太便宜了，她犹犹豫豫的，仿佛不太想租。

为了让她放心，他随口说了个合租条例。

他当时的措辞是，"我在维护环境卫生和保持个人空间上有一些比较细节，甚至可能有点苛刻的要求，会拟一个合租条例，希望你能遵守"。

反正睡不着，寒商翻身起来，打开笔记本电脑，敲下"合租条例"四个字，顺手搜索：

△严重洁癖患者的表现

△与有强迫症的室友合租的体验

翻着网页，寒商忽然想起另一巨大的问题——

许知意认识他的笔迹。

就算拟好条例，也只能打印出来。

他倒是有打印机，可是还留在市中心的公寓里。

寒商把笔记本丢在旁边，抓起桌上的车钥匙往外走。

他边走边想，大半夜的，真是疯了。

第二天一大早，许知意是被鸟叫声吵醒的。

后院里有棵大树，一群大白鹦鹉，足足几十只，如同一个个白色的大果子一样，肥美地站在树上，吵吵闹闹地开着晨会。

许知意开门去卫生间洗漱，路过隔壁主卧，忽然发现主卧的门严丝合缝地关着。

她停下脚步，觉得自己没记错，昨晚这扇门好像没关。

许知意随手扭了一下门把手，竟然从里面反锁着。

她火速缩回手，心中尴尬无比：里面有人住进来了，差点就贸然开了人家的房门。

这么早就在，应该是昨晚搬进来的，可是许知意完全没听见。

· 027 ·

起居室和昨晚一样，没有任何私人物品，就连门口的鞋架上也只放着许知意一个人的鞋子。

只有厨房的台面上多了一套崭新的厨房用品，包括煎锅、炒锅、菜板、菜刀等等，还有一沓打印出来的纸。

最上面是房租的转账方式，写明了不用交押金，房租每周一付。

看来昨晚悄悄搬进主卧的就是房东。

房租的收款人叫 Oskar Qin。

原来房东姓秦，叫奥斯卡，听起来演技很好的样子，不知道他中文名字是什么。

下面的一张纸上，印着合租条例。

许知意浏览了一遍条例，沉默了。

这房东是不是多多少少有点变态？

合租条例条款不多。

一般分租出去包水电煤网的房子，房东都会先写清楚，要节约水电。这房东却完全没提这茬，显见的财大气粗。

他的条例很奇怪：

△合租条例

△一、厨房以及厨具电器、卫生间、走廊、客厅、洗衣房、前后院共用，每周有小时工定时打扫，请注意保持，请勿留下任何人类使用过的痕迹。

下面还有补充说明，大字，不是小字，而且加黑加粗：

△所有公共区域，除垃圾桶外，禁止出现垃圾，比如毛发、废纸、食物残渣等等。

△在公共区域每留下一根头发，罚款十刀，废纸团、外卖饭盒、饮料瓶等醒目的大型垃圾，罚款二十刀。

行吧，掉头发星人只想死。

以许知意这每天早晨掉头发的数量，一个星期就得罚破产。

许知意先撸下套在手腕上的发圈，把头发在头顶结结实实地扎成一个丸子头，才继续看。

△二、每晚十一点至早六点，请尽可能保持安静，无法避免的洗手间冲水声也尽量轻点。

许知意琢磨：冲水声尽量轻点是怎么个弄法？冲水时跟马桶比个"嘘"吗？

还好这条不罚款。

这人大概是有点神经衰弱。睡眠浅的人，一点点声音就会被吵醒，然后翻来覆去，再也睡不着。

他这样的，竟然还会招合租，看来真的是打赌输了。

下面还有。

△三、严禁进入其他室友的房间。

△四、严禁未经允许，私自碰触他人的私人物品。

这两条算是很合理，许知意也不希望别人随便进自己房间，乱动自己的东西。

△五、婉拒任何私人接触，请尽一切可能避免碰面，轮流使用公共区域，实在有话要说，请发微信。

"避免碰面"几个字，加黑加粗。

许知意抬头望向那扇紧闭的主卧门，懂了。

这人还是个严重"社恐"。

"社恐"到虽然和别人住在同一屋檐下，却半点交道都不想打，怪不得昨晚悄悄地搬进来，直接猫进房间，连句话都不说，而且只留了微信，连个电话号码都不肯给。

总的来说，都可以理解。

人家收着只有一百八十刀每周的房租，还包 bill，就只有这么一点点洁癖、一点点强迫症、一点点神经衰弱，加重度"社恐"的小小要求而已。

最后还有一行：

△违反以上规定，严重者终止租房（房租按实际居住天数结算），房东拥有随时补充条例的权利。

听着有点苛刻，但是现在打着灯笼也找不到这么便宜的房子，许知意全都可以接受。

许知意把租金转过去，截图了转账界面，发到房东的微信上：房租已付，请给我一份收据。

没人回复，主卧里也一点动静都没有，他好像还在睡觉。

这人大概习惯昼伏夜出。这倒是好，不用费心避开他使用厨房和卫生间的时间。

这是座老房子，主卧内没有卫生间，一楼只有一个共用的卫生间，现在里面没人。

许知意去卫生间快速洗漱过，又去找了一块新抹布，认真地把水龙头和台面的水迹擦掉，把拿出来的牙刷、牙膏和洗面奶等等全部送回房，什么都没留。

最后一件事，她蹲在地上，仔仔细细找了一遍头发。

一根头发十刀呢。

把自己"人类的痕迹"全部抹干净，许知意才回到房间。

她回去没多久，手机就弹出消息，是房东发过来的合租条例，电子版。

然后是房东回复的：房租收到。一会儿给你收据。

许知意想了想，又发：掉头发罚款的事，据我所知，在这里应该是不合法的。

对方回得很快：我不喜欢垃圾和人类的毛发。你可以不租。

算了，许知意不再跟他深究法律问题，就当是照顾房东的怪癖。

许知意回复：好。请问还会有别人搬进来吗？不会只有我们两个，对吧？

房东说过，是打赌输了才分租，想必不会只招她一个人，人多一点，感觉

·029·

比单独和房东住在一起安全得多。

对方停了一会儿,才回答:对。还有别人,很快。

他紧接着又跟了两条:

还有,以后请不要随便扭我房间的门把手。

被你吵醒了。

许知意尴尬:对不起。

不过他大白天的睡觉,难道昨天晚上做贼去了吗?

对方没再回复。

许知意听见隔壁传来开门的声音,有人从房间里出来了,去了洗手间。

条例里写得很清楚,请尽一切可能避免碰面。这位是真的不想见人,等许知意回房了自己才出来。

许知意刚才乱动过人家的门把手,这回不好意思再打扰他,安静地把自己关在房间里,一边收拾包,一边竖着耳朵听着外面的动静。

裴长律发消息过来:知意,你找到住的地方没有?

许知意回答:找到了。我运气特别好,正好有个同学的亲戚在出租房子,房租还特别便宜。

裴长律答:那就好。我们知意运气怎么会差。

跟着是张笑到龇牙的表情包。

许知意一直熬到外面传来房东从洗手间出来,回到主卧,关好门的声音,她才抓起包往外走。

再不去上课就迟到了。

外面阳光刺眼,离开老宅前院时,许知意下意识地回头看了看主卧的窗户。

百叶窗帘遮得相当严实,看不见房间里面。

上午是堂大课,相关专业的硕士全要修,分成了几个班。许知意这个班的教室里摆着几张大桌子,每张周围都团团圆圆地围坐着一圈人,就像办喜事吃酒席一样。

大家彼此不太熟悉,人人脸上都挂着尴尬的笑容,局促地互相点头致意,也就像跟陌生人坐在一起吃酒席似的。

进来的人都在认脸。

国内留学生自动坐到一桌,印度留学生自动坐到一桌,本地的超龄学生们也在扎堆。

许知意一眼就看见了夏苡安,在她旁边坐下,松了口气。

夏苡安和许知意一样,也是自己努力攒钱出来留学的,对待功课极其认真,成绩单上一水的 HD(成绩优异),和她同组省心很多。

"你后来搞定住的地方没有?乐燃说他帮你找到了?"夏苡安悄悄地问许知意。

许知意把从昨天到今天的奇遇讲给她听。

夏苡安奇道:"所以就算住在一起,你也没看见房东长什么样?"

许知意点头。

夏苡安蹙起眉,担心道:"该不会有什么问题吧?"

看夏苡安的表情,她脑子里已经把各种悬疑恐怖变态杀人狂的片子过了一遍。她拿起手机发消息给乐燃。

乐燃很快就回复了:没事。我朋友说,他那个远房表哥不是变态,而且长得巨帅,要是去当明星,单凭脸就能爆红的那种。

那个洁癖,外加强迫症,又有点神经衰弱,还重度"社恐"患者的房东,竟然长得很帅。

许知意立刻脑补出一个场景——一个全身一尘不染的男人趴在卫生间地上,一点一点地摸索着寻觅地上的头发丝。

但是——

长着一张奇帅无比的脸。

真是奇景。

正说着话,老师来了,是个褐色头发灰绿色眼睛的中年女人,个子小小的,大冬天还穿着印花长裙,举止优雅。

她带惯了非英文母语的学生,发音慢而清晰,给大家讲了一遍这门课怎么打分。

打分方式像在切蛋糕。

这块百分之十五,那块百分之二十,各种小测验,大大小小的文章,夹杂着课堂上的 Presentation(报告),均匀地散落在从头到尾整个学期,就没有消停的时候。

许知意默默地叹了口气。

以前在明大时,许知意凭着点小聪明,只靠考前突击一段时间成绩就不错,现在反而感觉比读大学时累得太多了,也麻烦太多了。

突击根本没用,期末的大作业占比并不算高,平时大大小小的得分项稍一疏忽,就会马失前蹄,痛失 HD。

坐在对面的一个男生直言不讳:"还要写东西啊?这么麻烦?花点钱找个人帮忙弄算了。"

他旁边的人捅捅他:"你小声点。"

老师又讲了讲课程的主要内容和教学方式,问大家:"你们有什么问题吗?或者关于这门课有什么建议和想法?"

隔壁桌的一群印度小哥立刻高高地举起了手。

女老师满脸欣慰,点了点其中一个。

印度小哥一脸笑容,自信无比,"呼噜呼噜"一通输出。除了他自己的同胞,整间教室,包括老师在内,几十张茫然的脸,愣是没有一个人听懂他在说什么。

印度小哥们争先恐后地说完，本地上班族也礼貌性地问了几个问题，老师看向国内留学生这桌。

大家忽然安静了，没人吭声。

许知意做了做心理建设，举起手。

英文好不好的都在其次，主打的就是一个"勇"字。

许知意问完，夏苡安也举起了手。

一天的课就在这么和谐友好的氛围内结束了。

离开教学楼时，许知意看见夏苡安在前面，正跟课堂上号称要花钱找枪手的男生嘀嘀咕咕。

许知意等他们说完了，才过去跟夏苡安招呼。

许知意实在忍不住："苡安，你该不会是想给他做'枪'吧？查得很严，万一被抓住，那么多学费都白交，书也白读了，不值得。"

夏苡安挽住她胳膊："放心。我就是问他要不要每周辅导他两次，每小时只收三十刀，保证他这门课不挂科。"

这倒是个赚钱的好主意。

夏苡安说："可惜人家不愿意。他都挂了好几门，收警告信了，就是不想用功。"

夏苡安筹划："光找枪手写也未必就过得了，那么多要交的东西呢。他要是不过，下学期再来找我，我要收他六十刀一小时。我感觉这笔钱我还是能赚到。"

苡安是把赚钱的好手。

两个人一起去坐火车，刚好路上有家超市，可以补充粮仓。

超市里熙熙攘攘，特价柜台前人潮涌动，领救济金的和按最高税率交税的高收入人士挤在一起，热热闹闹地挑打折的蔬菜和水果。

这是个均贫富的地方，谁也不用太眼红谁。

夏苡安挑拣着水果感慨。

"我国内的同学肯定以为我在这边天天轰趴，跟金发帅哥谈恋爱，绝对想不到我每天没日没夜地用功，业余爱好是研究超市本周特价，尤其是周末，拉着个老太太款的帆布小推车，拖回家一大袋子菜，简直绝了。"

物价非常不友好，纯数字看着还行，换算成人民币后，让人心里淌血。许知意只拿了一罐牛奶、一盒鸡蛋、一小包奶酪加一袋切片面包，就已经花了将近二十刀。

两个人拎着沉重的背包上了火车，找到座位，并排坐下，夏苡安偏了偏头，靠在许知意的肩膀上，眯着眼睛打盹。

"睡不够。"她说。

许知意拍拍她："也不用什么都做得尽善尽美，把自己累死。"

天色将晚，夕阳烧得像火，列车就像两人摸爬滚打向前奔跑的生活一样，向着金红色的天际飞驰，仿佛这样不要命地飞奔，就能把她们带去一个无限美

· 032 ·

好的地方。

　　许知意回到老宅时，天已经快黑了。
　　主卧的门仍然关着，里面仿佛有隐隐的音乐声。
　　她打开自己房间的门，差点踩到地上的白纸。
　　有人顺着门缝塞了两张纸进来，一张是房租的收据，签名是英文，线条划拉得快飞上天。
　　另一张上打印着几行字：网络要过几天才能接好，暂时先用我的移动路由。
　　下面是密码。
　　这个人说了包网络，就一丝不苟地照做，还挺认真负责。
　　许知意放下包，把牛奶、鸡蛋等放进冰箱，就去卫生间。
　　卫生间开着窗，却还是隐隐有种陌生的沐浴露的香气，没有散尽，像是摩擦过的琥珀的味道，有松油略微的刺激，又更苦一点。
　　许知意在隐隐约约的琥珀香中洗好手后，脑中忽然冒出一个奇葩的念头。
　　她蹲下来，一点一点检查地面。
　　卫生间地面的瓷砖是老式的蓝色碎花拼接马赛克，上面有什么都不太显眼，不过功夫不负苦心人，许知意还是发现了两根头发。
　　绝不是她的头发。
　　发丝笔直，黑色，手指长，一看就是男人的。
　　房东大人这是只许州官放火，不许百姓点灯。
　　许知意捏着两根头发丝，回到房间，找了张纸一折为二，把那两根头发夹在里面，来到主卧门口。
　　她把夹着头发的纸顺着门下面的缝隙，塞了进去。
　　许知意回到房间，打开电脑看今天的课程，过了没多久，门口那边传来声音。
　　一张纸沿着门缝送进来了。
　　许知意过去捡起来。
　　是张白纸，里面夹着一张橘红色的二十刀的钞票。
　　房东大人竟然如此公平公正，说到做到，不光罚别人，还罚他自己。
　　看来他这个奇葩合租条例的隐藏罚款规矩是，谁抓到别人违规，罚款就归谁。
　　这是什么发家致富的好办法啊，比打工赚钱快多了。
　　许知意立刻决定，以后每天回家都一定要仔细检查一遍卫生间的地板。
　　祝愿房东大人每天都掉头发，最好大把大把地掉，让她早日实现一个小目标。

　　许知意没去厨房做饭，怕"人类的痕迹"留得太多，不好清洁。
　　她想先观望两天再开火。她只给自己倒了一大杯牛奶。
　　冰牛奶奶香浓郁，入口清凉，许知意趴在对着后院的窗口，一口气灌了半杯。
　　天已经黑了，这地方一马平川，没有高楼，能看到远处的天际，最后一抹亮白衬得后院的大树只剩树枝狰狞的剪影，出去觅食了一整天的鸟儿们都回来

了，站在枝丫间叽叽喳喳。

割草的草腥气淡了，空气中隐隐的烧木柴的味道，就像小时候路边烧树叶的气味，估计是谁家在用壁炉，不然就是什么地方又着起了山火。

许知意喝完牛奶，接好手绘板，开始干活。

许知意从大学时起，就在接稿画画，画了这么多年，现在收入很可观，比出去打工赚得还多。现在要画的是一个金主大佬约的私稿，报酬非常好，就是要求很细，有点磨人。

隔壁房间里偶尔传来声音，隐隐约约，好像是房东在和人打电话。

这人天天猫在房间里，不知以什么为生。

有时候他也会开门去洗手间，但是速去速回，绝不在外面停留太长的时间。

许知意非常煎熬，一起住了两天了，都还没有见过房东的真面目，心里抓心挠肝，很想悄悄看一眼。

可是偷看这件事，自古至今，在所有故事里都不是好事。

希腊神话中，赛吉有个不肯露脸的丈夫，她受人怂恿，半夜点上油灯偷看了丈夫的脸，结果好好的一个美少年丘比特就像煮熟的鸭子一样，拍拍翅膀飞走了。

还有圣经里，上帝要毁灭索多玛城，给罗得一家人开了个后门，让他们先跑，罗得的妻子回头偷瞄了一眼，不幸变成了盐柱。

不过惨王之王当数盘瓠。

说好了金钟里扣七天，就能由五色小狗变成人，最后被人偷看，变身的进度条没能走完，单单留下一颗狗头。

许知意倒是不太介意房东长出狗头，只是很怕住得好好的一百八十刀一周的房子没了。

合租条例里说过：避免碰面。

还是黑体字，看着很严肃，很认真。

等许知意牛奶全部喝完时，正门那边传来动静，是敲门声。

"许知意？"有男声在叫她的名字。

许知意喜出望外，房东大人什么时候出去了？他这是忘了带钥匙？竟然有这种一窥庐山真面目的天赐良机。

"来了。"许知意稳住声音，好让自己不显得那么着急，镇定地打开房门，稳步穿过走廊。

她扭开把手，拉开门，门外站着的竟然是乐燃。

许知意大失所望。

"怎么看见我就一脸不高兴？"

乐燃今天的衣服又稀奇古怪，层层叠叠地套着，胸口长长的银链子坠着一块石头——真石头，坑坑洼洼灰突突的，工地上就能捡到的那种。

他把两个大纸箱子搛在门口，又回到路边，从一个漆着小件搬运广告的面

· 034 ·

包车上往下搬行李。

许知意惊奇:"你这是要搬过来吗?"

"当然了。"乐燃说,"那天看完房子,我就加了房东微信,说我也是杰瑞的同学,问他这边还有没有空房。这房子那么便宜,不租白不租,省点生活费,我今年要换台新游戏本,大概要四千刀呢。"

许知意纳闷:"你不是刚换过一台游戏本吗?换了能有半年?"

乐燃叹了口气:"所以我爸不给我报销,让我自己吃泡面省钱。他跟我说'一天省二十刀,十天省二百刀,六七个月就省出来了',还要我加油。"

乐燃把箱子挪进来:"所以我想在房租上省点。房东一直都没回我,结果今天早晨,他突然打我电话,说房客还没招满,我就马上搬过来了。"

楼下没有空房间了,乐燃在楼上挑了一间朝阳的房间。

"这边采光好,好画画。"乐燃把他的画架支起来。

乐燃忽然感慨:"真像做梦一样,我竟然要和 Trivisa 大佬住在同一个屋檐下了。"

许知意尴尬:"别这么叫,我也不是什么大佬。"

Trivisa 是许知意接画稿时用的 ID,在三次元听见,感觉十分奇怪。

乐燃说:"微博有七位数的粉丝,还不算是大佬?大佬,你的'无底线事务所'要什么时候才能更新啊?"

"无底线事务所"是许知意自己更着玩的漫画,情节全是各种借故事疯狂吐槽。

许知意:"最近太忙,估计得下周。"

乐燃继续说:"我最近要做一个独立游戏,打算做好放到 Steam(游戏平台)上,我知道肯定雇不起你,要不要一起做,收益对半分?"

许知意算了算时间:"现在太忙,起码得假期才能有空,你要是能等得了就等。"

乐燃边聊天,边仔细研究许知意,纳闷道:"你丸子头怎么绑那么紧?头皮不疼吗?"

许知意摸了摸头顶上的鬏鬏,再看一眼乐燃的头发,郑重地说:"我感觉,你以后会特别遗憾你头发短,绑不了丸子头。"

乐燃:"啊?"

许知意问他:"你还没收到房东的合租条例?"

乐燃一脸茫然。

许知意拿出手机,把房东发过来的电子版合租条例给乐燃看。

乐燃浏览一遍,恍然大悟:"怪不得房租这么便宜。"

英雄所见略同。

他把手机还给许知意,从箱子里翻出一个锅和满满一塑料袋泡面,在里面挑挑拣拣。

"我还没吃饭,饿死了,我去楼下煮个泡面啊,你要不要一起吃?"

许知意默了默:"煮了泡面,厨房不好收拾吧?"

毕竟房东的标准是"不能留下人类的痕迹"。

乐燃:"没事,煮个泡面而已,就两三分钟,煮完擦一擦呗。"

许知意建议:"你干脆烧壶开水泡一泡算了。"

乐燃严正拒绝:"我的人生可以沦落到吃泡面,但是绝不能沦落到吃不煮的泡面。"

他拎着他的锅下楼了。

乐燃煮面很快,香辣浓郁的香味勾着许知意的鼻子,许知意晚上只喝了一杯牛奶,肚子不争气地"咕噜"一声。

乐燃的耳朵超灵,转过头指挥:"有条例也不能饿着自己。你快去拿个碗,我再下一包,咱俩一起吃。"

"这多不好意思。"许知意嘴里说着,脚却诚实地往房间走,取来了她的碗,顺便从冰箱里拿出几个她刚买的鸡蛋,让乐燃卧进去。

乐燃先捞出面条,等鸡蛋煮得半熟了,才把鸡蛋和面汤一起倒进碗里。

两个人凑在厨房的台面上,一起弯腰吃面喝汤。

汤又辣又热,荷包蛋有完美的溏心,煮过的面条半透明,筋斗有弹性,和只用热水泡出来的完全不是一回事。

乐燃还不满足:"过两天买点葱,再卤点牛肉加进去,味道才绝。"

面吃完,两个人一起动手收拾厨房。

"吃完出了一身汗。"乐燃边洗锅边说。

"是啊,暖和多了。晚上还是挺冷的,昨天晚上冻死我了。"许知意随口答。

乐燃说:"我倒是觉得还行,快春天了。"

许知意一边擦灶台,一边说:"我末梢循环不太好,手脚特别容易冷。"

洗碗的时候,许知意仿佛用余光看见,主卧的门轻轻动了一下。

许知意转过头,只见房东那扇门关得好好的,严丝合缝。

厨房的垃圾桶里有外卖的打包盒,估计他已经吃过了。

悉市昼夜温差大,就算白天再怎么艳阳高照,冬末的夜里还是很冷。许知意铺好两层被子,把被角掖好,钻进去,刚躺下,就听到外面有声音。

有人开了车库门,接着是车子开出去的声音。

这房子有个车库,就在侧面,车库门一直关着,估计房东把车停在里面了。

房东大人不愧是终极"社恐",昼伏夜出。

第二天一大早,许知意差不多是被冻醒的。不过冷也有冷的好处,可以早起,不会赖床。

许知意在房间里梳头发,把头发扎成丸子,再把掉下来的头发仔细收集起来,用纸巾包好,扔进垃圾桶,听着外面没有任何动静,才出去洗漱。

结果一开门,她就看见门口挡着个东西——

好大的电热油汀,不止一个,而是两个,崭新的,贴着贴纸,挂着吊牌。

油汀上放着张字条,上面打印着简单的一行字:过几天有人来装地暖,先用油汀。

怪不得昨晚听见他开车出去。

这里的店营业时间通常很短,一般下午五六点钟就打烊了,不知他开车去哪儿才买到的油汀。

一般包水电的房东,都会各种限制房客用取暖设备,比如规定不许用多少瓦以上,或者一天只能开几个小时,像这位房东,居然主动给房客买电热油汀,还一买就买两个,许知意倒是头回听说。

许知意把油汀挪进房间,看见乐燃也下楼来了。

乐燃看见许知意正在挪油汀,感慨道:"哟,你拿到了两个,我也拿到了一个——大概觉得女孩子更怕冷吧。怎么会有这么神仙的房东。"

他探头对主卧那边说:"谢谢啊!"

许知意对他比了个嘘:"人家说不定还在睡觉。"

前天晚上半夜搬进来,昨晚又出去找油汀,估计房东大人现在正在补觉。

乐燃把手机给她看。

"房东把那份合租条例也发给我了。"

许知意就知道乐燃早晚得收到,那么苛刻的合租条例总不能只对她一个人生效。

不过乐燃住在楼上,一个人用二楼的洗手间,不跟房东合用,比她爽多了。

乐燃翻着手机:"哎,把你这学期选的课和 Tutorial 的时间给我看看,咱俩尽量选一样的吧?方便结组。"

Tutorial 是正式课程后的小班辅导,现在刚开学,还在试听的时候,时间都还能改。

乐燃做事也很认真,能跟他结组,许知意求之不得。

许知意立刻找出课程表,和他一门一门地往下对。

乐燃:"这个我改成和你一样的,这个你改成下午吧?我们正好一起上课,晚上还能一起回家……"

许知意没有意见。

今早只收到了油汀,没收到房东大人别的字条,可见昨晚的厨房清洁是过关的。许知意和乐燃这回一起煎了鸡蛋、烤了吐司,说说笑笑地吃了,一起换鞋出门去学校。

两人都没留意到,主卧的门微微开了一点,又关上了。

十年前。

熙市。

那年暑假过后,裴长律就要离开熙市去明大了。

裴长律报明大的原因，许知意心知肚明，因为明大离熙市特别远，他爸妈鞭长莫及，管不了他。

临出发前那两天，裴长律愉快得像马上就要放归野外的狼一样，一圈圈地在笼子里转悠。

他对许知意说："我走了以后，你要是有什么弄不明白的题，可以直接去找寒商，我也让他有时间就去看看你，看你有什么需要帮忙的地方。"

许知意鼻端下意识地闻到一股血腥味："哦。"

裴长律并不是说说而已。

有天中午下课，许知意收好东西，拿出钥匙，准备回家。

她家离三中很近，向来回家吃午饭，许知意妈妈在单位不回来，但是会做好饭菜放在冰箱里，她自己热一下就行了。

教室里忽然一阵骚动，许知意抬起头时，大半个教室的人都很兴奋。

"那不是寒商吗？"

"真的是寒商！"

"寒商到高二这边来干什么？"

寒商就靠在门口，正看向许知意这个方向。

他长得帅，成绩也好，之前又闹出那么大的乱子，人人都认识他，站在那里，异常惹眼。

寒商对正进门的两个同学低声说了句什么。

那两个人立马满眼放着八卦的光，吆喝："许知意！寒商找你！"

许知意火速出去，把寒商带到旁边没人的走廊拐角，才问："什么事？"

寒商悠悠地道："裴长律让我经常过来看看你，他不太放心。"

许知意沉默了下："没什么好看的，我什么事都没有。"

寒商却继续说："我还是得问一下，最近有什么不懂的题目要我帮你看看吗？"

许知意想都不想："暂时没有。"

教室门口有人往这边探头探脑，许知意只想快点把这尊大神送走。

寒商接着问："那有人欺负你吗？霸凌什么的。"

许知意："当然没有。"

都高二了，大家都忙得不行，有时间巴不得多睡一会儿，谁还有那个闲情逸致。

寒商点了下头："行。那我走了。"

他的任务成功完成，转身就走。

许知意大大地松了口气。

不过许知意很快就明白，寒商说的"每隔一段时间过来看看你"，这个"一段时间"到底是多久。

一周。

寒商像打卡一样，每隔一个礼拜整，周二的中午，就会定时定点地出现在许知意的教室门口。

比机械钟里冒出来报时的布谷鸟还准。

几次之后，大家都被他报时报出了条件反射，一看见他出现，一群人就立时一起拉着长声唱："许知意——寒商找你来了——"

许知意每次都以最快的速度出去，去没什么人的地方，悄悄跟他接头。

寒商每次都例行问："有什么题要帮你看看吗？"

许知意摇头。

寒商再问："有人欺负你吗？"

许知意再摇头。

两个问题问过，就算流程走完。

反复好几次后，这天寒商来找她，许知意忍不住说："其实你不用过来，我要是真有问题，自己上楼找你就行了。"

他这样打卡，真的太招眼，班里的谣言已经传上了天。

寒商随口答："没关系，不麻烦。"

许知意没办法，只得坦率地说："你不麻烦，我麻烦。"

寒商奇道："是我过来，你有什么麻烦的？"

许知意无奈："我怕别人误会。"

寒商俯低一点，用那双极黑的眼睛盯着她，问："误会什么啊？"

这就纯属明知故问了，他一个高三的男生，快高考了，不抓紧时间用功，时不时就往高二教室跑，来找一个女生，别人能误会什么？

他故意这么问，好像是存心想让她尴尬。

她偏不尴尬。

许知意直视着他的眼睛，语气诚恳，吐字缓慢而清晰："误会你在追我吧。"

她回答得这么直白，有点出乎寒商的意料。

他的眼睛里冒出一点笑意，好像觉得她的反应很好玩。

他直起身："那倒不用他们操心，我这辈子都不会追哪个女生。"

许知意在心中"呵"了一声。

还挺跩。

他大概是觉得自己销路太好，就算不做推广，不拉客户，也不会积压在仓库里卖不出去的意思。

不过，寒商接着说："你去问裴长律，认识我的所有人都知道，我根本不会追谁，也不打算交女朋友，以后更不会结婚。"

他的眸里多了点阴沉的颜色，语调却仍然很轻松自在："像我这种基因，就应该断子绝孙。"

许知意一时不知该说什么好。

寒商却只看着她，又说："真的没人找你的麻烦？你脾气那么直，又莽，该管的不该管的事都敢管，也不知道哪儿来的那么大胆子。"

他停了一下,继续说:"那天在楼道,看见我抄起铁管,还不赶紧跑,还敢出声。你就不怕我杀红了眼?

"你离得那么近,只要一两秒,我就能过去抓住你,用铁管对准你的脑袋也来一下。

"后来还敢去教务处给我做证。你知道寒翎和他妈是什么人吗?不怕报复?"

许知意望着他,不出声。

寒商也不说话,目光定在她的脸上。

好半天,他才接着说:"裴长律……"

他用舌尖舔了一下嘴唇:"……裴长律的意思是,寒翎是个虚张声势的废物,我经常过来看看,他未必就真敢欺负你。"

都说愣的怕横的,横的怕不要命的,毕竟寒商上次差点把人弄死,下次再有这种事,不一定能中途撂下棍子。

许知意心想,他在撒谎。

裴长律根本不知道她帮他做证的事。

这并不是什么裴长律的意思,是他自己的主意。

寒商仿佛轻轻吁了口气,平静地接着问:"所以最近有什么题目要帮你看看吗?"

寒商这样一次又一次地来成了习惯。

许知意从没让他看过题,也没跟他告过谁的状,每次把流程走完了事。

寒商的打卡行为,从初秋持续到入冬,从冬末到来年春天,无论高三有多忙,他都准时准点来找许知意,一次不落。

直到有一天,许知意发现,他做的其实比打卡还要多。

这天下晚自习,班主任找许知意有点事,多耽搁了一会儿,许知意就没和平时一起走的几个同学结伴回家,自己一个人往回走。

许知意的家离三中很近,只有不到十分钟的路程,只是位置比较僻静,这种时间,更是没什么人。

路上的店早就打烊了,一盏盏路灯把人影拉长又缩短,许知意一个人攥着手机,快步往前。

走到一半,她忽然看见前面的转角站着个人。

寒翎。

也不知是碰巧,还是故意在等她,寒翎也看见她了,眯着眼睛往这边瞧。

许知意脚步顿了顿。

她还没决定要不要继续往前时,身后就有个人越过她走了过去。

是寒商,他没背包,空着手,经过许知意时也没跟她说话,直接走向寒翎。

借着路灯的光,许知意看见,寒商把手伸进口袋里,摸出一把水果刀。

这人竟然随身带刀!要是被学校抓住,估计又要领个处分。

不过想也知道,他的家庭环境特殊,他妈妈就那么死了,他带刀应该是为了自保。

寒商拿着刀在手指间转了几下,不紧不慢,一步步朝寒翎走过去。

要是别人这样,说不定只是虚张声势地吓唬人,但是许知意知道,寒商不是。

寒翎明显也知道,他惊恐地看了眼寒商,转身就跑。

"知意!"

忽然有人叫许知意的名字,马路对面,许知意的爸爸来了。

自从上次举报过寒翎后,许知意下晚自习一直都和一群顺路的同学一起走,走到小区门口,就有爸爸接。今天晚了,又落单,许知意一出来就早早地给爸爸发了消息,让他往学校的方向迎出来接人。

许知意穿过马路,迎向爸爸。

许爸爸接过许知意肩上的书包:"刚才没及时看见你发的消息,过来晚了一点。"

许知意回头看了看,寒翎已经没影了,寒商也站住了,刀已经收起来了。寒商手插在裤子口袋里,正遥遥地往这边看。

寒商一个人站在路灯下,黑色的影子连着脚,被路灯的光拉得极长。

他看了这边片刻,转身走了。

转眼就是许知意的十七岁生日。

这天中午下课,许知意照例拎着家里的钥匙准备回家吃饭,才走到教室门口,就看见了寒商。

今天并不是周二,寒商却过来了,手里拎着一个雪白的小纸袋。

等许知意出来,他抬起一只手,纸袋的黑色提绳吊在食指上,小袋子在她眼前晃了晃。

"生日快乐。"他说得心不甘情不愿,接着补充,"是裴长律让我跟你说的。"他把小纸袋往前送了送,"这也是他寄过来,让我拿给你的。"

不用他说,许知意也能猜到是裴长律让他转交的礼物。

寒商不知道她的生日,应该也干不出送女孩生日礼物的事。

许知意接过袋子:"谢谢啊。麻烦你了。"

从两三岁起,裴长律每年都会送许知意生日礼物,开始时应该是他爸妈的意思,后来就变成他自己自动自觉地记得。

礼尚往来,许知意在他过生日的时候也会回赠礼物给他,早就已经习惯了。

许知意随口问:"他为什么不直接寄给我?"

还非要让寒商送过来。

寒商悠悠地道:"他大概是觉得现场说比较有冲击力,又没找到能录他那句废话的语音贺卡吧。"

他说的是"生日快乐"那句话。

裴长律的思路，估计和找跑腿小哥帮忙是一样的。

纸袋里装着一只白色的小盒子，打开盒盖，里面放着一条手链。

蛇纹的银手链上，琳琅地穿着几颗珠子，有密匝匝地镶满了小钻的圆珠，有粉色的珐琅小花朵，有半透明的厚圆环，还有吊着的小翅膀。最近好像很流行。

裴长律上大学了，生活费明显比高中时充裕，这手链不便宜。许知意想着今年要回送他价格相当的礼物，顿时头大。

盒子里还有一张字条，是裴长律的笔迹，字体隽秀端庄地拿捏着，客观地说，还挺漂亮：我在明大等你来。

还"我在明大等你来"，他以为他在拍明大的招生广告呢。

跑腿任务完成，"废话"也传达到了，寒商转身就走。

许知意忽然发现，纸袋子的底部，还有个不起眼的小塑料密封袋，通常是买东西装赠品的那种。

小密封袋里装着一对耳环。

小小的，银色的，造型趣怪，并不对称。

一枚耳环是颗比绿豆还小的小猫头，眼睛是亮晶晶的极细的小黄钻，另一枚是弯出一个弧度的小猫尾巴，尾巴上刻着横条的虎斑纹，由一只小黄钻吊着，摇摇晃晃。

耳环小巧精致，亮闪闪的不做旧，不太像是手链这个牌子的风格。

许知意嘀咕："买手链还送耳环的吗？"

寒商回过头。

"是我送的。"他自然地说，又补充，"知道今天你过生日，什么都不送，不太合适。"

许知意捏着小塑料袋，望着他："哦。"

想起来还应该说声谢谢时，寒商已经转身往楼梯那边走了。

不过许知意清楚地听见他背对着她说："生日快乐啊。"

许知意有点愣怔。

他刚刚不是说，这是句废话吗？

许知意想起来，向前追上几步："哎——"

她问："寒商，那你的生日是什么时候？"

来而不往非礼也，等他过生日的时候，她也应该送他一份礼物，好把这份人情还回去。

寒商已经上了楼梯，站在两级台阶上，回过身。

他慢悠悠地吐出几个字："四月十九号。"

许知意："啊？"

四月十九号？

那不就是今天？

这么巧，两个人竟然是同一天生日。

他刚刚还在说，"知道今天你过生日，什么都不送，不太合适"，许知意要是什么都不送给他，就太不合适了。

可是下午还要上课，现在临时给他买礼物，怎么来得及。

寒商站在楼梯上，不动声色地看着许知意脸上一连串的表情变化，眼中全是兴味盎然。

许知意跟他商量："今天来不及了，我明天，或者后天……"

还没说完，寒商就从楼梯上下来了，重新回到她面前。

"不用。"他说，"把你这个'钥匙链'送给我吧。"

许知意手里攥着家里的钥匙，因为钥匙目标太小，放在包里不好找，就在上面随手挂了个发圈当钥匙链。

就是最简单的浅棕色发圈，细细的，一圈皱褶，上面吊着小小的一只金属小猫和一个圆牌，因为用得久，已经半旧了。

寒商在她面前摊开手掌。

他态度坚定，非要这个不可的样子。

许知意只得取下钥匙，把"钥匙链"放在他的手掌上。

寒商收起手指，攥住发圈，不动声色，转身就走。

许知意看见，他边走边用手指撑起发圈，仿佛是个要把它戴在手腕上的动作。

不过没有。

他只抬起手，用修长的食指挑着她的发圈，悠闲自在地转了转，小猫和圆牌发出撞击的清脆轻响。

就好像在玩什么刚拿到手的战利品一样。

许知意默了默。

这个人真的是……这有什么好践的。

如果生日礼物就是战利品的话，战利品还是她先拿到的。

许知意低头看了看他送的装在小塑封袋里的那对小猫耳环。

学校禁止打耳洞，这副耳环那么好看，可惜要等高中毕业以后才能戴上。

但这之后，许知意就再也没见到过自己的发圈，不知被寒商扔到哪儿去了。

后来再想想，许知意觉得，寒商当时应该只是善心爆发，因为她来不及出去买礼物，随便一指，给了她一个台阶下。

不过他送的耳环是小猫，要的发圈上也是小猫，倒像是用一只小猫换了另一只小猫。

一个多月后，就迎来了高考。寒商发挥很稳定，仍然是年级第一。

出乎所有人意料的是，他没有选华大，而是坚定地报了千里之外的明大。

班主任把寒商叫到办公室谈话，他爸爸也到了，只是谁都影响不了寒商的决定，他非去明大不可，而且不肯按他爸的意思读国际经贸，兴之所至，想要读纯数学，把他爸几乎气疯。

有人说，听见他爸在老师办公室里咆哮。

"就算你要读数学，华大的数学不好吗？为什么不去华大？"

寒商只冷淡地回答："你再吼一个试试。"

他爸居然真的不吼了。

许知意倒是一点都不意外。

她心里很清楚，就像裴长律一样，寒商也跑了。

又有一匹一圈圈转着圈的狼放出了笼子，远离熙市，远离他那个家，有多远走多远。

许知意觉得，寒启阳其实应该庆幸寒商愿意远走高飞，否则以寒商的性格，不知道能干出什么事来。

可寒启阳似乎不那么想。

他虽不要老婆了，但是舍不得丢开这个出类拔萃的儿子。

寒商考完后，仍然继续做他的布谷鸟，每隔一周，就准时准点到许知意的教室门口打卡，一直打到她也放假。

放假后，寒商很快就出发去了明大所在的枫市。

他在她这里打了整整一年的卡，却丝毫没有留个联系方式的意思，就像突然在她的生活中出现一样，又突然消失了。

这年暑假，裴长律在枫市乐不思蜀，也没回家，他在电话里说，寒商说是要先过来适应环境，可是到了以后，天天窝在酒店里不动，也不知道是去适应的什么环境。

开学后，听同学说，寒翎也走了，他不参加高考，被他爸送去英国读书了。

三中少了这些不安定因子，也不再有寒商定时打卡，日子仿佛过得特别快。

高中最后一年，许知意完全进入修行状态，每天物我两忘，心无杂念，专心准备高考。

高考才是真正的成人礼。

每个人都要经此一役，才算脱开家庭的脐带，变成一个独立的个体。

许知意稳稳的，发挥得很不错，比模考考得还要更好一点，考了全校第三。

她也打算去明大。

和寒商当初不同，许知意爸妈对她报明大的想法毫无意见，甚至举双手双脚赞同。

"学校当然就是明大。"许知意妈妈说，"专业的话，从你姐身上我也算看明白了，你说她学个核物理，结婚以后真的去造原子弹吗？女孩子，不用选那些花里胡哨的专业。"

许知意爸爸同意："咱们不求赚大钱，毕业以后考个公务员，或者当个老师，旱涝保收，一辈子稳稳当当……"

妈妈说："对，毕业以后，就争取留在枫市，找个好中学当老师，多好。"

他们想得十分长远。

妈妈踌躇:"现在想留在枫市当中学老师,就算是明大毕业,起码也得是硕士吧?"

爸爸说:"那就读嘛。当老师好,稳定,有寒暑假,以后结了婚也方便照顾家庭。上次我们跟长律爸妈聊起来,他们也都是这个想法。"

许知意莫名其妙:"什么意思?怎么我以后就非得和裴长律结婚了呢?"

许知意妈妈瞪起眼睛:"长律哪儿不好了?你找出来一个比长律好的给我看看?"

一条笔直笔直的人生之路,好像已经被规划得明明白白。

从现在到退休,这几十年,哪里毕业,哪里工作,哪里结婚,哪里生子,就像路上均匀分布的公交站点,规规矩矩,准时准点,一眼就能望到头。

而裴长律,就是这条路上最醒目的中转总站。

妈妈对着专业列表焦虑,问许知意:"这么多专业,就没一个你想学的吗?"

许知意默了默:"有啊。你又不让我读美术。"

许知意从小就喜欢画画。

她小时候就画动物,画小人儿,把脑子里的故事一格格画出来,再大一点,就画自己的OC(原创角色)。

她为了能画好,又慢慢自己研究人体结构,学素描,初中时有次考了年级第一,让爸妈奖励了一块数位板,从此之后,更是一发而不可收拾。

许知意并没有成为画家的理想,只是单纯地在画自己喜欢的东西。一笔笔把脑中的人和画面描绘出来,心中升起安稳的愉悦,十分平静自在。

许知意爸妈虽然承认她画得很不错,却坚决不同意她读美术。

爸爸说:"咱们局里那个老郑的儿子,那是考不上大学才读的美术,你这成绩,读什么美术?"

可除了这个,许知意对什么都没太大兴趣。

妈妈想了想:"想当老师的话,最好还是读个基础学科相关的专业吧?"

爸爸拍板:"不然就跟长律一样读自然科学专业?"

他俩凑在一起研究专业,许知意往后退了退,对着他们的背影放空。

选哪个专业对许知意都差不多。

不过去明大是肯定的。

遥远的枫市,遥远到气候都不同,操着陌生的方言,是新鲜的,生气勃勃的,大概是个放狼的好地方。

开学去明大报到的时候,许知意爸妈都没有送她,让她一个人上了火车。

因为他们早就说好了,裴长律会来接站。

这边送,那边接,从爸妈手里,到裴长律手里,顺顺当当,许知意爸妈没有什么好不放心的。

许知意倒是无比雀跃。这是十八年来,她第一次一个人离开家。

而且一走就走这么远。

邻座也是一对送孩子去枫市的大学报到的母子，妈妈一路都在探身跟坐在过道对面的儿子絮絮地说话，嘱咐他今后饭要吃饱，觉要睡好，冷了加衣服热了脱衣服，出汗了及时擦干，不要感冒。

许知意默默地啃一口凤爪，再啃一口凤爪，心情像鸟一样在列车车厢上空盘旋，无比自由。

快到枫市时，裴长律忽然发来消息。

△知意，学生会今天刚好有事，临时走不开，没法接你了。

△你自己出站，一出站就能看见明大的迎新接站点，有学长学姐值班，他们会带着你上大巴，直接就到学校了。

没关系，许知意并不需要他接。

枫市临海，空气不像熙市那么干燥，就算有太阳，也浸润着一种特殊的湿意，温和而柔软。

许知意一路顺畅地找到迎新接站的地方，坐上大巴，到了明大。

明大校园内外热闹非凡，到处都是拎着大包小包的新生和家长。

路两边长着熙市没有的梧桐树，叶片大得张扬，树干粗壮，上面深一块浅一块，像是决定不了自己该穿哪层颜色似的，斑驳得如同迷彩。

许知意对照地图，找到新生报到的地方，看见那里早就排起了长龙。

大可不必凑那个热闹，她先去领托运过来的行李。

大家都在排队报到，领行李的地方队伍反而不长，不过一领到行李，许知意就有点痛苦。

爸妈知道有裴长律接，托运了一个最大号的满满当当的行李箱，里面不知塞了什么，沉得要命。

行李箱有轮子，斜拉着分量仍然不轻，许知意背着双肩包，左手一个行李箱，右手一个行李箱，拖着一点点艰难地往外挪。

有两个拉着小拖车，穿着志愿者衣服的学长过来，热情洋溢。

"同学，要帮忙吗？"

许知意身后传来声音。

"不用了。"

许知意转过头，眼前竟然是消失了一整年的寒商。

他好像比以前又高了一点，穿着件宽松的黑T恤，运动裤，手抄在口袋里。

许知意一年没看到他，猛然再见，心想，原来自己还是最吃他这款颜。他站在那里，不说不动，只垂首看着她，就把周围所有男生秒成自动去色的背景板。

两个学长去帮别人运行李了，许知意纳闷："你怎么在这儿？"

"新生报到，我过来看看热闹。"寒商说。

看热闹能特地看到新生领行李的体育馆里，那他还真的是挺爱看热闹的。

· 046 ·

寒商顺手接过许知意的两个行李箱,手托住斜拉的箱子提手时,手臂上的青筋马上一暴。

寒商沉默了一下:"许知意,你这里面装什么了?运一箱子砖头过来,打算自己盖宿舍?"

许知意实话实说:"我也不知道,零零碎碎的,都是我爸妈塞的。"

寒商把箱子提手抽高,拖着往外走:"裴长律呢?怎么没去接你?"

"他说今天学生会有事。"许知意两手空空地跟在他身后,"再说我也根本用不着别人来接,我自己可以。"

寒商挑了下眉,停下来,转头看看她。

他把两个行李箱的提手重新送回她手里:"你可以,那你自己来。"

来就来。

许知意坦然地接过箱子,继续往前拖着走。

寒商放慢脚步,游手好闲地跟着她,弄得路上热火朝天运行李的人都纳闷地盯着他俩瞧。

才走出几步,就有个穿志愿者衣服的学姐开着电动小三轮路过,停在许知意身旁。

"同学,去哪儿?我帮你运啊?上车。"

许知意还没回答,寒商就上前两步,又把她手里的行李箱接过去了,大步往前走。

这个人真就奇奇怪怪的。

学姐笑嘻嘻地跟许知意摆摆手,"嘟嘟嘟"地开着小三轮车走了。

许知意背着背包快跑两步,追上寒商。

她总算弄懂了他的意思。

"寒商,谢谢你来接我。"

寒商:"嗯。"

他瞥一眼许知意,忽然伸出手,把她身上的双肩包也剥下来,挂在行李箱的提手上,自己拉着继续往前走。

他走得毫不犹豫,许知意奇怪:"你知道我宿舍在哪儿吗?"

"还能在哪儿,你们这级新生就住前面。"寒商随口说。

许知意对着手机上的地图研究:"那咱们好像应该往左拐了。"

寒商头也不回:"箱子这么沉,里面装的肯定不是被子,你没带被子吧?前面有卖的,我先带你去买,不然你今天晚上睡什么。"

他继续说:"买完被子,再去宿舍那边,放好行李,然后回来把报到手续办完……"

许知意立刻听出了问题。

"你怎么知道我还没报到?"

寒商顿了顿,转过头,眼中略带一丝被她揭穿的尴尬。

"我刚才远远地看见你没排队,直接去取行李了。"所以他才跟着她到了

领托运行李的地方。"

寒商继续说:"报完到,领了卡,再带你在学校里转一圈。"

他都规划好了。

虽然许知意自己摸索着也能做完,但有他在,万事不用操心的感觉,还是挺爽的。

许知意这回直接表扬:"你想得真周到。"

寒商没说话,继续拉着行李箱往前走,走出好一段距离,才慢悠悠地说:"你就当我是在帮裴长律吧。"

不领他的情,他不高兴;领他的情,他又说不用。

也不知道在想什么。

过了很久之后,许知意才知道,当时裴长律没来,是正在追学生会里一个高年级的学姐,一时走不开。

不过第一次去明大报到的这天,许知意记了很多年。

那天天气非常好,梧桐叶非常绿,寒商买来的双皮奶非常好吃,一切都完美无缺。

第三章
触手可及

南半球天气回暖,一点点地有了春天的意思,空气中满是植物萌发的新鲜气息。

有工人过来,连干了几天活,把地毯揭起来,给全屋都装了电热的地暖。

房东毫不心疼电费,全天开着地暖,老房子是双砖墙,保温很不错,房间里现在无论白天夜里,都暖暖的。

许知意这天回老宅时,刚走到前院门口,就看见一辆黑色越野车驶进车库,车库门正缓缓地放下来。

开车的没别人,肯定是房东。

车库门落到底之前,许知意从门下的最后一道缝隙里看见,有人从车上下来了。

缝隙太窄,她只能看见一截小腿和浅棕色的登山短靴。

靴子上沾了点泥和草叶,不知去哪儿走过,那截小腿肌肉线条流畅分明,是晒过太阳的浅蜜色。

冬天还没过,在外面穿成这样,也不嫌冷。

许知意原本以为这位"社恐"的房东大人一定长相斯文,苍白得不见天日,没想到竟然还是个户外运动爱好者。

许知意进了院子,打开正门。

车库有连通客厅的门，还关着，也没人进来，隐约能听见里面有声音，房东大概正从后备厢里拿东西。

乐燃倒是在，他今天下午没课，正在厨房里忙着。

满屋都是浓郁的烤肉香。

乐燃看见许知意回来了，立刻招呼："你要不要吃德国脆皮烤猪肘？我刚烤的，太大了一个人吃不了，你想跟我 AA 吗？"

厨房台面上放着包装盒，是半成品的猪肘。

德国猪肘像武功一样，分南派和北派，北派是炖的，南派是烤的，这是南派的巴伐利亚烤猪肘，已经腌制熬炖过，只要放进烤箱里直接烤就行了。

许知意本来对这种半成品不抱什么希望，没有买过，没想到烤起来会这么香。

"好啊。"许知意问了价格，把钱转给乐燃，奇怪地道，"你不是要吃泡面省钱吗？"

乐燃一脸痛苦："吃泡面太可怕了，明天，明天再开始节约。"

许知意一边说话，一边转头瞄了一眼客厅连接车库的小门。

门紧闭着，没有动静。

房东应该还在车库里，他不是杰瑞那只凶猛的大老鼠表哥，倒像只敏感的小耗子，听见客厅里有猫叫，就不敢进来了。

乐燃又拿出两个盘子，打开一个玻璃罐，用筷子从里面往外拨切成丝的德国酸菜。

这酸菜和东北酸菜不同，是圆白菜做的，但是闻着一模一样，酸溜溜的味道也一样。

"德国猪肘必须得配这种德国酸菜，"乐燃龇牙笑，"Schweinshaxen（德国猪肘）配 Sauerkraut（酸菜），这是吃货我仅会说的两个德语单词。"

两个陌生的德语单词让许知意的心猛地一扯。

一阵钝痛。

就像那种多年前的伤口，看着似乎愈合了，机缘巧合时不小心再撞一下，疼痛突如其来，丝丝缕缕地扩散开，让人眼眶发酸。

乐燃随口问："许知意，你会德语吗？"

许知意点头："会一个词，Scheisse。"

乐燃不懂："什么意思？"

"骂人的。"

乐燃哑然失笑："果然大家学的第一个外语单词，都是骂人的话。"

许知意脸上笑着，心中又是一阵抽痛。

并不是，她学的第一个德语单词，是慕尼黑。

München。

u 上有两个小点，她曾经在各种本子上写过很多遍，每次都在写完之后，才认真地点上那两个点，就像画师画好一条龙，最后点上两只眼睛。

那是座古老的城市，坐落在阿尔卑斯山北麓，伊萨尔河穿城而过，那里有她最喜欢的人。

乐燃无知无觉，戴上隔热手套去开烤箱。
一开烤箱门，香气就"呼"地冲出来了，香到嚣张跋扈。
烤盘上的肘子变成了金黄色，乐燃稍微放了放，就拿出刀分肘子，切得干焦的表皮一阵脆响。
"这会儿是最好吃的时候，过一会儿皮就不脆了。你要芥末酱吗？"
"不用，我要蘸生抽。"
只要不蘸他们的酱，这肘子肉配酸菜，根本就是我大中华美食的味道。
许知意转头去看车库小门。
门那边仍然安静无比。
"乐燃，分好了以后，我们还是回房间吃吧？"
乐燃虽然不懂，还是答应："好啊。"
两人端着各自的肘子回房间。
肘子皮上已经被割成一刀一刀的，酥脆无比，撕开皮，下面就是软嫩的肉，蒸汽腾腾的，热到烫手。
许知意一点点撕着吃，又等了好一阵，才听到外面有声音。
小耗子终于进来了。
许知意悄悄走到门口。
刚刚回房间时，许知意没有把房门完全合拢，留了一道细缝。
有一点轻微的声音从车库门那边传来。
地毯厚重，没什么脚步声，但是能分辨出衣服面料摩擦的轻响，正在往这边靠近。
许知意下意识地紧张起来，屏住呼吸，把一只眼睛贴近狭窄的门缝，悄悄往外偷看。
摩擦声来到靠近房门的地方，突然顿住。
许知意火速从门缝前闪开。
她直觉，对方已经注意到她的房门没有关严。
心脏"咚咚"地乱跳，许知意屏息静气，仔细分辨着门外细微的声音。
又过了片刻，衣服摩擦的声音才终于重新响起来，朝这边过来，不过明显比刚才速度慢一些。
发现就发现吧，许知意下定决心，无声地深吸一口气，重新凑到门缝前。
她已经做足了思想准备，凑过去时会看见恐怖片里的套路剧情，门缝外也有一只眼睛正死死地盯着她。
然而并没有。
一个人影从门缝外一晃而过，只有一瞬间。
在这极其短暂的一瞬间，许知意看见，外面路过的是一个个子很高的男人，

目测绝对有一米八以上，甚至可能有一米九，穿着件深色冲锋衣，下面配一条看着就很凉快的浅色短裤。

许知意没能看见他的脸。

因为他竟然把冲锋衣的拉链一拉到顶，遮住下巴，又戴着冲锋衣的兜帽，帽檐长长地向前探出去，侧面严实地挡着，硬是一点脸都没露。

真的需要这么严防死守吗？

许知意回到桌前，心中明白，是房东发现了她留下的门缝，临时用冲锋衣把自己遮得严严实实。

她继续吃肘子，越想越觉得不对，越想越毛骨悚然。

一个女生搬进上百年的老房子，房子里住着一个抵死都不肯露脸的奇怪房东。无论怎么看，这都是凶杀恐怖片开场前五分钟的剧情。

按正常的剧情发展，女主现在要开始作死，调查这个奇怪房东了。

许知意擦了擦油手，拿起手机，找出房东表弟杰瑞的微信，先跟他闲聊了几句，就进入正题：我租的房子的房东，你有他的照片吗？

许知意想，啧。这句话问得也太像凶杀恐怖片里的台词了。

杰瑞回答：照片是真没有，他是我远房表哥，以前在国内的时候，有一次我太奶奶过生日大摆宴席时，远远地看见过他一次，我们没说过话。

杰瑞说：不过我一个男的，都对他印象深刻，因为长得实在太帅了，就是性格不算好。

许知意立刻追问：怎么个不好法？

杰瑞：怎么说呢，感觉好像挺孤僻的，还挺傲，不愿意说话，也不太搭理别人，吃完饭就走了。

更像变态杀手了。

杰瑞：我妈跟我说，那是我拐了好几个弯的表哥，因为小时候经常一脸不高兴，他妈就给他起了个小名，叫都都。不知道大名是什么。

大名大概就是收据上写的奥斯卡·秦。

奥斯卡秦都都。

杰瑞忽然意识到：你为什么要他照片啊？你还没见过他吗？

许知意：还没。

杰瑞：哈？

许知意：他关在房间里，完全不见人。他以前也这样？

杰瑞：以前看着性格是有点怪，可是还没奇怪到这种地步。你等等。

过了一会儿，杰瑞发过来：我问了一下我那个表哥，为什么不想见人，他说他最近生病了。

许知意好奇：生病？生了什么病？

生了满地找头发的病。

杰瑞：他没说，只说病得很严重。我家跟他家关系有点远，不太熟，我没听到消息，也不知道是真是假。

杰瑞：其实我也不算太了解他，你要是很担心的话，不然还是搬出来吧？
许知意并不想搬。
租房高峰还没过，搬出去，到哪儿都找不到这么便宜的房子。
许知意吃一口肘子，琢磨，凶杀恐怖片里都是这样，一定有个不能搬家的理由，那么吓人了都不肯搬，把观众活活气死。

出来洗盘子的时候，许知意又看了一眼大门口的鞋架，现在上面只有她和乐燃的鞋，估计房东是把那双登山靴放在车库里了。
她走到车库门口，轻轻扭了一下门把手。
门锁着。
脚下"咯吱"一声。
是碎裂的轻响，车库门口的地毯上，躺着一小片黄色的枯叶。
树叶会出现在这个地方，明显是房东刚刚进门的时候，身上带进来的。
他大冬天的往有树叶有泥巴的地方钻，怕不是有什么猫腻。
悉市周围有很多保留区，大片的林地没有人烟，是最佳埋尸地点。
许知意低头看了半天地上的树叶，回去找了张纸，小心翼翼地把碎叶子捡在纸上，然后默默地来到房东门口，把夹着叶子的纸顺着门缝塞了进去。
这要是放在恐怖片里，就是纯纯的作死行为。
许知意都能脑补出后面的剧情：凶手知道女主发现他去过某片树林，或者干脆叶子上沾了血迹，然后半夜潜进她的房间，准备"咔嚓"一下，把女主灭口。
她回到房间，没过多久，门外就有轻微的声响，一张纸重新塞了回来。
里面夹着一张二十刀的钞票。
留下醒目的大型垃圾，罚款二十刀，这是房东亲手定的规矩。
许知意收起钞票。
作死就作死，什么都不能耽误她赚钱。
真是稳稳地就走在了发家致富的康庄大道上。

很快外面又有人敲门，这回不是房东，咋咋呼呼的，是乐燃。
"许知意，开门。"
乐燃侍应生一样手里端着盘子，盘子上放着他的那一半大肘子，站在门口。
"自己吃多没意思，咱俩一起吃呗。"
房东刚从外面回来，肯定要去卫生间，起码要洗手，这样大开着房门，他没法出来。
许知意把乐燃拽进房间："好啊，进来吧。"
房东已经发现她会留门缝，再想偷窥应该没用了，许知意这次把门关好，拉过椅子，让乐燃坐下，自己坐在床边。
乐燃一边吃肘子，一边看许知意，随口问："你这对耳环可真好看，上学期我就看见你戴了，是哪个牌子的啊，能做得这么精致？"

许知意今天戴的是寒商送的那对小猫耳环。

她如实答："我也不知道牌子，是好几年前一个朋友送的。"

这对耳环，看做工绝不会便宜，但是当初就用一个小塑料袋装着，没有商标，也没有吊牌。许知意动过心思，想再买这个牌子的耳环，曾经拍照用识图搜索，根本搜不到。

也不知道寒商是从哪儿找来的。

外面有声音，房东果然出来了。

许知意一直等到外面的动静彻底没了，听到房东回房关门的声音，才把乐燃放了出去。

乐燃茫然无觉，洗好空盘子上楼，不过没多久就重新下来了，这回手里拿着一张纸。

他把纸给许知意看。

纸里夹着一个饮料瓶盖。

纸上潦草地写着一个符号和数字：$20。

乐燃惊讶："他还真罚啊？"

许知意对这件事十分有经验，点头："对，真罚。"

饮料瓶盖也被当成了"醒目的大型垃圾"，罚款二十刀。乐燃要疯。

"瓶盖是我昨天掉在楼上走廊上的，懒了一下没捡，就刚刚在你房间里那么大一会儿工夫，他就特地上楼给我检查了一遍卫生？许知意，你说他是不是有病？"

许知意："嘘。"

不光有病，还病得不轻。

乐燃一个人住楼上，一个人用楼上的卫生间和走廊，按理和房东没什么交集，不知道为什么，房东大人非要上楼去找他的麻烦。

房东大人刚交给她二十刀罚款，倒是从乐燃身上找补回来了。

乐燃的手机忽然响了。

乐燃看了一眼，一脸无语，把手机给许知意看。

是房东发过来的：

△合租条例第三条补充条例：进入其他室友的房间，罚款十刀。合租条例第四条补充条例：未经允许私自碰触他人的私人物品，罚款十刀。

许知意的手机接着响了，收到的消息一模一样。

许知意和乐燃一起对着条款发蒙。

两个人都刚刚意识到，房东的"严禁进入其他室友的房间"，是真的不能进入其他人的房间。

无论房间主人允许不允许。

就像乐燃，现在在理论上，不应该站在许知意的房间里。

乐燃火速往后退了几步,退到许知意的门外。

合租条例上写了,房东拥有随时补充条例的权利。

许知意还在琢磨:"所以这个进入其他室友的房间,罚款十刀,到底是把罚款交给谁?"

乐燃分析:"感觉不是交给房东,因为房东也会被罚嘛。所以应该是我进入你的房间,我就把罚款交给你。我问问房东。"

房东消息回得很快,乐燃抬起头:"果然是给被害人。"

花十刀,才能进入她房间。

许知意忽然觉得自己房间像个水族馆,她就是那头收门票被人参观的"海狮",不顶个球转一圈,都感觉对不起这十刀的门票钱。

乐燃低头转钱:"我没现金,给你直接转过去噢。"

"不用。"许知意说,"你刚搬过来的时候,我也进过你房间。"

乐燃:"你进来过一次,我进你房间两次,所以还是应该我转钱。"

许知意拒绝:"我觉得,罚款的补充条例是房东刚刚才发的,所以也应该从现在才开始生效。"

她说得很有道理,乐燃点点头,猛然想起来,火速往厨房跑:"坏了,我烤完肘子,忘了收拾烤箱。"

然而已经晚了,烤箱门上也已经夹了一张字条:

△警告:使用厨房后请及时清洁,下不为例。今后如果厨具像今天一样未恢复原样,罚款二十刀。

还好房东大人放了一马,没有真的罚钱,否则许知意也吃了肘子,估计要平摊十刀。

肘子好吃,擦洗烤箱和烤盘却很麻烦,许知意和乐燃一起忙了半天,才让它"恢复了原样"。

"真累啊。"乐燃扔下抹布。

许知意刚想表示赞同,就听见他说:"咱俩下次烤点什么好呢?你要不要吃蒜烤肋排?"

真"乐·百折不挠·燃"。

两人的手机突然又开始响。

又是房东发来的:

△补充条例:六、室友严禁恋爱。违者罚款一千刀。罚款其他室友均分。

许知意默了默,这个奥斯卡秦都都脑子里到底在想什么啊?

什么就严禁恋爱了?

不许互相串房间,不许谈恋爱,他以为他这是在管兵营呢?

还罚款一千刀,也不知道这数字是他怎么拍着脑袋想出来的。

乐燃也在回消息:哥,这数字你是怎么想出来的?为什么非要是一千刀,不是一千八刀、两千刀?

房东回得倒快：那就两千刀。

许知意无语：……乐燃你话会不会太多？

乐燃压低声音，靠近许知意。

"我感觉，我们这个房东好像有点心理问题，说不定小时候受过什么刺激，有精神创伤。"

许知意望着他靠过来的脑袋。

"乐燃，你说话的时候最好保持一点距离。"

乐燃："啊？"

离那么近，说不定房东马上追过来一条补充条例，禁止室友说话时距离在一米以内。

许知意懂。房东他一个人孤孤单单地躲在房间里，不能出来，只能听听外面说笑的声音，大约是觉得嫉妒吧。

转天就是周末，是打工的好日子，对于许知意，就是疯狂画画赶稿的时候。

乐燃约了人去附近的小镇写生。

他盛情邀请许知意："那边小镇周围全是长满绿草的坡地，有悬崖，还临海，好多路都是四十五度角吊到天上去的，特别美，顾嘉他们几个都要去，你真的不跟我们一起？"

许知意拒绝："我手里还有好几个单子没画完。"

不止接的插画要交，还有无数人在催更漫画，漫画已经好久没更了。

许知意问他："在外面玩两天不便宜，够你吃多少天泡面的，你不打算省钱换游戏本了？"

乐燃答："不怕，我现在又有了点别的赚快钱的构思——"

他神秘一笑："不过现在还仅限于构思。"

乐燃走后，老房子里忽然就只剩下两个人。

天渐渐黑了，没有乐燃上蹿下跳，房子里安静到诡异，隔壁房间亮着灯，但是悄无声息。

许知意一动笔就彻底忘了时间，她一直画到半夜，才轻轻打开门，出去洗漱。

后院没有开灯，花玻璃外黑洞洞的，许知意一路往厨房走，总觉得身后像是有人在盯着她瞧。

她猛然回头，对上了墙上浮雕的小天使白茫茫没有瞳仁的眼睛，吓得一抖。

她迅速洗完，收拾好卫生间，躲回房间，顺手把门反锁了。

刚上床，脑中又冒出恐怖片镜头，她又冲过去把反锁打开，仔细检查一遍房间，弯腰看过床底下，才重新锁好门。

可是熄了灯，躺在床上，迷迷糊糊不知什么时候，许知意忽然在梦中觉得，窗外有人。

百叶窗没有完全合拢，月光透了一点进来，仿佛有个人影站在窗外。

许知意猛地清醒，睁开眼睛。

窗外并没有人影，什么都没有，许知意盯着那边，弄不清到底是真的看见了什么，还是在做梦。

许知意的心脏还在狂跳，睡意全无。

又过了一会儿，忽然传来一阵诡异的窸窸窣窣声。

声音很近，不像是外面，却又仿佛隔着一层，也不在房间里。

窸窸窣窣，就像在靠窗的墙壁与屋檐附近。

应该不是老鼠。老鼠小小一只，弄出的动静不会有这么大。

更像有人躲在墙壁里。

那人正顺着墙壁移动，一路爬过去。

奇怪的老房子，永不露脸的房东，没有其他人在家的半夜。许知意从床上弹起来。

她坐在黑暗中，警惕地听着，一边伸手抓住手机，准备随时拨000报警。

手机突然振动一下，许知意差点把它扔出去。

房东：你听见了？

许知意盯着这四个字。

"你听见了"是什么意思？像是在问她有没有听见奇怪的声音，可往深一层想，又像在试探她有没有听见，或者干脆像是连环杀手在逗弄被害人。

许知意满脑子都在各种胡思乱想时，紧接着就又来了一条：**不要出来，锁好门。**

许知意望着屏幕，没有回复。

隔壁传来轻轻开门的声音，有人从房间里出来了，路过她门前，接着是"吱呀"一声轻响，应该是打开了通往后院的木门。

墙那边的动静只安静了一瞬，就又响了。看来躲在墙里的不是房东。

许知意放下一点心，却又担心起来。

该不会是有贼。

据说十几二十年前，悉市是真的夜不闭户，连为数不多的小偷都懒得跨区作案，让他们晚上加班，更是不可能的。可是这些年人越来越多，越来越杂，入室盗窃一点都不新鲜。

许知意悄悄起来，检查了门，确定已经反锁了，又蹑手蹑脚地来到窗前。

她轻轻拨开一点百叶窗帘，往外看。

借着外面的月光，只见一个人正踩在她的窗台上，两条长腿挡在窗前，轻巧地向上一跃。

她的窗子上方是一片挑高凸起的三角形屋檐，看来那人是用手搭着屋檐，借了一点力，就直接上去了。

手机随即收到消息：没人。

刚刚上去的是房东大人。

这个"社恐"的户外运动爱好者，身手相当不错。

许知意知道躲在墙里闹妖的不是他，对他放心多了，今晚第一次回复他：好。要报警吗？

回复来了：暂时不用。

还真是简洁。

他上了屋顶，消息回得还很及时，许知意默默地希望他打字时不要脚下一滑，从上面掉下来。

一阵瓦响，墙里的声音忽然又出现了，乱得惊慌失措。

许知意紧张地攥着手机，准备随时呼叫000给他支援时，他发了条消息过来：Possum。

Possum，就是袋貂，是一种和袋鼠一样挂着育儿袋的动物，长得有点像老鼠，尺寸却大得多，其中大个儿的加上尾巴，能有将近一米长。

这东西喜欢往屋顶里钻，大概进到屋檐的夹墙里面去了。

外面一声落地的轻响，窗前人影一晃，房东大人从上面跳下来了。

可惜他动作太快，许知意在百叶窗缝里什么都没看清。

许知意问：那要怎么办？

房东半天才回复：明天找人来捉。

警报终于解除，可以放心睡觉了，许知意拉了一下百叶窗，把叶片遮严实。可是心中仍然有悬着的地方，没有彻底放下。

刚才半睡半醒时看见的窗外那个人影，有头有肩膀，绝对不是袋貂。

不过也许只是在做梦。

袋貂闹了一晚上，许知意时不时就被它吵醒，早晨起床时精疲力竭。

隔壁房东好像在打电话，过了没多久，一辆面包车在路边停下来，车身上漆着醒目的"虫害控制"。

两个五大三粗穿着黄色工作服的男人从车上下来，过来敲门。

房东的房门紧闭，没有动静，许知意自动过去开门。

两个工人都是湛蓝色的眼睛，络腮胡子，满脸金色卷曲的毛毛，说明来意，果然是房东叫过来捉袋貂的。

许知意带着他俩去后院。

"我们会先找到它们钻进房子的洞口，给洞口装一个活动门。"工人连说带比画，"门是单向的，只能出，不能进，它们就回不来了，等它们都搬家了，就把洞口封起来。"

他俩搬了架梯子过来，爬到屋檐上，揭开屋檐上的瓦片，到处研究。

天很蓝，早晨的阳光照在屋顶上，许知意仰着头，在阳光下眯着眼睛："找到袋貂了吗？"

"看到了，就在里面。地方不大，说不定能直接捉住。"

工人们在上面忙了很久，随后听见一阵乱响，还有奇怪的高频的叫声。

工人拎着铁丝笼子下来了，给许知意看。

一只棕灰色的动物缩在笼子里，蜷缩着，像是吓得不轻。小家伙眼睛黑亮，耳朵圆圆的，鼻头小而尖，比猫大多了。

许知意问："你们会杀了它吗？"

其中一个工人笑了："今早打电话过来的秦先生也说，希望不要伤害它。我们并不会。实际上，如果捉它的时候让它受伤了，会被罚五千刀。"

工人说："只能在附近放生，最远不能超过五十米，因为袋貂的适应能力比较弱，放得离栖息地太远，它会活不下去的。"

"不过你放心，我们会处理屋顶，"工人笑着把手放在耳边，做了个打电话的动作，"如果它又回来了，给我们打电话。你要一起来看我们放生吗？"

许知意点头："好啊。"

她忍不住转头看了眼房东的窗户。

百叶窗紧闭着，不知道他是不是躲在后面，正从缝隙里往外看。

这里这么热闹，他却不能出来。

这个奥斯卡秦都都，有洁癖、强迫症、"社恐"、敏感，却会在遇到危险时让女生锁好门，自己出去查看，而且对小动物很友善。

一个对动物好的人，是坏人的概率低很多。

等工人干完活，已经将近中午，许知意躲回房间，好给房东出来活动的机会。

房东果然去了一次洗手间，不一会儿，车库那边就传来车库门打开的声音。

他要出门了。

许知意忍不住开门向外张望，透过门上的玻璃，能看见房东的黑色越野车利落地倒出前院，拐上了路。

拐弯的那一瞬间，她看见了坐在驾驶位上的人。

车窗玻璃反光，但是落下了一截，从那几寸的空隙里，许知意看见，他把衣服兜帽扣在头上，戴着黑色口罩和墨镜，几乎挡住了脸。

这也……太不正常了。

再严重的"社恐"，也没有恐成这样的。

许知意望着驶走的越野车出神。

他说他生了非常严重的病，以他这种避人和遮住脸的程度，一个可能性浮出水面——

毁容。

许知意脑中瞬间脑补出一长串跌宕起伏的剧情：

房东大人，奥斯卡秦都都，原本长得超级帅，还喜欢户外运动，后来因为某次意外，脸上受了伤。

受伤前后巨大的反差，让他完全没法接受——毕竟帅过的人更难接受自己

变丑，所以根本不愿意见人，就算出门，也要把脸遮得严严实实。

巨大的变故也让他的性格更古怪了，找的每一个别扭后面，都隐藏着一颗敏感脆弱而孤独的心。

许知意：哎？越想越合理了。

…………

当初在明大，许知意大一的时候，寒商经常叫人出去玩。

一般都是同乡，热热闹闹一群人。

无论有多少人，向来是寒商请客，吃和玩的花销他一概全包，一分都不必自己出。

渐渐地，大家都知道他大方，同乡还会再带朋友过来，厚着脸皮蹭吃蹭喝，寒商也都随他们的意，并不说什么。

寒商刷他爸的卡毫不留情，就像跟他爸有仇。

这种聚会，许知意并不常去。

进了大学，她的时间猛然变多了，又没人管着，大半的空闲时间都在画画。

有时候是网上接的单子，有时候是画自己喜欢的东西，什么风格都尝试一下，快乐无边。

这天，裴长律过来，坚决要拉许知意一起去玩。

"天天闷在宿舍里画画，人都画傻了。你看看你自己，头不梳，脸不洗，像不像在电脑椅里坐太长时间，抻不直的小土豆？"

许知意脑里还在想着画的事，一脸茫然："啊？"

裴长律直接通知："明天周末，我们出去玩。"

许知意问："你们要去哪儿？要是还是唱歌什么的，我这次就不去了。"

上次聚会是唱歌，她窝在沙发一角，听一群人抢着麦鬼吼鬼叫，十分无聊。

浪费整个晚上，只不过因为能见到寒商。

裴长律说："这次不唱歌。寒商昨晚忽然说，他想去看瀑布。"

寒商突然想去看瀑布的意思，就是要找一大群人陪他一起去看瀑布。

离枫市最近的瀑布，也要坐很久的车。

要去的人很多，寒商不知从哪儿找来一辆旅游大巴，还像模像样地雇了个举着小旗的导游。

开车前，裴长律竟然带着一个漂亮的学姐过来了。

学姐身材高挑，短发，身上有种特殊的气场，洒脱干练，和清秀斯文的裴长律站在一起，看着比他还帅气，相当搭。

裴长律喃喃地解释："明希本来说这周末要回家，结果临时改计划，也要跟咱们一起去玩。"

许知意立刻领悟，这就是裴长律正在追的学生会的大四学姐，看来是追到了。

学姐眼睛一扫，留意到许知意，对她笑笑，问裴长律："这就是跟你在微信上聊天的邻居家的妹妹？也一起去玩？"

许知意明明什么都没做，却没来由地一阵心虚。

她火速回忆了一遍最近都跟裴长律聊什么了。

好像只有前两天问他假期要不要回熙市的事，还是许知意妈妈让问的，她想寄东西给许知意，如果裴长律回家，就让他顺便带过来了。

裴长律眼神躲闪，好像也有点慌。

"……对，没错……小时候邻居家的妹妹，叫许知意……"

他的眼睛在准备上车的人堆里来回打转，落到几步之外的寒商身上，犹如抓到了一根救命稻草。

"知意是寒商的女朋友。"

许知意：哈？

寒商的……女朋友？

许知意下意识地看向寒商。

寒商也听见了，瞥了这边一眼，满脸都是无语。

只有裴长律把撒谎坚持到底，他干脆抬手招呼寒商过来："这就是我跟你说过的沈明希。"

寒商顿了一秒，竟然真的慢吞吞地走过来了，只是脸上的表情似笑非笑。

寒商跟明希学姐随便点了点头，就顺手接过许知意手里的包，朝车门那边偏头示意："上车吧。"

动作自然，语气熟稔，好像真是和许知意一起过来的一样。

他进入角色也未免太快了一点。

身后有明希学姐和裴长律在，许知意只得跟着寒商，走到大巴后排。

寒商选了个靠窗的双人座，许知意坐在他旁边，裴长律和明希学姐一直走到最后一排，坐在了过道的另一边。

大巴很快就开了。

小导游和大家年纪差不多，攥着喇叭站在司机旁边，努力活跃气氛。

许知意和寒商并排坐着，多少有点尴尬。

算一算，从许知意高一起，两个人已经认识四年了，说过的话却并不算多。

尤其是今天，裴长律又撒了这种谎，两人更是不知道该聊什么好。

这次出门玩，据说还要爬山，走峡谷，寒商穿得宽松舒适，最显眼的是浅灰色牛仔裤上的破洞，须须拉着丝。

许知意端正地坐着，盯着他裤子上的洞洞瞧。

他的牛仔裤质地很好，厚实又偏软，上面开的破洞，一看就是精心设计过的。

一边的洞稍大，刚好露出膝盖，另一边略小，却有一上一下两个，毛边和须须里透出一点肉色。

许知意忽然觉得寒商往她这边偏了偏。

在一片嘈杂声中，许知意听见他低声说："许知意，你还真是能忍常人所不能忍。"

许知意怔了两秒,才明白他是什么意思。

她抬起头,也压低声音:"你说裴长律?我跟他就是从小认识而已,没别的关系。"

裴长律爱干什么就干什么,愿意交几个女朋友就交几个女朋友,根本不关她的事。

寒商的目光落在她脸上,半晌才"哦?"了一声。

"我听裴长律说,他爸妈和你爸妈连结婚的酒店都选好了,估计连以后两家怎么轮流带孩子都规划完了。他妈妈说,他工作一年后你大三,两个人都刚好到法定婚龄,可以结婚了。"

许知意忍不住抖了一下。

裴长律说的九成九是真的。

许知意:"那是他们自己没事胡思乱想,瞎琢磨的。否则你以为我们为什么要这么大老远跑到明大来?"

寒商盯着她没动。

他笑了一下:"'我们'?"

许知意说的"我们",明显是指她和裴长律。

她自己都没意识到,她默默地把她和裴长律划在了同一阵线。

寒商继续悠悠地说:"如果只是为了离家远一点,以你的成绩,明明有那么多学校可以选,你为什么非要来明大呢?"

选哪里都可以,所以为什么那么毫不犹豫地报了明大?

许知意从来没有仔细想过这个问题,现在被他问了,脑中的答案呼之欲出。

许知意有点慌了,张口结舌地望着寒商。

寒商不再看她,靠回自己的椅背上。

"裴长律跟我说过,他这辈子都不打算结婚。"

许知意松了口气:"你看嘛。"

寒商接着说:"不过他说,如果有一天真的发疯想要结婚了,结婚对象绝对是许知意。"

许知意流利地答:"他想得美,做他的春秋大梦。"

寒商微微挑了下眉,没出声,像是并不相信她的话。

他半晌才问:"你跟裴长律很熟?我听他说,你们两个从满地爬的时候就在一起玩。"

"是啊。"许知意想了想,又纠正,"其实我满地爬的时候,他已经会走路了。我妈说,他那时候天天在前面张开手等着我,逗我爬过去,我能那么快学会走路,是因为追不上他,急的。后来我们一起上单位幼儿园,一起上同一所小学、中学,所以是很熟的好朋友。"

寒商重复:"很熟的好朋友?"

许知意选择措辞:"就像……过命的交情那种。所以有时候顺手帮帮他,没问题。"

寒商嘴角微提。

许知意也觉得"过命的交情"这个说法太过"中二",有点脸红,掩饰地转过头,去看裴长律那边。

裴长律正和学姐亲密地靠在一起。

他低头在学姐耳边说了句什么,然后小鸡啄米般在学姐脸上轻轻啄了一下,再说句什么,又啄一下。

学姐仰起头,对他眯眼笑了笑,也回啄了他的嘴唇一下。

许知意在看那边,寒商也跟着转头看了看。

这时,裴长律像感应到什么一样,抬起头,和许知意他们的目光撞上,他脸上露出些许尴尬。

许知意和寒商一起火速转回头,一起盯着面前的座椅椅背瞧。

沉默了一会儿,许知意问寒商:"你呢,你又为什么有耐心陪着他演戏?"

大概是为了帮兄弟,他们俩的交情很好。

寒商慢悠悠地答:"因为好玩。你不觉得,现在这种状况特别有意思吗?"

这回答倒是出乎许知意的意料。

导游在前面号召大家唱歌,自己带头扯着脖子,荒腔凉调的,车里有稀稀拉拉的哼歌声慢慢响起。

寒商没再说话,许知意安静地坐了一会儿,注意力不分散了,就开始难受。

她对气味非常敏感。

大巴里有种特殊的味道,是发动机烧过的废汽油味,还有积年累月没好好清洁的空调味,外加座椅被晒过的塑料味,在封闭的车厢内混杂在一起。

旅游大巴底盘的弹簧又软,寒商挑了偏后排的座位,车子一开起来,就像在摇摇晃晃地坐船。

许知意昨晚熬夜画画,没睡够,今天早晨又只喝了杯牛奶,吃了两块饼干,半满的胃上上下下,一下一下地晃悠。

许知意胃里一阵阵犯恶心。

寒商转过头,发现她脸色发白。

"晕车了?"

许知意勉强挤出几个字:"车里的味道好难闻。"

她用胳膊抱住胃,使劲往座位里缩。

前面转弯,大巴猛地一甩,车尾被甩得最惨,许知意的人和胃一起往前一冲,胃里一阵翻涌,嘴里泛酸,她死命咬住牙关,唯恐一开口,喉咙就要决堤。

寒商看了看她,站了起来。

"我们走。"他说。

走?去哪儿?许知意正在崩溃边缘,把自己塞在座椅里死也不动。

寒商忽然伸出手,攥住她的手,把她从座位里拉起来。

他的手很热,也很大,比起她自己的手,他手心的皮肤略微粗糙一点。

许知意顾不上他牵手的事，嘴巴不能说话，心中却在狂吼：你就不怕我忍不住喷你一身？

寒商牵羊一样牵着许知意，把她拖到司机旁边。

"在前面停一下。"

突然要停车，司机很诧异，但司机和导游都知道，这个年轻的男生就是这次出钱的金主，于是马上找地方停车。

还好车子没上高速，司机又往前开了一小段，拐了个弯，就找到地方停下来了。

车门打开，许知意冲下车。

车外空气清凉，地面稳当，毫不摇晃，感觉比全封闭的大巴好太多了。

寒商跟着下来，递过来不知谁给的一个塑料袋。

塑料袋就像一个信号，许知意死命撑住的那根弦终于绷断，一阵狂吐。

她一边吐，一边觉得丢脸到家了。

车上所有人都在往车下张望，最可怕的是，寒商就站在她旁边。

他偏着头看着她吐，好像这是什么有意思的稀奇事一样。

明希学姐和裴长律也跟着下来了，学姐递过来一沓纸巾和一瓶水。

他俩一来，寒商就把手从裤子口袋里拿出来，搭在许知意的背上，象征性地有一搭没一搭地拍着。

裴长律从小就知道许知意有时候不舒服了会晕车，并不奇怪，只对寒商说："你女朋友晕车很厉害啊。"

寒商轻飘飘地吐出两个简洁的字："你滚。"

许知意吐得眼泪汪汪，把自己收拾好，将垃圾全部丢进路边的垃圾桶里，才重新上车。

立刻有坐在最前排座位的同学站起来，把座位让给许知意。

这座位能看到车头前的路，视野开阔，感觉好多了。

寒商并不往后走，一手扶着许知意座椅的椅背，一手抄在口袋里，就站在过道上。

许知意小声说："你站在这儿干吗？"

寒商俯下身，淡定地答："我不是你男朋友吗？当然是陪着你。"

许知意无话可说。

坐在旁边靠窗座位的男生尴尬了，火速站起来，把位置让给寒商。

寒商没跟他谦让，也没进去，回座位把两人的背包拿过来，往里赶了赶许知意，自己在她旁边靠过道的位置坐下。

车子重新发动，继续往前。

许知意吐完了，神清气爽，就开始想别的。

她攥着明希学姐给的矿泉水瓶，一会儿喝一口，一会儿再喝一口，还是不太放心。

最后，她终于忍不住问寒商："我身上是不是有味道？"

刚吐完，她甚至还能闻到那味道。

寒商直言不讳："是。"

他又不客气地补刀："我还能闻出你早晨吃了什么。牛奶，不过现在变酸奶了。"

许知意想哭。

寒商的头向她这边靠了靠："许知意，你现在就像一个会行走的酸奶罐，还是椰子味的。"

许知意默了默。她昨天刚用椰子味的洗发水洗过头。

寒商继续说："至少你比这辆车好闻多了。"

这算是安慰吗？

大巴上了高速，连导游都消停了，放下喇叭，坐回座位上打盹。

车厢里一派睡觉的气氛，许知意不再晕车了，跟着犯困。

她戴上耳机，打开音乐，头靠在椅背和车窗的夹角里迷糊着，心中反复提醒自己：你这个酸奶罐，就在这边好好猫着，千万，千万不要往寒商那边靠。

不一会儿，她就真的睡着了。

再醒来的时候，她是被导游的大喇叭吵醒的。

"咱们已经到酒店了，大家先回房间放下东西，半个小时后下楼集合去景点……"

许知意睁开眼睛。

她仍然好好地倚着车窗，没有往寒商那边乱靠。

寒商也睡着了，长长的睫毛耷拉着，端正地靠着椅背，也没往她这边乱歪。他的腿很长，却丝毫没有挤她，一条委屈巴巴地蜷着，另一条朝过道那边斜伸过去。

两个人之间保持着合理而安全的距离，都不越界，和平共处，相安无事。

许知意舒了口气，直起身。

右边耳朵塞着的蓝牙耳机原本就摇摇欲坠，她一动，瞬间滚落下去。

许知意伸手去接，没来得及，只见小小的白色耳机一路往下，在衣服上弹跳着，从她身上欢蹦乱跳地飞到旁边寒商的腿上，刚好掉在他身上那条宽松牛仔裤膝盖的洞口上，耳机被洞口的丝丝络络挂住，停下来了。

寒商还在睡觉。

许知意观察了他一下，伸出手。

寒商的腿却动了动，许知意眼睁睁地看见，牛仔裤和他的膝盖之间多出了空隙，耳机挣脱牛仔裤须须的束缚，直接往洞口里掉落。

许知意想都没想，手疾眼快地抓过去。

耳机比她还快，顺着腿和破洞之间的空当掉下去了，许知意按了一把，没

能按住。

与此同时，耳边传来寒商的声音："你干什么呢？"

寒商睁开眼，因为刚睡过，眸色比平时更黑一点。

他看了一眼许知意搭在他裤子大洞中裸露的膝盖上的手，换了措辞。

"你摸什么呢？"

许知意心虚，因为心虚，所以表情狠狠地撑住了，显得特别理直气壮。

"什么摸什么，我耳机掉进去了！"

寒商没动，只垂眸看了一眼自己洞洞里露出来的膝盖，又抬眼看向许知意，意思显而易见：哪有耳机？

许知意指挥："你摸一下，应该还在你裤腿里。"

寒商伸出手，隔着裤子上下摸了一遍自己的小腿，又看了看脚踝和鞋子。

"没有。"

这两个字说得，好像在说：你撒谎。

许知意又急又气，简直想自己亲自上手搜一遍他的身，眼睛一瞥，忽然看见，远远的过道对面地上，自己的耳机正安静地躺在那里。

不知道是什么时候顺着寒商的裤腿掉下去，滚到了那么远的地方。

寒商顺着许知意的目光也看到了，弯腰捡起来，递回她手上。

他结束这个话题，站起来："下车了。"

许知意完全没法证明自己的清白。她抄起自己的背包，站起来，咬牙切齿，压低声音重申："我真的没摸！"

寒商头也不回地敷衍："好。你没有。"

什么叫"好，你没有"。

许知意："没有就是没有！"

"嗯。"

"'嗯'什么'嗯'？"

"嗯。"

许知意急了："要不是你穿了一条带洞的裤子，耳机也不会掉进去。"

"受害者有罪论，是吧？"寒商转过头，压低声音，"要不是我穿这么一条带洞的裤子，我也不会被人乱摸？"

许知意气结。

寒商望着她，忽然弯了一点嘴角："走吧。下车了。"

酒店很不错，分房间的时候，许知意和明希学姐一间房，两个人一起进房间放东西。

许知意火速去卫生间洗漱一遍，疯狂刷牙，把无处不在的"酸奶罐"味道去掉。

明希学姐靠在门口，有一搭没一搭地跟许知意聊天。

"听裴长律说，你俩从小是邻居？"

许知意忙着刷牙,满嘴泡泡:"是,不过他家很快就搬走了。"

"你跟裴长律很熟吧?"

许知意照实点头。

没想到明希学姐紧接着就问:"裴长律以前交过不少女朋友吧?"

许知意一口牙膏沫差点呛进喉咙里。

明希学姐笑笑:"你不用为难,我猜都能猜到,看他那副熟能生巧的样子,N起码大于三。"

太机灵了,许知意在心中给学姐比了个赞。

许知意吐掉泡泡,直言不讳:"还不止。"

裴长律这个人,从幼儿园起,就很会说甜言蜜语。

他能哄得路边卖芍药的老奶奶白送他两朵花,带到幼儿园,一朵送老师,另一朵悄悄藏在衣服里,放学的时候塞给班上跳舞最好看的女生。

说他渣吧,也不算,他从来不劈腿,每一段恋爱都谈得轰轰烈烈,善始善终,前女友们从来不说他坏话。

明希学姐倚在门口,叹了口气。

"怎么办呢?有点意思的男生个个身经百战,剩下的不是太丑就是太无聊。不过无所谓,他长那么帅,我又不亏,反正他也不是我第一个男朋友,也不会是最后一个。"

两个女孩一起笑起来。

明希学姐笑道:"你和那个寒商的事,也是裴长律胡说八道吧?你们两个当时脸上的表情真的就是,两脸无语。"

什么都逃不过明希学姐的法眼。

外面有人来敲门,要下楼集合了。

往外走时,许知意忽然想起来,问明希学姐:"我身上有酸奶味吗?"

明希学姐没懂:"酸奶味?"

许知意跑回去,从洗漱包里摸出两小管香水,犹豫片刻,选了其中一管,对着自己喷了几下。

香多了。

明希学姐笑着等在门口,忽然问:"其实你是真的喜欢那个寒商,对不对?"

许知意攥着香水瓶的手顿在空中。

明希学姐安慰她:"放心,不明显,也就只有女孩子才看得出来。"

…………

南半球。

悉市。

整个周末,许知意都在用功。

傍晚时,乐燃回来了,不是自己回来的,还带着顾嘉和另外两个男生,手

里拎着两个大袋子。
顾嘉一进门就叫许知意:"看我们给你带什么回来了。"
顾嘉说:"镇上有个码头,码头旁边开着一家鱼薯店,用的都是最新鲜的鱼,我们临上火车前排队买的,一定要带回来给你尝尝。"
乐燃把纸盒从袋子里端出来,打开盒盖,露出里面金黄色的炸鱼。
"希望它能坚持住,不要软。"
他用筷子戳了戳,悲愤道:"还是软了。"
顾嘉建议:"再炸一下,烧热了油,炸快一点,应该就行了。"
大家一起动手,重新把鱼和薯条过了一次油,稍微晾了晾,效果果然不错。
炸鱼面皮酥脆,白色的鱼肉完全没有腥味,新鲜细嫩。
这个分量四个人吃不一定够,许知意穿上外套出门,又去不远处的商业街买了只烤鸡回来。
商业街转角有家黎巴嫩人开的烤鸡店,一家人凭着好手艺,把烤鸡店开得红红火火。
他家用炭火烤出来的鸡和别家味道完全不一样,买鸡还会送一种特殊的中东大蒜酱,是用柠檬汁、油和大蒜末一起打成酱料,奶油一样细腻滑软,带着酸味与蒜香,与表面烤得略焦的鸡肉天生一对,香而不腻。

大家吃得热火朝天。许知意忍不住看看主卧那边。
房东不知什么时候回来了,门缝里亮着一丝灯光,依旧很安静,和外面的热闹毫不相干。
许知意忽然想起了寒商。
这房东就像寒商一样。别人都在热闹着,他虽然也在热闹里,却一个人待着,自成一国。
许知意心底的什么地方软了一下。
"我们分房东一点吧?"她问乐燃。
"当然好啊。"乐燃吃着鸡肉,含含糊糊地点头。
许知意撕了一个鸡腿,拿了一块鱼,又加了点薯条,放在盘子上。
她端着盘子来到主卧门口,把盘子摆在门前的地毯上,然后用手机发消息:我们在吃乐燃他们带回来的鱼薯,你要不要也吃一点?盘子放在门口了。
发完,她就回到了餐桌旁。
许知意坐在餐桌旁边,看不见主卧的门,手机也安安静静,没有回复。
也许他又睡了。

主卧里。
寒商和欧洲那边的公司开了一整天的视频会议。
这房子隔音不好,外面客厅的说笑声一阵阵传进来,寒商能轻易分辨出许知意的声音。

断断续续、隐隐约约地一直听到她的声音,寒商心里安定无比,只是开会的时候不停地走神。

会议刚结束,手机就响了,是许知意发过来的消息。

寒商攥着手机,目光停在许知意那条消息上,看了很久,才走到门口,把门打开一条缝。

那碟食物就摆在门口。

那是她满满的善意。

她住在这样一幢老房子里,还有个完全不露脸的奇怪房东,按理正常人应该觉得害怕,可她胆子就是那么大,和以前一样,不止不怕他,还乱发这种好心。

这应该是同情吧,就像以前对他一样。

她对每个人都很好,可见对他,也并没有什么特殊。

就像走在路上,遇到流浪的小猫小狗,她会蹲下来,摸摸它们的脑门,随手喂几口吃的,就继续往前走。说不准路上还会再遇到下一只流浪猫狗,她同样喂它们吃的,同样温柔地摸它们的脑门。

只有他,傻乎乎地等在原地,以为她马上就要把他领回家了,以为自己从此就真的有家了,摇着尾巴等着。

寒商盯了盘子一会儿,眼眶渐渐发热。

他在自己失态之前,"啪"地把门拍上。

门被拍得一声巨响,震得整个门框都在摇晃。

外面的笑声顿时停了,餐桌旁的几个人面面相觑。

顾嘉愣了半天,小声对乐燃说:"你们这房东脾气真怪。"

许知意也回头看了走廊那边一眼,解释:"他好像生病了,心情不太好。"

回应她的是一条消息,同时发到了她和乐燃的手机上。

△补充条例:七、访客请至少提前一天报备,早八点前,晚十点后,谢绝会客,违反规定,每超时十分钟罚款二十刀。

乐燃抬头看向许知意,两个人两脸无奈。

坐在乐燃旁边的男生偏头看见,讶异道:"这么可怕的房东,你俩还真能忍得了。"

当然是因为房租便宜,只要足够便宜,房东的一点小毛病不算什么。

现在是晚上九点五十五分,距离房东刚刚在补充条例里规定的会客截止时间,只剩最后五分钟。

乐燃豪迈地从裤子口袋里抽出一张五十刀的钞票,拍在桌上,"啪"的一声,是塑料钞票的脆响。

"没事,继续吃吧。"

顾嘉纳闷:"你身上带着钱干什么?"

大家现在都是刷手机或者刷卡,偶尔带现金,也就是枚一两刀的金色硬币,只为了应付路上的乞丐,随身带现金的人越来越少了。

乐燃继续吃东西:"取了一点钱,罚着方便。"

他真是被罚出后遗症来了。

这里房租是便宜,可也经不起这样罚,乐燃这么没完没了地交罚款,也不知道租在这里,到底是划算还是不划算。

其他人都吓了一跳:"你们房东真罚啊?"

许知意和乐燃一起郑重点头。

"真的罚,你们信不信,超一秒钟都得交钱。"

大家不太好意思让乐燃交钱,风卷残云,吃完时已经是晚上九点五十九分。

几个人狂奔到门口,挤在一起手忙脚乱地穿鞋。

手机上的时间马上就要跳到"22:00",顾嘉只来得及套上一只脚的鞋,手里拎着另一只,一蹦一跳地从门口的台阶上跳了下去。

一秒都不差,所有人成功出门。

大家在门前笑成一团。

主卧的百叶窗扇叶紧闭,许知意却本能地知道,房东此时一定就在窗帘后面。

许知意和乐燃送走几个同学,收拾好餐桌,各自回房。

客厅里没人了,安静下来。

主卧的门又一次打开,一只男人的手伸出来,把地上盛着烤鸡和炸鱼的盘子拉了进去。

隔壁,许知意看了一会儿上课的资料,正准备上床睡觉时,手机响了,是许从心。

姐姐的声音很不对劲,瓮声瓮气的,是哭过的鼻音。

"知意,我打电话就是想告诉你,我没什么事,就是想出去住几天。要是向衍到你这儿来,说找不到我了,你不用担心。"

她说话的背景有水声,像是海浪拍打岩壁的声音。

许知意害怕了:"姐,你在哪儿?你别吓我。你和姐夫吵架了?你给我地址,我过去陪你。"

许从心的嗓子是哑的:"放心,我绝对不会跳崖。我还有两个孩子,我生了他们,就会对他们负责。我找了一个海边的度假村住几天。这么多年带大一个又一个,从来没休息过,我不会告诉你我在哪儿的,你也不用过来。"

她条理清晰、情绪镇定,不太像是要轻生的样子,还是许知意那个理性的姐姐。

许知意心安一点:"你和姐夫怎么了?"

许知意坚持追问,许从心缓了缓,在电话那头絮絮地说着。

没有什么出轨之类的狗血戏码,都是生活中一件件小事,日积月累,忽然决堤,就扛不住地排山倒海。

一聊就聊了一个多小时,许知意总算弄明白了:"姐,你住几天,好好休息,让向衍自己面壁思过吧。"

说曹操，曹操到，才挂掉电话没多久，向衍的电话就打进来了，声音着急："知意，你姐在你那儿吗？"

许知意实话实说："不在。你俩吵架了？"

向衍问了几句，实在问不出什么，便挂了电话。

没过多久，前门那边有人敲门。

房东是肯定不会去开的，乐燃在楼上未必能听见，许知意出去开门。

竟然是向衍，他自己过来了。

门一开，他就想说话。

已经快半夜一点了，别人都睡了，再说房东也说过，晚上十点之后访客不准进门。许知意对他比了个嘘，掩上门，带着他出了前院，走到路边车子旁边。

她这才说："我姐真的不在我这儿。她给我打过电话，没什么事。我建议你好好反思一下你的问题，回头跟我姐好好道歉，看看怎么解决，她就会回家了。"

向衍绷着脸："我的问题？她说她累、不容易，我就容易吗？"

许知意客观地说："你就上个班，还是澳洲这边，朝九晚五从来不加班，双休加一大堆公共假期，家务不做，孩子不管，有空就刷手机打游戏，我觉得你确实比我姐容易多了。"

向衍嗤了嗤，换了话题："她究竟在哪儿？"

许知意："我真不知道。"

主卧里，寒商还没睡，有工作要完成，他泡了一杯咖啡，打算熬个大夜。

他听见了敲门声和开门声，走到窗前，把百叶窗拨开一点。

外面是上次来接许知意的那个三十岁上下、样貌斯文的男人。

那男人今晚看上去没那么从容，铁青着脸。

寒商看见，许知意一开门，就对那男人比了个噤声的手势，带他去路边的人行道上说话。

离得太远，又隔着玻璃，他听不见两人在说什么。不过两个人站得有段距离，姿态都是紧绷的，表情严肃，像在对峙。

寒商放下咖啡杯，盯着外面。

上次许知意没地方住的时候，就是跟着这个男人进了一幢公寓，估计住了一晚上。

第二天一早，寒商给她打电话时，就被劈头盖脸地骂了一顿。

她当时说，"都说了不住你的房子""那么想占女生的便宜，做你的白日梦去吧"。

听裴长律说，她那天傍晚才飞到澳洲，第二天一大早就这么怒气冲冲地骂人，可以推断出，多半是夜里遇到了不开心的事。

这推断十分合理。

寒商眯起眼睛,盯着外面那个男人。

他心中的火苗根本压不住,一阵一阵地往上冲。

路边,许知意把该说的说完,转身打算回去。

向衍急红了眼,一把攥住许知意的胳膊,力气太大,抓得她生疼。

"我怕她出事。知意,你告诉我她在哪儿?"

"我真不知道!"

许知意使足了劲,才总算挣开向衍的手,加快脚步继续往前,穿过前院,去拉前门的把手。

身后的向衍忽然上前,也抓住门把手,大半个身子越过许知意,想去开门,大概想进去亲眼看看许从心有没有藏在里面。

许知意被他突然的动作吓了一跳,下意识地用手拉住门,沉声说:"你要干什么?"

向衍不吭声,握住把手,肩膀上用了大力,姿态强硬地猛地往里一撞。

许知意的力气远没有他大,被他带得往里趔趄了一步,"哐"的一声,整个人都扑在门玻璃上。

她还没出声,就听到一声闷响。

是拳头打在头上的声音,向衍向后飞了出去。

一个男人从门里出来,揍完这拳,并没有停,两步跨下台阶,跟了上去。

男人套着一件宽大的冲锋衣,兜帽戴在头上,眉眼深深地藏在宽大的帽檐下,竖起的衣领拉链一拉到顶,微低着头,遮着口鼻。

他单膝压住向衍,揪住向衍的领口,把向衍的上半身从地上拖起来,对准向衍的脸颊,又是一拳。

宽肩,长腿,揍人的动作干脆利落,毫不留情。

许知意愣在原地。

红砖矮墙和修剪过的油绿的栀子树向后退去,周围一幢幢百年老宅隐没不见,前门彩色玻璃里透出的灯光碎成色块,糅杂着岁月的光影,眼前的身影和十年前浓郁血腥气中的少年重合在一起。

许知意轻声叫他:"寒商?"

那人动作微滞。

时隔多年,他身上有了那么多变化,遮成这样,许知意还是一眼就认出来了。

趁这个机会,被压住的向衍挣扎着脱身,从地上爬起来,吼道:"你是谁?为什么打人?"

他嘴唇渗血,一边的脸已经开始隆起来,估计要肿上好几天。

许知意上前几步,下意识地去拉寒商的胳膊。

"没事。他是我姐夫,过来找我姐的。"

寒商转过头。

许知意终于看清了藏在兜帽下的那双眼睛。

记忆中的这双眼睛，因为回忆了太多次，一遍又一遍，就像反复描摹一幅褪色的画，原本的样子反而被冲淡了，模糊不清，现在重新出现在眼前，又猛地鲜活起来。

寒商垂下眼睫，目光冷漠地落在许知意攥着他衣袖的那只手上。

许知意立刻松开。

寒商站起来，盯了向衍一眼。

向衍吓得马上往后退了好几步。

寒商没再看许知意，越过她上了台阶，拉开门进去了。

向衍抹了一把嘴角渗出的血，莫名其妙："他是谁？他是不是有病？"

"他是房东，他没病。"许知意说，"是你随随便便想闯进他家，他当然不高兴，只揍你两拳算是客气的了。"

向衍自知理亏，没再吭声。

许知意的脑子已经完全不在向衍身上了。

"我姐好像住在外面，不是酒店就是度假村，我也不知道具体在哪儿，你自己去找吧。"

悉市和周边的酒店、度假村少说也有几百家，不知他要找到什么时候。

许知意说完，也转身进门，把前门反锁了。

走廊没人，寒商已经回房，主卧的门紧闭着，门缝没有亮光，他竟然连灯都熄了。

许知意不客气地直接扭转门把手。门从里面反锁着。

手机响了，是寒商：我记得告诉过你，不要随便开我房间的门。

他还没睡。

想也知道，就这两分钟，怎么可能说睡就睡了。

许知意望着那条消息出神。

当初旧的微信号上，最后一条还是他走之后，许知意鼓起勇气发的：寒商，你在哪儿？

消息被拒收了。

来澳洲后，许知意用本地的手机号码注册了新的微信号，名字和头像也换了。

所以有一种可能是，寒商确实在招房客，她加他好友，问租房的事时，他并不知道她是谁。

接下来，搬来住在一起，他才终于认出她来了，又不想跟她上演异国重逢的戏码，才把自己捂得严严实实。

可如果那么不想见她，为什么不干脆找个借口，把她赶走呢？

哦，他有。许知意心想，那么变态的合租条例，也许就是存心想赶人。

不过，还有另一种更大的可能性。

回想一下，雨夜搬家的那天晚上，她看到的应该就是寒商，也许他也看见她了，然后处心积虑，让她搬进他的房子里。

否则悉市那么大，也未免太过凑巧。

生活又不是小说，哪有那么多阴错阳差，九成九的巧遇都是处心积虑。

只是有一点，许知意不太明白。

如果他愿意帮她的忙，为什么不大大方方地站出来帮忙，非要这样遮遮掩掩的，不肯见人？

当初明明是他，连声招呼都不打，说走就走，拉黑大家，走得杳无音信。

那些年的往事在许知意脑海中翻涌浮现。

无论怎么想，她都想不出会让他表现得这么奇奇怪怪的理由。

许知意没再去动他的门，往前走了几步，又停住了，想了想，还是忍不住：寒商，我只问一个问题，你没有真的生病吧？

过了好久，久到许知意觉得他不会回复时，手机才响了。

他说：没有。

那就好。

许知意回房后，完全睡不着。

离她的床不到两米的地方，是墙，墙的那边，就是他住的主卧。

许知意搬家的那天，曾经看过一眼主卧的布局，里面有张单人床，放在侧边的窗前，离这堵墙大概也只有两米远。

也就是说，寒商就睡在离她不到四米的地方。

寒商。

隔着墙，还有黑暗，她都能感觉到他的存在。

许知意看了一会儿那面墙，给裴长律发消息：寒商来澳洲了吗？

裴长律上次一口咬定寒商在德国。

这种时间，裴长律竟然回了：啊？有吗？不知道，没有吧。

这个人在撒谎。不知道在搞什么鬼。

许知意干脆爬起来，开门去厨房倒水。

客厅里黑着灯，黑暗中忽然有人叹了口气。

许知意脊背发凉，仔细一看，才发现后院的门大敞着，乐燃正盘膝坐在门口的台阶上，头发上包着一块黑底白色印花的布，整颗脑袋圆溜溜的。

许知意走过去："你好像个偷地雷的。"

乐燃端坐着，一动不动："这叫头巾，懂不懂？"

许知意好奇："你大半夜的不睡觉，在这儿干什么？参禅吗？"

乐燃安然答："我在看鸟。"

鸟？

许知意把后院门关好，在他旁边坐下。

"鸟都睡了吧。"

后院没有开灯，大树沉在阴影里，这棵树冬季不落叶，层层叠叠的枝叶是鹦鹉们的家，白色的羽毛在黑暗的密叶间仍然依稀可辨。

乐燃说："是啊，这会儿都睡了，刚才还叽叽咕咕呢。看见左边大树枝上那一对没有？傍晚那会儿在吵架，你啄我，我啄你，闹了半天别扭，现在又靠在一起睡着了。"

许知意懂了，他这是吃瓜看戏来了。

许知意一点困意也没有，对着大树发怔。

"乐燃，你以前有没有过那种，明知道他可能不会真的喜欢你，就算有一点点的喜欢，也不会有什么结果，可还是忍不住喜欢了呢？"

"当然了，谁都有吧。"乐燃说。

他说："可是又有什么关系。就像这些鹦鹉，天一亮就飞走了，现在睡着的时候，我才能好好看看它们。真的喜欢的话，不用靠近，也不用摸到，只要能这样看看，就已经很高兴了。"

许知意想了想，点头："你说得对。只要能看到，就已经很高兴了。"

与其想那么多，不如过好能见到他的每一天。

第二天一早，许知意挂着黑眼圈洗漱完，从洗手间出来时，迎面遇到了寒商。

他终于不再全副武装地捂着了，只穿着贴身的短袖黑T恤和长裤，大冬天的，也不嫌冷。他头发有点乱，没理顺，胡乱支棱着，大概才刚起床。

许知意定在原地。

他在狭窄的走廊上和许知意擦身而过，胳膊蹭过她的肩膀，一丝布料摩擦的轻响，微不可察。

寒商的脚步完全没停。

"你盯着我干什么？我脸上有花？"寒商越过许知意，又往前走了两步，才说。

许知意："……我就是想看看你，有没有毁容。"

寒商回过头，一脸无语。

搬家那晚只模糊地看到他的半张脸，他这些天包得那么严实，许知意实在有点不太放心。

不过现在看得很清楚，他的脸完好无损。

不止完好，和六年前相比，轮廓仿佛更分明了，也又长高了。

许知意还记得，以前平视时，眼睛刚好看到他的胸肌上沿，现在平视线又往下挪了一点。

他人更高了，肩也更宽了，身上多了种许知意不熟悉的新鲜感，是独属于成熟的雄性动物的进攻性和威胁感。

许知意追问："为什么收据要用化名？"

叫什么奥斯卡秦。

"什么化名？"寒商说，"那是我的德文名和我妈妈的姓。我现在所有证件上都改姓秦，平时签名也是这么签的。"

他进了洗手间，毫不客气地在许知意面前关上门。

"这就是咱们房东？"

乐燃从二楼下来了，高高地站在台阶上，惊奇地看着这边。

"这也太帅了，我还从来没在现实中见过长成这样的活人，这就叫建模脸吧？所以他不见人，是怕别人骚扰他吗？"

许知意嘀咕："谁敢骚扰他，那是活得不耐烦了。"

许知意和乐燃在厨房吃早餐的时候，寒商从浴室里出来了。

他一言不发地走到厨房，在许知意面前抬起手，食指和拇指间捏着一根头发，长长的，微带棕色。

他手指一松，头发飘然而下，落在许知意面前的厨房台面上。

"十刀。"他说。

许知意从昨晚到现在魂不守舍，洗漱后没有仔细检查地面。

寒商明明已经露脸了，还要坚持他的合租条例。

许知意抓狂，难不成几年不见，他真把自己弄成一个变态了？不然就是在故意找别扭。

乐燃在旁边看他俩的热闹，正兴致勃勃时，寒商掀起眼皮看向他。

"洗手间洗手池前的地上还有一根你染过色的头发，我懒得捡，记得自己收拾，收完转账。"

乐燃惊呆。

房东大人大杀四方，一个都不放过。

寒商说完，迤迤然转身就走。

乐燃马上把他叫住："秦哥，你罚我，我没意见，但是我很想问一句，你定的条例，该不会你自己违反的时候，想取消就取消吧？"

寒商转过头，淡淡地答："当然不会。"

乐燃追问："也不会故意加上什么投机取巧的补充条例，让它名存实亡吧？那可就太不公平了。"

寒商说："不会。"

乐燃认真地点头："好。我信你。"

寒商回房间了，许知意纳闷，问乐燃："我们楼下洗手间里为什么会有一根你的头发？"

"我昨天晚上看鹦鹉的时候，懒得上楼，图省事用了一下。"

许知意："你不是包着头巾吗？"

乐燃委屈："我摘掉了，你不是说我看着像偷地雷的吗？"

他举起两根手指头，神情郑重："我发誓，从今往后，就算憋死我，我也不用你们俩的洗手间了。"

他用手理了理，努力把他雾霾蓝的头发都抓到头顶。

"你说我有没有可能像你一样，梳个小鬏鬏？"

许知意坐火车去学校的时候，一路都在走神，完全不知道自己是怎么下车、怎么走到学校、怎么进的教学楼，中间就像失忆了一样，再回过神的时候，已经自动走到了教室门口。

今天是门新选的主课，三维动画，一进教室，许知意就被大家吓了一跳。

一排排电脑前没人，所有人，包括老师，都躺在地毯上。

大字形的，S形的，各种妖娆的姿势。

老师是个金发碧眼束着马尾的年轻男生，一看见许知意进来，就招呼："嗨，你今天过得好吗？俺叫伊森，你叫啥？过来一起躺下吧。"

从昨晚起，生活就好像进入了不太正常的癫狂状态。

和大家排排躺在一起，许知意才弄明白，原来这是要体会人体的姿态，然后琢磨各种姿态表现的情绪。

等大家都在地毯上滚够了，伊森才指挥所有人回到电脑前，打开动画软件，摆弄上面的模型小人儿。

大家要用鼠标拖动小人儿，把其摆成连续的三个姿态，最重要的是，姿态需要表达情绪。

原来要从最基础的学起。

许知意自学动画很久了，自己也做过短片，不过还是乖乖地和大家一起从头开始，摆弄屏幕上的小人儿。

伊森在电脑之间巡来巡去。

"姿态是情绪的直接表达，一个悲伤的人会蜷缩四肢，怀抱枕头，复现婴儿时期蜷缩在母亲子宫内的状态，一个放松的人可能会舒展他的胳膊和腿，眼睛闭着，像在冥想……"

他停在许知意身后。

许知意正在熟练地拖动小人儿的关节，让小人儿的一条腿高高地架在另一条腿上，跷着脚，双手舒适地枕在脑后。

小人儿是浮空的，连脑后的马尾尖儿都没有垂下去，被许知意拉得向上弯了一个小勾。

伊森老师俯下身，望着屏幕感慨："看来你今天是真的很开心啊。"

许知意点头，一字一顿慢慢地说："是啊，非常非常开心。"

…………

当初大一时，一起去看瀑布的那天，大家放好行李从酒店出来，许知意依旧坐在大巴的第一排。

隔着茶色的车窗玻璃，许知意看见，明希学姐去买水了，裴长律正在跟寒

商说什么。

想也知道,这是在跟寒商谈条件,让他把"许知意男朋友"这个身份演到底。

两人谈完,寒商上车了,无比自然地在许知意旁边坐下。

他一落座,就问:"香水?"

许知意:"嗯?"

"水果糖味的香水?"

许知意低下头划手机,八风不动:"不是,是洗面奶的味道。"

寒商偏偏头:"很好闻。"

他好像很喜欢。

许知意自己也喜欢。至少身上的糖果味盖过了车里奇奇怪怪的味道,好受多了。

许知意的视线停在手机屏幕上,随口问他:"你帮裴长律,他答应给你什么好处?"

"哦,"寒商说,"他说请我吃饭,可我不太想吃饭。我的条件是,他只穿内裤在学校篮球场跑二十圈。"

许知意忍不住抬起头。

玩这么大,真的不会被保安当成变态抓起来吗?

大巴驶离酒店,直奔峡谷景区。

许知意这次很争气,完全没吐,坚持到下车。

景区远离市区,和熙市不同,入秋后仍旧满山绿叶,峡谷间山涧清澈,没有完全开发,路不太好走,所有人踩着错落的石头溯溪而上。

小导游生龙活虎地举着小黄旗子,走在最前面,在大大小小的石头之间蹦蹦跶跶。

"我们从这里上去,往前走大约半个小时,就能看到瀑布了!"

一行人里有好几对情侣,在跨过石头滩的时候牵着手,揽着肩,腻腻歪歪。

明希学姐从一块石头上跳到另一块石头上,还没来得及落地,裴长律就已经搂住她的腰。

许知意也往前蹦过去。

寒商在一步之外等着她,并没有拉她一把的意思,双手都悠闲地抄在裤子口袋里。

许知意问他:"怎么忽然就想看瀑布了呢?"

"想就想了,所以来了,没有什么为什么。"寒商说。

这是他的风格。

听裴长律说,寒商来明大这两年,每天过得随心所欲,想去上课就上,不想去就躺着,连床都不下。

寒商他爸不知是出于什么心理,也许是想有所补偿,不止让寒商无限制地刷卡,还特地派了公司两个人常驻枫市,专门照顾他。

衣服不必他自己动手洗，有人会每隔几天来学校收走脏衣服，再把洗完熨平的干净衣服送回来。吃的东西更不用说，只要他开口，枫市无论什么犄角旮旯里奇奇怪怪的美食，都会第一时间专程送到。

寒商不想单独住在外面，喜欢宿舍的热闹，全宿舍就跟着他一起沾光。

明大家里条件不错的同学不少，不过一般都很低调，很少见到他家这么夸张的。

寒商对他爸的这些照顾受之泰然，既不感激，也不拒绝。

一行人沿着山涧向上。

越往里走越阴湿，水中卧伏的石头表面贴着薄薄一层绿色青苔，被水打湿后，更像是一层绿色的油脂，黏腻滑溜。

大部队一路往前，许知意蹦着蹦着，脚下忽然一滑。

掉下去也没什么大事，顶多湿了鞋而已，可是许知意落地的劲用寸了，右脚脚踝横着崴了下去。

许知意立刻坐倒在石头上，起不来了。

右脚踝像被人挑断了筋一样，疼到飙泪花。

泪眼模糊中，许知意看见好几个人过来了，眼前多出一个裤子破了洞的膝盖，因为蹲下来，膝盖快从洞里跑出来了。

明希学姐的声音在头顶响起："好像扭得很厉害，要不要去医院？"

许知意抬起头："没事，不用。我这只脚小时候崴过，有旧伤，现在一不小心就会再来一次，歇一阵就好了，你们继续走吧。"

围着的人答应着，渐渐都继续往前走了，只有牛仔裤洞洞里的膝盖还在那里。

"你也走吧。"许知意说，"我坐一会儿就好了。"

寒商直言不讳："我觉得你的脚不会那么快好，坐着没用。"

右脚踝已经开始肿了，明显比左脚踝粗了不少。许知意说："没关系，我就坐在这儿，等着你们回来。"

寒商挑了下眉，环顾四周。

"你打算一个人坐在这儿等？你还真敢想。"

峡谷两边都是高山和树林，幽深的林子浸在洇湿的水汽里，层层密叶墨油油的，一眼见不到底，不是旅游旺季，四下半个人影也没有。

寒商站起来："我扶你回下面的停车场，想办法找辆回市区的车，送你去医院。"

他这么上心，可见欣赏裴长律裸奔的诱惑力不小。

许知意："可是瀑布就在前面，没有几步路就到了，你特地这么远过来，不就是想看瀑布吗？"

"无所谓，昨天很想，现在又觉得，倒也不是非去不可。"他一脸无所谓，并没有任何为难。

这人说要去看瀑布，立刻就要出发去看瀑布，现在突然又要回去了，也是

说走就要走，心中一点挂碍都没有。

许知意抬起头，看向其他人消失的方向，两山间溪流奔涌，几乎能听见前面瀑布"哗哗"的水声。

他不在乎，许知意却有点遗憾。

这么远过来，还晕了次车，现在就只差一小段路而已。

寒商看了看她："你磨磨蹭蹭的，是不是还想去看瀑布？算了，我带你上去。"

他忽然俯低，一条胳膊穿过许知意的膝弯，她还没来得及反应，人就腾空了——

他把她打横抱起来了。

这辈子有记忆以来，许知意还从来没被人这样打横抱过。

许知意有点慌，两只手完全不知道该往哪儿放。

寒商也不在意，抱一袋大米一样平端着她，往前跨过一块石头，然后停下来了。

许知意："太重了对吧？不然算了。"

这一段路是顺着溪流往上，等于是在爬山，又都是石头，很不好走，抱着一个人，更加不容易。

"那倒不是。"

寒商小心地把她放下来，搀着她，让她单脚站稳。

"这么抱着，会挡住我的视线，我没法低头看路。"

他在她面前弯下腰："手搭上来，我背你上去。"

许知意迟疑了片刻，搭住他的肩膀。

他指挥："抱住我。"

许知意的双手无措地找了找，牢牢地搂住他的脖子。

他凸起的喉结硌着她的小臂。

寒商默了默。

"不要锁喉。"

许知意赶紧挪开胳膊，把手搭在他胸前。

是陌生的触感。

她不太好意思，寒商却并不跟她客气，两只手牢牢地扣住她的腿，把她背起来，往上颠了颠，调整好位置。

寒商问她："你没被人背过？"

许知意老实答："小时候可能有，不记得了，长大后就没有了。"

寒商说："高中上体育课，老师经常让我们男生这边互相背着往返跑，你们女生那边的项目可能不一样。"

这回稳当多了。

被人背着的感觉和抱着一样新鲜。

寒商的肩背结实，许知意一低头，就能看到他的发旋，还有后颈上刚长出来的细碎微卷的小绒毛。

寒商背着个人，全不当回事，跨过一块块溪水间的石头，一路往上。

许知意高高地趴在他身上，努力低着头往下，帮他看着石头和溪水。

"但愿咱俩别掉下去……"

话音未落，寒商脚下就是一个趔趄。

长着青苔的石头又圆又滑，寒商身上背个人，远不如自己走的时候那么灵活，一脚踩进水里。

许知意下意识地一把搂住他的脖子。

寒商死死稳住，才没带着许知意一起趴下去。

不过水流湍急，深到小腿，寒商的鞋彻底泡了水，牛仔裤也湿了半截。

许知意后悔不迭："早知道就不让你背了，你全湿了，放我下来吧。"

寒商并不在乎。

他说："有什么关系？不就是湿了而已。这样也不错，反正已经掉下来了，就不怕再湿了。"

他不再理会石头，索性蹚着溪水，背着许知意，泰然自若地继续往上走。

溪底铺着细碎的砂石，比石头平坦，好走多了。

事已至此，许知意也不再紧攥着他的衣服低头看路了，抬起头。

幽谷葱茏，湿气氤氲，犹如墨迹未干的山水小品，除了前面隐隐的水声，就只有藏在林间枝头的鸟，有一句没一句地漫声叫着，回音空灵。

再往上走一段，湿意越来越重，前面豁然开朗。

一道白色的瀑布顺着深色的崖顶一泻而下，一天一地都是飞溅的白色水雾。

其他人都到了，瀑布的水点泼溅出来，一阵阵的，人人都尖叫嬉笑着，向后闪躲。

大家看见许知意和寒商，顿时有人起哄："哟！"

明希学姐笑吟吟的，裴长律看向他俩的眼神透着心虚。

寒商没理他。

当着这么多人的面，许知意松开胳膊，撑住寒商的肩膀，低声说："已经到了，放我下来吧？"

寒商没松手："离得这么远有什么意思，当然要去近一点的地方。"

其他人都怕被水点溅到，遥遥地站着，寒商却背着许知意，越过众人，顶着水雾继续往前。

到处都是石头，路不好走，寒商一手箍住许知意的膝弯，腾出另一只手，扶着湿漉漉的岩壁，利落地往瀑布近处攀爬。

水雾越来越重。

许知意生平从来没有离瀑布这么近过，满天都是水珠，下雨一样，细细密密地落在寒商的发丝上，飞上许知意的脸颊。

两人的衣服转眼就淋透了，濡湿地贴在身上。

今天惨到家，她先是晕车，然后崴脚。寒商踩进了水里，现在两个人从头到脚都湿了，狼狈到不能更狼狈。

可最坏的，也就是这样而已。

没什么好担心的，也用不着焦虑。

寒商什么都不管，坚决地一路向上，背着一个人，竟然比所有人爬得都高，终于来到离瀑布最近的石崖旁边。

喷溅的水点雨一样落下，密密匝匝，打得人睁不开眼。

许知意用手去抹睫毛上的水滴时，听见寒商说："许知意，看前面。"

许知意抬起头。

天空中云层错开，金色的阳光洒落，瀑布前白茫茫的水雾中，倏然现出一道彩虹。

许知意生平从没见过这样的美景——

绚烂到极致的彩虹，几乎就架在眼前触手可及的地方。

第四章
一墙之隔

功课渐渐压上来了,许知意接连收了几单尾款,心情愉快,又接到一家出版社的彩插约稿,是个赶时间的活儿。

下午下课后,许知意回到老宅,先给姐姐打了个电话,知道她还在外面住着,平安无事,就打开电脑。

最近最急的功课是一个分析图像表达内涵的小论文,许知意却疯狂走神,完全写不下去,索性打开画稿。

出版社的编辑已经通过了草图,接下来就是细化。

隔壁主卧的门响了一声,接着是前门,寒商出去了。

乐燃在楼上一点动静都没有,老宅里异常安静。

许知意一笔一笔地画着,不知过了多久,突然意识到自己正在画什么。

是一只熟悉的手。

手指修长,比其他人的都稍长些,指甲修剪整洁,顶端有微微的弧度,手背上微微凸起淡青色的血管。

那只手,指背如果沾了血,就会在她的肩膀上留下一个洗不掉的印子。

许知意向后靠在椅背上,叹了口气。

手机忽然响了,是妈妈打来的。

许知意戴上耳机,接起来,原来是姐夫向衍找不到人,告状告到岳母那边

去了。

许知意把许从心的状况讲了一遍,好让妈妈放心。

"知意啊,你劝劝你姐。"妈妈说,"夫妻之间哪有什么事都顺心的?你姐夫我看就挺好,又不像别的男的,没那么多花花肠子,天天老老实实地上班赚钱,从心也应该知足了。"

许知意张了张嘴,想帮姐姐说点什么,忽然泄气,没有说话。

妈妈话锋一转:"知意啊,我听你罗姨说……"

完蛋了,话题要拐到她头上来了。

妈妈:"……我听你罗姨说,长律好像要在加州做什么助理教授。那孩子真是不错,好学、上进,说是发了好多篇什么Q1,什么什么……CSI?CIS?CPS?"

许知意默了默:"还SCP呢。"

"反正不管是S什么,导师可喜欢他了,这不马上就要安定下来了?你罗姨说,有教职了,申请美国的绿卡也容易多了,等长律一工作,他们就全款给他在美国买个大房子,你俩的事也差不多该定了……"

许知意忍不住打断妈妈:"妈,我都说过多少遍了,我不要。我不去美国,也不想跟裴长律有什么关系。

"再说人家裴长律这些年也一直都在交女朋友吧?我不信他爸妈不清楚。你们这么安排,他知道吗?"

妈妈停顿了片刻,才继续说话。

"你罗姨和裴叔早都说过了,除了知意,谁都不行。长律年纪还小,爱玩是正常的,那么优秀的男孩子,有几个没交过女朋友的?以后等结了婚安定下来就好了……"

许知意听着电话那头絮絮的念叨,只觉得房间像缺氧的密封罐子,透不过气,异常憋闷。

她拿起手机和杯子,站起来,推开房门。

走到厨房,许知意给自己倒了一杯冷水,喝下去,在电话那头的唠叨声中发呆。

后院的门敞开着,外面的天空蓝得彻底,大树的树枝一根根向上伸展。

这片土地阳光炽烈,娇养的盆栽能扑成灌木,是个野性蓬勃的地方。

许知意妈妈还在说话,她苦口婆心地道:"知意,爸妈不是有什么私心,是真的为了你好。你从实际的方面想,长律这种条件,真的是很难再找到了,错过了可惜。谁不是找个合适的就过一辈子了?

"人活着,没有那么多风花雪月,再说感情的事,变数太大,今天喜欢,明天就不一定了。但是实际的各种家庭条件,经济条件,它就摆在那儿,跑不了。

"……我和你罗姨、裴叔说好了,让长律年底来一次澳洲,要是差不多的话,你俩就商量一下订婚吧。"

许知意一哆嗦,回过神:"什么东西?"

怎么就突然要订婚?还就年底?

"爸妈这就是一个想法,你害怕什么?你好好考虑考虑。以后毕业了,结了婚,去美国找个工作,不比你在澳洲好?"

妈妈的话题一拐,语调里都是嫌弃。

"话说就你现在读的这种学校,这个专业,以后能在美国找到工作吗?人家美国不认吧?"

结不结婚的先放一边,妈妈质疑她的专业能力,许知意十分不服:"为什么说我在美国找不到工作?我们这一行,学历是要的,都是用作品说话。"

身后仿佛有声音,许知意猛地回头。

竟然是寒商。

不知他什么时候回来了,许知意戴着耳机,完全没听见开门的声音。

与此同时,许知意妈妈就像有心灵感应一样,忽然警惕地问:"对了,你以前那个同学,叫什么寒商的,现在还有联系吗?"

许知意像被人猛地戳破心事,吓得一抖,碰翻了水杯,连忙手忙脚乱地去扶。

混乱中,攥着的手机"嗖"地飞了出去。

寒商伸手一把抄住手机,只淡淡地看了她一眼,顺手把手机丢回台面上。

他继续往前走,目光从她脸上一掠而过,仿佛她不是个大活人,只是墙上浮雕小天使中的一员。

许知意看了一眼屏幕,电话已经断掉了。

她开口叫他:"寒商?"

寒商停下来。

手机又响了,不过许知意没有接。

她攥着手机,下定决心,问:"寒商,你是不是不太希望我住在这儿?"

他的态度奇奇怪怪的,还是把话挑明了比较好。

寒商漂亮的下颌绷出鲜明的线条,没有出声。

当初说走就走,突然消失的是他,拉黑她不肯联系的也是他,现在又这么冷冰冰的,仿佛两个人不认识一样。

许知意继续说:"寒商,我不知道你是不是对我有什么误会……"

寒商忽然转身走回来了。

他停在许知意面前,俯下身。

他刚从外面回来,身上还带着冬末春初新鲜清凉的气息,个子又高,威压地逼近过来,许知意本能地往后退了退。

她身后是厨房的台面,无路可退,他却停住了,停在只距离她几寸远的地方,眼睛还像当初一样,黑而明亮。

"我能有什么误会呢?"他说。

他的喉音轻飘飘的，音量只有两个人能听见。

"你许知意向来行得正，做得直，君子坦荡荡，不欺暗室，我能有什么误会呢？"

这怎么听都像是在反讽。

许知意望着他，几秒之间，迅速把这些年和他之间发生的所有的事重新捋了一遍。

完全没想出任何对不起他的地方。

寒商凝视着她，目光在她的眼神里搜索。

她的错愕和不解仿佛全在他的意料之中，寒商不动声色地直起身，又准备走。

"寒商，"许知意连忙叫住他，"你要是想让我搬走的话，当然没问题。可是最近房子太难找了，我能不能先住一段时间，等租房高峰过了，再找地方搬？"

寒商回头望着她，仿佛深吸了一口气，喉结滚动了一下，双眸中内容复杂。

楼上忽然一声号叫："嗷！"

是乐燃的声音。

许知意吓了一跳，扬声问："乐燃，你怎么了？"

"许知意……快快快！关门……不是……关窗！"

许知意完全没懂。

她顾不上寒商，冲上楼。

乐燃的房间门大开着，许知意窜到门口，突然想起合租条例，猛地刹住车。

房间里现在鸡飞狗跳。

画架倒了，颜料扔了一地，书桌上摆着的巨大的透明亚克力盒子全翻了，各种颜色的马克笔滚得到处都是，乐燃正在奋勇搏斗。

跟后院那些大白鹦鹉。

好几只鹦鹉满房间乱飞，有只像轰炸机似的，对准下面的乐燃一个俯冲，想啄他的脑袋。

还有起码十几只不想进房间的，整整齐齐地在窗台上站成一排，好奇地歪着头往里打量。

这鸟学名葵花凤头鹦鹉，体型比鸽子大得多，快赶上鸡了，一身纯白色羽毛，头顶上顶着一撮弯弯的黄毛凤冠，诨名哈士葵，实属澳洲一霸。

乐燃手里挥舞着一件衣服，吆喝："哟——吼——"

好像在套马。

许知意默了默："你喂它们了？"

这种鸟不能喂，喂了之后，它们就会把这房子当成免费食堂，要是哪天食堂没开伙，就完蛋了，直接拉帮结伙上门烧杀抢掠。

乐燃理直气壮："喂啦！我这几天顺手喂了点面包，结果今天忘了，我哪知道它们这么疯?"

许知意:好吧。

寒商也跟着上来了,往房间里看了一眼,挑了挑眉。
许知意:"小心一点,往外赶就行了,别真打到鸟。"
打死大白鹦鹉,能罚到两万刀,还可能坐牢。
乐燃:"我知道。"
身后的寒商悠然开口:"许知意,你光替别人操心,自己房间的窗户关了没有?"
许知意猛然警醒。
她火速冲下楼梯,狂奔到自己房间,扑向窗前桌上那台贵到吐血的笔记本电脑。
然而已经晚了。
天气那么好,她的窗户也大开着,好几只大白鹦鹉已经溜达到书桌上,正在帮忙修理电脑。
它们啄几下键盘,歪歪脑袋,小黑眼睛骨碌碌地转转,再啄几下键盘。
笔记本电脑的键帽被拆得七零八落,散了一桌子。
许知意哀号了一声,扑过去赶鸟。
鸟儿们慢悠悠地战术性撤退,这只被往外赶几步,那只又见缝插针地钻进来了。
许知意手忙脚乱时,旁边伸过来一只手,看准她把鸟轰出去的空当,干脆利落地关好窗。
是寒商。
鹦鹉被轰到了外面窗台上,隔着玻璃,还在意犹未尽地歪头看看屋里的他俩,其中一只忽然举起爪子,熟练地攥住窗扇的框框,努力想把关上的窗户重新拉开。
这玩意儿成精了。
许知意吓得马上把窗子的插销全部锁死。
刚搞定,客厅那边就传来乐燃的叫唤声:"许知意!"
许知意出来一看,厨房里也进鹦鹉了。
鹦鹉们很热情,有的在啄一袋面包,有的在翻垃圾桶,桶倒了,里面的垃圾零零碎碎地洒了一地。
许知意拎着面包,把袋子连同站在上面一点都不知道害怕的大白鹦鹉一起扔到后院,寒商跟着也把垃圾桶扔出去了。
剩下的鹦鹉张开翅膀满屋子上下扑腾,并不太把他们几个放在眼里。
完全没有鸟德。
乐燃感慨:"这鸟挺跩啊?"
许知意:"那是。人家平均寿命五十,最多能活到一百二,论年龄,说不准咱们还得管它们叫叔叔阿姨。"

搏斗了半天，总算把鸟祖宗们都请出去了，三个人筋疲力尽，排排坐倒在客厅的沙发上。

寒商坐在许知意身边。

他看了她一眼，慢吞吞地往旁边挪了挪，和她保持着边界清晰的距离。

许知意顾不上理他，正盯着厨房外面窗台上站着的鹦鹉。

窗框那边一阵响，啄木鸟一样。

"嘚嘚嘚，嘚嘚嘚……"

许知意："它们在干吗？"

乐燃："好像在拆窗户。"

老旧的木头窗框被啄开了，鸟嘴正往下撕扯木条，拽下来一条，扔一条。

许知意："在撕纱窗了。"

乐燃："反正有玻璃。"

许知意："可它们在啄封玻璃的腻子。"

乐燃琢磨："没腻子，玻璃会掉下去吗？"

许知意："也许……会吧？"

寒商出声："呵。"

许知意转头看他，无话可说。

皇帝不急太监急，鸟祖宗们在拆房子，房东自己都不在乎，她操个什么心。

"嘚嘚嘚，嘚嘚嘚……"

声音仍然在继续，许知意忽然想起自己惨遭肢解的笔记本电脑，从沙发上弹起来，回到房间。

桌上躺着笔记本的残骸，不止键帽到处都是，里面的小支架和胶帽也被啄得一地。

许知意桌上桌下爬着，一点点地捡起来。

捡了一会儿，她忽然觉得身后好像有人。

是寒商，他双臂抱在胸前，倚着门，表情莫测，不知道在想什么。

他悠悠开口："你也可以不搬。"

嗯？许知意随即反应过来，他是在说她要不要搬家的事。

和哈士葵们大战三百回合后，他的脑子竟然还停留在前一个话题上。

寒商接着说："不过合租条例要严格执行。"

这当然不成问题，许知意立刻重重地点了下头。

寒商谈判完，仿佛满意了，不动声色地转身要走。

许知意叫住他："寒商啊——"

寒商回过头，淡淡地问："你还有什么事？"

许知意："二十刀。"

寒商眉峰微挑。

许知意客观地说:"你刚刚进了一次我的房间,现在又进了一次我的房间,二十刀。"

合租条例第三条补充条例,进入其他室友的房间,罚款十刀。

条例要严格执行。这都是他自己说的。

寒商低头,默默瞥了眼站在许知意房间门里的那双脚。

整整一天,哈士葵们坚持不懈地对老宅发起一波又一波的进攻,到傍晚时,总算消停了。

寒商睡觉前才上交了罚款,和每次一样,是顺着许知意的门缝塞进来的。

许知意捡起这张红色的塑料钞票。

她舍不得放进钱包里花掉,把它和前两次他塞进来的罚款一起,郑重地收起来,夹在书里。

乐燃忽然发来消息。

他最近很怕被罚,宁肯发消息,也不下楼来聊天:许知意,我终于发现咱们的房东是谁了。Oskar Qin,秦商。

许知意回他一个"?"。

他的名字明明白白写在房租收据上,还用得着"发现"?

乐燃:秦商你不知道?创立VirtuaSpace的那个人,VirtuaSpace是一家科技公司,做虚拟现实的,中文名应该叫什么?虚空?幻界?

许知意并没听说过。

乐燃:你别看这家公司成立的时间短,规模也不算大,可是超级厉害,去年有两家科技巨头都提出价收购来着,他没卖,现在各家都在加大投入做虚拟现实,秦商身价应该又涨了,可是我估计他是想自己做。

许知意以前也在网上搜过寒商的消息,一无所获,原来是因为他改名了。

果然,用Oskar Qin一搜,各种新闻多到爆炸。

尤其是最近的收购新闻,更是刷了一页又一页。

乐燃:你说他又不缺钱,天天罚我们,十刀八刀的,是不是有毛病?

许知意回:嗯,估计是有毛病。

乐燃:可是许知意,你为什么一直han商han商地叫他?哪个han啊?你俩以前认识?

他的问题连珠炮地发过来:而且VirtuaSpace在欧洲,他到澳洲来干什么?还天天待在家里,也没见有什么事,公司上轨道了,他闲得没事过来度假啊?

许知意也不知道,寒商似乎没打算说,甚至连跟她聊几句的意思都没有。

他立定心思要和她当陌生人,那就当吧。

许知意还有作业要做,漫画要画,稿子要交,那么多事在身后叫嚣着追着她,忙得焦头烂额,实在没时间一直琢磨这些细腻的猜心思的事。

许知意放下手机,把杂念清出大脑,拿起笔,继续专心画自己的画。

由于前一天晚上画到太晚,第二天早晨许知意没起得来,睁开眼睛时,她发现闹钟早就响过了。

上午有课,动作得快,否则就要迟到。

许知意火速穿好衣服,冲出房间,猛地推开卫生间的门。

寒商正站在洗手池前刷牙。

两人四目相对。

"我建议你下次进来前先敲门。"寒商慢悠悠吐掉嘴里的泡沫。

"我建议你下次记得锁门。"许知意毫不客气,放下装洗漱用品的小筐,扭开水龙头,给牙杯接水。

寒商默了默:"你干什么?"

"当然是刷牙。"许知意用"你这是废什么话"的语气说,"你不着急对吧?你暂时凑合一下,不然先出去也行,我赶时间,要来不及了。"

电动牙刷的"嗡嗡"声响起来,许知意飞快地刷牙,好像旁边根本没站着另外一个大活人一样。

寒商停了半天,并没出去,按了一下牙刷开关,继续刷自己的牙。

镜子里,两个人都举着牙刷,连牙刷都是同款,并排站在一起,情形诡异,不过还挺和谐。

刷完牙,许知意又示意寒商:"麻烦让一让。"

寒商往旁边退了半步。

许知意去拧水龙头,一低头,忽然看见雪白的洗手池里有一根又黑又直的头发。

这房子里三个人,三种发色,头发是谁的一望而知。

许知意立刻伸出手。

寒商的动作却比她还快,抢在前面一把扭开水龙头。

水龙头里冲出水流,水花翻腾,那根头发在水里打了个旋,冲下去了。

许知意挑挑眉,算他动作快。

许知意洗了把脸,火速擦干,捞过她的小筐。

寒商瞥了眼,原来她都是这样把洗漱用品带进卫生间,用完再一起拎走的,倒是很方便。

他看着她飞快地拧开一个个小罐子,往白皙的脸颊上点几下,揉开,换一罐再点几下,再揉开,又挤出一大坨防晒霜,砌墙似的厚厚涂了一层。

她拨了拨额前掉下来的细碎头发,头顶毛茸茸的小鬏鬏就跟着晃了晃,不过没有梳头发的意思,大概是在他面前不敢,怕掉头发。

她又从小筐里抓出一个玻璃瓶。

圆管,金盖,寒商无比熟悉。

她对着自己"哧哧"地快速喷了两下,把瓶子扔回篮子里,冲出卫生间,消失了。

是水果糖的味道,清甜不腻。

寒商怔在原地。

早晨的阳光从窗口斜射进来，在卫生间里辟出一道明亮的光带，她人走了，香水微小的液滴还在光带中浮动弥散。

无数雾一般细密的小液珠，缓缓坠落，落上他的肩头，不见了。

客厅里，乐燃脚步轻快地从楼上下来，迎面遇见从卫生间出来的寒商。

乐燃立刻把寒商叫住："哥。"

他抽抽鼻子："你喷香水了？"

寒商下意识地偏头看了一眼肩膀。

些微的香气仿佛仍在那里，如同有形的实体一样，感觉异样。

他淡淡地答："没有。"

"哦。"乐燃快走几步，来到寒商面前，搭讪，"哥，这房子是你家的啊？"

寒商随便"嗯"了一声。

不想闲聊的意思表达得这么明显了，乐燃却还在继续问："听说你是打赌输了，才把房子分租出来的？"

寒商又一次："嗯。"

乐燃完全不是那种会被冷场打击到的人，热情洋溢地追问："打赌的话，我看楼上还有一间房间空着，你也要租出去吗？还是只租给许知意和我两个人就行了？"

寒商没说话。

乐燃神情愉快："哥，感觉你和你朋友打的这个赌，就像专门给许知意——还有我，量身定制的一样，这种不太好租房的时候，能这么雪中送炭——哥，你人还怪好的嘞！"

寒商停顿了片刻："当然不是。"

乐燃："啊？"

"每间房间都要租出去。"寒商拎着牙刷绕过他，往房间走，"新房客很快就要搬进来了。"

…………

那次从瀑布回来，离开满是石头的山涧，回到路上，离停车场还有一段距离。

寒商和许知意落在所有人的后面，有人时不时回头瞄他俩一眼。

山谷幽静，细碎的议论声遥遥传来。

"寒商这是和许知意在一起了吗？"

"看着像是。"

"可是寒商不是不交女朋友吗？再说许知意不是裴长律的女朋友吗？"

"不是吧，要是许知意是裴长律的女朋友，那裴长律今天带过来的又是谁？"

这复杂的关系，连许知意自己听着都觉得混乱。

她对寒商说："让我下来吧，我自己能走。"

寒商背着她走了这么远，还爬了一次山，估计已经很累了，再说现在大家都在，一直这样背着也尴尬。

寒商转头看看她，看她一脸坚持，挑了下眉，把她放下来了。

"好。你自己走。"

他让她单脚落了地，并没有搀她一下的意思。许知意也不用他扶，自己像只瘸腿的兔子一样，一下一下地沿着路往前蹦跶。

寒商手抄在裤子口袋里，跟在她身后，像是在遛兔子。

身后传来他的声音："要是另一只脚也崴了，你打算用两只手挪着爬下山吗？赶紧崴。许知意，我特别想看你身残志坚的模样。"

许知意蹦跶一会儿，就停下来歇一会儿，寒商耐心地跟着她，两个人渐渐和其他人拉开了距离。

寒商瞥一眼前面渐渐消失的人影，又问："真不用我背？"

已经拒绝过他一次，许知意不太好意思改口："没事。不用。"

她很争气，自己相当稳当地蹦跶回了停车场。

回到车里，大家的兴奋劲都还没过。

有人问："咱们接下来要去哪儿？"

"好像是说，晚饭要去那家特别有名的私房菜馆……"

"就是藏在山里那个什么雅舍吗？一家店占着一个山谷的那个？太好了！"

"人均要四位数吧？"

"我看见点评，除了贵得要死，没别的毛病。"

导游举起喇叭，还没开口，寒商就先说话了。

"先去医院。"

许知意："我真没事。"

寒商坚持："去医院。"

停车场这会儿空荡荡的，连想搭个顺风车的机会都没有。

许知意偏过头，压低声音对寒商说："大家都饿了，急着去吃东西，要是去医院的话，全车人都得先跟着我回市区……"

寒商瞥她一眼："崴脚是会骨折的，说不定瘸一辈子，我怕你讹上我。"

许知意气结。

寒商发话了，导游没有二话，赶紧指挥司机，旅游大巴离开景区直奔市区的医院。

许知意这才剥开袜子。脚踝肿得比刚才还严重，包子一样，透出瘀血的青紫色，不动都疼。

该不会像寒商乌鸦嘴说的那样，真的骨折了吧？

寒商也在瞥她的脚踝。

"许知意，"他忽然说，"你没法让所有人都高兴，让别人高兴的代价，通常就是自己不高兴。你管别人那么多干什么？"

他向后靠在座椅的椅背上。

"知意，知意，非要叫这种名字。天天叫，像洗脑一样，把人都洗傻了。"

大巴开回市区，就近找到一家医院。

许知意在医院拍了X线片，好在并没有伤筋动骨，大家帮她取了药，领到了冰敷袋，绑在脚踝上，大巴才重新出发，去吃饭的地方。

菜馆非常好，住的酒店也很好，那天所有人都玩得很尽兴，不知道寒商花了多少钱，不过大家已经习以为常了，并没有人问。

次日回到学校，下车前，寒商拿出手机，送到许知意面前。

"加一下？"

许知意默默加了他的微信。

寒商的头像是一组分辨不出所以然的色块，比抽象还抽象，朋友圈更是空空如也。

许知意的脚伤得不轻，得静养着，她除了被室友搀扶着去上课，大部分时间都待在宿舍看书画画，哪里都不去。

渐渐临近期末，她接的画稿也越来越多，足足排出大半年，有点忙不过来。

列表里的寒商也很安静。

听裴长律说，寒商最近没再带人出去玩，倒是自己迷上了攀岩，周末全泡在攀岩馆。

他在许知意的生活中彻底消失了一两个月后，有天又突然出现了。

是半夜。

许知意在宿舍睡觉，睡得正香的时候，听见手机一通狂响。

她只当是在做梦，在梦与现实之间挣扎了半天，猛地坐起来。

竟然是寒商打来的电话。

宿舍其他人都在睡觉，许知意没有接，发消息过去：有事？

寒商发了句语音，许知意转成文字：出来，有好玩的东西。

许知意扫了眼时间，半夜三点。

这个人就很神奇。

许知意穿好衣服，一下楼出门就看见了寒商。

已经是深秋，梧桐树落了满地黄叶，他等在树下，眼睛格外黑，头顶的发旋和黑皮飞行夹克反射着路灯的光，里面露出一点浅灰色的兜帽卫衣，今天裤子上没有洞洞，大概是因为半夜风凉。

寒商看见许知意出来，先扫视她的脚踝："脚好了？"

"嗯。差不多了。"

休养了这么久，走路已经没什么问题了。

路灯亮着，校园里很安静，还醒着的人大概都在通宵自习室里。

许知意压低声音："大半夜的，让我出来看什么？"

他手里除了手机，并没有其他东西。

"跟我来，很快，也就二十分钟，结束就送你回去睡觉。"

他带着许知意一路往前，许知意终于知道他要去哪儿了——

校内篮球场。

寒商上次答应裴长律，假装她的男朋友，条件就是让裴长律只穿内裤在篮球场跑二十圈。

许知意："裴长律……"

寒商抿了一下嘴角："我觉得，他非要我们两个帮他铺路，这种看他裸奔的胜利果实，也应该我们两个共享。"

篮球场一边是校园的铁栅围墙，一整排树把夜晚的马路隔绝在外，球场上灯火通明，有个人正站在篮圈下等着。

寒商的手机响了。

夜深人静，许知意听见裴长律在那头说："大半夜的，你还把知意叫出来了，行。"

寒商回答："我也没想让她这种时间爬起来。你半夜三点调闹钟起来裸奔，太没种了。"

裴长律怼他："你有种，你大白天奔一个给我看看？"

寒商不理他："你可以脱了。"

裴长律没有走过来，遥遥地在篮球场那头，真的把身上的衣服一件件脱下来，扔到篮球架上。

裴长律问："能穿鞋吗？"

寒商："只、穿、内、裤。你要不要先过个汉语水平考试再说？"

裴长律没办法，只得脱了鞋，扯掉袜子，全部扔在旁边，赤脚踩在水泥地上，开始脱裤子。

许知意担心了。

她抬头扫视周围："有监控吧？再说晚上好像还有保安巡逻。"

玩笑归玩笑，裴长律说不定会被保安大叔当成变态抓起来，领个处分什么的，就糟糕了。

寒商低头淡淡地看了许知意一眼。

"也不至于这么担心吧。"他说，"篮球场这边半夜经常有人发疯跑圈，常事。"

脱成这样可不是常事。

许知意没吭声，仍然有点忧心忡忡。

"你管他。"寒商说，"谁害你崴脚，害我背了你一路，害我们两个掉进水里？"

许知意琢磨："你背我，咱俩掉下去，确实和他有点关系，可我崴脚的事，不能全算在他账上吧？又不是他指使石头上的青苔干的。"

"没关系,就扣他头上好了,"寒商浑不在意,"也不算有多冤枉他。"

他望着球场对面的脱衣秀,半晌才又说话:"许知意,你真的不觉得他是在欺负你吗?"

许知意抬起头,望向寒商。

球场的灯光照着他的眉骨和高挺的鼻梁,切分出亮与暗的鲜明边界,他的眼睛藏在阴影里,看不出在想什么。

球场对面,裴长律剥得差不多了。

他肤色偏白,平时很会穿衣服,不太觉得,脱了就显得人稍微偏瘦,上半身裸着,下半身只剩一条贴身的深色平角裤。

寒商立刻拨他手机:"你这叫内裤?"

裴长律:"我里面没了,不叫内裤叫什么?不然你检查一下?知意在呢,差不多得了。"

寒商放过他:"RUN(跑)吧皮卡丘。"

平时篮球场上经常有人打球嫌热,裸个半身,可现在已经是秋末,快入冬了,又是半夜,这一大片明晃晃白花花的肉色就显得有点神奇。

裴长律光着脚,脚底拍打在球场的水泥地上,"啪哒啪哒"地响。

他绕着球场,路过许知意时,还抬手跟她"嗨"地招呼了一声。

不过以许知意对裴长律的熟悉程度,能看得出来,他尴尬得要死,全身都不自在,"嗖嗖嗖"跑得飞快。

…………

老宅门前的林荫道上,放眼望去,枝丫间钻出一簇簇新绿的叶子。

南半球的冬天短到还没冷透,就草草收尾,整座城市都在高照的艳阳下,热烈欢快地直奔春天而去。

这两天,许知意渐渐习惯了和寒商同在一个屋檐下——至少不再像开始那样,只要遇见他,就下意识地盯着他瞧。

这天下午,上辅导课的老师有事不在,下课比平时早了不少,许知意穿着毛衣,顶着太阳从火车站一路走回来,热得一身汗。

乐燃也回来了,头顶勉强地扎着一个朝天小辫,正坐在二楼铺着地毯的楼梯台阶上嗦冰棍。

他含糊地跟许知意打了个招呼:"忽然就这么热了。"

"是啊。"

乐燃叹了口气:"这一天天的,真是又长又热又无聊啊。"

他无聊,许知意可不无聊,要交作业,这两天还要交稿,忙得像打仗一样。

许知意提醒他:"记得收掉包装袋。"

冰棍的塑料包装还扔在地毯上,万一被寒商逮住,又要罚款。

乐燃不在乎:"知道知道。"

许知意回房间放下沉重的电脑包,探出头:"对了,房东在吗?我想去洗个澡。"

洗澡就得霸占一段时间的卫生间。

乐燃含着冰棍,瞥一眼卫生间,答:"秦哥啊,应该不在。我刚才回来的时候,好像看见他换了衣服,出门跑步去了。"

这么热的天出去跑步,不知道是跑步还是做日光浴。

不在就行,得趁寒商回来之前赶紧洗澡。

许知意找出换洗衣服,拎上小筐,直奔卫生间。

乐燃坐在台阶上,继续嗦他的冰棍,舒适地叹一口气:"啊——"

许知意风风火火,"嘭"地推开洗手间的门。

卫生间里水汽氤氲,寒商全身湿漉漉的,正站在洗手台的镜子前,转过头。他只怔了一瞬,就飞快地抓过浴巾,挡在身前。

那一瞬间,好像什么都看见了,画面冲击力过大,许知意脑子发蒙。

幸好寒商也在蒙着。

两个人面面相觑。

许知意清醒过来,火速先发制人:"寒商,你又不锁门!"

"我怎么知道你今天回来得这么早?你每周三不是再过两个小时才下课吗?我都是这时间跑步洗澡。"

寒商手上已经把浴巾围好了:"下次你能不能受累先敲个门?——还是你明知道里面有人,就根本没打算敲门。已经是第二次了。"

反正他已经不露什么了,许知意打算先跟他把架吵清楚。

"我怎么可能知道里面有人,你连水都没开,外面一点声音都听不见。再说你已经洗完澡了,不穿衣服,鬼鬼祟祟地站在这儿干什么呢?"

寒商吸了口气。

他没有说话,向前靠近一步。

他没完全擦干,身上还在滴滴答答地淌着水,湿透了的额发和眉眼都比平时更黑,身上蒸汽的热度和沐浴露的琥珀香气向许知意逼压过来。

他俯下身,轻轻吐出三个字:"你管我。"

许知意气结。

他漂亮的锁骨现在完全露出来了,胸膛结实,腹肌块垒分明。离得那么近,许知意的眼睛没处放,转向旁边,却忽然瞄到洗手台上,随便扔着一个装棉签的塑料盒。

塑料盒明显已经空了。

醒目的大型垃圾!

许知意马上绕过他,探身去抓空棉签盒。

寒商跟着回头一看,意识到她要干什么,立刻回身,一手牢牢攥着浴巾,用另一只手去抢。

可惜顾忌着身上的浴巾,他动作太慢,已经晚了。

许知意成功抓起空盒子,丢进他怀里:"二十刀!"

寒商单手勉强接住在他身上弹得欢蹦乱跳的塑料小盒,表情无语:"我腿上不小心被树枝划了一下,刚刚在涂药,还没收拾完,这也能算?"

许知意:"条例里又没写过不算。"

寒商:"许知意你幼不幼稚?"

许知意接得飞快:"谁定的这种幼稚的合租条例谁才幼稚!"

许知意不再理他,转身出了卫生间,顺手"哐"地摔上门。

门却在身后重新打开了。

寒商探出裸着的上半身:"许知意,你随便开门进来,又在明知道我在里面的情况下,待了这么久,我觉得你严重涉嫌性骚扰。"

说完,他也"哐"地摔上门,和她刚刚摔门的音量一样,震得整座房子都在颤抖。

乐燃坐在台阶上,目睹了整场戏,看见许知意出来,叼着冰棍,投降似的举起两只手。

他的嘴被冰棍占着,声音含糊糊。

"我是真不知道他已经跑步回来了。冰箱冷冻格里还有我刚买的几根冰棍,两个幼稚的小朋友,要不你俩一人一根,消消火气?"

许知意板着脸冲回房,坐下打开电脑,才觉得心跳得飞快,脸颊发烫。

某些画面在脑海中挥之不去。

哪有人洗澡不锁门的,他就是故意的吧?故意的吧?故意的吧?还恶人先告状,说什么"性骚扰"。

"咚咚!"

有人敲了两下房门。

房门原本就半开着,寒商靠在门口。

他头发还湿着,身上的衣服倒是穿好了,手里拿着张蓝汪汪的十刀钞票,而且很聪明,从头到脚,上上下下,每一根头发丝都在一圈门框的范围之外,没有进来。

许知意的大行李箱放在门口当柜子用,上面放着一个小盒子,里面装着钥匙和钱包之类出门时要带的东西。

寒商手指稍微用力,在没进门的情况下,准确地把手里的十刀投掷到行李箱上的小盒子里。

许知意看他一眼,脑子迅速跑偏,努力控制着,不把目光往他身上飘。

许知意:"还欠我十刀。"

"不欠。棉签盒是我的私人物品,你私自碰触,要罚十刀。而且许知意,"他慢悠悠地说,"我现在又有新的证据,证明你故意骚扰我。"

许知意没懂:嗯?

寒商对着床那边偏了下头。

"如果我没记错的话,前几天我来的时候,床没放在那边。"

许知意看了一眼床,顿时张口结舌。

她睡的单人床原本放在书桌左边,因为觉得书桌的位置下午西照太晒,今早起床后,动手把床和书桌调换了位置。

现在床挪到了书桌右边,靠着墙。

墙的另一边,就是寒商住的主卧。

寒商双臂抱在胸前,脸上神情淡淡的:"所以你为什么要靠着我的房间的那面墙睡觉?"

许知意今天挪床的时候什么都没想,就直接动手挪了。

"当然是因为西照……"许知意瞪大眼睛,手里比画,"……西照啊!桌子放在这边太晒,我就挪了一下,换个位置而已!寒商,你能不能自我感觉不要那么……"

寒商根本没听完,已经转身走了。

许知意恨不得追上去给他一脚,可是下一刻,却忽然开始深深地自我怀疑:今早挪床的时候,是真的什么都没想吗?完全没想吗?

就连潜意识里,也一丝一毫都没想过什么吗?

门外,寒商穿过走廊,脑中全是许知意刚刚结结巴巴努力分辩的样子。

她是真急了。气急败坏,一副有理说不清,被人无端冤枉的可怜样。

看来她挪床时真的什么都没想过。

寒商回到自己的房间,目光定在两个房间中间的那面墙上。

薄薄的一层砖墙,厚度只有大概二十厘米。

墙对面,就放着她睡的那张单人床。

浅色的木质床架,上面铺着加厚床垫,床和床垫都是她搬进来的那天一起买的,和他的这一套一模一样,只不过她的床单和被罩是素淡洁净的浅米色,和他床上那套铁灰色格子的床品风格截然不同。

寒商下意识地往前走了几步,停住了。

他努力控制了几秒,身体却完全不听大脑的指挥。

寒商回身,先去反锁好房间的门,确保没人会进来看见,才继续走到自己的床前,轻轻搬起床架,往那面墙前一点点地挪过去。

脚会自己动,手也有自己的主张,脑子作壁上观,还会冷嘲热讽:寒商,你是不是犯贱。

还好,地上铺着厚实的地毯,拖动床铺时声音不大。

寒商一边严重地鄙视着自己,一边无声无息地挪着床,把床慢慢移到靠近许知意房间的那堵墙前。

他心中还有一丝后悔。

如果刚才不跟她提床的事的话,今天晚上,两个人之间就会只有一墙之隔。

可现在,按她的直脾气,估计已经动手把她的床重新挪回原位了。

寒商坐在床边，想了想，拿起手机发消息。
补充条例：八、未经许可向其他人房间内张望，罚款十刀。
不能让她发现他挪了床。
隔壁仿佛传来手机的响动声，她收到了。
许知意并没有挪床，她看了一眼寒商发来的补充条例，放下手机，拿起笔继续画画。
什么都不能耽误她画画。
要画才能赚钱，才能交学费，才能让她既看到天上的月亮，也能捡起脚边的六便士，让她带着她自己，在这条崎岖的道路上，艰难地，一点一点地往前走。
桌上的手机又响了，这次是许知意妈妈发过来的：知意啊，我还是想跟你说说年底长律过来的事。
然后是语音，一条接一条，每条都有足足六十秒。
许知意没有去看。
和一个条件合适的人订婚、结婚、去美国、生宝宝，说不定还要找一个既贴合大学的专业，又方便照顾家庭的安稳工作，在别人定义的幸福里过完一生。
这条路顺畅无比，就像滑沙。
只要坐在那里不动，沙子和重力就会自动把人带着，一送到底。
许知意总觉得，在某些平行的时空，她已经一次又一次地从沙丘上滑下去过了。
沙丘下埋着的，都是她自己的累累白骨。
这一次，她想手脚并用，努力爬过沙丘。

夜渐渐深了。
城市寂静，鸟儿们都睡了，只有猫和袋貂踮着脚爪，沿着高低错落的木栅栏和各种尖的平的屋顶，在熄了灯的房屋院落间游走，安静无声。
寒商躺在床上，在黑暗中睁着眼睛，过了一会儿，翻了个身，面向那堵墙，对着墙壁出神。
那天，许知意在厨房打电话时，寒商听得很清楚。
她信心满满，说以她的能力，肯定能在美国找到工作。
他接住她飞过来的手机时，看见电话已经断掉了，屏幕上是她和她妈妈的聊天界面。
应该是在商量去美国的事。
寒商还记得，大概两年前，裴长律在美国搬新家时，在朋友圈发过视频。
镜头一晃而过，他的卫生间里摆着女孩子用的化妆品，台面上的瓶瓶罐罐里，一瓶金盖的香水瓶特别醒目。
寒商认识。
他对香水没什么研究，这差不多是他唯一认识的一种。

清新的糖果味,许知意常用。

寒商一度以为她在美国,和裴长律在一起,现在看来,出现在裴长律卫生间里的那瓶香水并不是许知意的,是其他女孩子的东西。

这次在澳洲重新遇到许知意,发现她并没有和裴长律在一起,寒商心中隐隐地升起一丝希望。

结果那天亲耳听见,她还是打算以后去美国,去找裴长律。

和大学时一样,她的想法没有变。

其他所有人来来往往,都是过客,只有裴长律那里,才是她的终点站。

他们两个一起长大,青梅竹马,感情好到无可替代。无论裴长律这些年怎么花样作死,许知意都没有一丝一毫指责他的意思。

而裴长律,又刚好可以给她一个和睦融洽的家庭,给她很多人梦寐以求的安稳无忧的生活。

墙壁另一边,许知意也伸手熄了灯。

她拉好被子,脑中还塞满了甲方刚刚发过来的画稿修改意见。

一切都等明天再说。她尽量清空大脑,翻了个身,面向旁边的墙。

寒商就在墙那边不远的地方,她想,刚刚洗漱的时候就看见他房间的门缝没有光,他现在应该睡着了。

许知意累了一天,闭上眼睛。

天花板往上,二楼。

乐燃还醒着。

他只开着桌上的一盏昏黄的台灯,盘膝端庄地坐在书桌前的转椅上,老神在在,一圈又一圈地转着手里的彩色马克笔。

转了几圈才停下来,乐燃喃喃自语。

"这也……太好玩了。"

…………

大一那年寒假,寒商留在枫市,过年都没有回家。

想也知道,他爸爸会和寒翎母子一起过年,寒商不想回去凑那个热闹。

许知意这个年也过得晕乎乎,连日子都弄不太清楚。

她正在自学动画。

大一入学时,许知意买的笔记本电脑做作业足够了,做动画却不太行,很多东西跑不起来,于是许知意更加拼命地接稿,准备自己额外攒一笔钱,买台配置更好一点的。

假期作息自由,也不用担心吵到宿舍同学,许知意每天画到凌晨两三点,倒在床上睡五六个小时,再爬起来继续画。

已经进了大学,第一学期的各门成绩也可以,爸妈盯得没那么紧了,不再提画画耽误功课的事,不过还是会时不时来敲门。

——"知意,别天天对着电脑,不健康。"
——"知意,一会儿要去你表姑家吃饭啊,你收拾打扮一下。"
——"知意,你也应该去长律家走走,长律都来过咱们家了。"
就这么一天天到了除夕。
手头有两个急单,许知意只把除夕当平时一样过,只在包饺子的时候,放下笔出来帮忙。
电视里联欢晚会热热闹闹,一家三口围坐在茶几前擀皮拌馅。
妈妈先叹了口气:"你姐今年不回来,也不知道她那边有没有饺子吃。"
"你也太操心了,"爸爸说,"澳洲还能连个饺子都没有?自己不想包,超市里也有卖的。"
"贵吧?"妈妈说,"我就怕他们省钱不买。"
妈妈忧心忡忡地擀皮:"你姐夫什么都好,就是家里条件实在太一般了,你姐主意又大,非要嫁,就是不愿意听我们的。"
许知意插嘴:"我姐和姐夫感情好不就行了?"
妈妈说:"这是小孩儿说的话。光有感情够吗?要是一天天地都是糟心事,多好的感情也磨没了。像你姐这样,离得这么远,两边家里又都帮不上忙,他俩光是攒首付买房子都脱了一层皮,现在还要养小孩。"
"我们还没退休,想帮也帮不了,让向衍他爸妈带,知识层次差太多,你姐也不放心,她自己带就没法上班,送托儿所吧,孩子太小,澳洲又太贵……"
妈妈眼圈发红。
"知意,你可别学你姐。结婚啊,还是要多考虑现实条件。像你姐现在这样,我看着都心疼。"
过年这种时候特别容易让人伤感。
许知意故意挖了一大坨肉馅儿放到饺子皮上,捏了两下,送到妈妈面前:"妈,包不上了,怎么办?"
"哎呀,你放这么多馅干什么,都漏出来了。"妈妈接过饺子抢救,把姐姐的事抛在脑后。

包完饺子,许知意回房继续画画。
十二点的时候,手机响了。
是寒商发来的语音。
"许知意,你现在在干什么呢?"
这个人,卡着十二点发消息过来,却连句"新年快乐"都不说。
他孤零零一个人在枫市,不知道这个年是怎么过的。
许知意用手机拍下面前的电脑屏幕,给他发过去:在画画。你呢?
寒商也发了张照片过来。
是整面的玻璃落地窗,落地窗外竟然是一片大湖,沉静的湖水倒映着满天星光,远处遥遥的,山脊的轮廓曲折起伏。

绝对不是枫市。

许知意问：你在哪儿？

寒商回的仍然是语音，好像一点都不想打字："皇后镇。"

许知意没懂。不过寒商又很快补充："是新西兰。枫市太冷了，我想找个暖和点的地方过年。"

他竟然跑那么远。

寒商继续说："这附近都是雪山，有很多瀑布，是山上积雪融化的雪水，山顶还有湖，很美。过完年，我打算明天去学滑翔伞。"

许知意忍不住问：你今天晚上一个人过年吗？

寒商的回复很快就来了，声音带着懒散的尾音："当然不是，怎么可能。我这边有一大群人，美女超多，我们正在一起吃饭。"

他这个年过得完全不像许知意想象的那么寂寞。他那样的脸，在老外堆中都会帅得醒目，花钱又大方，无论走到哪儿自然都有一大群人围着。

许知意不知道该说什么好，回了个：哦。

寒商发来一条三秒的语音。

许知意点了点。

他说："哦什么哦。"

他没再发消息。

就在许知意以为他不会再说话了的时候，一段视频发了过来。

寒商应该是拿着手机，坐在转椅上，慢悠悠地原地转了一整圈，三百六十度。还是他刚刚拍的那个房间，现在看清了，是酒店套房，只开着几盏小灯。他面前的桌上插着瓶花，扔着张卡片，上面手写着"Happy Chinese New Year（新年快乐）"，还有个白瓷盘，盘子上花瓣状摆着十几只饺子，饺子旁放着的不是筷子，而是一副银色刀叉，略显奇怪。

幽暗的房间里只有寒商自己，并没有他说的"一大群人"。

寒商又发语音过来了："花和卡片是酒店送的，我想吃饺子，不知道他们从哪儿弄来的，大概是这边的华人超市买的。"他语气不满，"煮过头了，不好吃。而且也没有醋。算了，摆着看吧。"

估计他现在正蹙着眉头。

门外传来电视里联欢晚会的声音，一片热闹的歌舞升平，隔着门，都能闻出爸爸在捣蒜泥，辛辣的蒜汁兑上醋，味道也热热闹闹的。

许知意妈妈喊她："知意啊，出来吃饺子！不回来的不回来，回来的这个天天在屋里猫着，唉。"

许知意不知怎的，同情心一点点泛上来。

她发了个语音："寒商，新年快乐啊。"

隔了一会儿，手机忽然响动起来，是寒商打过来了。

不过并没有也祝她新年快乐。

他说:"许知意,要不要过来和我一起学滑翔伞?你有护照吗?我帮你订机票,费用全包。"

啊?许知意有点跟不上他的思路:"我有护照,是以前办的,可是我没有签证……学生也能申请到签证吗?"

寒商说:"当然可以,我帮你办一下试试,给你出资证明,其实你自己也有存款和收入流水对不对?已经足够了,快的话,开学前说不定还来得及。"

许知意有。这学期她努力接稿,每个月收入都近万,全存起来了。

可是,这也太疯了。

许知意完全能想象得出,爸妈听到寒商这种疯狂计划时,大吃一惊的样子。

她才十八岁,一直都是好学生、爸妈的乖女儿,大过年的忽然要办签证,去遥远的新西兰,还是去找一个野到不行的男生。

想都知道,怎么可能。

她的人生就像一条平缓的正弦曲线,一直在稳定可控的幅度内有规律地缓缓前进,而寒商的曲线却欢蹦乱跳,一错眼就不知蹦到哪里去了。

她和他不一样,不能一个人说走就走,想去哪儿就去哪儿。

许知意攥着手机,畅想了一会儿,才老老实实说:"我觉得应该是不行。"

寒商:"你害怕?不然你把手机给你爸妈,我帮你说。"

许知意吓了一跳,连话都说不成句了:"不、不、不要!"

寒商似乎笑了一声:"什么事就吓成这样。"

他说:"我是说真的。如果你改主意了的话,随时告诉我。"

客厅里传来爸爸的声音:"知意,快出来,饺子要凉了。"

有人在扭门把手。

这回是妈妈:"知意啊,长律卡着点打视频过来拜年了,你也出来给裴叔、罗姨拜个年。"

许知意:"我妈叫我,我得走了。"

寒商也听见了:"嗯。许知意,新年快乐。"

"新年快乐。"

许知意挂断电话,攥着手机站起来。

手机在掌心还是温热的。

也许将来有那么一天,也许十年后、二十年后,她也能像他那样,全世界想去哪里,就去哪里,自由自在。

年过完了,寒假也快结束了,许知意当然没有去皇后镇,也不知道寒商有没有学会滑翔伞。

她去打了对耳洞。

耳洞打好,就反反复复地发炎,神奇的是,一戴寒商送的那对小猫耳环,耳垂就安分了,开始慢慢长好。

裴长律跟着裴叔、罗姨一起来许知意家拜年时,许知意试探地说:"不知道寒商现在在哪儿。"

裴长律说:"他啊,跑新西兰去了。搁那儿跟我炫耀不用走亲戚拜年,还问我要不要也过去,说吃住机票他全包。谁能像他那么自由,说走就能走。"

原来寒商的电话并不是只打给她一个人的。

许知意从除夕晚上起,一直雀跃着没法安定的心缓缓沉回了原位。

年后一开学,裴长律就走了,要去美国两三个月,是个国际交流的机会,名额只有一个,他导师专门推荐了他。

裴长律从大二起就进实验室了,导师是他爸的大学同学,不过就算没有这层关系,裴长律的表现也足以让导师喜欢。

不止GPA(平均成绩点数计算)非常漂亮,还很能干,其他人跟在师兄师姐屁股后面混文章的挂名时,他就已经发了一篇不错的SCI(科学引文索引),还有两篇在审稿中,都是一作,一副前途不可限量的样子。

裴长律走了,寒商的联系方式也躺在许知意的列表里,毫无动静。

这个人不想跟人联系时,就几个月一整年地消失,寒商这种做派,许知意已经习以为常。

许知意每天安静地上课、画画,时间排得满满的,吃饭睡觉都要见缝插针。

直到有天中午,同宿舍的谢雨青拎着外卖风风火火地回来,把紧扎着的塑料袋往桌上一搁,就问许知意:"知意啊,你那个大二的同乡,叫寒商的,是不是家里出事了?"

许知意怔了怔:"寒商?出什么事了?"

"你不知道?我刚才听我男朋友说的。"谢雨青说,"好像他跟他爸彻底闹翻了。"

谢雨青男朋友就住寒商隔壁宿舍。

对面床上布帘一掀,钻出个披头散发的脑袋,雪白的古典式鹅蛋脸上一双杏眼,眼睛虚眯着,全是刚睡醒的迷茫,是沈晚。

"你说的,就是那个长得特别帅,家里又特有钱的寒商?"

寒商在明大知名度不低,毕竟是隔三岔五就上表白墙的人。

"对,就是他。"谢雨青说,"说是这学期一开始,他就跟他爸大吵了一架,他爸要跟他断绝父子关系,把他的经济来源全掐断了,把电脑、手机等各种东西都派人过来收走了,就只给他剩了几套能换洗的衣服。"

许知意听出了问题:"派人过来收走?直接进宿舍抢劫?这也行?"

"不是。"谢雨青说,"他们说,搬东西的人是寒商自己带进宿舍的,银行卡也是他自己交的。他还请过来运东西的人去餐厅吃了一顿,连校园卡的余额都清空了。"

这听起来不太像是寒商他爸要跟他断绝关系,倒像是他要跟他爸断绝关系。

沈晚:"那他爸就不打算养他了?"

"好像是,"谢雨青开始大口干饭,含糊地说,"他能告他爸吗?"

沈晚迷迷怔怔地坐在床上，在刚睡醒的大脑里检索。

"我记得公选课老师有一次说过，按法律规定，父母对已经年满十八岁，但是还不能独立生活的子女有抚养义务，仅限确实没有什么劳动能力的，或者在校就读的，不过在校就读说的是高中及以下，大学就不行了，所以供你读大学是情分，不供是应该的。不过可以去法院起诉试试看，说不定法官同情你，能让你爸妈给点钱。"

寒商自己主动把卡清空，和他爸一刀两断，不太像是会起诉要钱的样子。

沈晚问："那寒商怎么办？"

谢雨青一边啃鸡骨头，一边说："我听说，他身上一分钱都没有了，跟人借了部旧手机用，从开学到现在好像在到处找人借钱吃饭。开始的时候还能借到，最近大家看他只借不还，也没有和他爸和好的意思，好像就没什么人愿意借给他了。"

许知意已经低头在手机上给寒商发消息：你在哪儿？

好半天，寒商才回了条语音，依然漫不经心："有事？"

许知意：对。我去找你。

十分钟后，许知意刚到寒商宿舍楼下，就看见他已经等在那里了，优哉游哉地站在楼门口，手抄在裤子口袋里，看着和平时没有什么不同。

许知意劈头就问："你和你爸爸怎么了？"

寒商忽然笑了："你把我叫出来，就是特地来跟我聊八卦？"

"不是。"许知意扫了眼周围来来往往的同学，压低声音，"我是想问，你要多少钱？我可以先借给你。"

寒商没说话，偏着头看她，眼中带着一点戏谑。

许知意被他这么不出声盯了一会儿，脸上不由自主地开始发烧。

绝对，绝对不能脸红。

要显得光明正大、堂堂正正，没有藏着什么不可告人的小心思。

许知意默默地深而长地吸了口气，调整状态，重新开口，态度大方："朋友之间，这是应该的。"

寒商根本不吃那套，薄唇里吐出几个字："我们两个是朋友吗？"

许知意噎了噎。

她自己心里也没底。

算是吗？

两个人曾经互赠过一次生日礼物，一起出去玩过几回，他前些天兴之所至，还打过电话，想约她去新西兰。

可是他身边有那么多人，每个都和他一起吃喝玩乐过，如果都算是朋友，也未免太多。

而且一个个，在他有钱的时候蹭吃蹭喝，没钱的时候躲得远远的，实在连狐朋狗友都算不上。

许知意有点尴尬，情急之下顺手抓过一根救命稻草。

"你是裴长律的好朋友，我也是裴长律的好朋友，好朋友的好朋友当然也是朋友，他现在不在，我帮他照顾你，理所当然。"

不过许知意有把握，以裴长律的为人，要是他现在在这里的话，毫无疑问，他绝对不会让寒商沦落到到处找人借钱的地步。

寒商听见她的话，微微挑了一下眉毛。

"哦。"他说，"有道理。"

许知意干脆点开手机："你大概需要多少钱？我现在就转过去。"

"不用转。"寒商说，"你直接请我吃饭不就行了？"

"好。"许知意答应，"你还没吃午饭？"

寒商答："也没吃过早饭。所以裴长律的好朋友，你打算请好朋友的好朋友吃什么？"

他这话说得绕口令一样，阴阳怪气。

不过许知意心中还是软着，但凡他脾气不那么刚、不那么别扭，能服软变通一点，也不至于把自己弄到现在这种地步。

许知意问："你想吃什么？我帮你点份外卖？"

寒商想了想："我们去食堂吧。我还没怎么吃过食堂呢。"

都大二了还没怎么吃过食堂，他也是真强。

许知意把学校的食堂一间不落地仔细想了一遍，最后决定带他去吃她自己最喜欢的烧腊饭。

寒商完全没有意见，只跟着她。

许知意忍不住问他："你和你爸为什么吵架了？"

这回寒商没再说她八卦，回答："这是早晚的事。他让寒翎他们母子搬进我妈住的房子，最近又得寸进尺，想让我给那女人打电话，管她叫妈。"

他的脸色轻松随意。

"他是在一步一步试探我的底线，就是想看我到底什么时候才会受不了，跟他翻脸。只要一闹翻，马上断了我的经济来源。"

许知意完全没懂。如果寒启阳不想在寒商身上花钱，以前完全不必供养他那种奢侈的生活，直接不给钱，只当没他这个儿子不就完了？

再说就算寒商再怎么乱花，对他爸的资产而言，连九牛一毛都算不上。

这是闹的哪一出。

寒商微笑了一下："他只不过是想操控我而已。你以为他给我钱，只是想对我好吗？不是。钱就是他手里的绳子。我早就知道，他先让我舒服日子过习惯了，然后突然找借口，把给我的所有东西都拿走，要是我受不了，自然会爬着回去找他。"

"很多大公司不也是这么干的？"寒商说，"给员工他们自己负担不起的享受，商务舱、五星级酒店，把他们牢牢控制在手里。"

他淡定地补充："就像训狗一样。"

·106·

许知意听懂了,背后一阵发冷。

在她的世界里,也有亲戚家父子吵架,直着脖子对吼,吓人的甚至动起了拳头,但是打过骂过还是亲父子,从来没见过这样彼此防备,互相算计的父子关系。

许知意想了想:"你明明知道他这样,为什么不趁着有钱的时候,偷偷想办法藏起来一点……"

也不至于这样山穷水尽。

寒商轻轻嗤了一声。

"不用他的钱,我也照样能活得很好。"

许知意忍不住抬头看他一眼,是,活得很好,早饭喝西北风,午饭灌东南风,好得不得了。

寒商优哉游哉地晃着往前走,偏头看她:"你看我干什么?同情我?"

他笑了一下:"许知意,先同情你自己吧。你和我的处境一样,只不过牵着你的绳子,不是钱而已。"

正是饭点,食堂里人挤人,大灶热炒的烟火气混杂着人味。

两人好不容易才排队打好烧腊套餐,找到空位一起坐下。

这里许知意常来,这回却像忽然在额头上新开了一双天眼,看到了以往完全没有注意到的东西。

这间食堂地方狭窄,墙上地上到处是陈旧的痕迹,人多到透不过气,座位之间距离近,胳膊快碰着胳膊,擦过的桌子上还残留着一道道油渍。

她抬眼看寒商。

寒商倒像是什么都没注意到,专心吃饭,大概是西北风和东南风都不管饱,真的饿了。

许知意问:"寒商,你要不要去找辅导员问问,看看能不能申请助学金?"

这样下去也不是办法。

"找过了。"寒商说,"她吃惊到不行,让我还是先跟我爸道歉,看看能不能恢复关系。"

许知意直言不讳:"不然你先去打个工?"

寒商回答:"我找到了一个穿着人偶服在店门口拉客的工作。不过要再过几天才能拿到工资。"

拉客。这人用词够狂野。

再说这是哪个店这么不开眼,让他穿着人偶服拉客,要是把他这张脸露出来,站在店门口,能拉到的客人肯定更多。

寒商继续说:"我还去校内超市和沙龙问过,他们暂时都不招人。"

许知意建议:"要不去做家教?"

学校里就有家教中心,明大的学生做家教,在外面很受欢迎。

"我不太知道该怎么教小孩儿,尤其是蠢的那种。以前给亲戚家的小孩儿

讲过题,我是真的不明白他为什么不懂。"

寒商用筷子戳了戳叉烧。

"明明推到只剩下在一加一和二之间画个等号,AB 后面跟着的就是 C,他还在问我为什么,为什么。什么为什么?有什么可为什么的?"

他继续说:"同一种题型,做了两三遍,第四遍还是不会,我给狗用同一个姿势扔三回叉烧,第四回它也应该知道跳起来接住了吧?"

他说得很认真,许知意死命绷住脸,尽量不笑。

寒商说:"我这周又投了另外两个工作,还没有回音,希望可以拿到。"

反正在他能完全养活自己之前,许知意先帮他解决他的生活问题。

她瞄一眼他的盘子。

寒商一边说话,一边把略肥的叉烧和不太整齐的鸭腿肉块挑到旁边,不过最后还是全部乖乖地吃光了。

从食堂出来,两个人又一起去了趟超市。

许知意挑了一筐洗发水、沐浴露、牙膏等等:"都是平价的牌子,你先凑合着用。"

寒商没出声,安静地拎着篮子跟着她。

结完账,许知意说:"我们先回宿舍把东西放回去,然后去买手机。"

这次由她来安排行程。

许知意忽然想起报到那天,寒商带着她满明大转悠的时候,这超市还是他带她来的,她挑了一大堆日用品和零食,还没反应过来,他就直接把账结了。

"不用再买手机了。"寒商给许知意看手里的手机,"这是同学借我的,就是稍微旧了一点,功能没问题。"

"还是把手机还了吧,我们不用别人的东西……"许知意说了一半,才意识到这句话大有问题。

如果他同学是"别人",那她是谁?什么叫"我们不用别人的东西"?

出乎意料,寒商竟然直接点头答应:"好。"

从明大出发,走路不到十分钟就是商业中心,两个人去挑了手机和电脑。

许知意打算买一部和寒商原本用的手机一模一样的,寒商却坚持挑了平价的牌子,选的电脑也很便宜。

他说:"不要买太贵的,我还起来也方便。"

许知意心想其实并不用你还,但这话只能想想,不能说,否则以他那么骄傲的脾气,大概就不要了。

等她刷完卡出来,寒商问:"晚上我们吃什么?"

问得超自然。

好像脾气也没那么骄傲。

许知意跟他商量:"晚上我不在学校,我给你点份外卖,可以吗?"

寒商跳过外卖的事："不在学校？你要去哪儿？"

"我租了一个房子，下午下课以后就要过去。"许知意说。

最近事多，越来越忙，功课加上画稿，晚上不熬夜根本来不及，可是住在宿舍里，要开着灯，又难免弄出声音，太影响别人，自己也要小心翼翼的不太方便。

许知意下定决心，最近在外面租了一间房子，经常去那边画画，今晚也打算过去。

寒商"哦"了一声："我能跟你一起过去看看吗？"

许知意讶异了一下，完全没料到他会有这种想法。

她的迟疑落在寒商眼里，寒商立刻说："你放心，我绝对不会……"

与此同时，许知意也在犹犹豫豫地说："可是我那边是个老房子，又旧又乱，我最近没时间，租了以后还没好好收拾过……"

她这才意识到他在说什么："嗯？我放心什么？"

她脑子里担心的东西，和他脑子里正在跑着的，完全不在一个象限内，连一丁点交集都没有。

寒商不动声色地改口："……你放心，我是绝对不会嘲笑你的。"

下午的课上完，寒商已经在宿舍楼下等她了。两人从明大出发，往市郊的方向骑车二十多分钟，才到了地方。

这边一大片全是几十年前建的老房子，是当年市政项目动迁的安置房，多数都是五六层楼，没有电梯，阳台外的铁架上万国旗一样晾满衣服。

人多而杂，大半都是租房，彼此不太打招呼。

楼道窄而暗，一股不见阳光的霉味，许知意带着寒商，没有上楼，用钥匙打开一楼的防盗门。

也不知道这防盗门在防什么，因为里面根本没什么好偷的。

许知意没有夸张，房子是真的老而旧。

房子是一居室，房间的水泥地面上刷着一层猪肝红色的漆，剥落得一块一块，与墙面陈旧的浅绿热烈地撞了个色，让这十几平方米的空间显得更加局促。

靠门是卫生间和厨房，小块的白瓷砖勾着黑缝。外面有个天井，遮着绿色的塑料防雨篷，一点阳光都透不进来。

如果不是这么老旧，也不会便宜到能让许知意狠下心来花钱。

房间里只有桌椅和床铺，倒是新而整洁，都是许知意自己买的。白漆栏杆的单人床很小，桌子却不小，大到足够她放下画画的各种零碎。

许知意放下包："就这样而已。"

寒商好奇心大发，骑了二十多分钟车过来参观她租的房子，其实五秒钟就能看完。

寒商慢悠悠地在屋子里转了一圈，还推开门看了看外面的天井。

天井里正有位不速之客。

是一只棕黄色条纹的小虎斑猫，四爪和肚皮雪白，估计是邻居家养的，听见有人开门，"嗖"地窜上墙，跑了。

这房子是真的没好好整理过，许知意有点局促，问寒商："你要喝水吗？"

她有个小小的电水壶，还有一盒茶包。

"不用。"寒商关好通向天井的门，"你画你的，不用管我。我们晚上吃什么？"

还要再过一会儿才到吃晚饭的时候。

"我们点外卖吧？"许知意问。

寒商："嗯。"

寒商问："我能坐你的床吗？"

这里只有一把椅子，许知意明显要用。

床上的被褥用一块布遮着，许知意答："你坐吧，没关系。"

寒商靠着床头坐下，拿出新买的手机，大概下了游戏，不想吵到她，无声无息的。

许知意取出电脑和手绘板连好。

寒商的存在感太强，许知意尽可能集中注意力，工作了一会儿，心中反复斗争无数次，最后还是忍不住，悄悄偏了下头。

房间里大白天也得开灯，许知意搬来的第一天就爬到桌子上踮着脚换了盏新灯泡，没有灯罩，灯泡在天花板上雪亮地照着。

干净的床铺反射着灯光，白得耀眼，如同老旧的房间里盛开的雪白花瓣。

比床铺更不和谐的，是坐在床边的人。

他低着头，睫毛浓得蛾翅一般，在灯影下是深而重的两弯。

寒商这个人，就像放了整包料的特辣火鸡面，明知道吃下去就会辣得六神无主，消化道从上到下都像被霰弹枪轰过一样，可还是很难抵抗住诱惑。

寒商没有抬头，忽然问："你今晚住这边，还是回去？"

许知意偷看被逮住，有点心慌，卡顿了一秒。

"我想画到十一点前，然后回宿舍睡觉。"

虽然是春天，今年枫市的天气异样，寒流一波连着一波，没有回暖，这房子又潮又冷，不是睡觉的好地方。

"这么晚？你打算一个人骑车回学校？"

寒商的手指依旧在手机屏幕上飞快地点着。

"那我等你，我们晚上一起走。"他说，"蹭你的饭，当然应该给你当保镖。"

第五章
不当行为

南半球的九月,相当于国内的三月。

万物勃发,满城新抽的枝叶和绽放的花朵散发着新鲜的荷尔蒙,丝丝缕缕地渗进空气里,风变得轻而暖,在蓝天与烤热的大地之间波纹般荡漾着。

天热得出奇,路上的本地人早早换上了T恤短裤和人字拖,在阳光下晒着两条毛茸茸的腿,有人甚至光着脚,走在滚烫的人行道上。

这学期有门大课,许知意和四个人结组,一个马来西亚女孩,一个越南男生,一个泰国男孩,外加一个澳洲本地上了年纪的"社畜"姐姐,国籍之复杂,凑在一起开组会,宛如亚太经合组织领导人非正式会议现场。

讨论到一半,许从心打电话过来,许知意躲到外面去接。

"知意,我想跟你说一下,免得你担心——我回家了。"

许知意沉默了片刻:"姐夫找到你了?"

"嗯。"许从心说,"我们昨天谈了一晚上,最后拿出了一个初步的解决方案……"

许从心在电话那头长长地吁了口气:"……先试试看吧。"

婚姻就像一男一女合伙做生意,金钱和时间的投入都是各自的成本,能合作全靠谈判和博弈。

许知意光是这么听着,就自内而外地觉得累。

开完组会，许知意回家时，特地提前下了一站，从火车站慢慢走回去。

阳光无遮无拦，烘得人的心情也渐渐暖起来。

老宅外的前院有一大丛艳粉色的茶花，开了一整个冬天，已经盛到极处，这会儿掉了满地花朵，一个戴着鸭舌帽的矮墩墩的老大爷正在打扫——并不是寒商雇的园丁。

许知意跟他打了个招呼，又有个同样矮墩墩围着头巾的大娘从隔壁院子里探出头。

两人慈眉善目，像一对俄罗斯套娃变成了活人。

"你们是刚搬来的吗？是中国人吗？来这边读书？"

许知意停下跟他们聊了一会儿。

老夫妇是隔壁邻居，都是意大利人，父母是二战后欧洲的那批移民。

南欧人，比如希腊人和意大利人，和中国人在某些地方有点像，家族观念重，重视教育，而且也热爱买房子。隔壁的房子就是大爷的父母当初买的。

老爷子从小就在这条林荫路长大。

他用扫帚指指门前的路："我还记得，小时候我有一辆小三轮自行车，就沿着这条路骑过来，骑过去，就像昨天一样。"

从小到大，就这么在同一条路上住了一辈子。许知意扪心自问，觉得自己绝对做不到，会疯。

大娘捅捅老伴："你忘了你要跟他们说什么了？"

大爷从往事的回忆中猛然拔出来："对，我都忘了。"

他对许知意说："我前几天看见，有个男人鬼鬼祟祟的，往你家院子里探头探脑，你们小心一点，这些年治安越来越不好了，说不定是小偷。"

许知意问："是什么样的人？"

大爷有点不好意思："看着好像……好像和你们一样是亚裔面孔，年龄也许二三十岁？不过我不太拿得准，也许说得不对。"

他们向来不太看得出亚洲人的年纪。

许知意一进门，放下包，就先去敲寒商房间的门。

才敲了两下，门就开了。

按最新的补充条例，往他的房间里乱看要花十刀，许知意刻意往后退了一步。

寒商也没有给她看的机会，闪身出来，顺手带上门。

他倚在门口："什么事？"

今天天气热，他穿了件黑色的短袖T恤，两条胳膊抱在胸前，上臂的肌肉在短袖下鲜明地隆起来。

他望着许知意，沉默了几秒。

"特地敲门，就是为了盯着我的胳膊瞧？"

许知意火速把目光从他胳膊上移开，望向他的眼睛。

"我是想跟你说,刚才在门口遇到隔壁邻居,他们说,有个二三十岁的亚洲男人,前几天在探头探脑,说不定是小偷。"

寒商:"嗯。这种事,下次给我发消息就行了。"

他放下胳膊,回身打算开门。

"还有。"许知意连忙说,"他们帮你把掉下来的茶花扫了,我觉得你应该有点表示,感谢一下人家。"

寒商不开门了,重新靠回门框上。

"懂了。是不是还想跟我聊聊隔壁邻居家的八卦?"他悠悠地说,"那他们姓什么、叫什么、家里几口人?"

许知意怔住了。

她说的确实都是鸡毛蒜皮微不足道的小事,琐琐碎碎,发个消息就足够了。

她却直接来敲他的门。

可能就是想看他一眼。

已经六年了。这六年,没有一天不想像现在这样,能面对面看看他的样子。

并没有别的奢望,只不过是看一眼而已。

许知意慢慢地开口:"隔壁那家姓比安齐,是意大利人,三个孩子都结婚离开了,家里只有老两口,男的叫保罗,女的叫波琳。"

她的眼眶发酸:"没了。"

不能让他看出来,许知意转身就走。

寒商怔了一瞬,在背后叫她:"许知意!"

许知意加快脚步,一心只想躲回房间。

"许知意!"

许知意走得更快了。

胳膊突然被人攥住,她被一股大力一拉,先撞进一个怀抱里,然后后背抵到了墙。

他把她拥进怀里,又死死地压在墙上。

他的目光在她发红的眼圈上停留了一秒,嘴唇不由分说地落下来。

他在她的唇上碾压辗转,又粗暴地挑开她的贝齿,迫切地深入到更里面的地方。

前门的玻璃透进黄昏太阳的晕光,晃得眼前光影缭乱,她被牢牢挤在他的身体和墙之间。

无处可进,也无处可退。

背后冰凉,身前滚热。

更热的是他的嘴唇,和记忆中一样。

他的唇齿间还是那种好闻的味道,特殊而熟悉。

许知意一阵阵眩晕,没被他控制的那只手死死地抓住他的衣服。

渐渐地,寒商好像冷静下来了。

他一点点退出来，嘴唇还紧贴着她的。两个人靠得太近，呼吸错乱，他T恤下的胸膛在明显地起伏。

许知意没有闭上眼睛，寒商也没有。

这么近的距离，什么都看不清，只觉得他纯黑的眸像潭深不见底的水一样，笼罩着她，要挣扎着呼吸才能透得过气。

冷静下来一些，他终于又退开一点。

贴合的嘴唇分开了，之间多了毫厘的空隙。

不过他的胳膊还紧箍着她，小臂上肌肉贴着她的腰，另一只手攥着她的手腕，手指紧扣，没有松开的意思。

谁都没再拉远，细微的气流在两人的唇齿之间流动。

许知意忽然有种冲动。

如果这时向前一点，只要一点点，应该就能像刚才那样，重新碰到他了吧？

如果这时候真的向前一点，会怎样？

前门那边，忽然传来敲门声。

"咣！咣！咣！"

不是乐燃，他有钥匙。

门一直在响，没有停的意思，寒商松开她，转身去开门。

门外站着一对华人留学生模样的男女，好奇地往里张望："这是林荫路33号，对吧？"

寒商"嗯"了一声，放他们进来："要租的房间在楼上。"

"是来看房的。"他对许知意解释，眼神却在碰到她的目光前转开了。

"这房子还行啊。"

"就是有点老，一周两百五十刀是不是？包 bill 吗？"

"厨房共用吗？楼上有没有洗手间？是什么网？"

那一对像叽叽喳喳的鸟，手牵着手在老房子昏黄如蜜的光线里东张西望，跟寒商问东问西。

许知意的心还在"怦怦"乱跳，太阳穴的血流涌动，声如擂鼓，她回到房间，关上门。

这是她人生中第一次真正意义上的接吻——不是轻轻碰一下的那种。

她从来没想到，对象竟然还是寒商。

所以他究竟是什么意思？

过了片刻，手机响了，是寒商。

重逢这么久，到现在，他终于不打字了，第一次和以前一样，发来一句语音。

"对不起。"

声音带着点干涩的哑，像是一夜没喝过水，早晨刚刚起床时那样。

许知意攥着手机，有点发怔，忍不住又点一下，重新听了一遍。

"对不起。"他说。

"对不起"是什么东西?

许知意的太阳穴还在乱跳,不过这次不是因为心慌。

愤怒的小火苗一点点蹿起来,越蹿越旺。

他这样亲完别人,竟然说"对不起"?

对不起??

隔了一会儿,寒商又发来一条,声线和刚刚不太一样,听起来顺畅多了,吊儿郎当,随随便便。

他说:"不知道为什么,忽然就冲动了,没忍住。春天嘛,你懂的。"

房子这么难租的时候,新房客立刻就决定搬进来。

这对情侣是新大的本科生,两个人都只说了英文名,女生叫 Cindy,男生叫 Andy,搬进二楼乐燃隔壁。

乐燃好奇,发消息问寒商:按规定,室友不是不准谈恋爱吗?

寒商回复:他们不是在谈恋爱,是夫妻。

乐燃讶异:这两人年纪不大,还在读本科,竟然已经结婚了。

寒商在房间里一直待到天黑,默默地听着隔壁的动静。

许知意只在新房客搬进来的时候,出来打了个招呼,就再没声音,老宅里,只有上下楼梯搬运行李的乒乒乓乓声。

晚上八点多,终于听见轻微的"吱呀"一声,许知意的房门开了。

她好像去了厨房。

寒商立刻站起来,快步走到门口,把手搭在门把手上。

心跳得太快,快到分不出一下与另一下之间的间隔。

寒商深吸一口气,仍然没有开门。

他不敢。

许知意一定在生气。

刚才看见她眼圈泛红,转身要走时,他完全没多想,跟上几步,一心一意只想把她拉住。

结果力气用大了,他把人拉进了怀里。

拥她入怀的那一瞬间,他的理智彻底决堤,然后就一发而不可收拾。

根本没有解释的余地,也没有理由,换作是谁都会生气吧。

还有发给她的那句话。

反正都已经那样了,就让她当他是动物本能发作好了。

因为他自己也觉得自己是。

就像是一条发情季节到了,根本不受理性控制的野狗一样。

许知意有自己的未来,自己规划好的人生,理想对象还是他的多年好友,结果他还是就那么扑上去了。

卑劣下作,无可救药。

寒商站在门口,并不知道自己站了多久,直到厨房那边传来碗盘撞击的清脆的声响。

总不能躲起来一辈子不见她。

寒商终于扭转门把手,从房间里出来。

许知意果然在厨房。

晚上凉,她套了一件米色的针织大外套,下摆盖到大腿,顶着丸子头,手里正拿着一只小瓷碗,用筷子打蛋。

一天下来,头上的小鬈鬈已经松了,毛茸茸的,随着她打蛋的动作一晃一晃。

她听见他出来的声音,只抬眼一瞥,就垂下眼睫,继续搅拌她的蛋。

她的脸板着,果然是在生气。

寒商走过去,也进了厨房,不知道应该做点什么,去开冰箱。

厨房地方不大,从她身后过去,他尽量往后,还是碰到了她的后背,轻轻一下。

许知意完全没动,也没看他,一边打蛋一边淡淡地说:"怎么了?又忽然感觉到春天了?"

寒商自知理亏,默不作声,随手从冰箱里自己那格拿了点东西出来。

他拿出来才看清,是包四季豆。

许知意忍不住瞥了他一眼。

自从住到一起之后,寒商几乎只点外卖,垃圾桶里每天雷打不动地两袋外卖空盒,冰箱里也有他买回来的东西,基本都是摆设,没怎么动过。

今天倒是特殊,他竟然破天荒地出来做饭了。

难得亲眼看见这位少爷动手做饭,许知意虽然生着气,却也按捺不住好奇,悄悄往他那边瞧。

寒商还穿着傍晚那件黑色短袖,衣服薄而贴身,半条胳膊露着,箍过她腰的小臂肌肉线条分明,形状美好。

他低着头,眸色和衣服一样黑,认真地处理他的菜。

他把四季豆洗好,掰掉两头,丢进垃圾桶,过来拿过案板,把四季豆摆好切段。

一刀刀下去,切得很整齐,也不慢。

都说德国是美食荒漠,他待了那么多年,应该已经学会做饭了。

可也不对。他当初去德国,是和他爸握手言和后走的,无论走到哪儿,都能点到中餐,不至于要自己动手。

不然就是什么时候又和他爸闹翻了,他逼不得已。

两个人并排站着,谁都没有说话,只有刀刃压在案板上和筷子撞击瓷碗的轻响。

寒商切完,把案板仔细洗干净,往许知意那边推了推:"你要用吗?"

许知意面前的台面上摆着几个番茄,也像是打算切的样子。

他主动搭讪,许知意并不想理他,一句话都没说,拉过案板。

她切番茄的时候,寒商开火烧水,把四季豆焯了,装进盘子里,在表面撒了点盐。

许知意:这就完了?

寒商又拿出平底锅,烧了油,从冰箱里拿出块牛肉,只稍微煎了煎,就铲起来装盘了,一样撒了点盐,外加一点胡椒。

许知意默了默:这算是什么玩意儿?

不过也算是有荤有素,营养全面。

考虑到这是寒商,能做成这样,已经很不错了。

寒商做好他的饭,洗了锅,既没有去餐桌那边,也没回房间,站在厨房里,就着台面直接开始吃。

许知意炒好鸡蛋,又去拿番茄,从切菜的地方到灶台,来来回回都要绕过他这个巨型障碍物。

许知意:"能不能麻烦你换个地方吃?"

寒商不吭声,钉在那里似的,没有动的意思。

许知意看他一眼,把案板上的番茄连汤带汁,一起倒进烧得滚热的油锅里。

"哗啦"一声巨响,油星飞溅。

寒商站在旁边,沐浴在喷射的油点中,就像没感觉一样,还是一动不动。

他吃几口,胳膊绕过许知意,去够被她挪了位置,放得远远的盐罐。

地方太小,他的胸膛擦过她的肩膀。

许知意淡淡地道:"你这算是骚扰吧?"

她炒了几下番茄,把蛋放进去,番茄的汁水渗出来,空气中是微酸的香气。

寒商咽下牛肉,才说:"说到骚扰,我想起来,我下午在卫生间里看到奇怪的东西。"

许知意没懂:"奇怪的东西?"

寒商继续:"白色的,蕾丝边,还有个蝴蝶结……"

许知意猛然想起,今天早晨洗澡的时候,顺手洗了内衣,搭在淋浴房,本来打算拿回房间晾着,结果忙着涂脸吹头发,把这件事彻底忘了。

许知意扔下锅铲,"嗖"地冲进卫生间。

寒商默默地看她一眼,伸手扭了一下煤气灶上的旋钮。

灶眼蓝色的火苗小下去了。

她待在卫生间里半天都不出来,只有"哗啦啦"的水声,大概是觉得放了一天不太干净,在重新给内衣过水。

寒商瞥了卫生间半掩的门一眼,无声无息地拿起锅铲,轻轻翻了翻锅里的番茄炒蛋,又小心地把锅铲精确地按照原样重新摆好。

隔了一会儿,他再翻一翻,重新摆好。

如是几轮,许知意终于出来了。

她还是没想起遗忘在热锅里的番茄和蛋，拿着洗好的内衣，先回房间晾衣服去了。

　　寒商知道，她房间里靠窗能晒到太阳的地方，挂着个小小的衣架，估计是和两个男生合租，不太想把内衣晾在外面。

　　锅里番茄渗出来的红色汤汁沸腾了，熬煮着金黄的炒蛋，汤汁快收干了，贴着锅壁"刺刺啦啦"地响。

　　寒商迅速地用铲子翻炒了几下，放好锅铲，稍等片刻，重新把灶眼的火扭回到最大。

　　他时间估算得很准，半秒之后，许知意在"刺刺啦啦"的响声中飞快地窜出房间，冲进厨房。

　　她完全没察觉到异样，一把抄起扔在台面上的锅铲，火速翻了翻她的番茄炒蛋，顺手关了火。

　　菜没有煳，她长长地吁了一口气。

　　寒商不动声色地把盘子里最后一块牛肉送进嘴里。

　　许知意去拿了个盘子，起锅盛出来，听见寒商好像在自言自语："下次我得把乱扔内衣这种不当行为写进补充条例。"

　　"不当行为？"

　　许知意不干了，提高声调："你、乱、亲、别、人——"

　　楼上传来一阵那小两口叽叽咯咯的说笑声。

　　许知意压低声线，把话说完："你乱亲别人，才是不当行为吧？岂止是不当行为，根本就是变态。"

　　寒商转头望向她。

　　"那你呢？"他一字一顿地问，"你当初亲我，就是失误，我现在亲你，就是变态？"

　　许知意卡顿了片刻，才说："我当初那是发烧到四十摄氏度，脑子不太清醒，迷迷糊糊才亲你的。"

　　她补充："我那次要是没发烧，根本不会亲你。你呢？你也发烧了？"

　　她说，我那次要是没发烧，根本不会亲你。

　　根本不会亲你。

　　寒商的眸色骤然暗沉。

　　他忽然推开盘子，整个人倾身过来，两只手撑在许知意两边的台面边沿，俯身向她逼近。

　　两个人变成了面对面，又是个准备接吻的姿势。

　　他离得这么近，许知意没处可退，尽量向后躲开，好像在练习下腰。

　　寒商下颌紧绷着，却一脸浑不懔，用气声轻飘飘地说："我是亲了，故意的，那你报警啊。"

　　"报就报。"

· 118 ·

许知意被他激得顺手抓起旁边的手机,按亮屏幕,点开电话的图标。

报警号码是000,许知意一边警惕地盯着寒商,一边去找拨号键,手指一滑,按在了通话记录的一个号码上。

屏幕上立刻弹出拨出的界面,上面显示着一行字,"想睡女留学生的变态"。

与此同时,寒商裤子口袋里传来一阵音乐声。

"叮叮咚咚!"

他的手机响了。

两个人都看清了许知意手机屏幕上的那行字,一起怔住。

音乐声欢快地继续。

"叮叮咚咚!"

"叮叮咚咚!"

好像响了一辈子,才终于进了语音留言。

许知意点了一下,寒商慢悠悠的英文传来:"嗨,我是奥斯卡秦,现在不能接听电话,请在滴的一声之后留言……"

许知意结巴:"这个号码是……是那个登广告的变态房东的号码……为什么是你的手机?"

寒商一头雾水:"什么变态房东?"

"一个房东,在网站上登租房广告,专门招年轻女孩,条件是要一起睡,还要面试……"许知意完全不敢置信,"怎么会是你?怎么可能?"

寒商终于听明白了。

"当然不是我,你还知道问'怎么可能'?许知意,你把我和谁的号码弄混了?"

他俩的声音太大,说的内容又很劲爆,楼上的叽叽喳喳声骤然小了。

许知意严厉地竖起手指,对寒商比了个嘘。

寒商抿住嘴唇,百口莫辩,忽然想出个理由。

他压低声音:"许知意,你凭良心说,我要是想和人睡,我用得着吗?我犯得着吗?"

口气就像他是什么色艺双绝的男模,别人都在排队想睡他一样。

他说得很有道理。

不过许知意还是想抬杠,也用气声说:"说不定你就好这一口呢?说不定春天到了,你发情了呢?"

寒商被她撑得闷住。

许知意一边跟寒商小声吵着架,一边用眼睛扫着手机上的通话记录,上下浏览一遍,已经看明白了。

寒商的号码下面有好几条通话记录,有的接了,有的没接,都是同一个手机号码,和寒商的一样,是04开头,3666结尾,区别只是中间几位数字不同。

这是到处找房的那天上午的通话记录。

她当时急着上课,没看仔细,把寒商的号码当成了那个变态房东的,存在了通讯录里。

问题是,这说明,那天上午,寒商主动给她打过电话,远在她知道杰瑞有个远房表哥奥斯卡秦都都正在出租房子之前。

许知意一直只是怀疑,现在有了确凿的证据。

有人明明早就拿到了她的手机号码,还打过电话,却假装什么都不知道,像架起簸箕撒上米粒等着小鸟上门一样,处心积虑,一点点把她诱拐进他的圈套里。

许知意心里全盘明白了,才问:"我的手机号码是裴长律给你的?"

她会这么问,寒商知道,她都想清楚了。

原来那天她在电话里骂的人是那个变态房东。

控方证据确凿,否认也没用,犯罪嫌疑人直接认罪。

寒商"嗯"了一声。

许知意盯着他:"为什么要帮我?"

寒商的两条胳膊还撑在她身体两侧,把她环在中间,他在这么近的距离看了她一会儿,扯了一下嘴角。

"当然是因为裴长律不在,顺手帮好朋友照顾好朋友的朋友,和你当初的理由,不是一样的吗?"

…………

当初在明大,自从那天许知意带着寒商吃了一天饭之后,寒商就每天都来找许知意报到。

如果许知意去了出租房,一到吃饭时间,他一定会准时过来敲门,要是许知意晚上打算回宿舍,他就也留下,陪她一起待到很晚,再一起骑车回明大。

许知意吃什么,寒商就跟着吃什么,从来不挑,跟在她身后晃。

同宿舍的沈晚感慨:"许知意,你好像养了一只小宠物。"

每天都要定时投喂。

谢雨青搭茬:"小宠物?他小吗?他很大吧?"

许知意觉得,她不像养了只宠物,倒像养了个孩子,并且深刻地体会到,什么叫"半大小子,吃穷老子"。

许知意总怕寒商吃不饱,点外卖时尽量多点,无论她点多少,他都会乖乖吃光。

不到二十岁的大男生,吃了那么多,也并不胖,大概因为他热爱运动,许知意感觉,他肩臂上的肌肉看着更结实了一点,似乎还在长高。

被寒启阳遗弃的寒商,眼神明亮,头发丝丝润泽,许知意时常偷偷看他,有点骄傲地想:我还是把他养得挺好的。

许知意无比庆幸,自己能接稿赚钱,赚得还不少,否则单靠爸妈给的生活费,这样养着两个人，根本不够。

寒商每天早中晚都跟着她到处招摇，许知意悄悄跟他商量："寒商，我给你把钱打在饭卡上，你自己去刷卡好不好？"

寒商简洁地拒绝："不要。"

就像他当初高中时，一定要每周来找她报到一样，完全没法说服，非常执拗。

他接到的零零碎碎的工作也越来越多，渐渐赚到了一点钱，不过仍然风雨无阻，每天来许知意这里蹭饭。

他打工拿到的钱要填补别的花销，还要攒明年的学费，许知意默默地把他的生活费全包下来。

在出租房里等许知意的时候，寒商经常把自己的书和电脑也带过去，把出租房当成自习教室，于是许知意又添置了一把电脑椅，在那张大桌子上专门辟出一块地方给他用。

幸好当初桌子买得够大。

老小区里人员混杂，三教九流，楼道里常常有眼神奇怪的男人进进出出，也不打招呼，只盯着许知意瞧，上下打量，把她从头看到脚。有寒商在，就好得多。

寒商人高马大，又见多识广，身上毫无怯生生的学生气，比谁都野，恶狠狠地盯回去，人人都立刻转头，避开他的目光。

这保镖当得很合格。

这天，寒商照例傍晚过来，正在厨房烧水，许知意接到了裴长律的电话。

裴长律闲聊了几句，就问起寒商："有人跟我说，他和他爸闹崩了，在到处找人借钱？寒商一句都没跟我提过。"

许知意抬眼看了看厨房，厨房那边只有电水壶烧水的声音。

她压低声音："是，他爸把他的卡收走了。"

她简要地说了一下寒商现在的情况。

裴长律怒了："那帮孙子，都忘了觍着脸跟他蹭吃蹭喝的时候了。"

他说："知意，我现在不方便转钱，你手里还有吗？尽量多给寒商打点过去，就当是我借你的，等我回来以后，马上就还给你。"

就知道裴长律一定不会不管。

许知意犹豫一秒，没告诉裴长律寒商天天跟她一起吃饭，现在也正跟她在一起的事。

她只说："你放心，我有钱，也不用你还。"

裴长律由衷地说："知意，谢谢你。"

不知为什么，他谢得让许知意有点心虚。

许知意一本正经地答："不用跟我客气。你的朋友就是我的朋友。"

外面厨房电水壶烧水的"嗡嗡"声不知什么时候停了，房间里无比安静。

许知意挂断电话时，寒商进来了。

他手里端着两个泡好茶的杯子，杯子袅袅地腾着热气，他一言不发地把许知意的杯子放在她手边，在自己的桌子一角坐下。

他拿起一支笔，盯着书，一动不动，沉默得异乎寻常。

窗外昏沉晦暗，像要下雨了，天井里的塑料遮阳篷挡着仅存的那点天光，有轻轻的"喵"的一声，是隔壁邻居家的小虎斑猫又过来了。

许知意不知道寒商听见了多少，她没话找话："寒商，晚饭你想吃什么？"

寒商有几秒钟没说话。

他忽然转了两下笔，手指一弹，那支笔被丢到桌子上，顺着桌面往前滚了一段，然后停住了。

寒商抬眼望向许知意，脸上似笑非笑："你们两个真是大方。我想吃什么都可以？"

他说"你们两个"，果然在厨房都听见了。

"当然不是，"许知意把手机拿到面前，打开外卖软件，"总得点得到。"

寒商用脚蹬了一下桌子腿，连人带转椅"唰"地顺着地面向许知意这边滑过来。

转椅的扶手撞上许知意的椅子，"哐"的一声响。

就在许知意的椅子跟着往旁边滑时，寒商已经抓住了她的椅背。

他一只手攥住许知意的椅子，另一只手拉住书桌的桌沿，牢牢地把两把椅子，连同两个人，一起固定住。

寒商没有放下手，顺势把一条胳膊搭在许知意的椅背上，人越过她的肩膀，低头和她一起看手机屏幕。

"让我看看有什么好吃的。"

两人一起吃饭这么久，他向来听许知意安排，这是头一次自己主动挑外卖。

也是自从去瀑布背过她之后，他第一次离她这么近。

这些天，无论两个人一起去食堂，还是在出租房独处一室，甚至到深夜，许知意都能感觉到，寒商一直在刻意地跟她保持着距离。

是正常同学之间相处的社交安全距离，如同两人中间隔着一堵空气做的无形的墙。

这样突如其来的狎昵，很像是故意的。

他离得太近了。

那么近，他呼吸的气息吹在许知意的耳沿上，许知意半边脸的温度骤然飙升。

她假装没留意到，只在手机上帮他一点点翻："想吃什么？"

寒商的气息拂过，悠悠地说："好久没吃和牛了。"

许知意默了默。

这人狮子大开口。

不过让他天天这样，跟着她吃食堂和便宜的外卖，吃了这么多天，确实感觉有点委屈他。

许知意昨天刚好收了一笔画稿的尾款,偶尔奢侈一次,不成问题。

她刷了两下屏幕。

常吃的那家寿司店正在打折,折扣很不错,每次交完一个大单,想奖励自己的时候,许知意就去订一盒寿司。

她的手指在这页只稍微悬停片刻,就滑开了,继续帮寒商找他的和牛。

"太贵的我买不起。"许知意划过上千的套餐,实话实说。

有打折也要将近四百的和牛丼,单人的。

许知意问:"这个行吗?"

寒商:"凑合吧。"

许知意帮他点了,自己照常点了附近一家店的烧茄子盖浇饭。

寒商的套餐先到,他自己开门拿了,回来后,把椅子拉回原位,饭盒放到他那块专属桌面上,打开盒盖。

许知意好奇地看了看。

米饭上盖着一层半生的薄薄的肉,外加一颗温泉蛋,上面还撒了一粒粒橙黄的鱼籽。

寒商并没有让许知意尝尝的意思,坐下来,一个人面无表情地吃牛肉。

他今晚绝对是在闹别扭。

估计是那句"你朋友也是我朋友"惹到他了,像是把两个人这些年的交情轻飘飘一笔抹掉。

可是前几天,明明是他自己先阴阳怪气地问:"我们是朋友吗?"

他也许忘了,许知意可没忘。

养一个存心找别扭的寒商太费钱了,希望那几片肉片能把他哄好。

许知意的盖浇饭也送到了,她一边刷手机,一边优哉游哉地吃着软烂油滑的烧茄子,吃了一会儿,忽然下意识地觉得,有目光定在她身上。

她抬起头,寒商果然正目不转睛地盯着她看。

许知意奇怪:"看我干什么?"

寒商唇齿间吐出一句话:"许知意,别人都觉得你是懂事听话的乖学生,只有我知道,你其实又直又莽,可我现在觉得,你除了直和莽,还真的傻。"

这辈子从来没人说过她傻,许知意不服,从喉咙深处哼了一声。

"我小学的时候教育局抽样调查,测过智商,超过一百四好嘛。就算高数这种,都是考前突击几天就轻松过了,成绩还不错。"

寒商慢吞吞地说:"智商一百四,不代表你不傻。"

许知意无话可说。

傻不傻的另说,至少他看着没再闹脾气了。

晚上,许知意要在这边睡,寒商自己回明大了。她一直画到将近凌晨三点,

困得屏幕上的线条扭在一起,才倒下去睡了,再醒来时,已经快到中午。

午饭时间,寒商又准时过来了。

他手里拎着一个保温袋。

袋子上没印商标,不知道是什么。

寒商把保温袋放在桌上,从里面拿出一个方方的精致木盒,推到许知意面前。

许知意打开盒盖,里面装着满满当当的寿司。许知意喜欢的品类都有,各色鱼肉、虾肉和贝类都新鲜挺拔,米粒剔透,甚至中间还窝着一小圆盒海胆饭,艳黄色的海胆饱满丰腴。

这不会比昨天的和牛丼便宜。

许知意问他:"你哪儿来的钱?你抢劫去了?"

"哦,"寒商靠在桌子边,手抄在口袋里,"我就是随便发了个朋友圈,说想吃寿司,自然有女生送上门。"

许知意拿寿司的手顿住,抬头看他,一脸无语。

寒商也不动声色地望着许知意:"吃你的饭是吃,吃别人的也是吃,有区别吗?"

许知意不得不承认:没区别。

可是……就是让人不爽。

即使这寿司是被他拿过来送她的,她也不爽。

而且从别人那里骗寿司来给她,会不会有点奇怪?

可见人长得太好看了,不是什么好事,寒商这是往邪路上出溜得越来越欢快了。

不过寒商的眼睛微微眯着,像是在一动不动地观察她的表情,许知意看他一眼,从桌上抄起手机,翻了翻他的朋友圈。

根本什么都没有,哪来的"随便发个朋友圈,就有人送上门"。

许知意撂下手机:"真能胡扯。"

寒商挑了一下嘴角:"其实是上学期建模竞赛的奖金发下来了。"

他把小包的酱油和一小盒芥末从袋子里拿出来:"我还买了点日用品和衣服,剩下的钱还给那些借我钱的人了,已经全还清了。"

最后,他给她买了一大盒寿司。

"所以奖金全花光了,"寒商说,"以后还要跟着你蹭饭。"

他重新整合了一次债务,现在已经不欠任何人钱,全世界只欠许知意一个人的。

许知意"嗯"了一声,去洗过手,打开芥末:"每种都是一式两份,刚好咱们两个一人一半。"

"你自己吃吧,我已经吃过了。"寒商说。

话还没说完,许知意已经拿起一个北极贝的寿司,递到他嘴边。

"张嘴。"

她的手举着,手指捏着寿司,指尖就在离他的嘴唇不到两厘米的地方,一低头就能碰到。

许知意看见,一抹红晕顺着寒商的耳根蔓延上去,耳沿那一圈转眼就烧红了。

他这样一个什么都不太在乎的人,居然也会脸红。

寒商的眼睫垂落,顿了一秒,乖乖地低了一下头,张开嘴,就着她的手把寿司吃了。

把寿司全部放进嘴里之前,他的嘴唇仿佛轻轻碰到了她的手指,又仿佛没有,只是错觉。

"我去……洗手。"

寒商含糊地说,转身去了厨房。

这个人害羞了。

许知意低头看了看寿司盒,专门挑了和他刚刚吃的一样的北极贝寿司。

寒商多多少少,肯定是有点喜欢她的,许知意知道。

可是这种喜欢,究竟有多少,许知意却不知道了。

他本来就是一个散散漫漫、随心所欲、一时兴起想做什么就做什么的人。

就像上次去看瀑布,他想看的时候,坐几个小时的车,兴师动众地要去看,不想看时,瀑布就在前面,也可以转身就走。

他喜欢什么,喜欢多少,都有点难琢磨。

而且寒商的状况很特殊,他妈妈去世了,父子像半个仇人,和唯一一个有血缘的弟弟势同水火,无论是他以前大手大脚花钱,众星拱月一样身边围着一大群人的时候,还是现在,他其实都活得像个孤儿。

他在这个世界上,并没有任何亲近的人,只有他自己。

他最近很反常,亦步亦趋地跟着她,这里面,多半是因为这些天的特殊状况,被她持续投喂出来的依恋而已。

许知意心中默默地叹了口气。

依恋就依恋吧。

寒商回来后,已经神态如常,拉过椅子在许知意旁边坐下,在她的坚持下又吃了一个寿司,就不肯再碰,全留给了她。

两个人在出租屋这边待到很晚,才一起骑车回明大。

寒流还没有过去,夜里温度很低,许知意穿着厚外套,头上扣着帽子,还是冷得瑟瑟发抖,脸被冷风吹得发疼。

她只能拼命蹬车,好让自己暖和一点。

深夜的路灯亮着,街道两边的店铺都打烊了,路上空荡荡的,没人,也没什么车,这条路白天繁忙拥挤,现在完全换了种样子,就像进入了另一个宁静空旷而自由的平行时空。

许知意蹬得飞快,寒商就也快,像跟她较劲一样,有时候一鼓作气冲到她

前面,有时候又放慢一点,落在她身后。

两个人飙车一样,你追我赶,几乎把车骑到路中间。

马路是寂静的河道,他们是两尾互相追逐的鱼。

终于不冷了,许知意背上一层层冒汗,她单手扶着车把,把帽子顺手撸下来,让冷风吹着脑门。

寒商转过头看她,也放慢了速度,两个人并肩慢悠悠地往前骑。

"寒商,你说十年以后,我们两个会在哪儿?"

寒商想了想,才答:"我不知道。"

不知道十年后,会在哪里,在做什么,又和谁在一起。

十年,对一个四五十岁的中年人,似乎只是匆匆一瞬,飞逝而过,但对不到二十岁的寒商和许知意,却是往后看过去的漫漫岁月,有一千种一万种可能性,遥远和陌生到无法想象。

两人回到明大,寒商先把许知意送到宿舍楼下。

他没下车,仍然跨在单车上,一条长腿撑住地,人伏在车把上,看着许知意下车拿包。

"我找到了一个比较长期的工作。"寒商忽然说,"时薪非常不错,就是有时候要上夜班,下班会比较晚。"

许知意立刻警惕:"寒商,你该不会要去干什么不正当的职业吧?"

凭他的长相,真有可能。

寒商偏头打量她:"许知意,我有时候特别遗憾自己不能读心,比如现在,就很想扒开你的脑壳,看看里面正在放什么不正当的画面。"

"是一家咖啡店。"他说,"就在万合广场。一周至少要去两次。"

万合广场就在明大附近的商业中心,离得不远。

许知意心中默默地想象了一下,不知道他在咖啡店当店员是什么样子。

能亲眼见证的机会很快就来了。

周末,宿舍里几个人和隔壁宿舍的同学要一起去逛街,谢雨青把许知意也从床上捞下来了。

"别天天画画了,出去走走,看,外面多美好的春天啊!"

许知意爬下床:"多美好的天天寒流的春天啊。"

寒流并不能冻掉大家逛街的热情,许知意正好也打算买几件衣服。

一群女孩子一起出发,去明大附近的商业中心,一家家店逛过去,衣服没买几件,人累得半死,还不如在网上买来得方便快捷。

有人说:"楼下有家新开的咖啡店,要不要去坐一会儿?"

沈晚拒绝,在旁边的长凳上坐下:"我觉得我坐在这个不花钱的地方就挺好。"

"据说那家咖啡店的店员清一色的大帅哥。"

沈晚拎着包慢悠悠站起来:"奇怪,好像忽然想喝冰美式了。"

新开的咖啡店?许知意心想,不会那么巧吧。

但真的就是那么巧。

一进咖啡店,许知意就看到了寒商。

略苦的咖啡香气中,寒商穿着一件白衬衣,外面是条黑色马甲式样的围裙,袖子半卷着,露出一截小臂,正站在收银台前,低头帮人点单。

围裙这种东西,出现在他身上,多少有点奇怪,让他身上那种野性难驯的劲头收敛了不少,生人勿近的样子却更明显了。

有人也发现了。

苏禾说:"哎,你们看见没有?收银的那个!天,什么人间仙品!你们谁敢过去要个微信。"

谢雨青看一眼:"要什么微信,那是寒商。"

苏禾和许知意同宿舍,她是本地人,她家离明大只有五分钟路程,不常住宿舍,八卦系统明显没有及时更新。

苏禾:"啊?他就是那个特别有名的寒商吗?他家不是很有钱吗,为什么要来打工?"

隔壁宿舍的同学问:"对啊,许知意,寒商为什么也要打工?"

苏禾完全跟不上大家的进度:"啊?寒商打工的事,为什么要问知意?"

许知意只得答:"因为我们是高中同学,他比我高一届。"

"哦,高中同学。"沈晚别有深意地挑了挑眉。

许知意继续说:"他打工,可能是不想花家里的钱吧。"

有个女孩问:"许知意,那他有女朋友了吗?"

许知意有点尴尬:"应该是……还没有吧?"

"真的吗?"

一片星星眼。

她们的声音太大,许知意看了一眼寒商那边,好在他正低着头忙着,似乎没注意到刚进门的这群人。

一大群人一起过去点单。

寒商去旁边做咖啡了,站在收银台前帮她们点单的是另一个男店员,也很帅,和寒商不同,比他暖太多了,声音温和好听。

这家店名不虚传。

许知意点了一杯卡布奇诺。

怪不得寒商说时薪非常不错,招这么好看的店员,成本都加在咖啡上了。

死贵。

不过一群又高又帅的店员中,寒商就算不说话也不笑,仍然出类拔萃,一眼就能看到。

大家找位置坐下,来送咖啡的是别的服务生。

谢雨青纳闷："寒商都不过来招待一下吗？"

沈晚只痛苦别的事："知意，下次能不能让你的'高中同学'给我们打个折？"

寒商也在忙着，正给不远处另一桌两个也是学生模样的女孩上咖啡。

许知意看见，其中一个女孩仰起头跟他说话，拿起手机，好像想加他微信。

寒商连眉毛都没动一下，只淡淡说了句什么，拿着托盘回到收银台那边，没再过去。

大家一会儿就聊开了，山南海北地鬼扯，等歇得差不多了，才站起来准备走。

许知意看了一眼，寒商还在柜台那边，不知在忙什么。

许知意跟着大家一起往外走，还没走几步，就听到有人在身后叫她名字。

"许知意。"

她回过头，是寒商。

前面的苏禾她们也听见了，一起回过头。

寒商快步过来，手里拎着一个印着咖啡店招牌的小盒子，递到许知意手里。

盒盖有一部分透明，能看到里面，装着一块顶着白色奶油花的红丝绒蛋糕和一块杧果千层。

都是这家店的招牌，许知意当然没点过。

谢雨青和沈晚满脸都是"我就知道嘛"的表情，其他人全一脸讶异。

旁边一个店员路过，对寒商笑道："寒商，你女朋友啊？"

寒商没回答，只低声问许知意："你今天过去吗？"

他是说去出租房那边。

许知意回答："下午过去，晚上再回学校。"

寒商："你别自己走，我今天要晚上十点才能下班，我先过去找你，然后我们一起回去。"

许知意点头。

寒商简洁地交代完，就回到收银台那边。

苏禾完全蒙了，云里雾里："这是什么情况？"

沈晚迷茫地扫视一圈店里忙忙碌碌的帅哥店员们，梦游般嘀咕："你们说，要是我现在努力在这边拿下一个，是不是以后也有免费的蛋糕吃了？"

…………

悉市的天气暖和起来，外面的花争相绽放，地暖也不用再开了。

许知意晚上抽空问裴长律：是你把我的手机号码给寒商，让他租房给我的，对不对？

裴长律：完了，被你发现我有多关心你了！

裴长律：他说他自己在市中心的公寓你不方便过去住，家里刚好有栋没人住的老房子，可以收拾好让你搬过去。还说这是小事一桩，不让我告诉你。

裴长律：他是一片好心，你就安心住着吧，没事。

看措辞，裴长律好像并不知道寒商和她两个人都住在老宅里的事。

许知意的手指停在消息界面，想了想，也没把这件事告诉他。

新搬来的Cindy和Andy两个人什么都好，就是有时候让人尴尬。

这里晚上太安静，夜里能清楚地听见人的声音，还有床的"吱吱嘎嘎"声，响个不停。

寒商那条"每晚十一点至早六点，请尽可能保持安静"的条例因为不罚款，显然是没有生效。

第二天晚上，才十点多，许知意去厨房热牛奶，忽然听见楼上又有声音。

是男声，伴随着床的"吱嘎"声，一声一声的，像是从喉咙深处发出的叹息。

许知意发现了新的知识盲点，她低声嘀咕："原来男生是会叫的。"

身后有人用鼻音"嗯？"了一声。

许知意的手一抖，牛奶差点泼出来。

是寒商，他手里拿着杯子，大概是出来喝水。

两个人从昨晚到现在，还没怎么说过话。

许知意知道他特地把老宅出租给她，昨晚的气已经消得差不多了，可又被他听见刚才那句话，稍微有点脸红。

"你走路怎么一点动静都没有？"

寒商放下杯子："我是大象吗？走路得地动山摇。"

楼上的动静更大了，才真是地动山摇。

两人同时抬头往上看，都有点尴尬。

许知意的手机就放在厨房台面上，寒商顺手抄起来。

许知意一脸问号。

寒商："拨个电话给他们。"

许知意明白他的思路，铃声一响，楼上的人肯定就知道不妥，会停下。

可是……

许知意结巴："……你拨电话就拨电话，为什么要拿我的手机？"

"我没带。"寒商翻了翻手机里的通讯录，"你有他们的号码吧？"

那两个人昨天搬进来的时候，给过大家号码。

许知意火速去抢手机："你还我！"

用她的手机拨，就好像电话是她打的一样，这太不好意思了。

这人太坏了。

寒商仗着人高，把许知意的手机高高地举起来，继续在通讯录里找号码。

许知意急得上蹿下跳地去抢，可惜够不着，只能抓住他的胳膊使劲往下拽，又不敢太大声，压着声音："寒商，你还我！"

寒商身上挂着一个许知意，站得稳稳的，丝毫不受影响，已经找到Andy的号码，点下去了。

一阵振铃声从楼上传来。

地动山摇果然停了。
寒商并没有挂断，让铃声持续不断地继续响着。
Andy 接起来了。
寒商低头看一眼许知意，把手机放在耳边，毫不客气："我是房东。这里还有别人，你们两个动静能不能小一点？"
不知对方说了什么，寒商挂断电话后，楼上果然安静了。
寒商把手机还给许知意。
许知意小声说："你还真好意思直接说。"
寒商去接了杯冷水，喝一口："他们好意思做，我们为什么不好意思说？"
许知意点点头："对，你特别好意思。"
她意有所指，是在说昨天他乱亲人的事，寒商听懂了，这次竟然没有回怼。
寒商抿了下嘴唇，承认："没错，我是。"
他这样，许知意反而不太好继续怼他，举起杯子，喝了一口牛奶。
她咽下去，才低声说："我还是第一次那样跟人亲。"
寒商也喝了一口水。
"我也是。"
两个人并排靠着厨房台面站着，一人手里捧着一个杯子，谁都没再出声。
老宅里一片安静。
许知意有点心慌。
她举起杯子把牛奶一口闷掉："我……要回去画画了。"
寒商："嗯。"
许知意洗了杯子放好，离开厨房往房间那边走。
身后忽然传来寒商的声音："许知意，晚安。"
许知意的脚步顿了顿，没有回头："嗯，晚安。"

第二天，就有人送来一张看着结实无比的双人床，抬到了楼上。
乐燃下楼遇到寒商时，赞叹道："哥，你真是我遇到过的最大方的房东，救草民于水火，晚上实在吵得没法睡觉，我真想给你送面锦旗，上面就写八个大字，'爱民如子，泽被苍生'。"
乐燃就住隔壁，比许知意他们还惨。
可还没消停两天，就又出事了。
这天晚上，许知意正关在房间里做一门课的 PPT，忽然听见外面吵起来了，听声音又是楼上的那对夫妻。
两个人都在放开喉咙狂吼。
Cindy 好像很生气："天天没完没了地跟你那个前妻打电话，那么想聊天你离什么婚？"
Andy 的嗓门也不小："一共就结了十几天就分开了好吗？等到能离就马上离了，这和没结有什么区别？我有事跟她说句话都不行了？"

许知意默了默。

她还没好好谈过恋爱，人家年纪那么小，大学还没毕业，都结过两回婚了，结了离离了结，跟过家家一样。

乐燃今晚去学校了，寒商的房间黑着，人应该不在，许知意没管楼上那两人的事，继续准备她下周的 Presentation。

她做了一会儿 PPT，就听见冲下楼的脚步声，他们把战火烧到了楼下。

厨房那边乒乒乓乓的，好像由文斗变成了武斗，正在扔锅。

许知意放下笔，有点担心，不会殃及她宝贵的微电脑控制多功能电饭煲吧？

脚步声乱成一团，夹杂着尖叫，声音去了客厅那边，许知意试探着打开门看了看。

Cindy 正气势惊人地举着一把菜刀。

她握着菜刀，满屋子追着 Andy 跑。Andy 慌慌张张，边躲闪，边努力逮空从 Cindy 手里往外夺刀。

两个人竟然动了真格。

许知意火速从口袋里掏出手机，准备报警。

许知意按亮屏幕，抬眼又观察了一下。

Cindy 举着菜刀，气势相当吓人，但只是做做样子而已，不像真要砍人。

许知意犹豫的瞬间，Cindy 一不小心，手里的菜刀被 Andy 夺走了。

Andy 夺过刀，并没有放下的意思。Cindy 愣了一下，掉头就跑。

现在举刀的和被砍的换了换，轮到 Andy 攥着菜刀追 Cindy。

Andy 刚才被追得冒火，现在瞪圆眼睛，一刀劈在客厅的沙发背上，把皮沙发砍开一道豁口，里面白色的海绵都露出来了。

Andy 吼："你跑什么？你刚才砍我不是挺厉害的吗？"

他挥舞着菜刀，劈在墙上，下手不轻，砍掉了一大块泥灰。

Cindy 慌张地环视一圈，一眼看见许知意，飞快地朝这边奔过来："救救我，他要砍死我！"

许知意顺手把她拉进房间里，直接关门。

还没来得及关好，Andy 就冲过来了，抢起菜刀，一刀劈在许知意的门板上，"咔嚓"一声响，老旧的门板裂开一条大缝。

"干什么呢？"

是寒商的声音，他回来了。

寒商越过沙发，大步过来，一把揪住 Andy 的后衣领。Andy 连反抗的机会都没有，寒商就已经死死地把他按在墙上，瞬间把他手里的刀夺了。

寒商先转头扫视一遍许知意全身上下，知道她没事，才又说："许知意，报警！"

那两个人这才慌了。

人被按住了，菜刀没了，两个人刚才打得惊天动地，毫不含糊，现在一起

求情告饶,也很干脆。

最后协商的结果是,寒商不报警,但是他俩必须马上搬走。

他们上楼收拾东西去了,寒商没有走,他拎着刀,转头看向许知意。

许知意提醒他:"你的门和沙发都被劈开了。"估计要找人来修。

"你自己也差点就被劈开了,你没意识到?"

寒商的声音里明显带着压抑的怒气。

"遇到这种事,你躲在房间里就行了,出来干什么?许知意,你 2G 网冲浪?那么多管闲事结果自己被砍了的案子没看见过?你号称一百四的智商是负的吧?你是不是傻?"

"……我就是探头出来看看我的电饭锅,也没想见义勇为,刚才拉她进屋就是顺手。"

许知意解释。

"再说,那个 Andy 一刀能劈歪,没见过刀刀都能劈得那么歪的。我感觉他就是虚张声势,也不是真想砍人的意思。"

"你、感、觉。"寒商眯着眼睛,压低声音,声线突然变得诡异地温柔,却让人毛骨悚然,"你砍过人吗,就'你感觉'。你知道杀红了眼是什么意思吗?人到那种时候,热血上头,什么事干不出来?"

鼻端仿佛又闻到高一那个夏天浓重的血腥气,两人一起沉默了。

寒商的目光滑落,停在许知意左边的肩膀上,仿佛那里仍然有一大块洇湿的印子。

他盯了一会儿,最终叹了口气。

"你进去吧,锁好门,我盯着他们搬家。"

许知意回房去了,寒商在客厅里爆出海绵的沙发上坐下。

他拎着菜刀的手还在簌簌地抖,完全控制不住。

他刚刚回家时,开门进来的第一眼,就看见那个男人举着菜刀,猛地一挥,对着门里的许知意劈了过去。

寒商当时脑子"嗡"的一声,全身的血液一起上涌,完全不知道自己是怎么越过客厅中间的沙发冲过去的。

一直到夺下刀,他的心还在狂跳。

许知意却一脸的不在意,淡定得跟没事人一样,恨得他只想掐住她的脖子,使劲摇晃她那颗进了水的脑袋。

她要是真的被砍了,该怎么办?

她要是真的死了,他该怎么办?

楼上收拾行李的那一对,声音逐渐升高,又吵起来了。

寒商站起来,走到厨房,把菜刀插回刀架上,想了想,干脆拉开橱柜最下面一格抽屉,把刀架上的刀全部扔进去,用脚一踢,关上抽屉。

许知意回到房间里,重新坐下画画,眼前却还是寒商刚刚的样子。

寒商今晚很不一样。

重逢以来,他始终不咸不淡的,就算那天亲她的时候暴烈如火,亲完之后仍然是那副满不在乎的模样,可今天不同,他好像真急了。

全是拜那把到处乱砍的菜刀所赐。

许知意忍不住胡思乱想,如果真的被砍一刀,不知道寒商会怎样?

然而菜刀没机会了,那两个人东西收拾得非常快,连夜搬出了老宅。

只有乐燃一无所知。

第二天一大早起来,许知意出来洗漱,就听见乐燃在厨房对寒商说:"昨晚怎么那么安静呢?我睡得特别踏实。"

寒商只"嗯"了一声,自顾自打开冰箱找吃的。

乐燃也从冰箱里拿出半根萨拉米,举在手里,原地转了一圈,显得很茫然。

"哥,咱家的刀呢?"

天气晴好,后院的鹦鹉们开始觅食,展开雪白的大翅膀,小型轰炸机一样在碧蓝的天空中来回滑翔,往邻居家院子里俯冲。

许知意倒了杯牛奶,烤了片面包,坐下吃早饭,顺便把昨晚的大事件跟乐燃讲了一遍。

才说到菜刀剁墙,寒商就端着他的盘子,在餐桌旁边坐下了。

这倒是稀奇。

许知意和乐燃你看看我,我看看你,乐燃飞快地把扔在桌上的一张餐巾纸团起来,塞进口袋。

寒商没有跟他计较餐巾纸的意思,默不作声地吃自己的炸薯饼和煎蛋。

气氛只尴尬了片刻,许知意就继续给乐燃讲那两个人动菜刀的事,好像三个人一起坐在餐桌旁是每天都会发生的事一样。

乐燃边吃边瞎琢磨:"秦哥,我觉得你合租条例里的那条,室友不准恋爱,好像是个诅咒。你看,楼上那两人本来甜甜蜜蜜的,刚搬进来没两天就开始吵架闹离婚,这条例不太吉利吧?"

乐燃又笑道:"不过你保证过,条例不能随便取消,所以就算不吉利,也没办法。"

乐燃仰起头,环顾屋顶一圈,感慨:"这真是座被合租条例的黑魔法诅咒过的不能谈恋爱的房子啊。"

寒商没出声。

几天后是乐燃的生日。

乐燃按合租条例,跟寒商报备过,去华人超市买了火锅底料、切片牛羊肉和牛百叶、黄喉等等,又拖了一小推车各种蔬菜回来,一看就是晚上打算大干一场的样子。

许知意和夏苡安、顾嘉一起给乐燃定了一个很大的冰激凌蛋糕。

晚饭时间,来了一群同学,有人带来了零食和啤酒,大家把所有能当椅子的家具搜罗到一起,围着餐桌热热闹闹地坐成一圈。

乐燃摆好火锅,说:"我去叫秦哥。"

许知意想起,上次吃鱼薯的时候,寒商还躲在房间里不肯露脸,她觉得房东大人孤零零的一个人,好心好意装了一盘吃的给他放在门口,结果被他摔门,惊天动地一声响,把大家吓得不轻。

不知这次他肯不肯给乐燃这个面子。

她突然意识到一个问题:当时把盘子摆在门口,后来呢?

后来盘子被洗干净了,悄悄放回了橱柜里,以至于许知意完全没意识到这件事,可是盘子上的食物呢?去哪儿了?

乐燃回来了,身后竟然真的跟着寒商。

寒商一出来,餐桌旁一圈人一片沉默。

对面的男生小声问:"这是你们的房东吗?长这么帅?"

顾嘉回不过神:"啊?这就是那个不露脸的变……"她硬生生把"态"字咽回去了。

寒商恍若未闻,自带一把椅子,拖了过来。

这里都是乐燃的同学,寒商一个都不认识,许知意怕他不自在,往旁边让了让,给他腾出一块地方,招呼他:"寒商,坐这儿。"

坐在许知意另一边的夏苡安讶异得手里的筷子都快掉了,夏苡安狂拉许知意的袖子:"啊?寒商?他就是寒商?就是你以前跟我说过的,你大学时的那个……"

许知意悄悄伸手过去捏夏苡安的胳膊,夏苡安马上闭嘴。

寒商人来了,却基本不说话,安静地坐在许知意旁边,听着大家说学校里的各种八卦,只偶尔涮点东西吃,像尊不说也不动的金面大佛。

乐燃吹过蜡烛,把蛋糕切开分了,有人打开带过来的啤酒和红酒,大家越聊越嗨。

餐桌很大,无奈人太多了,坐得相当挤,寒商的手肘擦着许知意的手肘,上臂紧挨着她的肩膀。

他大概也觉得挤,调整了一下,稍微侧身,让许知意的肩膀靠在自己身前。

两人变成了一个虚虚的半抱姿势。

尤其是他探身向前的时候,隔着衣服,许知意能感觉到他胸前肌肉的轮廓。

许知意忽然想起那天,他把她抵在墙上的时候。

许知意有点心慌,不停地喝杯子里的啤酒。

冰凉的啤酒只能让人暂时清凉片刻,心很快又慌慌张张地乱跳起来。

不知道喝了多少,许知意终于舒缓放松下来,虽然脸上发烫,人却轻飘飘的,这样被寒商半抱着,心也没那么乱了。

有个不太熟的男生探身过来，加了几个女生的微信，又问："明天晚上我们有几个同学要去蹦迪，你们来不来？"

夏苡安抱歉地说："我明天可能有点忙。"

男生看向许知意。

许知意摇头，简洁地说："没时间。"

夏苡安很客气，一副好说话的样子，男生又问她："你明天忙，那下周呢？"

夏苡安一脸歉意："下周更忙，有好几个作业要交。"

男生脸色变了变，坐回原位，悻悻地不出声了。

顾嘉用手遮住嘴，悄声说："要不去玩玩呗，说不定能找到喜欢的。"

夏苡安压低声音答："一天天的都快忙死了，有空睡觉多好，谁有那个闲工夫谈恋爱？"

不知不觉就到了晚上九点，寒商拿起手机看了看时间。

乐燃立刻意识到，提醒："我们这儿十点宵禁，咱们还能再吃一个小时。"

"九点了，"夏苡安站起来，"我得回去赶论文，必须得走了。"

大家纳闷："最近有哪门课的论文要交吗？"

夏苡安解释："是期末的，我想提前做完。我找到一家公司实习，马上就要开始了，后面怕没时间。"

她拼命三郎的作风不改，怪不得眼睛下挂着两个大黑眼圈。

对面刚刚被拒了的男生干笑一声："哟，说走就走，这么不给面子？要提前走也行，喝一杯再走呗。"

还有好几个人跟着起哄："对，喝一杯再走。"

他们倒了满满一杯红酒。

夏苡安满脸为难。她向来不太会真和人翻脸，可是回去要赶功课，喝多了就什么都不用写了。

乐燃站起来拦住递过来的那杯红酒："人家要回去写论文呢，别瞎闹腾。我看要不这样，你们让她走，今天是我生日，我来替她喝，不过我刚才喝了不少了，这一大杯是真的不行，半杯怎么样……"

许知意然喝多了，只觉得乐燃啰啰唆唆一大套，听得不耐烦，不等他说完，就顺手抄过那杯红酒。

"没关系，我替苡安喝。"

许知意爽快地一仰头，手腕一翻，一整杯红酒就灌下去了，像喝水一样。

乐燃他们都有点蒙，夏苡安更是吓了一跳："知意！"

气氛忽然冷场。

那男生还在讪讪地说："许知意，你要替她喝啊？那一杯哪够，你还不得连罚三杯？"

乐燃还没来得及开口，寒商就"啪"的一声，把筷子撂到桌子上，他冷冰冰地说："差不多得了。"

没人敢再说话。

许知意迷迷糊糊地想：咦？原来这种活动不是他出钱时，也一样没人敢惹他啊。

后面的事许知意有点迷糊。

他们好像陆续都要走了。

乐燃的声音和她仿佛隔着一层玻璃，隐隐约约地传来："火车这条线路今天关闭维修，坐不了，你们几个只能坐轻轨。"

他打开手机上的谷歌地图，教这群同学怎么去轻轨站，努力了一会儿，放弃了。

"算了，我送你们去轻轨站吧，反正也不远，走过去也就十分钟。"

一群人乱哄哄地出门。

乐燃一边穿鞋，一边回过头对寒商说："哥，你照顾下许知意啊，她好像喝多了，我一会儿就回来。"走到门口又想起来，"哥，看在我今天过生日的分上，桌上和地上的垃圾能不能先别给我算钱？我回来后马上就收拾。"

寒商没说话，转过头，看向身旁的许知意。

许知意手肘撑在桌子上，用手支着头。

她长长的睫毛严实地阖着，两颊绯红，头上的小鬏鬏有点散，没扎起来的几缕头发垂落，发梢在下巴那里弯成小勾。

人瞬间走干净了。

客厅静下来，只剩满桌狼藉的碗碟和空酒瓶，火锅还有余温，"咕嘟嘟"冒着泡，空气里弥漫着煮得熟烂的肉类和蔬菜的味道。

许知意向来对气味敏感，寒商站起来，打开通往后院的门，让外面清新的空气透进来。

"咚"的一声。

是许知意，她的手肘没撑住，胳膊敲在桌子上，人也差点栽在碗里。

寒商走过去，挪开碗碟，俯下身，低声叫她："许知意？"

许知意伏在桌上，一动不动，好像睡着了。

让你逞能，寒商心想。

一杯酒说灌就灌，醉了就什么都不管了，怎么会那么放心。

"许知意，醒醒，回房间睡。"

她毫无反应。

寒商直起身，站在她旁边，低头看着她，踌躇良久。

他重新弯下腰，把许知意的一条胳膊拉起来，绕在自己脖子上。

她软趴趴的，完全不合作，像袋没灵魂的大米，比当年背着看瀑布的时候难弄多了，也丝毫没有用自己的脚站起来的意思。

寒商一不做二不休，索性抄起她的腿弯，把她打横抱起来。

她比高中时重了一点，发育后身上多了点肉，不再像当初十几岁时那么细骨伶仃的，其实不用抱，平时看也能看得出来。

寒商的脑子急速跑偏，不过又很快拽回来，调整姿势。

许知意仍然闭着眼睛，头像脱力一样往后仰着。

寒商让她靠起来一点，把她的头按在自己肩膀上。

许知意忽然动了一下。

寒商一滞，脑中飞快地组织措辞，准备在她睁眼时解释现在这种状况。

然而许知意没有睁眼，她只含糊地哼唧了一声，原本松松地搭在他肩背上的那只手收紧，另一只手摸了摸，找准位置，搂住他的脖子，人跟着贴上去，把头埋进他的颈窝里。

她的胸软软地贴着他的胸膛，呼吸吹在他的脖子上。

寒商身上自下而上，一股燥热升腾。他站在那里，调整了半天呼吸，才又哑声叫：“许知意？"

许知意没出声，回应他的是她又动了动。

有柔软的东西若有似无地擦过他的脖子。应该是她的嘴唇吧？

寒商抱着人，僵立在那里，闭了闭眼睛。

都说酒后乱性，喝酒的是她，乱性的是别人。

寒商努力清空脑子，抱着她快步走到她的房间门口，用脚踢开虚掩着的门。

门一打开，寒商就怔住了。

许知意的房间里，她的床仍然放在原位，紧贴在墙边。

即便上次他多嘴说了一句，她也没有再挪过她的床。

墙的另一边，是他的床。

两个人的床一模一样，位置也对得很整齐，如果有上帝视角，从空中俯视，就会觉得这是一张双人床，只是被人从中间用一堵墙蛮横地劈成了两半。

也就是说，最近这些日子，每一个晚上，两个人都在某种意义上睡在一起，中间只隔着一堵墙。

寒商站在原地，抱着怀里的人，直到手臂发酸，才回过神。

他走过去，俯身把许知意放在床上。

她还勾着他的脖子，寒商舍不得拿掉她的手，顺势低下头来，单膝跪在床边。

她喝了酒，嘴唇不是平时的淡粉色，红得多。

寒商的目光停在她的嘴唇上，心中挣扎得像陷进了沼泽，在泥潭中无望地扑腾。

上次热血上头亲她时，至少她还是清醒的。

现在她无知无觉，绝对不行。

寒商死死地攥住自己理智的缰绳，望着她的睡颜。

她脸上酡红，睡得昏沉而安稳，估计被人卖了都不知道，就像很多年前的那次，她生病发烧的时候。

那个春天，她也是这样躺在床上，脸颊红烫，仿佛完全没意识到他是个男人，

也不知道他心里正在想什么。

在这个一切都疯狂颠倒的南半球的城市,春天由三月变成了九月,太阳由南边挪到了北边,路上的车子全靠左行驶,不久之后就是夏日炎炎的新年,只有他和她,还是当初的那两个人,仿佛什么都没有变过。

升腾的燥热渐渐平复下来,变成了充满胸腔的柔情,满到快溢出来,轻轻地荡漾着。

寒商终于拉开挂在他脖子上的胳膊,帮她脱掉毛毛拖鞋,拉过被子盖好。

他回身走出房间,顺手熄了灯,帮她带好门。

门上的锁舌"嗒"的一声撞上。

黑暗中,许知意睁开眼睛。

眼神无比清明。

她看了眼门,翻了个身,面向那堵墙,低声自言自语:"未经许可,向房间内张望,罚款十刀,进我的房间,罚款十刀,未经允许私自碰我的被子和拖鞋,再罚款二十刀。一共四十刀,先记在账上。"

第六章
他的初吻

大一那年春天，寒流一直在枫市上空徘徊。

倒春寒最是磨人，明明到春天了，却还冷得像冬天一样，就像希望就在眼前，却隔着一层，怎么都够不到。

许知意接了一个大单，是一整套儿童教辅材料的插画，角色全是大森林里各种胖乎乎的小动物，线条简单，色彩明亮，画了心情都会变好。

唯一的问题就是对方要得很急，而且要求不低，发过去的稿子又被打回来，来回一遍一遍地改。

活儿急，量大，许知意做得没日没夜，常常大半天下来，既没有吃东西，也没喝水，神奇的是，她既不觉得饿，也不觉得渴。

她就这样盯着屏幕，全身上下除了胳膊和手，几乎完全不动，像僵死了一样。

有时候想起来了，她转一下脖子，颈椎的骨节会"咯"的一声响，在安静的房间里，还挺吓人。

寒商这些日子上课比许知意还勤快，从不逃课，许知意知道，只靠打工赚学费和生活费是不够的，他今年的目标是那几个顶级奖学金。

寒商匆匆来去，不过很快就发现，有时候从他吃完午饭去上课，到他晚饭时回来，许知意动都没动过，连姿势都没变。

他拖过椅子，在许知意旁边坐下："许知意，你这样不行。"

许知意眼睛还定在屏幕上，给一只挎着竹篮数萝卜的兔子勾线。

"……什么不行?"

声音恍恍惚惚的,像在梦游。

寒商没继续说,而是拉过她的手:"你的手怎么了?"

许知意这才转过头,也低头看看自己的手。

她尾指和中指的关节上红了一大片,还肿着,尾指肿得尤其厉害,又红又亮。

许知意:"哦,好像是蚊子咬了。"

寒商:"这么冷的天,哪儿来的蚊子?"

"或者是什么小虫子吧。"

毕竟这些天在出租房这边睡得多,这边不是那么干净。

许知意抽回手,想继续画她的兔子,寒商却拉过她的另外一只手,拿掉她手里的笔,放在旁边,抓着手指仔细研究:"不是虫子咬的,这只手也有。"

许知意奇道:"咦,昨天好像还没有呢。不然就是过敏了。"

"过敏是这样的?你疼吗?"

"不疼,就是有点痒。"

两个人一起对着她的手研究,谁都不认识手指上的红包是什么。

寒商拿出手机,低头搜索。

许知意:"不用到网上搜,搜出来肯定会说你得了癌症,活不了几天了。"

寒商已经弄明白了。

"是冻疮。"

许知意:"什么东西?冻疮?"

两个人面面相觑。

他俩都是在冬天下雪的熙市长大,却从小到大都没见过冻疮是什么样,现在身处号称南方的枫市,还是春天,许知意的手上竟然长冻疮了。

寒商推开椅子,蹲下,伸手脱掉她的棉脱鞋:"给我看看你的脚。"

"我自己来。"许知意火速躲开他的手,自己脱掉袜子。

果然,她两边最小的脚趾上也有一模一样的红包。

许知意:"怪不得我总觉得脚上又烫又痒的。"

她最近总住出租房这边,这房子潮湿阴冷,常年不见阳光,老化的钢窗脱漆变形,一阵阵透风,扛不住最近一波连一波的寒流。

寒商长长地吸了口气,站起来。

"我去买电暖器。"

他转身就走,许知意在后面问:"你有钱吗?"

"我有。"寒商开门走了。

没多久,他就回来了,带回来一个大的电暖器和一个小的电暖风。

大电暖器放在许知意的椅子旁边,电暖风摆在桌子底下,对着她的脚吹,许知意身上瞬间暖和了。

还有一管冻疮膏。

"药店的人说见效没那么快,要涂一段时间才能好,不过最重要的是注意活血和保暖。"

寒商拉过许知意的手,帮许知意一点点打着圈按摩着,涂在红肿的地方。

他的指尖在她的手指上摩挲,碰的还是她手上最丑的地方。

许知意往回抽手:"我自己涂吧。"

她抽不回来,因为寒商没松手。

寒商蹙起眉,眉峰斜挑,口气不善:"不停地你自己,你自己,我帮你涂一下,你会死吗?"

许知意纳闷,涂个药而已,要不要这么凶?

寒商帮她涂完药膏,又开门去了天井。

他没一会儿就回来了,找到许知意的雨衣套在衣服外,扣好兜帽,踩着窗台上去了。

外面一阵"哗啦啦"的乱响,许知意的书桌前忽然冒出一大块阳光。

寒商动手把天井上一块遮阳的绿色塑料板拆下来了。

阳光像拼图一样,一块一块地冒出来,渐渐充满阴冷的房间,老旧的红漆地面鲜亮起来,细小的灰尘在明亮的光线中跳舞。

许知意又画了一会儿,出去看他干活。

隔壁邻居的小虎斑猫从墙板的缝隙里探出小脑袋,大概在好奇这边闹出这么大的动静,到底是在干什么。

塑料遮阳板上的积灰扑簌簌地落下来,呛得两个人一起咳嗽。

"你进去吧,关好门。"寒商说。

"没事。"许知意站在门口,仰头看着他。

寒商把一块板子扔下来,波浪形的塑料板拍在地上,发出带着颤音的轰鸣。

他低头看一眼许知意:"许知意,我最近赚了点钱,我觉得,你不用那么拼命画画,我们两个吃饭应该够了。"

许知意站在阳光下眯着眼睛。

"倒不完全是因为钱。"她说,"难得接到这么大的单,我想尽量画好。如果这次画好了,才有下次,以后也会有别人来找我,才能有更好的发展。我的单价还会继续往上涨,现在只不过是资本的原始积累阶段,就是会苦一点,没什么,很正常。"

寒商拆完最后一块板子,从窗台上跳下来,轻快地落地,猫一样无声无息。

他瞥一眼许知意:"还'资本的原始积累',就没见过这么傻的资本家,不剥削别人,往死里剥削自己。"

许知意回去继续画画。

她看看课件上的文字,三两笔勾画出一只正在数桉树叶的考拉。

她端详了一会儿,觉得长得好像不太对劲,去网上搜考拉的照片。

"寒商,你见过考拉没有?"

寒商在卫生间开着水洗手洗脸,声音夹杂着水声遥遥地传出来:"小时候我妈带我去澳洲玩的时候,抱过一次。"

许知意把屏幕上的图片往下拉,一会儿又问:"你去过澳洲?那你有没有去看过这个乌鲁鲁?"

"乌鲁鲁?你是说澳洲中部那块大红石头吗?"寒商从卫生间里出来了,往下放卷着的袖子,"没去看过。一块石头有什么好看的?"

许知意对着屏幕上的照片出神。

屏幕上是大片荒野,天空蓝到耀眼,显得巨石红得惊人。

"我觉得还挺有意思的。"许知意说,"我姐就在澳洲,说是很大一片荒原上,突然冒出一座山那么大的石头,还是红的,那里的原住民部落把它当成圣地,说不定以后有一天,我会去看看。"

寒商把抖干净的雨衣叠好,随口说:"那有机会一起去啊。"

许知意点头答:"好。"

接下来几天,许知意都在赶儿童教辅插画的稿子,在明大和出租房之间来回奔波,不上课的时间,几乎全泡在出租房里。

交稿前,她熬了大夜,周五和周六连着两个通宵,只时不时趴在桌上睡一会儿,总算画完了。

把稿子交出去,倒在床上时,许知意才发现自己不太对劲。

脸在发烧,喉咙疼得像小刀在刮,许知意实在没力气爬起来倒水,拉过被子补觉。

好不容易能放心睡了,她反而睡得不踏实,脑子里全是奇奇怪怪的梦,而且越睡越冷,明明开着电暖风,对着床吹,还是冷到发抖。

迷蒙中,隐约听见有人敲门,敲了很久,手机也在不停地响着。

许知意艰难地爬起来,摇摇晃晃地去门口,凑在猫眼上往外看。

是寒商。

许知意的脑子像一团糨糊,思路怎么都理不清楚:是又到吃饭时间了吗?

寒商一进门,看清许知意的模样,第一件事就是伸手按住她的额头。

"怎么烧成这样?"

许知意自己并不觉得,下结论:"可能是缺觉。"

"缺觉能缺到发烧?"

许知意人在发虚,站都站不稳,不等他说完,就摇摇晃晃地走回床边,一头倒了下去。

寒商跟过来:"我送你去医院。"

"不要。"许知意拒绝,在昏睡过去之前,仿佛记得自己说,"顶多就是感冒,你还不如去给我买点药呢。"

再醒来时,寒商正坐在床边叫她,让她起来吃药。

许知意感觉自己睡了一觉,神智特别清明,特别理智,特别警惕,瞪着寒商:"什么药你就给我乱吃?你要干什么?"

她脸烧得通红,眼睛贼亮,明显是烧迷糊了。

寒商一脸无语:"你都躺在床上半天了,我要是想干什么,用得着等到现在吗?"

寒商抓过药盒,给许知意看药盒上的字。

"刚买的退烧药,先把温度降下来,你烧得太厉害了。"

许知意不吭声了,乖乖让他喂过药,重新躺下。

很快,她就全身发汗,烧好像退了,这回真的睡着了。

昏天黑地,睡得彻底没了时间概念,许知意在梦中又开始觉得全身发冷,冷到发抖。

她睁开眼。

房间里开着灯,窗帘开着条缝,外面的天是黑的。

许知意努力想了想,觉得吃完药睡觉的时候天就是黑的,睡了这么久,为什么天还是黑的呢?

药效已经过了,许知意又烧起来了,温度不低。

脑子昏昏沉沉的,思路散乱,像决堤的河水,不能整理到规整清晰的河道里。

许知意想不太清楚,偏转头,看见了身边的寒商。

寒商大概原本在床边坐着,也睡着了,别别扭扭地斜靠下来,一只手肘撑在床头的靠枕上,支着头,身体朝许知意这边危险地歪着。

几乎是半躺的姿势,离她只有不到二十厘米的距离。

他闭着眼睛,因为手还撑着头,浓密的眉毛斜飞,眼角也微微上扬。

离得这么近,许知意忽然发现,他的上唇并不是她一直认为的那么薄,而是有一个微微上翘的弧度,被他平时脸上冷漠戏谑的表情遮掩了,现在睡着了,很放松,就变得异常明显。

他的唇峰轻微地,向上扬起那么一点点。

许知意烧得头晕,手脚冰冷,脸颊却火烧火燎。

她撑起来,稍微向前探身。

寒商还在沉沉地睡着,闭着眼睛,面容沉静,毫无察觉。

许知意心想,没错,人在发高烧的时候,就是这么没有理智。

再说他睡了,也不会知道。

许知意小心翼翼地向前靠近一点,看他没什么反应,就再靠近一点,无声无息,耐心地一点点缩短这二十厘米的距离。

终于抵达目的地——离他只有一两厘米的地方。

许知意无声地深吸一口气,下定决心,继续往前,轻轻地贴上去。

寒商的嘴唇很软,微凉。

这么靠近他时,还有一种非常特殊的好闻的气息。

许知意说不出是什么气息,并不是沐浴露,也绝不是牙膏口香糖,不是任何人类生产的化工产品直白冷硬的味道。

它是温暖的、馨香的,许知意从来没在其他地方和任何人身上闻到过,非常细微,细微到难以察觉,却又非常特殊,好闻到让人惊奇。

许知意这样贴了大概两三秒,寒商的睫毛忽然动了。

他仿佛要睁眼。

许知意吓得心跳都停了,电光石火间,她急中生智,火速闭眼,人也直接往下趴。

寒商虽然刚睡醒,反应却不慢,在她栽倒在枕头上之前,一把将她搂住。

他好像还蒙着,安静了好一会儿,才试探着叫:"许知意?"

许知意决定把装死进行到底。

她的头搁在寒商的臂弯里,半靠着他结实的肩膀,一动不动,心跳却不受控制地加速。

寒商维持这个抱着她的姿势,好一会儿,才轻轻地把她放回枕头上。

不用睁眼,许知意也知道,他一定正在盯着她瞧。

怎么才能一直维持睫毛和眼球不动?

好难。

许知意死盯着自己眼皮上的一点,定住眼珠,硬挺了一会儿,越来越坚持不住了。

她干脆哼哼了一声,翻了个身,面朝墙壁。

压力小多了。

嘴唇上还残留着刚刚的感觉,软软的,凉凉的。

身后很安静,一点声音都没有。

许知意是真的在发着烧,脑中思路越来越混乱,越来越脱线,一会儿就又不由自主地睡着了。

有只手伸过来,给她拉好被子,掖了掖,调大暖风。

烧似乎渐渐退了,许知意越睡越安稳,再醒来时,听见外面防盗门打开的声音,寒商在门口和人说话。

他走回来,手里拎着外卖。

"醒了?你昨天晚上退烧了,我觉得你肯定会饿,就点了一份鸡粥。"

他想得很对,许知意烧了这么久,早就又渴又饿。

许知意趴在床上探头张望他手里的袋子:"鸡粥有了,还有鸡本人吗?"

"就知道你会问。"寒商把袋子打开,"还买了份白斩鸡。"

他顺手把转椅拖到床边,把外卖盒子放在上面,去厨房拿碗给两个人盛粥。

鸡粥热气腾腾,细碎地撒着鲜绿的葱花,许知意喝了一勺,只觉得这粥浓稠滋润,胃里暖暖的。

"如果今天下午又烧起来,一定得去医院,"寒商说,"烧到四十摄氏度,人都要烧没了。"

"四十摄氏度？"许知意讶异，"我这么厉害？"

寒商一脸无语："这很值得骄傲吗？"

他打开蘸白斩鸡的生抽蘸料，迟疑半晌，忽然说："许知意，你还记不记得，昨天晚上，你烧得最厉害的时候，做了一件事。"

许知意没想到他会直截了当地说出来，有点心慌，但是脸上表情仍然纹丝不动。

许知意夹了块鸡肉，才问："什么事？"

"你亲我了。"寒商简洁地说。

许知意的脑子转得飞快，这么丢脸的事，死都不能认。可是一个被诬陷的人这时候应该是什么反应？

许知意不动声色："你又胡扯。"

寒商一直紧盯着她的表情，继续说："我是被你烫醒的。"

烫。

这人用词好夸张。

"你发烧了，呼吸很热，像只喷火龙。"寒商冷静地说，"你靠近我，还没亲下去的时候，我就已经醒了。"

原来不止她一个人是装睡高手。

装睡的王对上了王。

许知意只好退一步，不再死不承认："有吗？我在发烧，是真的不太记得了。可能是在梦里乱动，不小心碰到你了？"

"那你动得真够准确的。"寒商不再逼问，也夹了一块鸡肉。

"是我的初吻。"他说。

许知意在心中默默地挑了下眉毛。他到处玩，身边永远跟着一大群人，竟然没跟人亲过。

这是让她负责的意思？

寒商没有让她负责，接着说："许知意，你好像对你自己初吻没了这件事，一点都不在乎啊？"

他说得很对，许知意在心中默默地给自己的演技扣了十分，这个点是考虑不周，没演好。

她不太想假装自己不是第一次亲人，于是决定剑走偏锋。

她又夹了块白斩鸡，才说："'初'什么的，很重要吗？如果是嘴巴碰到就算的话，我早就跟鸡肉亲过一千次一万次了。"

寒商干脆放下勺子，双臂抱在胸前，偏头研究她。

"好。你说得对，不重要。"

许知意趁势反攻："而且你说你当时都醒了，还不赶紧躲开，根本就是你害我初吻没了吧？"

寒商看了她一会儿，笑了。

"行。所以我是不是还应该跟你说句'对不起'？"

许知意吞掉鸡肉，大方地说："没关系。"

寒商重新拿起勺子喝粥，换了话题。

"莫名其妙就烧起来了，一烧就是四十摄氏度，莫名其妙又退了，许知意，你下次不能再画得这么疯了。而且这里也太冷了。"

许知意随便"嗯"了一声。

"许知意，"他忽然说，"我可以跟你借点钱吗？"

这话题前言不搭后语，跳跃的幅度有点大。

寒商这些天向来只蹭饭，不要钱，许知意有点讶异："当然可以啊，你要多少？"

寒商反问："你有多少？"

许知意照实答："我存了八万多。"

许知意赚得不少，花钱却很节制，除了两人的日常花销和房租，全部存起来了。

寒商抿了一下嘴唇："能都借给我吗？我以后双倍还你。"

难得他开口借一次钱，许知意毫不犹豫："不用双倍，等你什么时候有了再还我就行了。我现在转给你？"

寒商捏着勺子，望着她，叹了口气："许知意，别人说借钱你就借，说转钱你就转，如果我是骗子呢？如果我以后拖着不还呢？你这像智商一百四的样子吗？"

许知意忽然觉得，他长得这么帅，还开口要她全部的积蓄，还真的挺像骗子的。

骗子中的极品。

"当然因为这是你啊。"许知意说，"我智商一百四，所以我知道借给你没问题。寒商，你借钱干什么？"

"我打算找律师，跟我爸打官司。"他说。

许知意倒是没料到。

他和他爸断绝关系以来，一直是一点他爸爸的边都不想再沾的样子。

寒商说："我妈妈去世以后，她那边的遗产，无论是她和我爸的共同财产，还是她的个人财产，还有以前我外公外婆留下的一些资产，到现在没有完全交接清楚，暂时都在我爸手里。这些财产，我都是有继承权的。我打算拿回来。因为资产的情况非常复杂，我爸的律师团不是吃素的，我需要请好的律师。"

他前些天山穷水尽没钱吃饭了，都没打过这个主意，许知意问："怎么忽然想起来了？"

寒商的目光掠过许知意仍旧红肿的手指，扫过这间简陋的出租房，慢悠悠地答："因为我忽然发现，钱还是很重要的。"

许知意无语：……你才发现？才，发现？

真是好大好大的一个新发现啊。

· 146 ·

许知意风风火火地生了一场病,又迅速地好了,家里人完全不知道。

时间转眼到了四月末,许知意的生日。

晚上宿舍里几个人要聚餐,一起给许知意庆祝生日,不过白天她还在出租房里画画。

妈妈没打电话,直接发视频邀请过来,许知意接了。

几个月不见,妈妈好像又老了一点,满脸疲惫。

许知意租房的事爸妈都知道,一直在画画的事也知道,只嘱咐她赚钱为辅,还是以学业为重。

"我知道。"许知意说,"有时候住在这边,也是因为看书到夜里,怕影响同学。"

妈妈又叮嘱了半天,别睡太晚,注意休息等等。

两人一会儿就聊到姐姐身上。

姐姐在澳洲又生了个宝宝,大的刚六岁,小的还不到一岁,两个孩子一起带忙不过来,公婆都过去帮忙了,正鸡飞狗跳,焦头烂额。

妈妈叹了一口气:"你说你姐,那么有出息的孩子,怎么就嫁了这么一家人呢?真是让人操不完的心。"

直到门那边有声音,许知意才突然意识到,到中午了,寒商过来了。

最近许知意生病,担心又像上次那样,一个人锁在出租屋里烧到昏迷,暂时给了寒商一把钥匙。

他知道许知意早就起床了,自己开门进来。

这房子很小,鞋架摆在里间门口,寒商往房间里探头看了一眼,发现许知意正在和人视频,怔了一下,立刻往后退。

可是妈妈眼尖,已经看见了,她吓了一跳,马上问:"知意,门口那个人是谁啊?"

许知意没来由地心虚。

"是我同学,过来找我。妈妈我还有事,先挂了。"

妈妈没有挂的意思,直接问:"你交男朋友了?"

"没有,真没有,妈,你别瞎说。"

许知意急着解释,忽然找到了切入点。

"他叫寒商,是裴长律的好朋友,裴长律走之前请他帮忙照顾我的,不信你回头问裴长律。今天寒商过来是要帮我把天井上的遮光板拆掉,不然光线进不来。"

有裴长律这个名字做担保,妈妈半信半疑地挂了视频。

不过下一秒,她又打电话进来。

"知意,不要开外放,我有几句话要跟你说。你一个人住在外面,一定要注意安全。"

寒商还站在门口,没有进来,许知意也尽力压低声音:"妈,寒商真的是我同学,高中就认识。"

"我知道。"妈妈说，"这个寒商，我在你罗姨家见过一次，印象很深，他当时是去找长律的。"

许知意怔了怔，妈妈竟然见过他。

寒商长着那样一张脸，的确让人印象深刻。

妈妈接着说："我听你罗姨说，他爸爸就是寒启阳？"

"他家的事早就在咱们熙市传遍了。他爸年轻的时候，长得和他一样一样的，也是那样又高又帅，脑子也特别好使，靠着他妈妈家发达了，后来翻脸不认人，逼着他妈妈非要离婚，最后在国外找人把他妈撞死了，人人都知道……"

许知意瞄了一眼门那边，压低声音："妈，那都是谣言，没有证据，你别说了……"

妈妈坚持："知意，听妈说，这样的家庭出来的孩子，就算长得再帅，家里再有钱，也不能要，最好离得远远的。

"我们不图那点钱，最起码，一定得找个正经人家的孩子。像长律那样，从小我看着长大，知根知底，我和你裴叔、罗姨这么多年的同事，家里的情况和彼此的人品都是清楚的，比那个寒商不是好多了？

"咱们实话实说，像长律这样，以后能出得最大的事，也就是出个轨，退一万步，就算真要离婚，也能离得体体面面的，因为这种家庭，他爸妈，还有他自己，凡事都要脸面。

"像寒启阳他们那种，是外面摸爬滚打做生意的人，和咱们这样的家庭不一样，人家能混得出来，生意做那么大，黑的白的什么没见过？心狠手辣不是说说的，真出点事，要的是你的命……"

许知意把手机声音调小了，可是房间里太安静，不知道寒商会不会听见。

许知意打断妈妈的话："妈！"

妈妈叹了口气："好，我不说了，你自己心里要有数。"她顿了顿，"不管你和长律怎么样，反正那个寒商，绝对不行。"

许知意挂断了电话。

寒商一直躲在外面，这时才换好鞋，进来了。

他手里拎着一个圆圆的白色盒子，盒子上打着缎带，应该是蛋糕。

"你妈妈？"

"嗯。"

他把蛋糕放下，递给许知意一个小袋子："给你的生日礼物。"

是香水礼盒，许知意常用的那款糖果味的，除了一小瓶香水，还有配套的身体香膏。

这一套价格不便宜，按他现在的状况，应该是攒了很久的钱。

寒商这回直接送了礼物，没像以前那样，把自己的礼物随便扔在裴长律的袋子底下。

他的目光也落到许知意的耳垂上，她正戴着他送的那对小猫耳环。

寒商看了几秒，才低头解开蛋糕盒的缎带，打开盒子，又拿出蜡烛。

"我叫了外卖。我们两个先吃蛋糕？"

许知意答："好。"

晚上还要再吃一轮，不过中午这轮也要过，和寒商一起。

寒商把线香般的彩色蜡烛插在蛋糕上，一支支数着，一共插了十九根。

许知意抽出纸包里的最后一根蜡烛，端正地插在蛋糕的正中间："二十。"

寒商奇怪："你不是十九岁？"

"今天也是你的生日啊，"许知意说，"这支是你的，我们两个一起过。"

许知意从床头的靠枕后摸出一个大袋子："当当当当！我也有生日礼物要送你。"

是件好牌子的外套，许知意大出血买的。

寒商本来就配得上最好的东西，而且这外套很实用，春天刚好可以穿。

寒商怔了两秒，才接过袋子："好，我们两个一起过。"

他去拉上窗帘，拿来打火机，

蜡烛亮起来，顶着一点点烛火，烛光映着两人的脸。

"我们一起许愿吧。"许知意闭上眼睛。

"好。"寒商答。

他没有闭眼，隔着摇曳的烛光，望着许知意。

电话那头许知意妈妈的话，就算听不太清，从许知意的只言片语里，他也能大概猜出她妈妈在说什么。

他家的事，熙市人人都知道，他以前在裴长律家见过许知意妈妈，想必裴长律妈妈也早就跟许知意妈妈说过了——这么大的八卦，大半个熙市的谈资，怎么可能不说。

她妈妈是对的，他根本不配。

他的血管里，天生流着的就是寒启阳残暴凉薄、薄情寡义的血。

那些浸透在骨血中的东西，就那么存在着，就像上次揍寒翎时那样，他抄过铁管下手时，根本不紧张，冷静中带着兴奋，甚至有点愉快。

寒启阳已经把自己的基因牢牢地烙印在他全身上下的每一个细胞里，从头到脚，这是他完全没法改变的一件事。除非他死了，这东西永不消失。

生平第一次，寒商觉得自卑。

极度的自卑，还有那种直通心底的无力感。

"喀！"

寒商低下头，是他手里的打火机，手指不小心用了力，透明的塑料管崩开，金属头歪到一边。

专心许愿的许知意马上睁开眼睛。

"没事。"寒商说。

还好没有油流出来。

寒商转身去厨房，扔掉打火机，拿来盘子，一个摆在许知意面前，一个摆在自己面前。

他低头摆弄着盘子，仿佛在仔细调整着盘子里花纹的角度，忽然说："裴长律要回来了。"

没过几天，裴长律就真的回来了。

裴长律一回来，第一时间听见了各种风言风语。

整理行李时，宿舍同学过来搭住他的肩膀："哎，我听人说，你不在的这段时间，总看见寒商跟你老婆在一起，在食堂遇见好几次了。"

裴长律怔了一下，意识到对方说的不是沈明希，是许知意。

他平时提到许知意时，经常"我老婆""我老婆"的，大家已经习惯了。

"哦，"裴长律笑道，"寒商家里出了点事，知意人好，帮忙照顾他，也有一大半是看在我的面子上。"

同学"啧"了一声："许知意长得那么漂亮，寒商又帅，当心照顾着照顾着，照顾出问题来喽。"

"怎么会。"裴长律答，"寒商也不是第一天见到许知意，我们三个都认识多少年了。再者，你看寒商什么时候交过女朋友？他要是愿意的话，想要什么样的女朋友没有？他是真的不想。"

裴长律打开行李箱："而且寒商的人品我很了解。他不会干这种事，你会他都不会。"

他同学笑了："你懂我。要是你让许知意照顾我，我麻溜地当天就送花表白一条龙。"

电话响了，是许知意打来的，裴长律一回来就发消息让她过来拿东西。

裴长律提了几个大袋子下楼，把带回来的礼物一样样给她看。

"面霜、眼霜什么的，你妈一套，我妈一套，这几件衬衣是给你爸的，这几件是给我爸的。这全都是我妈列了单子点名要的，你不用管，回头我一起快递回去就行了。"

裴长律把给爸妈的礼物又装回大袋子里，拎过旁边的一个袋子，拿出一个方盒。

"你最近都在用这种香水，对不对？我想给你一个惊喜，去香水柜台到处找，闻各种香味闻到崩溃，终于让我给找出来了。糖果味。"

他找对了。

这香水很贵，他买了巨大的一瓶，今年许知意还他礼物大概要还到破产。

还有各种零食。

裴长律说："我挑了国内买不到的零食，什么奇怪买什么，分一份给你。可惜海关不许带奶酪进来，那边奶酪的花样多到爆，要是能带回来，你一定喜欢，反正我是受不了那个味儿。"

他知道许知意从小就热爱各种奶制品。

裴长律一样样掏零食出来,带出几只粉色的小袋子,火速藏到旁边。

许知意已经看清了上面的黑字,是一个有名的内衣牌子,估计是给明希学姐买的。

他们宿舍的同学路过,走过来探头探脑的,捞出一个包装精美的礼品袋:"这是什么?"

裴长律拿回袋子:"别动,是给导师的。"

"这么多东西,不是送导师的,就是送女孩的啊?"

裴长律顺手递给他一条巧克力:"放心,也有你们的。我背了两个大包外加一个行李箱,入关的时候,跟个逃难的难民似的。"

他八面玲珑,面面俱到,买礼物并不会漏了谁,人人都有份。

那几人拿了东西嘻嘻哈哈地走了。

许知意好奇:"你给寒商带什么了?"

"我们去 NASA 参观的时候,给他买了一件带标的飞行夹克,我自己也留了一件一模一样的。"

现在没别人,裴长律才问:"寒商到底怎么了?"

许知意说了一遍,也顺便把自己最近在包寒商的伙食的事告诉了裴长律。

"真是虎落平阳被犬欺。"裴长律说,"这群人也太没眼光了,真把寒商当成那种富二代纨绔子弟,觉得他离开他爸就什么都不是?寒商这个人,再过个十年,一定是大家通讯录里最有价值的人,以后想找个帮他忙的机会,只怕都难,还不趁现在赶紧。"

他说:"知意,你这些天大概花了多少钱?我还给你。"

许知意扪心自问,并不是因为裴长律才帮寒商:"没关系,没多少。当初蹭吃蹭喝蹭玩也有我一份,就当是还他了。"

正说着,寒商也过来了。

寒商的目光先在许知意身上顿了一秒,才转向裴长律,手抄在裤子口袋里。

裴长律顺手搂住他肩膀:"哥们儿,怎么突然就弄成这样了?"

寒商拎起一袋零食看了看,又扔回去了,随口答:"我愿意。"

裴长律"喊"了一声:"你愿意什么啊你愿意,我又没跟你求婚。"

寒商没理他,在袋子里挑挑拣拣,看见了那一大盒香水。

他的手顿了顿,拿起盒子,凑近鼻端,随便闻了一下,然后抬眼看向许知意。

裴长律自顾自继续说:"我母上大人这两天把今年的生活费全打给我了,咱俩见面分一半,一会儿转给你。"

寒商拒绝:"不用。我现在已经够了。"

裴长律瞥一眼许知意,大概觉得是因为她在,寒商才不好意思开口。

他对许知意笑道:"寒商就交给我了,中午我俩要出去吃一顿,就不带你了噢。"

许知意明白他的意思。

寒商要请律师,估计后续的花费不会少,她那区区几万块未必够,说不定

真的需要再跟裴长律借钱，只要他开口，无论多少，裴长律一定会想尽办法帮他弄到。

为了他俩说话方便，许知意拎起书包："正好我中午有事，那我先走了。"

身后仿佛有目光在跟着她。

许知意回了下头，撞进寒商那双黑沉沉的眸里。

寒商敛目垂睫，避开许知意的眼睛，把手里的香水盒"嗒"的一声放回原位，没有开口留她。

这轻轻的一响倒是提醒了裴长律。

裴长律抄起香水放进袋子里，追过去，把袋子递给许知意："你的东西，别忘了。"

这天之后，寒商再也没有单独找许知意吃过饭。

有人说在食堂看见他了，大概是终于给饭卡充了钱。

一切恢复如初。

就像过去这些日子，她真的只是帮忙照顾了一段时间好朋友的好朋友而已。

许知意时不时就把列表里的寒商拉出来看看。

她在消息栏一行行敲字。

——你最近怎么样？

——对面三楼阳台的杜鹃花终于开了，我拍了照片。

——隔壁那只小猫又过来晒太阳了，就是你上回用火腿肠逗过的那只，还是一看见人就跑。

似乎每一句话都毫无意义，只不过是平白打扰别人的生活，也让世界上多了几条垃圾短信而已。

许知意打几个字又删掉，再打几个字再删掉，到底也没有发出去。

裴长律说得对，寒商只是暂时虎落平阳，低空掠过她的世界，仿佛轻易可以触及，其实只是假象。

归根结底，他和她并不是同一阶层的人。

无论是高中还是大学，同学关系总让人有种错觉，大家吃在一起，住在一起，仿佛每个人都是一样的，区别不大，其实许知意知道，根本不是。

一毕业，真正的差异就会立刻显形。

她和寒商，和裴长律，背景完全不同。

裴长律有家里的各种关系铺路，寒商有爸妈甚至外公外婆的财产垫底，她什么都没有，有的只有她自己。

许知意继续闷头画画，一笔又一笔，多浮躁的心都会渐渐沉静下去。

倒是裴长律，时不时会发消息过来：知意，你要去出租房那边吗？如果回来得太晚就叫我，我去接你。

许知意知道，裴长律晚上要忙着跟明希学姐约会，不方便打扰，都是回：

不用,我很早就回来了。

她也确实不再像当初寒商在的时候那样,肆无忌惮地画到大半夜,才骑车回明大。

如果待得实在太晚,她经常就在出租房那边睡了,第二天一大早再赶回来上课。

好在天气也一天天暖和起来,寒商买来的电暖器被挪到墙角,不太用得上了。

这天早晨回宿舍,许知意立刻感觉到,气氛异常诡异。

常年在床上躺着,就算睁着眼睛也不肯起床的沈晚一大早竟然不在,没事就往家里跑的苏禾居然在,倒是向来习惯早起的谢雨青,床帘严密地遮着,里面悄无声息。

"沈晚呢?"许知意问。

苏禾对许知意比了个嘘,轻声说:"给大家买早饭去了。"

许知意一头问号。

沈晚这种为了赖床宁愿逃课的人,竟然出去买早饭了。晨跑回来顺便给大家带个早饭,这不是谢雨青经常干的事吗?

苏禾指指谢雨青的帐子,用气声轻轻说:"分手了。"

谢雨青的床帘掀开,她披头散发,红肿着眼睛探身出来,对许知意伸出两条胳膊:"知意——"

许知意扔下包,踩着床梯爬上去把她抱住,拍着她的背:"不哭不哭。"

许知意半天才弄明白,谢雨青男朋友昨晚忽然提分手了。

苏禾插嘴:"只有女生才会因为不喜欢了提分手,男生一般都是先吊着,这样没来由地突然要分手,绝对是劈腿了。"

许知意给谢雨青顺毛:"这种男生,咱们不要了啊。留着有什么用,炒菜都嫌肉柴。"

谢雨青"噗"地笑了一声,然后继续抽抽搭搭。

谢雨青一直难过到中午。

这是全宿舍第一次有人正式失恋。

对今后二十九岁的她们,这种事半杯奶茶还没喝完,就已经算是过去了,可是对十九岁的几个人,却是件天大地大的大事。

全宿舍所有人难得地集体出动,陪谢雨青一起去食堂吃午饭。

她倒是不哭了,就是眼睛还肿着,情绪低落。

四个人抱着餐盘坐在一起,围成一团,像一窝彼此取暖的小耗子。

大家搜肠刮肚地想词安慰谢雨青。

"男人这种东西,就像衣服,"沈晚说,"穿得好看你就穿着,要是不好的话,咱就换。外面那么多衣服呢,各型各款,你还缺他这一件?"

谢雨青拨着饭,叹了口气。

"可是他长得还是挺帅的,毛病是不少,真要分手又有点舍不得,毕竟谈

· 153 ·

了好久了。"

四个人闷头继续吃饭。

她们凑在一起认认真真地说话,谁都没有回头。

也就没看到身后那桌,寒商走过来,放下了餐盘。

许知意想了想:"其实这样的男生,就像逛街的时候,偶然看见的一件小礼服裙,不穿吧,实在太漂亮了,受不了诱惑,买吧,又不太可能。就当是租着穿几天,高兴一下,其实也不错。"

沈晚转头看她一眼,幽幽地说:"知意,你该不会是在说寒商吧?"

许知意怔了好几秒,终于叹了口气:"吃你的饭吧。"

她没有直接否认,停顿的那几秒,以寒商的敏锐,已经足够了。

他就是一件她根本不打算买,却受不了色相的诱惑,只想穿几天的衣服。

寒商在原地默默地站了一会儿,又拿起餐盘走了。

…………

澳洲。

悉市。

寒商安顿好喝醉的许知意,帮她关好门,回到自己房间。

刚刚吃火锅时,房间里的椅子拉到外面去了,寒商心不在焉,不想出去拿,也没开灯,摸黑在床上坐下。

许知意没有把床挪走。

她一直都是有点喜欢他的,寒商当然知道。

当年在那间简陋的出租房里,她会用发烧做借口,偷偷凑上来吻他。

现在也是一样。

上次他热血冲头,就那么亲下去了,她最后也没跟他太计较,而且明知他特意设圈套让她住进老宅,也丝毫没有搬走的意思。

可这种喜欢,也只是浅浅的一点喜欢而已。

那天她在电话里说得很清楚,看样子,毕业之后还是打算去美国,去找裴长律。

也许就像当初她说的一样,她只是把他当成一件漂亮的衣服,明知不会真的买,还是想穿上试试。

寒商坐了很久,然后拿起手机,点开裴长律的头像,发过去一条:最近怎么样?

他要弄清楚,她和裴长律之间到底是什么状态。

加州此时是清晨,裴长律迟迟不回消息,大概还没起床。

寒商索性拉过枕头,和衣倒在床上。

许知意就在离他几十厘米远的地方,虽然隔着一堵墙,她的存在感仍然强烈,仿佛能感觉到她醉酒后欢蹦乱跳的心跳,还有呼吸的灼热。

外面一阵碗碟碰撞的声响，是乐燃回来了，他正在收拾东西，吃完火锅的餐桌战况惨烈，那一大摊够他忙一阵了。

不知过了多久，连乐燃都洗好碗上楼了，手机才终于一响，屏幕亮起来。

是裴长律打来了电话。

"怎么突然想起我来了？对我思念成狂？"

寒商答："胡扯什么。"

裴长律问："说真的，年底，大概是圣诞假期的时候，你还在澳洲吗？说不定咱们还真能见一面。有好几年没见了。"

寒商怔了一下："你要来澳洲？"

"是啊，想过来看看知意。我爸妈和她爸妈最近一直都在商量我们订婚的事……"

"订婚"两个字，裴长律说得很随意，却如同锤子一样，在寒商的心上重重地敲了一下。

裴长律毫无察觉，还在继续。

"……他们是想今年年尾。我妈已经提前忙着给知意挑什么三金五金七金八金的，我也搞不太懂。不过我自己买了个钻戒，打算求婚。"

裴长律发过来一张照片。

照片上，他的掌上托着一只藏蓝色的丝绒盒子，盒盖蝴蝶双翼般张开，里面嵌着一枚祖母绿切割的长方形钻戒，主钻两边的戒臂也嵌着两颗钻石。

"我记得以前知意说过，喜欢这种切割的钻戒，像颗冰糖。我知道你肯定看不上，可我已经下了血本，"裴长律说，"给知意买了个我能买得起的最大的。她要天天戴着，不能让她在别人面前丢脸。"

手机屏幕在黑暗中兀自亮着。

这种切割的钻石没那么闪耀，却低调优雅，确实剔透得像冰糖。

寒商的喉咙发干。

寒商终于问："你以前不是说过，这辈子都不打算结婚吗？"

裴长律仿佛在电话那头叹了口气。

"我也想了很久。说实话，我爸妈马上要退休了，今后能帮我的有限，我也马上要奔三了，接下来应该是全力以赴拼事业的时候，我是真不想再折腾了，想安定下来。"

寒商整理了一下混乱的思绪，思忖片刻："我这些天见过许知意，没听见她提你们订婚的事。"

"知意知道啊。我妈说，她妈早就跟她说过了。我年底过来，就是想跟她面对面讨论订婚的事，顺便正式求婚。等她毕业后就来美国，她想出去工作就工作，不想工作我就养着，没关系。"

裴长律随口问寒商："你呢？还是不打算结婚？也不交女朋友？"

寒商的喉结滚动了一下："不想。"

"行，那你继续坚持。"裴长律说，"你今天找我是有事？还是纯闲聊？

我得出发去实验室了,一大堆活儿等着。"

寒商答:"没事,纯闲聊。你走吧。"

电话挂断,手机的亮光消失,房间重新黑下来。

外面的月光顺着百叶窗没关牢的缝隙透进来,映在墙壁上,一道一道的,像小时候在作业本上打的格子,却一行行的全空着,不知该在上面写点什么。

他们最后还是要订婚了。

她和裴长律。

从很多年以前,寒商就料到早晚会有这天,只是没想到,阴错阳差地,这件事最终会发生在他眼前。

隔壁传来轻微的动静,好像是许知意在翻身,不知是床铺还是胳膊,轻轻碰了一下墙,"咚"的一声,在静夜里清晰无比。

她没睡安稳,莫名其妙地给自己灌了那么多酒,一定不太舒服。

寒商凝视着墙壁,忽然伸出手,把手掌贴在墙上月光画出的一道道空白格子里。

墙壁平坦,又硬又凉。

一个疯狂的想法涌进脑中,完全不受控制。

他不甘心。

手掌渐渐和墙壁一样冰凉。

寒商很清楚,他现在满脑子想要做的,其实和寒翎妈妈曾经做过的如出一辙,也许有点区别,但是区别不大。

彻骨的凉意从手心透进来,一点点渗入全身,让血液凝结,冻出冰碴。

他心里一部分是对自己彻底的鄙夷,另一部分却疯狂地叫嚣着,毫不妥协,背水一战,一步不退。

许知意那边又传来床铺的一声轻响。

响声惊动了寒商近乎冻结的身体,他动了动,手背上映着的月光也跟着一晃。

他盯着自己的手。

这只手手指修长,骨节线条干净利落,手背上青筋微微隆起,分寸适宜,就连指甲的形状都完美无缺,再往上,就是微突的漂亮的腕骨,然后是肌肉分明的小臂。

这副皮相有多蛊惑人心,寒商自己当然知道。

他的外貌和年轻时的寒启阳几乎一模一样,每个见过寒启阳年轻时代的人都会惊叹于父子俩有多么相像。寒商也看过他爸以前的照片,不考虑衣服和环境,只看脸,连他自己都分不清照片上是他还是寒启阳。

这是一张他所痛恨的脸,但是非常有用——

在许知意身上。

她说过,他是一件漂亮的衣服,承认受不了诱惑。过去是这样,现在也是这样。

已经过了这么多年,这些年,他总是想得太多,顾忌太多,做得太少。

离她订婚,只剩短短的两个月。

那他就当她的一件只肯穿两个月的衣服好了。

也许。

寒商心中还存着一点自己都不敢正视的念头。

也许,经过这两个月,她觉得他这件衣服特别好,特别合身,真的愿意改变主意,把他这件衣服买回家呢?

许知意没有真的醉,却没能逃过第二天的头疼,头骨深处的神经一抽一抽的,脸和眼皮也都浮肿着。

她半掩着卫生间的门,往脸上拍冷水时,寒商竟然进来了。

他态度自然,就像卫生间里没别人一样。

许知意相当无语,正想说话,忽然意识到他今天身上穿的是什么。

是件纯白绵软的短袖T恤,大概是睡觉时穿的,肩和胸严丝合缝地与身体贴合着,甚至微微有点绷紧,腰那里倒是松的,但也没宽松多少,稍微一动,就勾勒腰部紧凑的线条。

这没法不让人想起他那天什么都没穿的时候。

寒商像是并没有注意到她的目光,随手放下手里的几个瓶瓶罐罐。

"你没关门。我没关门的时候,你不是也随便进吗?"

行吧。

"再说你也没在干什么……"寒商在镜子里观察了一眼许知意,"……就是在打自己的脸?需要我帮忙吗?"

许知意:"不用,我自己来就好。谢谢你昨天送我回房间。"

寒商拿起剃须刀,抿起下唇,半仰着头,对着镜子刮下巴上新露出的一点青色胡楂。

这倒是一件新鲜事。

他的毛发比当初浓密,但是一直处理得干净,许知意当年和他同出同入那么久,并没有看见他做过这件事,她不由自主地在镜子里盯着他微微泛着青色的下巴瞧。

剃须刀的刀头紧密地贴合着他漂亮的下颌线,缓缓移动,不知为什么,看起来暧昧异常。

许知意挪开目光。

镜子里的寒商还在看着她,他在剃须刀马达轻微的嗡嗡声中说:"你怎么知道昨晚是我?"

许知意又用冷水拍了拍脸,诚恳地回答:"酒精只会让人头晕,并不会让人失明。能让人失明的那是甲醇——你一把我放到床上,我就醒了。"

寒商仿佛笑了一下:"不客气。"

既然他承认了,许知意就继续:"所以你昨晚的所有操作下来,一共欠我

四十刀。"

寒商拿剃须刀的手顿住。

许知意本以为他会说"好心没好报"之类，他却没有。

寒商说："今天没现金，而且早晨银行 App 好像崩了，不能转账。"

早不崩晚不崩，偏偏现在崩，崩得真够巧的。

寒商却继续说："我不喜欢新的一天从欠别人钱开始，能以资抵债吗？"

许知意好奇："什么资？"

她的眼神不由自主地往他身上瞟了一下。

寒商像是没看见她的眼神，不动声色地放下剃须刀，开始洗脸："我帮你做杯拿铁吧？"

四十刀，换杯拿铁，寒商开的妥妥是家黑店。

不过考虑到是他亲手做的，许知意心甘情愿被宰。

许知意也从洗手间出来后，看见寒商正在厨房里。厨房台面上多了一台小咖啡机，估计是从他房间里搬出来的。

咖啡机造型古朴趣致，通体怀旧的铁皮色，手柄是打磨光滑的木头，颇有蒸汽时代的风格。

寒商手里拿着一个造型奇怪的东西，握着把手，一圈圈地摇。

"我刚来澳洲，手边设备不全。普通的机器磨咖啡豆的时候温度会升到太高，破坏咖啡的香气，还不如手磨，这样磨出来的咖啡豆要香很多。"

许知意走过去，趴在厨房台面上看他。

他的手仍然是记忆中的样子，因为用力，淡青色的血管在手背上微微隆起。

那双手不紧不慢，却干脆利落，把磨好的咖啡粉末拨进一个小勺子一样的容器里，压紧，扭在咖啡机上。

滤出的咖啡液滴落，蒸汽升腾，房间里，咖啡浓郁的香气飘散。

寒商拿出一只金属缸，倒了一点奶，开始打奶泡。

他站在厨房台面前，低头垂眸，专心致志。

许知意忽然想起，当年那间同样香气浓郁的咖啡店里，十九岁的他，穿着白衬衣和黑色马甲式制服，在收银台前低垂着头，周围所有女孩子们热烈的目光全黏在他身上。

如今他不再是那个卡上余额为零，跟在她身后蹭饭的寒商，而是一手创立 VirtuaSpace，人人都知道的 Oskar Qin。

咖啡香气依旧。

有些东西变了，有些东西却完全没变。

"去德国以后，我有一段时间又在咖啡店打工，还考了咖啡师的证书。"寒商说。

他当初突然去德国，据说是他爸送他走的，许知意问："所以你后来又和你爸闹翻了？"

寒商"嗯"了一声。

怪不得。

寒商说:"不过后来,我把我妈妈和外公外婆名下属于我的那份财产拿回来了,他就再也不能把我怎么样了。"

看来他的官司最终打赢了。

"幸好有那笔钱,后来创业才比较顺利。"

寒商拿起奶缸,把打好的白色奶泡注入咖啡里,那只手轻轻摇着,动作熟练地一提一拉一收,一个完美的心形出现了。

不知是谁的一颗心,大概因为想得太多,细密地叠了千层万层。

寒商把杯子递给许知意:"试试。"

杯子里的那颗千层心微微荡漾着,形状过于完美,一定是苦练了无数次的结果。

在那个遥远的她从来没去过的国度,这么帅的咖啡店员一遍遍地做出这颗心,把它送给不同的顾客。

许知意有点嫉妒:"你这颗心做得好熟练。"

"是,"寒商淡定地说,"下过功夫,为了它能完美,练过很多很多遍。"

许知意捧着那颗心,刚举到唇边,忽然意识到:"这是你的杯子。"

这咖啡杯是寒商平时喝水用的,黑色陶瓷,入手偏沉,式样古拙,许知意看见他拿过很多次了。

寒商微微挑了下眉,伸手去拿她手里的杯子。

"不愿意用?嫌弃我?那还给我。"

许知意小心地护着杯子里的那颗心,侧身躲开他伸过来的手。

"没有,我可以凑合。"

反正两个人早就亲过了,还不止一次,用他的杯子也没什么。

这是寒商亲手做的一颗心,许知意舍不得破坏它的形状,沿着边沿轻轻地抿了一下。

奶泡细腻,咖啡香醇,温暖地安抚着许知意宿醉后的神经。

澳洲遍地咖啡店,街头巷尾,随便哪家走进去,味道都不差,可手里这杯,在许知意喝过的拿铁里首屈一指。

这杯咖啡让许知意一整天都精神不错,一直到晚上。

今晚有课,又是几个相关专业都可以选的那种形而上的课,不用上机动手,大家分小组围在圆桌前,坐而论道。

许知意照例和一桌国内留学生坐在一起。

夏苡安不选这门课,顾嘉倒是在,一群人叽叽喳喳,都在聊顾嘉新交的男朋友。

"我上次看见喽,真的挺帅的,能到大网红的程度吧?而且看着脾气就特别好。"

"帅还是次要的，"顾嘉大大方方地说，"他特别特别有上进心，一个人打好几份工，成绩还不差。"

看上去很幸福的样子。

上课的教授终于来了。

教授留着一把修剪整齐的花白胡子，上课时正装笔挺，有很多年的企业经验，硬生生把一门务虚的课讲得很扎实。

他今天一进门就兴奋地搓搓手，短胡髭都在活泼地跳动。

"男孩女孩们——"

他开口，不顾教室里坐着那么多秃了顶的上班族大叔的事实。

"我们今天这堂课，请到了一位我慕名已久的专家……"

这门课隔三岔五就会请教授在企业界的各种朋友过来讲课，大家已经很习惯了。

而且人人喜欢，因为这样上课就像在听讲座，不用分组讨论，也不用回答问题，做课堂演讲，非常省力省心。

许知意坐着放空，只用半只耳朵听着教授说话。

一个词忽然闯进她的耳朵。

"……VirtuaSpace……"

许知意：嗯？

教授的声音在耳边骤然清晰。

"你们中很多人将来都会进入游戏行业，或者本来就是从业者，我猜你们一定听说过VirtuaSpace。虚拟现实技术不只是当前的热点，也是一场真正的革命，我今天通过私人关系，好不容易请到了VirtuaSpace的创始人……"

同组有人低声说：

"不会吧，VirtuaSpace创始人？那个秦商？"

"咱老师这人脉相当可以啊！"

"他公司不是在欧洲？怎么到澳洲来了？"

顾嘉完全没跟上话题："什么VirtuaSpace？谁啊？"

"最近做虚拟现实爆火的那家公司，几家巨头收购都不卖，你不知道？他们的创始人叫Oskar Qin，秦商。"

"我见过照片，绝对超级大帅哥，那种五官，像混血一样。"

旁边有个女生捅了捅许知意："好像秦商以前也是你们明大的。"

许知意的心思不在这儿，抬头看向门口。

寒商已经进来了。

他不再是早晨在家时贴身T恤的休闲打扮，穿得正式得多，从白衬衫到深色长裤，从腕表到皮鞋，精致整齐，一丝不苟。

许知意忽然发现，他做这种稍微正式的装扮时，全身上下都是他爸寒启阳的影子。

高,帅,冷漠,咄咄逼人。

只是身上多了种他爸所没有的疏离感。

寒商的脸和身材,是秒杀级的存在,他一进来,教室里嗡嗡的人声骤然消失。

顾嘉整个人蒙了,一把扯住许知意的袖子。

"这不就是……这不就是……"

就是许知意那个会乱罚款的变态房东。

寒商先扫视了一遍教室,眼神掠过许知意时,稍微停顿半秒,才走到讲台那边。

他说:"我以为我是来澳洲度假的,没想到还是逃不过加班。"

他一开口,就不再是寒启阳,而是许知意熟悉的那个自在随意的寒商。许知意不自觉地缓了口气,教室里的同学们也笑起来,气氛轻松了不少。

寒商主要讲的是行业前景,还有结合他们的这门课,讲了虚拟现实技术中的图像仿真和三维动画的部分。

这是一个许知意所不熟悉的寒商。

他的思路清晰,英文流利,谈吐幽默有趣。许知意一直都知道,他从小就全世界地跑,英文向来很好,只是没想到会专成这样。

他就站在离她十几步远的地方,却感觉陌生而遥远。

"他结婚了吗?"邻座有个女生轻声问。

"这么年轻,应该还没有吧。"

"长这样,肯定有女朋友。"

有人嘀咕:"不知道。要什么样的女生才配得上这样的人啊。"

许知意深以为然。

不知道要多优秀的女孩,才能真的配得上寒商。

寒商讲了很多,对这门课程而言,有时候话题稍微有点跑偏,他额外多说了一点这些年是怎样读书,怎样创业,以及他遇到过的挫折和努力得来的成就。

是他消失的,没有她参与的这些年。

许知意第一次在这种讲座课上,一字不落,认认真真地从头听到尾。

最后是提问环节,一直坐在旁边的教授站起来,笑眯眯地道:"这可是难得的机会,你们谁有问题,赶紧提,他下班了。"

浅白的,深棕的,各种肤色的手立刻举起来。

寒商却第一时间看向许知意这边。

许知意没有动,也没有举手,只安静地遥遥地望着他。

她没有问题,他已经讲得很清楚了。

下课时,寒商和教授一起先走了,许知意收好东西,和顾嘉他们一大群同学一起出了教学楼。

顾嘉满脸疑问,想问许知意,许知意隐蔽地对她比了个嘘,顾嘉又硬生生

地憋回去了。

低调一点比较好，否则明天八卦就会传遍整座学校的留学生圈。

可是有人并不想低调。

走到外面的路上，一辆熟悉的黑色越野车越过许知意她们，在路边找了个车位停下。

车窗落下，寒商把手肘搭在车外，偏头出来，望向这边。

"许知意，一起回家吗？"

一起，回家吗？

他这措辞十分要命，偏偏被他说得自然而然。

所有人齐刷刷看向许知意。

许知意脚步顿住。寒商从车上下来了，绕过车头，打开副驾驶座的门，等在车旁。

许知意只得跟大家说"我先走了"，背着包过去。

其余同学都有点蒙："什么意思？怎么回事？"

寒商的车里非常干净，许知意闻一下就知道了。

没有一丝一毫让人不愉快的皮革和汽油味，更没有许知意不喜欢的空气清新剂的味道，正常得就像家里的房间，不知道他是怎么清洁的。

寒商自己也上了车，先递给许知意一杯奶茶。

"刚才过来的路上买的，不小心多买了一杯。"

奶茶竟然还能"不小心"买多一杯，大概买的人不会数数。

许知意把奶茶戳开，喝了一口，才说："其实不用叫我。"

他最好像课堂上一样，把假装不认识进行到底。

寒商发动车子："为什么不叫你？难得顺路，当然带你一起回家，不然你还要走到火车站再走回家，多不方便。怎么了？你那群同学里，有藏着不能叫你的理由吗？"

许知意想了想那群同学。

平时上课的时候，确实有男生献殷勤，但是许知意没怎么走心，连人家的名字都不太想得起来。

一出国，中文名忽然失去了优美的汉字载体，变成了一长串看着大同小异意义不明的拼音，大家彼此几乎只叫英文名，更加不是 Nick 就是 William，教学楼里喊一嗓子 Michael，能有十七八个 Michael 回头，实在记不住。

老外的英文名就那几个，姓相对比较特殊，中国人同姓的多，名字却各式各样，留学生把共享英文名配上中国姓，效果显著。

许知意的思绪飘到九千里外，忽然发现，大概因为她停顿的时间太长，寒商偏头看了她一眼。

他刚刚问什么来着？

你那群同学里，有藏着不能叫你的理由吗？

"没有。"许知意诚实地说。

寒商又转头看了看她,才继续去看前方的路。

他的衬衣面料精致细腻,在昏暗的车里白到耀眼,腕表的表盘反射着路灯的光。

寒商今天不仅穿得不太一样,态度也很不正常。

重逢的这些天,他一直别别扭扭的,就算帮她揍过向衍,夺过Andy的刀,还把她按在墙上强吻了一次,却一直都像是在闹脾气。

今天早晨,从那杯咖啡开始,他好像有了某种变化。

许知意不知道原因是什么,但是有九成九的把握,他好像有事,不然就是有话要说。

车子汇入主路繁忙的车流,红色的车尾灯串成一串。

寒商终于出声了。

"许知意,你能不能帮我一个忙?"

果然。

他说:"我刚到澳洲,不太知道,这边面向留学生的各种租房招聘之类的广告,都应该登在哪儿?"

原来是为了这个,太简单了。

许知意喝一口奶茶:"你又打算把楼上的空房间租出去?我可以帮你发到同学群里,一分钟就能搞定。"

问题是,他没事非要出租房间干什么,又是为了"热闹"?

"我不是要出租房间,"寒商说,"我打算——"

他顿了顿,轻描淡写:"雇一个女朋友。"

许知意一口气吸大了,一粒珍珠子弹一样冲到喉咙口,带得奶茶的汁水呛进气管,许知意俯下身,疯狂咳嗽。

他要雇一个什么东西?

寒商难得温柔地腾出一只手,伸过来帮她拍了拍背,单手扶着方向盘,也不怕撞车。

许知意呛得魂都快没了,挣扎着说:"呛到的时候……这样拍背……是错的……"

寒商顺口地答:"我知道。难道你想现在趴我腿上,我再拍你?"

他随手又拍了两下:"说真的,我这次来澳洲,不是来度假的,是有一些……嗯……"

他选择着措辞:"……一些非常特殊的事要做,很多地方我都不熟,需要找路,我想要雇一个人帮我。所以准确来说,我是想雇一个向导。只是有时候为了办事方便,不惹人怀疑,向导可能需要跟我假扮情侣。"

他当他是在拍谍战片。

许知意抱着奶茶顺过气来,怀疑地看着他:"寒商,你该不会在干什么非法的勾当吧?"

"真不是。"寒商说,"不仅绝对合法,简直就是极其正义,以后我一定告诉你,现在还不行。"

许知意认真地盯着他的表情。

寒商安静地看着前面的路,双眸清澈,映着路灯和车尾灯的亮光,以她对他的了解,他没在说谎。

他把话题转回来,慢悠悠地继续说:"所以,能不能,请你,帮我发个招聘广告?"

这是在网上随便一搜就能解决的问题,他却特地要她帮忙。

今天他态度大转弯,许知意用膝盖想,也知道他要干什么。

这人的心思就像他早晨做出来的那颗心一样,一层套着一层,有话不肯直说。

他不直说,许知意就装作听不懂。

许知意不动声色地问:"那你对这个'临时女朋友',有什么要求?"

"要求?"寒商想了想,"第一,就是不刨根问底地问我到底要干什么。"

许知意:"就这个?没其他的了?"

"有。"寒商说,"要能开车,能负重,能徒步越野,体能好一点,会游泳就更好了。"

许知意:……他这是雇女朋友呢,还是招驴友呢?

许知意诚恳地说:"那我觉得,你的那个远房表弟,叫杰瑞的,就特别合适。"

杰瑞一米八几,天天健身,爱打篮球,体能绝对够,朋友圈发过在海边玩的照片,好像是个游泳好手。

寒商的嘴角抽搐了一下,转头无语地看了她一眼。

"不行?你非要女的?"许知意从包里掏出手机,"那我帮你发广告。"

她真的点开一个同学大群,开始在手机上打字,边打边低声逐字慢慢读。

"帮朋友代发,征临时女友,报酬从优,要求:能开车,能负重,能徒步越野……"

寒商扬起下巴,转头眯眼盯了她一眼,忽然打了方向盘,把车开到旁边的小路上,靠边停下来了。

他松开安全带,探身过来,伸出一只手,按住她的手。

"许知意。"

他从过去到现在,一直都很喜欢这样连名带姓地叫她。

许知意抬眼看他。

车里光线昏暗,他的双眸却异常透亮,就这么近地盯着她。

他抿了一下唇:"能不能请你,假扮一段时间,我的女朋友?"

许知意看着他,哟,弯弯绕绕的人终于肯直接说了。可喜可贺。

寒商说:"这件事很特殊,需要对方绝对可靠,不乱说话,不走漏风声,你才是最好的人选,可以吗?"

许知意犹豫:"可是你的要求很复杂,这里开车是左行右驾,和国内相反,我还没在这边碰过车……"

寒商答得很快："其实我自己开就行了。"

"我体能也很一般，游泳也不怎么样……"

"体能不重要，也不需要游泳，我刚才就是随口乱说的。"

"而且我很忙，时间有限……"

"我可以配合你的时间。"

他这回倒是很安分，很乖，好像时光倒流，回到大学的时候，他坐在食堂里，夹起一块块不那么整齐的烧鸭肉。

这人向来心高气傲，不太愿意求人，这种低声下气，什么都肯让步的姿态，许知意不太撑得住。

寒商在认真观察她的表情，立即看出她软化的意思："你放心，我绝对不会趁机……"

许知意也正在迟疑地说："我不是在家画画就是去学校，对这边也没多熟，你要招的其实是向导，我也不知道能不能真的帮上忙……"

寒商把到嘴边的话刹住。

和很多年前一样，两个人的思路又没落在一个象限。

寒商改口："……你放心，我是绝对不会挑剔你的。你觉得多少报酬比较合适？"

他进度太快，已经开始谈报酬。

许知意明白，这只不过是他的谈判技巧而已，直接跳过可不可以这件事，默认对方答应了，把问题往下一步推进。

许知意终于吸了口气："朋友之间帮忙而已，我不要报酬。"

她这么说，等于已经答应了。

寒商仿佛不动声色，但是许知意看得出来，他的眉头舒展，下颌不再那么绷紧，轻松多了。

"那不合适，你分出来的时间本来就是可以赚钱的。"寒商说，"不如这样，我免掉你这段时间的房租？"

许知意默了默。

当女朋友抵房租，他这思路和那个登广告的变态房东一样一样的。

寒商当然知道她在想什么，挑了一下嘴角："这好像不太好。那这样吧，按小时计薪，每小时一百刀，从出门算起？"

这时薪相当大方。

许知意："也太多了吧？"

寒商说："特聘向导，这价格很合适。那就这么说定了。"

他松开许知意的手，重新系好安全带，发动车子。

一盏盏路灯掠过，快到家了。

寒商打着方向盘，心想，不出他所料，许知意果然答应了。

· 165 ·

就像很多年前一样。

即使快要和裴长律订婚了,她仍然衷心地觉得他这件衣服不错,抵抗不住诱惑。

寒商问:"那你明天有没有时间?"

明天是周末。

许知意认真地在脑中捋了一遍明天的工作计划,点头:"有,中午一点以后,我应该可以空出半天的时间。"

寒商立刻追问:"包括晚上吗?"

约她的人是寒商,许知意狠了狠心,又把工作计划海绵一样挤了挤。

"可以,包括晚上。"

第七章
把握分寸

六年前。

一学期晃眼就要过去,枫市渐渐进入夏天,许知意小小的出租屋由阴冷变成闷热,而且有蚊子。

这片老居民楼前,横着一条排水渠,两边种满绿植,是个天然的蚊子繁育基地,老中青一代又一代的蚊子,生生不息,成群结队,往居民楼里扑。

许知意买了磁封条的简易纱窗,贴在窗户上,可惜还是有蚊子时不时见缝插针地摸进来,藏在幽暗的犄角旮旯,乘人不备,冷不丁咬上一口。

完全不开窗,又热到受不了。

明希学姐要毕业了,如愿拿到了大厂管培生的职位,要北上京市,跟裴长律和平分手。

两个人一起吃了散伙饭,友好地互赠了分手礼物。

这些都是明希学姐跟许知意闲聊时说的。

"我不能保证我在新环境不遇到新的人,他也一样。"明希学姐说,"与其最后撕破脸,闹得那么难看,还不如现在分手。"

画一个漂亮的句号,以后再见面还是朋友。

"那你跟寒商呢?"明希学姐问,"还是没什么进展?"

许知意叹了口气。

寒商现在神龙见首不见尾，除非去宿舍堵他，否则根本看不到人。

明希学姐出主意："要不你送他点什么东西吧？暗示一下？不然两个人的大学四年就这么糊里糊涂地过去了，多可惜。"

关于分手的事，裴长律自己倒是什么都没说。

只是把明希学姐送走后，他的时间骤然多了起来，时不时就到许知意的出租房这边逛逛，顺便给她带点水果、奶茶过来。

他准备申请全奖，去美国读博，已经高分过了托福，正在冲 GRE（美国研究生入学考试）和 Sub（专项考试），每天随身带着单词书，走到哪儿背到哪儿。

许知意好奇："你爸妈同意你出国吗？"

裴叔和罗姨好像一直计划让他在明大读研，今后留在枫市。

裴长律笑笑："我要是打算走，他们还能拿条链子拴住我？"

拿全奖，去美国读博，听起来很有意思。

高年级的很多师兄师姐出国读博，许知意自己倒是从来没有仔细考虑过这种可能性。

裴长律干脆坐下来，拉过一张白纸，把这条路上要注意的时间节点全部列出来。

GPA 要保住多少，其中专业课的 GPA 至少要多少，哪个导师的方向申请更容易，系里哪个大牛愿意写推荐信，应该哪学期选他的课，还有什么时候考托福和 GRE，一样样列得清清楚楚。

他写了满满一张纸，条理清晰，字体漂亮。

这人大学这几年不仅谈了恋爱，一步步的规划也工整妥当。

许知意有点动心。

这是一种新的可能性，可以去一个遥远而陌生的国家，过一种不同于以往的新鲜生活。

裴长律看出来许知意很感兴趣。

"如果想试试拿全奖出国读研这条路，你现在大一，就应该开始着手准备了。"他筹划，"大二要进实验室，哪怕蹭点文章和科研经验，也比 statement（个人陈述）上一片空白好。如果你愿意的话，我去跟我导师说一下，让你进实验室帮忙。"

裴长律的导师是他爸爸的同学，和裴长律关系非常好，他说可以，应该就可以。

裴长律说："进了实验室帮忙，我下一篇文章，就能名正言顺挂上你的名字。我先把考托福的资料给你，让我想想，你还需要什么。"

他转着手里的笔，思索着，忽然抬起头，看了眼紧闭的门窗。

"知意，你这边也太热了。"

转天，裴长律又过来了，还带来了一个人。

寒商。

许知意已经很久没有看见寒商了。

寒商的头像在列表里沉默着,朋友圈一片死寂,这个人就像以前一样,在她的世界里消失了几个月。

和寒商的目光对上的一瞬间,许知意本能地心慌,挪开目光掩饰。

"鞋放这边架子上。"她没话找话。

随即,她就想咬掉自己的舌头。

裴长律早就来过好几次了,寒商对这里更是熟得不能再熟,对他俩无论谁都不用交代这么一句,她这句话听起来就像是要掩饰什么,欲盖弥彰。

寒商听见了,轻微地挑了下眉。

裴长律熟门熟路地从鞋架上取下一双藏青色的男式绒布拖鞋,穿上,才意识到:"哟,寒商,你没鞋换了。"

许知意赶紧从卫生间里拿出一双塑料拖鞋,递给寒商:"你穿这双吧。"

米色的拖鞋上长着一对小猫耳朵,是许知意洗澡时穿的。

许知意的拖鞋都是买大两号,寒商穿还是有点小,不过他没吭声,默默地换上。

他和裴长律一起把放在门外的箱子拖进来,是台壁挂式空调。

裴长律说:"实验室有个大四的师兄和女朋友在外面租房子,最近退租,刚好多出一台空调,我就自作主张买过来了,正好帮你装在这边。"

这房间夏天闷热,许知意不知道还能再租多久,一直纠结着没装空调,有这种事,当然最好。

裴长律走到窗边,仰头看墙上的一个洞。

这是房东以前装空调留下的通风管的孔,冬天透风,被许知意用泡沫塑料块堵起来了。

许知意也去研究那个洞:"能装上吗?"

"应该可以,我找个工人过来,在墙上打两个膨胀钉,把空调挂起来。"

许知意问:"你空调买了多少钱?我转给你。"

裴长律不在意:"二手的,很便宜,你不用给我。"

他不肯说,这价格也并不难猜,许知意盘算着,过几天按差不多的价钱请他吃顿饭送点东西就行了。

裴长律说做就做,打了几个电话,很快就有接活的工人到了,带着电钻。

小小的房间里一下子挤了好几个人。

裴长律和寒商一起动手,把打孔位置下面的家具挪开。

许知意打开门窗,仰头看着工人干活,裴长律也站在她旁边一起看。

"小心灰落进眼睛里。"

裴长律拉着许知意的胳膊,把她往后拽了拽。

两个人站得很近。

寒商无声无息地往后退了两步,望向许知意和裴长律。

他们两个从小一起长大,实在太熟了,就算敏感如许知意,裴长律站得这么近,她也并没有觉得不舒服。

她的肩膀擦着裴长律的胳膊,头微微偏向他的方向。

这是一个放松而亲近的姿态。

裴长律偏过头,伸手轻轻拂了两下许知意的头顶,对她微笑:"看吧,真的落灰,这脑袋不能要了。"

掸完他就放下手,并没有什么太出格的动作。

寒商很清楚,裴长律对许知意和对其他女孩子是不一样的。

以前听裴长律炫耀过,他和女孩从认识到接吻的最快纪录是一个多小时。

可是裴长律认识许知意,差不多已经认识了一辈子,却向来亲昵而不过头,照顾有加,让两人一直维持着这种友达以上,近乎半兄妹的关系。

寒商作为旁观者,对裴长律的心思,看得很明白。

裴长律吃着碗里的,看着锅里的,许知意就是他留在锅里的那块肉。

那块肉看上去很美味,十分诱人,但是绝不能轻易碰,因为只要忍不住动了,就一定是要认真的。

他现在没玩够,还不想。

她漂亮,聪明,人品好,善解人意,出身清白,他爸妈还很喜欢,所有硬件条件都很合适,而且她父母都是他爸的下属,背景差着一截,十分好拿捏。

许知意这个本应该在裴长律三十岁阅尽千帆的时候出现的理想结婚对象,却像是上天在跟他开玩笑一样,从他两三岁起就认识了。

不能碰,又决计舍不得丢,所以只能这样半远不近地吊着。

裴长律这些年追女孩子,从来没失过手,对女孩非常有一套,在许知意身上,尺度也掌控得分毫不差。

他会在给她的卡片上写"我在明大等你来",却在报到时不来接她,会热心地拉她出去玩,却照样和沈明希交往。

不能近到让许知意误以为他在追求她,又不会远到让两人的关系冷下来。

进可攻,退可守。

等有一天打破这层关系,真的展开追求,就是两人认真的时候。

这都是裴长律的想法。

寒商很清楚,裴长律的想法不重要,关键是许知意怎么想。

有这么一个长得帅,双商高,体贴肯照顾人,又对女孩子很有手腕的"邻居哥哥",动心是正常的。

许知意本人虽一再撇清她和裴长律的关系,但是寒商仔细观察过她流露出来的姿态和反应,各种细枝末节,都觉得这个"邻居哥哥",在她心目中的地位很特殊。

寒商不再看他们,转身走到书桌前。

那张书桌，现在还有他的位置。

他的专属座椅仍然摆在书桌旁一角，他的台面也没有被她占用，空着一大块。

许知意忽然意识到半天没听见寒商的声音。

她转头看了看，只见寒商在书桌前坐下，不是他平时的位置，他坐在了她的椅子上。

"知意？"

裴长律叫她。

她走神了，裴长律正在说话。

"这个高度可以吧？"裴长律问。

许知意点头。

工人在安装空调的架子，裴长律有一句没一句地跟她聊天。

许知意心不在焉地应着，找机会又转了一下头，看见寒商坐在那里，百无聊赖地撑着头，另一只手拿着她放在桌上的彩笔，在草稿纸上乱涂乱画。

不知道在画什么。

他把画花的草稿纸随手一团，一个空心投篮，准确地命中墙边的垃圾桶。

"……都带来了。"裴长律说。

什么都带来了？许知意回过神，看见裴长律拉开背包拉链，在往外拿书。

"是我用过的托福资料，全在这里了。"

裴长律又说："进实验室的事，我还没直接问，前两天稍微探了探老板的口风，估计问题不大，要是你决定了，我就帮你说。"

他想了想："就是以后上课之外的空闲时间，基本都要泡在实验室里，你可以吗？"

许知意意识到："那就没时间画画了？"

裴长律答："估计是没时间了。"

电钻声又响了，许知意把接粉尘的报纸挪了挪。

她再回过头，看见寒商已经没在乱画了，手里拿着一样东西，翻来覆去地研究，是几根编在一起的黑色细皮绳，上面穿着几颗黑色的珠子。

许知意愣了一下，热血上涌，脸都红了，火速冲过去，想从寒商手里抢回来。

"我随便编着玩的，很丑，你不要看。"

桌面上，她常用的数位板旁边，放着个小塑料盒，里面还装着几根皮绳和其他形状奇奇怪怪的配件。

寒商刚刚拿起来的皮绳，只编了短短的一小截，编法十分复杂。

但是公正地说，手艺不怎么样，编得歪七扭八，寒商滤镜再厚，也夸不出来。

寒商抬眼看向许知意，目光落在她绯红的脸颊上，又瞥了眼那边正在帮工人递工具的裴长律，松开手，任由她把皮绳拿走。

他随口低声说："你紧张什么？"

· 171 ·

许知意也压低声音："我没有。"

许知意火速把小盒子盖起来，挪到书桌一角，才算放心了。

裴长律转头叫她："知意啊，这边要不要也遮一下？"

钻墙的灰随着噪声往下掉，殃及的面积比许知意预计的大多了。

许知意连忙过去，没看见身后，寒商松开攥着的手。

他手心里握着一颗纽扣般的配件，黑色圆形，表面哑光，没有花纹。

这颗圆扣原本放在小盒子里，是盒子里唯一的一颗，非常醒目。

在许知意过来之前，寒商就已经研究过了。

小圆扣暗藏机关，试探着转几圈，找准方向，就可以旋开。

里面放着一张小小的圆形纸片，纸片上，用金属色的彩笔画了一颗袖珍的心。

这颗心虽然小，颜色却是渐变的，从阴影到高光，画得十分认真。

画它的彩笔还搁在桌子上，一共好几支，它们的主人忘了扣上笔帽。

看样子，她正在编什么东西，上面有个配件，配件里藏着她的一颗心。

寒商表面一丝特殊的神情都没有，只有他自己知道，从刚刚到现在，心脏一直在扑通扑通地狂跳。

她红着脸冲过来的时候，说：很丑，你不要看。

隐含的意思非常明显，她正在学着编绳，手艺还没练好，现在还不到他看的时候。

寒商瞥一眼许知意，无声无息地伸出手，用修长的手指轻轻一拨，隐蔽地挑开小盒子的盒盖，把那颗暗藏玄机的小扣子安静地还回盒子里。

满地都是钻墙的灰，许知意的新空调运转正常了，按下启动，小房间里吹起了清凉的风。

装完后，三个人一起出去吃了一顿，吃完饭裴长律和寒商才回学校。

许知意自己回到出租房，拉过桌上的小盒子，拿出编绳，继续当她的手工匠人。

她上次在图书馆看到一个男生手腕上戴着这样一条黑色皮绳手链，想起明希学姐的建议，打算送一条给寒商。

寒商的腕骨分明，戴这个一定比别人都好看。

可是不过年不过节的，完全没有理由送。

反正不用想那么多，先编了再说。

编绳的教程看上去很容易，一上手却全不是那么回事，许知意练了很久，编出来还是歪歪扭扭。

今天上午，编得头疼时，许知意索性放下，画了一颗小小的心，藏在圆扣里。

不知要多久，寒商才能发现扣子暗藏机关。

如果他发现了……

那就让他发现吧。

结果今天真的被寒商看到手绳了,还是完全不能入眼的乱七八糟版。

许知意叹了口气,继续努力。

从装空调的那天起,寒商就在等着许知意来送用皮绳编成的小东西。

寒商并不知道是什么,看样子,也许是手链?

有一个牌子的皮绳手链,就是这种风格。

每当想到这件事,他心底的一块地方就感觉不太一样,轻而暖,又不安分,像窝着一只毛茸茸的小猫。

也许她还是觉得他只是件漂亮衣服。

那又怎样,反正别的男生在她心中的地位也未必能好到哪儿去。

无论如何,她这次好像真的打算出手,跟他这件衣服表白,然后把他买回家了。

…………

悉市。

许知意答应了寒商的邀约,为了给第二天腾出充足的时间,晚上熬了个大夜,凌晨三四点才睡,早晨七点又爬起来,足足画了一上午。

画稿的工作量差不多完成了,还要做动画课的作业。

中午的时候,寒商拎着外卖过来敲门。

许知意过去开门。

寒商刚洗过澡,头发没有完全吹干,身上带着沐浴露的琥珀香气。

他手里拿着两张崭新的十刀钞票。

许知意哑然。

十刀"张望"费,十刀"进门"费,"水族馆"又卖出一张门票。

他把钱放进门口行李箱上的小盒子里——

老顾客还特地给自己专门找了个投币的地方。

"我买了我们两个的午饭,能快一点。我们大概什么时候走?"寒商放下外卖盒子。

"等我把这个画完。"

寒商看看她屏幕上草图一样一格一格的东西:"这是什么?"

"Storyboard(剧情梗概系列图片)。"许知意说,"我们这学期有门课最后要交一个动画短片,几个人结组的话,时长要长一点,如果自己一个人做,时长会短一点,我的工作时间比较奇葩,和别人不好配合,所以打算自己做。这是下周要交的部分,你等一会儿,马上就好。"

还不到说好的下午一点钟。

许知意重新坐下,飞快地在屏幕上勾出草图。

寒商放下外卖出去了,没多久就又回来,手里拎着一把餐椅。

他又投了二十刀的门票钱。

"海狮"许知意三分钟前刚收过一次门票,良心发现:"也不用每次进来都买票吧?"

"规定是这样。"寒商说。

说得理所当然,仿佛这奇葩条例不是他自己定的一样。

乐燃上次用话挤对寒商,让他不能随便取消条例,许知意现在觉得,乐燃高瞻远瞩,做得很好。

寒商拎着餐椅走过来。

他手腕一拧,那把餐椅像玩具似的,在他手里轻巧地转了半圈,放在许知意的座位旁边。

他把椅子反放,人大马金刀地跨上去,伏在椅背上。

一副无所事事地等人的样子。

许知意多少有点不自在。

当初在出租屋里,两个人也经常一起坐在书桌前,但寒商每次都在做自己的事,低头专心用功,并不像现在这样,一心一意地看她在做什么。

许知意的余光里,能看见他下巴抵在小臂上,弯而长的睫毛像黑色的蝶翼。

"你不专心。"他忽然说。

许知意:"嗯?"

"你的笔停在那儿很久了。"

许知意:"我又不是流水线上的机械臂要一直动。我在思考。"

"哦。"寒商偏了偏头,悠悠道,"我以前一直以为,画画是你的业余爱好,你不会这么一直画下去。"

"怎么会。"许知意回答,"我这辈子从来没有一秒钟想过放弃画画。"

寒商安静了片刻,才继续说话,这次语气是调侃:"就不怕以后 AI 画得越来越好,害你失业?"

许知意答:"我最近也在学用 AI 画画。"

寒商:"打不过就加入?"

"其实是个好用的工具。"许知意想了想,"画和文字一样,是内在思想和情绪的一种表达,AI 的画没有灵魂,是因为它只是在堆砌,没有什么要表达的。我总觉得,我做得越好,越有个人风格和灵魂,就越不容易被 AI 取代。"

寒商偏偏头,语气戏谑:"要是有一天,我们真的做出有思想和感情的 AI 呢?"

他的 VirtuaSpace 一直都在和 AI 方面的技术专家密切合作。

许知意瞥他一眼:"那要操心的就不是我失业的问题了,人类估计就差不多完蛋了——寒商,你在这里没关系,能不能不说话?"

寒商闭上嘴。

窗外阳光炽烈,百叶窗合着,被风吹得微微扬起来又落下去,一阵"哗啦啦"的轻响。

· 174 ·

许知意望着屏幕,余光里全是寒商。

自从当初他突然不告而别之后,许知意从没想过有一天,两人还会像当年一样,这样同坐在一个房间里。

下午一点之前,许知意准时准点地画完了,两人一起吃过饭,换好衣服准备出发。

寒商建议:"最好穿得方便运动一点。"

他该不会真的打算去负重越野吧。

寒商回房去拿包,许知意换好衣服,溜达到他房间的门口。

他的房门没关彻底,半敞着,他正站在书桌前收拾包。

许知意探头:"寒商,是要到晚上吗?我要不要带一件外套……"

她话还没说完,就意识到不对,她正在向别人房间里张望。

按合租条例,未经允许往别人房间里乱看是要罚钱的,十刀。

但是紧接着,许知意就把这件事忘了,因为她忽然注意到,寒商的那张单人床不在上次看到的位置。

它挪地方了,现在摆在与她房间相邻的那堵墙前面。

许知意:嗯?

他什么时候把床挪过去的?

寒商听到声音,转过头,顿了一秒,立刻意识到许知意看见了什么。

"你现在欠我十刀。"

寒商先发制人。

"哦。"许知意说,"可是……"

她的目光还定在他那张靠墙的床上。

"可是……"

"你说床吗?"寒商仿佛若无其事地扫一眼自己的床铺,"天热了,经常开窗,我不想风直接吹我的头,就把床挪到这边来了。"

许知意:"可是墙那边……"

"好像就是你的床?"寒商说,"你晚上不要踢墙,会被你吵醒。"

他那么坦荡荡,显得许知意不坦荡荡。

许知意眼神发飘,满脑子全是床的事,寒商把她的思路拉回来。

"你要问我什么?带不带外套?最好带上,昼夜温差大,现在热,晚上很冷。"

许知意回到房间,抽了件运动外套,顺手从门口的小盒子里拿出寒商刚才投进去的一张十刀。

"你的张望费。"许知意把他的钱还给他,"我能问问我们要去哪儿吗?"

寒商雇人的第一个条件就是不能乱打听。

"这个可以告诉你,维涅尔湖,"寒商说,"是附近的一个小镇。"

许知意尴尬,寒商雇她,是因为不熟悉悉市,让她帮忙做向导,可是她根

本连听都没听过这地方。

寒商立刻看出来了:"没关系,我们可以查导航。"

维涅尔湖离悉市很远,不通火车,开车过去要几个小时,两个人上车出发。

开了一阵后,车子离开市区,路边的建筑渐渐变得稀稀落落,只剩层叠的树林和大片绿色软毯般的草场。车窗半开着,暖洋洋的风吹进来,仿佛小时候的那些春天,坐着大巴准备去郊游。

寒商自己调好导航,自己开车,这一百刀的时薪也未免过于好赚。

许知意现在觉得,他雇她这个假女朋友,大概是为了给他当啦啦队。

"啦啦队"尽职尽责地鼓励选手。

"寒商,你车开得真稳!起步,刹车,转弯,都没什么感觉。"

寒商悠闲地把手搭在方向盘上,慢悠悠地说:"因为有人晕车。"

许知意忽然想起来,上次看到他自己倒车从车库里出来,动作干脆利落,和现在完全不是一种风格。

这人体贴的时候,是真的非常体贴。

他车开得稳,许知意倒是不晕车,只是没多久,就开始在暖风里昏昏欲睡。

"困就睡吧。"寒商说。

"啦啦队"许知意昨晚只睡了三个小时,还在挣扎:"没事,我还行,跟你聊聊天,开车不容易犯困。"

寒商默了默。

"你管别人那么多干什么?睡你的吧。闭眼。"

许知意是真的坚持不住了,闭了下眼睛,几乎立刻就睡着了。

寒商转头看了眼她的睡颜,升起车窗玻璃,打开空调。

前面的路向远方延伸,寒商盯着路思索,手指轻轻敲着方向盘。

兜兜转转,许知意最后还是决定去美国,去找裴长律。他想。

除了现实的各种考虑,也许她就是真的喜欢裴长律那一款。

其实喜欢裴长律的女孩很多。

寒商一直不太明白,她们为什么会喜欢裴长律那种做派,说好听点是风流倜傥,不好听一点,就是没边界感的轻佻和冒犯。

不过存在的,一定就是有道理的。

许知意和裴长律一起长大,当然知道他是什么样的人,就算他那套招数没用在她身上,她也应该心里有数。会选他,大概是因为她吃他那一套。

寒商仔细思忖,裴长律和女孩子在一起的时候,都是什么样的来着?

许知意再次醒来时,已经到了维涅尔湖小镇。

车开了几个小时,太阳偏西,许知意坐直,活动了一下腰背,有点担心。

"开这么远,晚上会不会来不及回去?"

寒商看她一眼:"你说过,下午一点之后的时间都可以,包括晚上。晚上的时间也归我。"

许知意哑然。

她说的包括晚上的意思,和他理解的包括晚上的意思,好像不是一个意思。

这小镇不大,要是幼儿园小朋友画图的话,横竖画两三条杠杠充当街道,上面再点缀几间小房子,差不多就已经如实画出小镇的全貌。

路上更是一个人影都没有,冷清萧条。

街道旁满是荒草,傍晚的风冷下来了,卷过草叶,活脱脱像是澳洲公路恐怖片的开场。

寒商把车停在镇子一端的停车场,一家旅馆外。

旅馆非常小,是一座扁平的两层小楼,估计最多也就十几个房间。

寒商打开后备厢,拎出一个塞得鼓鼓的单肩旅行包,回来帮许知意开了车门。

许知意下了车,问他:"我们现在要去哪儿?"

寒商把包背在肩上,简短地说:"开房。"

许知意:"啊?"

"很晚了,先搞定今晚住的地方。"寒商压低声音,"糊里糊涂就跟人到这种地方来了,现在知道怕了?刺激吗?"

他锁好车,背着包,大步流星地当先往旅馆里走。

许知意只好跟上。

旅馆前台坐着个起码两百斤的金发小伙,正在吃他的生菜青瓜三明治,大概是减肥餐,吃得不开心,看见他俩进来,懒洋洋地打了个招呼,问:"有预订吗?"

寒商答:"没有。我和我女朋友路过这边,还有没有空房间?"

小伙腾出一只手,点了几下鼠标:"有。二楼还有一间双人房,是一张大床,可以吗?"

两个人同时出声。

寒商:"可以。"

许知意:"不可以。"

许知意问:"有没有分开的两间房?"

答应寒商,要假扮他的女朋友,许知意往回找补,对寒商虚情假意地笑笑,用英文说:"开了这么久的车,我有点累,今晚想自己睡。"

寒商也用英文回答,声音温柔得滴了蜜水:"累了?那更要在一起了,我晚上帮你按摩。放心,我保证什么都不做。"

人家小伙子正在吃素,听到这种大荤,脸皮都涨红了。

许知意突然冒出一个非常奇怪的念头——

寒商刚才说那句话的语气,怎么那么像装长律?

那种调笑的不太正经的调调,和裴长律开玩笑时竟然一模一样。

许知意悄悄地惊恐地看了一眼寒商。

他该不会是被他哥们儿夺舍了吧？

小伙不太好意思看他俩，闷着头"咔啦咔啦"按鼠标，点了一通之后，满脸遗憾："没有其他房间了，已经全客满了。"

这么荒无人烟的地方，竟然也能客满。

感觉更像公路恐怖片了，主角万般无奈，被前台安排，一定得住进某个特定房间什么的。

一住进去，杀人狂马上就要到了，锁门锁窗，主角被关在房间里面，叫天天不应，叫地地不灵，被刀剁斧砍大卸八块，也不知道为什么，开始的时候明明感觉到旅馆不对劲，就是不肯在车里凑合一夜。

"那就这间吧。"寒商刷了卡。

两人离开前台，许知意怏怏地跟着寒商，寒商转头问她："你在想什么呢？"

许知意如实回答："凶杀恐怖片。"

这倒是出乎寒商的意料。

门卡在他手指间转了转，他说："放心，有坏人来我替你挡着。"

房间在二楼，比许知意想象中要干净很多，地板整洁，家具简单，被子雪白，不过床确实只有一张。

许知意站在门口，看到床，才觉得有点紧张。

这次跟寒商一起出来，她并不知道会在外面过夜，而且竟然还要睡一张床上。

他带了个旅行包，一副早就打算过夜的样子，许知意却毫无思想准备。

两个人共处一室不止一次两次，当初许知意生病的时候，寒商还在她家待了整整一天一夜，但是隔了这么多年，总觉得现在和十九岁的时候不太一样。

她不太一样，他也不太一样。

寒商倒是镇定自若。

许知意看着床，他看着许知意。

他说："我觉得你现在脑补的好像不是恐怖片。"

许知意脸上隐隐发烧，嘴却很硬："我正在想这种地板，沾了血一擦就没了，分尸特别合适。"

寒商没再说什么，放下包，先去窗边拉开窗帘，往下看了看，又在房间里转了一圈。

他评论："条件还行，比我在网上看到的照片好一点。"

寒商这明显就是蓄谋已久。

他不仅知道这小镇太远，来不及开车回去，竟然连住的地方都已经提前看过了。

"你慢慢研究分尸，我出去看看环境，一会儿就回来。"

寒商拉开门。

"要是有杀人狂来找你,就给我打电话。"

许知意懒得搭理,有没有常识,恐怖片里电话要是能打得出去,那就不是恐怖片了。

等他走了,许知意在那张唯一的床上坐下,脑子又从恐怖片滑到了情色片,尺度万马奔腾一样越跑越远。

许知意把思绪收回来。

寒商是蓄意的。

他没有表白,没打任何招呼,只顶着雇个临时"女朋友"的幌子,付了每小时一百刀的时薪,就直接把人带到这种地方来。

这不太像是她了解的那个寒商能干出来的事。

然而他确实这么做了。

也许隔了这些年,他在德国待了那么久,早已不是当初的那个寒商了。

他会说荤话,会调情,会把人按在墙上亲,亲完还不认,说什么"春天了,你懂的",所以忽然把人带来开房,也没什么奇怪。

可他上次明明说过,他也是第一次那样和人接吻。

也许是在说谎。

许知意心里七上八下时,虚掩的门被推开,是寒商回来了。

他打开门,站在门口,目光落在坐在床边的许知意脸上。

许知意脑中的念头纷纭复杂,理都理不顺。寒商就站在那里,凝视着她,没有出声。

好像吸了口气,下定决心一般,他快步向她走过来。

许知意脑中两个小人儿在疯狂吵架。

一个小人儿说:现在站起来,跟他说不要,你要回家。

另一个小人儿喊:可是那是寒商!寒商啊!

寒商人高步子大,片刻间已经过来了。

他来到床边,毫不迟疑地向她俯下身——

他的一只手落在她肩膀上,倾身下来,呼吸拂过她的面颊。

许知意脑子里两个吵架的小人儿骤然闭嘴。

扭绞在一起的杂念消失了,只剩下眼前逼近的寒商。

他的睫毛,他的嘴唇,他的喉结。

许知意又闻到了他身上独有的那种好闻的味道。

两个吵架的小人儿齐刷刷躺平,许知意挣扎着想:算了,他爱做什么就做什么吧。

就在这时,许知意分明看见,和当年在出租房里喂他吃寿司时一样,一抹红晕飞快地染上他的耳沿,向上蔓延。

许知意惊奇得忘了他在逼近这回事。

这个人自己靠过来,竟然还会害羞?

寒商这个虚虚的抱着的姿势只维持了一两秒——他已经探身拎起她身后床上的旅行包。

他拎着包，直起身："走吧，我们去退房。"

许知意：哎？

许知意一头雾水地跟着寒商，下楼回到前台，寒商说明来意。

前台小伙也愣住了，三明治咬了半口，悬在嘴边："你要现在退房？是对房间不满意吗？如果有不干净的地方，我可以上去重新帮你们打扫。"

旅馆太小，原来前台清洁都是他一个人包办，够忙的。

寒商答："不是，我们忽然想起来，有点急事要走。你照常扣一天房钱就行了，没关系。"

寒商这么大方，等于白给一天的钱，小伙顿时松了口气，没再说什么，在系统里扣款打单子。

走出门，回到车上，许知意才问："那我们现在要去哪儿？回家吗？"

"不回家。"寒商说，"我查到，这里再往前开，镇上还有另外一家旅馆。"

他淡定地发动车子："你不是不喜欢和我一起睡吗？我们过去找找，说不定那家还有两间空房。"

这才比较像是寒商会说的话。

许知意悄悄瞄一眼寒商的侧脸。

这张脸和当年一样，线条漂亮，甚至因为眼神更凌厉，鼻梁更挺直，比大学时更有男人味。

是多看一眼，就会让人心跳加速的模样。

他耳朵上的红晕褪了，恢复了正常。

刚刚的那点红晕，让许知意的心安定多了，她点头："好。"

寒商面无表情地开车，心还在狂跳着。

裴长律的那种做派，看着容易，原来真的是有点技术含量的。

他撑不住。

刚刚在房间里，无限靠近她的那一瞬，他满脑子都是：干脆就这么亲下去算了，把她按在床上，吻住，然后她就会以为他真的要做什么，被吓死，说不定抄起床头柜上的台灯，给他的脑袋来么一下子。

记得当初有一次一起吃饭，裴长律喝得有点多，大家起哄让他传授追女孩的经验时，他真的说了。

裴长律说，越是对那种特别矜持，特别漂亮，你非常喜欢的女孩子，越是不能心急，一定要克制住，把握分寸，把速度尽可能放缓。

就像玩悠悠球，甩出去后，要借着弹力收回来，收到手中，只能轻轻一碰，又一定要再脱手。

要诀就是制造暧昧气氛，似是而非，收放自如。

可寒商一靠近许知意，就根本不想放手。

裴长律当时说，你对她的每一点喜欢，现在都是你的敌人，让你不理智，不冷静，忘掉战术，行为鲁莽，把她推得距离你更远一点。

照这样说的话，许知意只怕早就已经远到太平洋里了。

寒商攥了攥方向盘，心想，还得克制自己，继续努力。

小镇主路的尽头有另一家旅馆，规模比刚刚那家还小，是一小片同样制式的半旧木板平房。

袖珍的镇子上，竟然有两家旅馆，还都能做得下去生意，也是神奇。

寒商如法炮制，一进门就问有没有房间，特别指明要两间。

这家的前台是个印度裔的老太太，灰白色的发髻盘在脑后，手指上套着金戒指，耳垂坠着宽大的金耳环。

她在系统里查了一会儿："没有两间，实际上，连一间都没有了，全部订掉了。"

她抬起头，对两人解释："最近这条路上过路的货车很多，房间比较紧张。我很抱歉。"

"等等，"她忽然想起来，"有个客人今天应该退房了，我去问问。"

她站起来出去，过了几分钟，拎着钥匙回来了："你们很幸运，有了一个空房间。"

还是只有一间而已。

老太太问："房间里有两张单人床，可以吗？"

寒商毫不犹豫："可以。"

他刷卡领了钥匙。

旅馆像个小院，房间就在其中一座木板房里。

这回"分尸"不太方便，房间里铺着一层蓝灰色的地毯，正中间并排摆着两张单人床，床与床之间相距不足半米，伸出胳膊就能碰到，也没比一张床好多少。

许知意突然想起，以前曾经在网上看到有人说，情侣开房时应该订双床房，因为一张弄得一塌糊涂之后，两个人还有另一张床可以睡。

寒商偏头看她："你为什么脸红？"

许知意被他抓包，慌到手忙脚乱："有吗？被风吹过敏了吧？我看一下。"她直奔洗手间。

寒商在外面说："我出去看看。"

他开门走了。

许知意站在洗手台前，对着镜子，渐渐镇定下来。

她仔细想了想，开门出来，先去拎了拎寒商那只装得鼓鼓囊囊的旅行包，拉开拉链看了眼里面，然后走到窗前，悄悄向外窥视。

寒商正在旅馆的院子里。

他在这片不大的旅馆区域里东张西望，里里外外到处逛了一大圈，最后才进到大门口前台的小房间里。

前台那间房是落地玻璃门，斜对着这边，许知意能看到，寒商靠在柜台前，悠闲自在地与前台的印度老太太聊天。

这人长得太好看，从八岁到八十岁的女性都很难对他冷脸，老太太笑得眉眼弯弯的，跟他聊得十分热络。

聊了一阵，寒商才离开前台，没多久，就传来转动门把手的声音。

他开门回来了。

许知意已经站起来了："去退房？"

寒商没料到她会这么说，扬了扬眉。

他的眼神中多了点戏谑的笑意："这间房你也不满意？那好，都听你的，我们去退房。"

明明是他自己打算退房，非要扣在她身上。

许知意看出来了。

他大老远到这个镇子来，开房不是重点，重点是在旅馆里到处瞎转悠，找人聊天，不知道在做什么。

他的旅行包看着装得很满，但是仔细观察他拎起来的动作，仿佛并不重，于是许知意刚才试着拎了一下，发现这包轻到异样。

她拉开拉链，里面竟然塞着一个蓬松的大枕头。

寒商也没带过夜的行李，他是在装腔作势。

寒商照例大方地白付了一天的房钱，回到车上，重新调整导航。

"前面还有个小镇，叫百合谷，离得不远，时间来得及，我们开过去看看。"

这次许知意留心注意，看见他在导航上标出来的目的地，又是一家小旅馆。

只开了不到半个小时就到了。

百合谷徒有其名，并不长百合，路两边桉树成林，树叶在傍晚的阳光下无精打采地垂着。

寒商驾车直奔地图上的旅馆，可是明明到了旅馆门前，却突然加了一脚油门，开过去了。

他行为反常，许知意马上趴在车窗上，使劲回头看。

旅馆的玻璃门里，前台没有人，台面上摆着好大一盆水培的富贵竹，店里还供着红木雕花的财神龛位，亮着电子蜡烛。

寒商把车开到几个路口外，才找地方停下来。

他这次没带旅行包，而是从后备厢里取出一个双肩背包，背在背上，对许知意说："我们走。"

寒商带着许知意兜了一个大圈子，几乎绕着小镇边缘转了一圈。

小镇坐落在起伏的山丘里，四周全是坡地和野树林，寒商挑挑拣拣的，最后来到一片陡坡前。

"我们上去，小心一点。"

当他的"向导"，不能乱打听，他没有解释，许知意就不问，跟着他往陡坡上爬。

这两天刚下过雨，林子里晒不到太阳，地还没干透，树叶混着泥泞，坑坑洼洼的，十分难走。

许知意现在明白寒商以前回家时为什么登山靴上都是泥了，大概这种事他常干。

越往上越难爬，寒商的登山靴抓地牢靠多了。

他停了一下，把胳膊递到许知意面前："你要不要拉着我？太难走，小心摔跤。"

许知意在心中怒吼，这么滑的地方，你牵我手不就行了？亲都亲过了，牵个手很为难吗？

这次出来，寒商的举止行为奇奇怪怪的，很不像他平时直截了当的作风。

许知意不客气地拽住他的肘弯，牢牢攥紧他的衣服。

两个人一路找着落脚点，沿着陡坡向上。

许知意的运动鞋对付不了这种地面，几步一滑，每当她危险地一歪时，寒商就搭她的胳膊一下。

一触即离，好像她是烧得火红的炭块一样，碰了烫手。

寒商也在痛苦。按裴长律的理论，现在应该牵手吗？会不会进度太快，太着急？

许知意的鞋底滑，寒商不敢大意，死死地盯着她的脚下。

一路盯下来，许知意忽然感觉不太对劲，脚下是一大堆树叶，踩上去却像是空的，下面掩着一个大坑。

踩上树叶的，仍是她那只崴伤过的右脚。

寒商完全忘了要"保持不远不近"的事，手疾眼快，用来拉她的那条胳膊已经穿过她的腋下，一把将她捞离了地面。

他把她小心地放下，一脸紧张："脚没事吧？"

"没事，没崴到。"许知意说。

他扶得相当及时。

寒商吁了口气："那就好。"

他定了定神，忽然意识到自己还抱着她。

他的胳膊环着她，没有松开，两人的身体紧紧地贴着，就像上次在老房子的走廊里，他将她压在墙上的时候。

寒商抱着她，冷静地想：要是裴长律的话，在这种时候应该做什么？

亲下去还是松开？

显然还没到能自然亲下去的时候，多半是松开，说不定还要再补一句调情的话。

调情的话就算了。刚刚在旅馆前台随便说了一句,许知意一脸惊恐。估计是他的火候还差得远,还是不要乱说的好。

寒商松开胳膊,往旁边退了一步。

他这回把一只手递到许知意面前,摊开手掌,掌心向上。

"要不要牵着我?牵着稳当一点。"他又补充,仿佛是在解释,"我可不想再背你爬一次山。"

许知意没说什么,大方地把手交到他手里,主动反手攥住他的手。

两个人手牵着手,继续往上爬。

这回稳当多了。

寒商的手和他的人一样,温度都比许知意稍高一点。

这是许知意画过无数次的手,闭着眼都记得它的样子,只是触感却多少有点陌生。

许知意仔细回忆了一下,发现认识他这么久,上一次,也是唯一的一次两人牵手,还是大一去看瀑布,她在大巴上晕车的时候。

当时他一把拉起她,叫停了大巴,带她去车下狂吐。

这么多年,终于牵了第二次手,进度惊人,可喜可贺。

两个人手牵着手,最终爬到一片高高的斜坡上。许知意这才明白寒商为什么要上来。

这片陡坡地势高,往下俯视,刚好能看见小旅馆的后院,只是距离稍远。

正想着,寒商就松开她的手,从背包里拿出一副造型专业的望远镜。

他竟然带着这种设备,可见是有备而来。

寒商对着下面的小院仔细调整望远镜的旋钮。

"你猜我在干什么?"他随口问。

许知意立刻指出:"你明明说过,想当你的向导,第一条就是不乱问你要干什么。"

寒商:"你没有问,这是我在问。"

他这是只许州官放火,不许百姓点灯。

既然他问了,许知意就回答:"你好像在找什么,可能是东西,也可能是个人。"

许知意扫视旅馆那边,补充:"你要找的,无论是东西还是人,都应该和华人有关。"

寒商刚才开车路过旅馆门口时突然一脚油门,加速开过去,应该是看见了前台特殊的陈设,没有停下,怕打草惊蛇。

他每到一家旅馆,都跟前台狂聊一通,许知意原本以为他在找某个住进旅馆的客人,现在却觉得,应该是和旅馆工作人员相关,否则不会么在意前台摆着的富贵竹和供的财神。

寒商撂下望远镜,瞥一眼许知意:"我忽然难得地感受到你号称一百四的智商了。"

许知意回撑："那你的感受力有待加强。"

她伸手捅捅寒商的胳膊："快看,有人出来了。"

旅馆小院中,两个男人从一间平房里出来,都穿着货车司机蓝色的工作服,应该是住宿的客人。

他们身后跟着个华人模样的中年男人,拖着个小推车,上面堆满要换洗的床单被罩。

寒商立刻重新举起望远镜。

他认真看了半天,许知意观察他的表情,觉得他仿佛是有点失望。

寒商终于下结论:"不是他。"

许知意现在已经完全清楚了,寒商跑这么远,一家旅馆接一家旅馆地找,是在找一个男人,华人,看样子还是旅馆的工作人员。

没过多久,又有个华人模样的女人出现,接过小推车,把要换洗的东西塞进一辆面包车的后备厢里。

寒商放下望远镜。

"澳洲这种小镇的旅馆,一般都是夫妻店,从管理到清洁全自己动手。"他说,"看样子希望不大,我们下去问问吧。"

折腾到现在,已经是黄昏,夕阳落得很低,暗淡的阳光顺着桉树叶子的缝隙钻进来,树林中卷过的风透着凉意。

都说上山容易下山难,下过雨没干的斜坡地尤其难走。

寒商这次没有再问许知意的意见,毫不犹豫地握住她的手,牵着她一起往下。

有他拉着,许知意的运动鞋还是一走一滑。

下到最陡的地方,寒商停下来。

许知意也知道这段不好走,突发奇想:"要是我什么都不管,干脆放开了一路冲下去,会怎样?说不定反而下得更快。"

搞不好还比这样一步一滑得好。

寒商满脸无奈:"你会摔趴在地上,像滑翔机一样贴着地飞下去,确实更快。"

他松开许知意的手,张开一条手臂:"过来,抓好我。"

这要求听着很暧昧,不过他的语气很淡定随意,一点都不暧昧。

他在等着,许知意在他身上迟疑地上下打量了一遍,最后搂在他腰上,攥住他的衣服。

寒商没说什么,用胳膊把她揽紧。

他单手这么牢牢地搂着她,另一只手扶着旁边的树干,小心地往下走。

他的步子很稳,许知意自觉安全多了,放下心来,开始聊天:"如果现在我们两个再摔的话,就一起坐滑翔机,加倍,比我一个人飞得还快。"

寒商认真地低头看路："谁跟你一起。我要是要摔了，就把你一个人扔下去。"

话虽这么说，胳膊却抱得很牢。

两个人顺利地下来了。

一回到正路，寒商就立刻放开她的手，以示清白。

他说："我们去那家旅馆问问。"

许知意"嗯"了一声，却没跟上他，而是回头看了眼刚才那片陡坡。

想观察旅馆的后院，爬高一点，合情合理，可是，真的有必要爬到那么高吗？

明明稍微往上走几步就能看到旅馆后院。

寒商的清白，好像也并没有那么清白。

小旅馆的前台依然没人，寒商拍下叫人的铃铛。

"叮——"

一个中年男人从后面出来了，就是刚才看见的那个，见有客人上门，热情洋溢地跟寒商和许知意打招呼，眼角细密的皱纹堆叠在一起。

寒商说："我们两个路过，想要两个房间。"

老板满脸歉意："最近路过的货车很多，都快住满了，我看看还有没有空房。"

结果这里也只剩一间大床房。

寒商没再说什么，照例刷了信用卡，一边跟老板闲聊："你是华人吧？"

老板改口用中文回答，中文说得磕磕绊绊："是华人，不过我们是很多年前从越南过来的。"

这也不是寒商要找的人。

寒商继续打听："附近的镇子还有我们华人开的旅馆吗？"

老板对附近很熟悉，仔细想了想，摇摇头："这条路往前，一直到卡拉罗山都没有，再往南就不知道了。"

他俩在说话，许知意的肚子忽然"咕噜噜"一声长鸣。

许知意有点尴尬，按住肚子。

寒商马上问老板："镇子里有什么地方可以吃晚饭吗？"

老板笑了："再往前一个路口，有家河粉店，是我女儿开的，你们跟她说是这里的客人，能打八折。"

这倒挺好，小镇的食宿全在老板自家的连锁企业搞定。

河粉店的玻璃窗上贴着大字的"Pho（越南河粉）"，店里摆着小小的乌色木头桌子，袖珍但干净。

老板娘和她爸一样热情，听见许知意跟寒商说中文，也递过菜单，用中文问："吃河粉？牛肉要生的？熟的？"

到她这一代，已经不太会说中文了，每个词的发音都荒腔凉调，奇怪得不行。

许知意点了牛筋牛肉粉，寒商要了纯牛肉的河粉，又点了米纸卷和虾饼。

老板娘很快就端上来两份热腾腾的牛肉粉，还送上两只小碟子，上面放着一簇生豆芽，九层塔新鲜的嫩叶，配上切开的柠檬，外加红通通的辣椒碎。

河粉汤水清甜可口，牛筋炖到软烂，生牛肉切得极薄，被热汤烫熟，细嫩鲜美。

外面天色已晚，太阳落下去了，只留最后一抹粉紫色的霞光，透过河粉店的玻璃窗照进来，落在寒商脸上。

他没有抬头："看我干什么？"

又被他捉到了。不知为什么，每次偷看都会被他发现，这人额头上怕不是长着第三只眼。

许知意跟他抬杠："你没看我，怎么知道我在看你？"

寒商抬起眼帘，双眸被霞光染了一抹紫色，看进她的眼睛里。

"我真的没看。可是我真的知道。"

这种眼神让许知意撑不住，低头喝汤。

两人从河粉店里出来时，天已经擦黑了。

推开旅馆的门，寒商从口袋里掏出门卡，顺手拍了下铃铛。

"叮"的一声响，铃声的清脆余音中，许知意犹犹豫豫地开口。

"寒商……"

就算他只是为了找人，没有什么别的想法，许知意也不想今晚和他住在一起。

老板出来了。

寒商回头似笑非笑地看了许知意一眼，转头对老板说："我们要退房。"

退房，上车，一气呵成。

坐在车上，许知意才问："接下来我们要去哪儿？"

老板说过，附近没有华人开的旅馆，再往前，要一直开到卡拉罗山，离这里相当远。

"当然是回家。"寒商说。

许知意有点讶异："天都黑了，连夜往回开吗？"

寒商偏过头来看她："你是觉得，我们两个在这儿住一晚上比较好？"他作势要把车子熄火，"要是你真的那么想留下，我们就下车。"

"我没有。下车什么下车。"

许知意赶紧扣好安全带。

寒商仿佛笑了一下，打了几圈方向盘，把车子掉头开回路上。

夜晚开车和白天感觉截然不同。

周围都是野地和树，影子黑黢黢的，路不宽，路灯也不太亮，隔很远才有一盏，路上也没有其他车，静得出奇。

越野车水一样无声无息地在路上滑行。

寒商说:"想睡就睡吧,我保证天亮前把你送到家。"
"我不困。"
许知意下午睡过了,索性放下车窗玻璃,专心看外面。
今晚没有月亮,这地方又是荒野,没有光污染,满天密密麻麻的繁星。
许知意找了半天,也没看到任何熟悉的星座。
许知意问:"所以我们在南半球,就看不见北极星了?"
"那当然,否则你猜它为什么会叫北极星?"
许知意继续东张西望:"也没看见北斗七星。"
寒商:"北斗七星就算有,也是在靠近地平线的地方,不容易看见。"
许知意努力地顺着视野局限的车窗满天乱找:"总不能一个认识的星座都没有。起码能看见猎户座吧?"
寒商提醒她:"许知意,你看南边,十字形最亮的那四颗星星……"
许知意已经明白了:"南十字星。"
它是南半球最醒目的星座,十字的尾巴延长四倍的地方,指向的就是南天极。
反正路上没车,许知意索性探头出去,往车尾那边张望。
她含糊的声音传进来,带着兴奋:"寒商!南十字星那里就是银河吗?好像真的是银河!"
寒商默默地往前又开了一段,在路边把车停下来。
许知意缩回脑袋,纳闷:"怎么停了?"
寒商把车子熄了火,拉开车门:"你不是想看银河吗?车里不方便。"
路旁是大片开阔的草场,只有路灯亮着,其他地方漆黑一片。
寒商绕过车子,帮许知意打开车门,让她下来,伸手自然地牵住许知意的手,指了指草场:"我们去那边,没有灯,能看得更清楚。"
牵手是必要的,两个人从公路边下去,在草地里一脚深一脚浅地往前走。
昼夜温差太大,在车里时还不觉得,出来了,许知意才发觉有多冷,一边走一边哆哆嗦嗦地蹦跶。
寒商紧紧攥着她的手:"别蹦了,当心你的脚。"
离路灯越远,天上的星星就越清楚。
两人走到大片黑暗的草场上,许知意真的看见了银河。
它就像一座巨大的拱桥一般,壮观地横跨天顶,由亿万颗星星聚在一起,绚烂而闪耀。
寒商说:"在南半球,可以看到银河系最亮的中心。"
许知意被这场景震撼得说不出话来。
她挣开寒商的手,掏出手机,可是拍了半天,根本拍不出肉眼看到的壮观景象,只得遗憾地把手机重新收回口袋里。
"这是我这辈子第一次亲眼看见银河。"
银河很美,但是很冷,许知意的尾音都在哆嗦,只是无论如何都舍不得走,仰着头，站在原地。

寒商默默地拉开外套拉链。

他穿的是件有夹层的防风冲锋衣，比许知意的衣服暖和多了。

许知意听见拉链的声音，回过头："不用脱给我，你里面只有一件T恤，脱了冻死你。"

寒商答："谁说我要脱？"

他近前一步，拉开冲锋衣的拉链，打开衣襟，包住许知意。

在抱上来的一瞬间，他的动作停顿了一瞬，小心翼翼地用衣襟裹住她，不过还是坚定地收拢胳膊，把她压进怀里。

按裴长律的进度，这样估计是太快了。寒商心想。

可是管他呢。

她那么冷，他又那么想抱她。

让裴长律和他那一套悠悠球的玩意儿滚吧。

许知意完全没料到他矜持了一路，现在会这样直接抱上来，震惊得全身僵硬。

寒商的声音就在她头顶："有什么问题？一小时前我不是刚抱过你？"

他是说下山的时候。

许知意："刚才那是因为路不太好走……"

寒商答："现在是因为冷。你想看银河，而我不想脱衣服，我觉得理由比刚才还要正当。"

这样确实不冷了。

寒商本人就像个火炉，里面衣服穿得又少，许知意被他包在怀里，几乎能感觉到他每一寸肌肉的轮廓，腾腾地散发着热度。

也闻到了他身上那种特殊的好闻的味道，这回大概是因为他上午刚洗过澡，和沐浴露略苦的琥珀味混在一起，和以前有微妙的不同。

还有他的心跳。

许知意觉得，他的心跳并不比自己的慢。

许知意努力镇静了片刻，冷静地问他："寒商，该不会是你的春天又到了吧？"

"冷成这样，"寒商说，"你觉得像春天吗？我不想你感冒而已。看你的星星吧。"

他的胳膊环着她，头微微偏开，好让她方便抬头看银河。

许知意仰起头。

她一仰头，就靠着他的胸，不止看到了银河，也能看见黑暗中他下颌的轮廓。

偌大的草场上，没有人，连虫鸣都没有，大地沉寂在静谧的黑暗里，天上银河亘古不变，仿佛全世界只剩他和她两个人。

他一副理所当然，仿佛这样抱着没什么不妥的姿态，许知意也尽量努力忽

略他的身体。

"你以前看过银河吗？"许知意试图用闲聊分散注意力。

"看过。"寒商在身后环着她，"前两年去南极，不止看到了银河，还看到了极光，彩色的光在空中浮动，那是我见过的最美的夜空。"

许知意好奇："你去南极干什么？"

"不干什么，"他说，"就是想随便走走。"

许知意犹豫了一下，假装看向别处的天空，不再那么仰着头，鼓起勇气试探，尽量把话说得像是随口一问。

"你一个人吗？"

寒商没回答，低下头看她，下巴若有似无地擦过她的头顶。

他轻声，几乎是呢喃："对。我一个人。"

他紧了紧胳膊，把她更深地压进自己怀里。

他今晚很温暖——物理意义上的温暖，人也很好说话的样子，耐心地等着，仿佛只要她想，就可以陪着她在这里站一晚上。

许知意也觉得自己可以在这道银河下待一辈子。

然而并没有一辈子可以停留，连一个小时都没有。

前面还有好几个小时的车程，回去后，明天中午她有画稿要交，漫画也必须更新了，整个周末都有作业要做，时间已经排得滴水不漏。

"我们回去吧？"

她只说了这么一句，寒商就松开她了。

他说："好。"

他松开得这么干脆，让许知意都有点疑惑：难道他今天的种种亲近行为，背后真的都没有什么别的想法吗？

寒商一回到车上，就把热空调开大，看来是真怕两人感冒。

寒商找机会看了许知意一眼。

虽然他有点莽撞，但是她看起来完全没有生气。

他发动车子，脑中回想跟她在一起的桩桩件件，总结出一个规律——

凡是和他的身体相关的，那些亲近，有些在他自己的标准里，甚至是冒犯，她都受之泰然。

她对他的皮相的喜欢，比他原本以为的，还要多。

车里热风开得很大。

寒商开了一会儿车，就腾出一只手，重新拉开身上冲锋衣的拉链。

他拉开冲锋衣，露出里面穿的短袖白T恤。

这件T恤许知意看见他在家里穿过，很薄，皮肤般贴在身上，勾勒出身体的线条，和不穿区别不大。

今天晚上又不太一样。

她还知道了触感。那层绵软的布料下，是他热度灼人的身体。

他在脱衣服，许知意偏过头，眼神定在车窗外，不太好意思直视。

"许知意。"

寒商叫她，许知意只得转过头。

他的冲锋衣只脱了半边肩膀，还是对着她的这边，露出里面白色T恤包裹下的肩和上臂，线条流畅得像许知意随手画的纸片人走进了现实。

寒商的眼睛望着前面的路："帮个忙？帮我脱一下，我没有手。"

他得扶着方向盘，单手确实没法脱衣服。

许知意应了一声，探身过去，拉住他的衣袖，帮他把一边的袖子脱下来，又去够另一边。

寒商非常配合，腾出一只手，再换另一只手，向前微微欠身，让她把冲锋衣彻底脱下来。

她的手指划过他的手臂，寒商不动声色："谢谢。"

许知意把衣服抛到后座："不客气。"然后继续一动不动地盯着车外飞速掠过的树影。

空调开得太热了，脸上发烫。

再心浮气躁，许知意后半程还是睡着了，寒商和他自己保证过的一样，一路飞驰，没到天亮，夜里两点多的时候就把车开回了老宅。

乐燃已经睡了，两人蹑手蹑脚地进门，各自回房。

许知意洗漱过后，躺在床上，往旁边转了下头，忽然意识到，今晚寒商就在墙的另外一边。

近得仿佛一伸手就能碰到似的。

不知道他是什么时候把床挪过来的，也不知道两人已经这样睡了多久，更不知道他挪床的时候，有没有仔细想过，她就在对面。

许知意对着那堵墙出神时，手机一声轻响。

是短信，寒商转钱到她的账户。

一千三百五十刀，有整有零。

寒商又发来一条：从下午一点到凌晨两点十分，不足半小时按半小时计，你觉得可以吗？

他各种色诱了一晚上，现在又给她发工资，一副公事公办的样子，不知道到底在想什么。

有帅哥看，又有钱拿，世界上竟然有这等好事。

许知意回了他一个"谢谢老板"的表情包。

第八章
背水一战

第二天上午,许知意正在画画,夏苡安打来电话。

"知意,你们那边还有空房间吗?"

之前那两个人搬走后,楼上还没有新房客搬进来,许知意说:"有啊,你是打算搬过来吗?"

"不是我。"夏苡安说,"是我爸妈带着我弟,说想来澳洲玩几天,让我给他们找住的地方。就是短租,只待两天,可以吗?"

许知意也不能做主:"我去问问寒商。"

寒商已经起来了,正在外面厨房做早饭。

他换了件黑色的T恤,仍然一层皮肤一样贴在身上,勾勒出收紧的腰线。

他瞥到许知意,跟她打了个招呼:"早。"

"早。"美色当前,许知意顾不上仔细看,问他,"寒商,我有个朋友的爸妈带着弟弟,要过来玩,能短租两天楼上的房间吗?"

寒商翻了一下煎锅里的培根,随口答:"当然可以。"

他这么爽快,许知意赶紧问:"那房租是多少?"

寒商答:"我不知道。"

许知意:……他果然不知道房租,可见上次的一周一百八十刀也是随口胡说的。

寒商头也不抬地把培根盛进盘子里:"应该是多少?你定吧。"

她定？一边是寒商，一边是好朋友，责任重大。

许知意上网仔细查了一遍外面这种老房子的空房间短租的价格，问："两个大人一个小孩，七十刀一天可以吗？"

公道，又略偏便宜。

寒商没有意见："好啊。"

许知意发消息给夏苡安，夏苡安立刻同意了：知意，谢谢你，这么难租的时候，我爸妈非逼着我找便宜的短租房，我都快疯了。

许知意回她：不用谢我，又不是我租给你的。

夏苡安回：当然要谢你，那是人家看在你的面子上，我知道。

许知意连忙转移话题：你爸妈现在过来玩，是学期中，又不是假期，你要带着他们到处玩吗？那上课怎么办？

夏苡安也很发愁：我也让他们等学校假期再过来，不知道为什么，他们非要现在来。咱们上课堂堂都要签到，没法逃，我只能看看能不能跟老师说一下，旷几节课。

这样会影响成绩，估计她的心都在滴血。

周一傍晚，夏苡安就把刚下飞机的爸妈和弟弟接过来了。

夏苡安比许知意的年龄还要大一点，她弟弟年纪竟然很小。

许知意悄悄问她："你弟弟有七八岁吧？"

"叫夏子尧，尧尧，长得高，其实才六岁半，"夏苡安说，"是我妈前几年费了好大的劲才怀上的。"

这对姐弟的年龄差大得离谱。

一家人拖着大行李箱，风尘仆仆地上了二楼。

寒商人不在。

许知意今天有课，没法当他的"啦啦队"，估计他自己又开车出去找人去了。

夏苡安自己带了被褥过来，给她爸妈和弟弟把床铺好，又出去买了几大份薯条和两只烤鸡，安排爸妈和弟弟下楼来吃饭，也拉着乐燃和许知意一起吃饭。

夏苡安的妈妈看上去精明爽利，很能聊，她爸爸就不太出声，凡事都看她妈妈的眼色，闷葫芦一样缩在后面。

尧尧倒是上蹿下跳，就没有好好坐在餐椅上的时候。尧尧一会儿站到椅子上，一会儿又窜到沙发上，玩蹦床一样不停地在沙发垫子上蹦，他妈妈想喂他一口鸡肉，都得到处追着。

夏苡安吼他："尧尧，不许在沙发上乱蹦！"

尧尧看一眼妈妈，根本不理姐姐，继续蹦个没完。

有的小孩软软糯糯的很可爱，让人看了就想逗逗，尧尧明显不是这种。

尧尧心不在焉地吃了几口，又拉开后院的门出去看鹦鹉。

没一会儿，后院就一阵扑腾翅膀的声音和鸟叫。

· 193 ·

许知意火速出去,看见尧尧正在追鸟,一物降一物,霸道的大白鹦鹉被他吓得满院子疯狂扑腾。

夏家父母都没跟出来,许知意说:"尧尧,这里的鸟不能追,要罚你爸妈钱的!"

小男孩追在鸟屁股后面疯跑,抬腿就踢鸟,不理许知意,也一点都不在乎他爸妈的钱。

乐燃也跟着出来了,低声说:"这孩子该不会有超雄综合征吧。"

他走过去用手一拎,把小男孩拎离了地面,手上不松,脸上却笑眯眯地说:"鹦鹉有什么好玩的,快回去吃鸡,哥哥看见你爸妈在吃鸡腿呢,再不回去他们可就把鸡腿都吃光了。"

他眼尖,刚才就看见尧尧只吃喂过来的鸡腿肉,对其他一律拒绝。

两个人,拎着一个小孩,从后院回来。

许知意有点纳闷,夏苡安竟然没跟出来管弟弟,不太像是她向来的风格。一回来,许知意就看见夏苡安坐在餐桌前,铁青着脸。

夏妈妈没注意到许知意他们回来了,还在继续说话。

"你自己出国了,也得帮帮你弟弟。国内压力那么大,升学那么难,所以我和你爸爸商量了,这次过来先找几个学校打听一下情况,明年就送你弟弟到这边来上小学。"

夏爸爸闷了半天,也开口说话了。

"到时候你妈妈也会经常过来,就是让你稍微帮忙照应着你弟弟,多做一个人的饭——他一个小孩,能吃多少?钱我们出一半,你当姐姐的出一半……"

许知意在旁边听得发怔。

带个小孩生活不是小事,根本不是多做一个人的饭的事,衣食住行都要照顾,基本等同于养了个儿子。

夏苡安声音哑涩:"妈,你是不知道这边国际学生的学费有多高,我连自己的生活费都不够……"

夏妈妈说:"咱家不是还有两套房子嘛,我和你爸商量着,一套留着以后给尧尧结婚用,一套现在卖了,给尧尧当这几年的学费,钱肯定不够,还得你再添点。"

"你马上就要毕业,都找到实习的公司了,"夏爸爸接茬说,"等你留下来了,再工作了,这都不是事。我听说这边工资高,刷个盘子一小时都能有一百多块钱,上班挣工资更多吧?"

夏妈妈冷着脸:"你前几年在国内上班,干销售赚了那么多钱,就过年过节给家里仨瓜俩枣,一点多的钱都不愿意往家里拿,全攒着自己留学用,现在让你帮帮你弟弟,不是分内的事吗?"

许知意和乐燃对视一眼。

许知意心中默想:苡安,说不,说不啊。

夏苡安开口:"妈,我觉得不行。你们刚到,先休息,这件事我们回头再说。"

乐燃把尧尧放下,小声怂恿:"你爸要吃光了,快去抢鸡腿!"
尧尧炮弹一样"嗖"地冲过去,一把抢过夏爸爸手里啃了一半的鸡腿。
夏苡安爸妈看见许知意他们从后院回来了,不再继续话题,不过还是总结陈词:"你想想,这可是你亲弟弟。"
许知意暗想,是夏苡安的亲弟弟没错,可不是她亲儿子。
一家三口吃完晚饭,上楼休息去了,只留夏苡安一个人在楼下收拾餐桌。
许知意和乐燃看不下去,也一起动手帮忙。
许知意低声说:"苡安,你可千万别答应他们。"
夏苡安把吃剩的鸡骨头扔进垃圾桶,动手擦餐桌,叹了口气:"就算我真想答应,也没那个能力。"
她自己又是打工,又是上课,已经很不容易了,根本没法再带一个那么小的弟弟。

那家人晚上很早就睡了。
第二天一大早,楼上就传来一声尖锐的号叫。
"嗷——"
许知意被一个激灵吓醒,披上衣服,开门探头出去。
寒商也从隔壁出来了,不知他昨晚什么时候回来的。
他一副刚从床上起来的样子,只穿着短袖和长睡裤,头发有点乱,眼睛没睡醒一样半眯着。
许知意忍不住盯着他瞧。
寒商随便她看,靠在门口,懒洋洋地问:"怎么了?出什么事了?"
乐燃从楼上下来,也睡眼蒙眬的,低声抱怨:"哥,你为什么不给夜里保持安静那条加上罚款?罚他个几百刀。"
寒商答:"因为我有时候夜里要开会,不能保证没有声音。"
他和欧洲的公司那边开会,因为有时差,时间都很奇葩,通常是傍晚到半夜。不过他从来不开外放,说话的声音也压得很低,许知意住在隔壁,也只是有些时候才能隐约听见一点半点。
夏妈妈从楼梯上下来了。
她对大家笑道:"没事,尧尧做噩梦了,不好意思啊,把你们都吵醒了。"
许知意却觉得不是什么做噩梦。因为尧尧正在楼上"咚咚咚"地蹦,蹦得一楼的天花板都在打战。
他一边蹦一边哭喊:"我要烤鸡!我要吃烤鸡!我就要吃烤鸡!"
昨天晚上不好好吃饭,现在又闹着要吃,心思十分难琢磨。可是现在才早晨六点,这里的烤鸡店起码要十点才开门。
闹成这样,许知意有点心虚——

这是她朋友的弟弟，也是她主张弄进来的租客。

寒商倒是没说什么，去了一次洗手间，就晃回他的房间了。

楼上一直吵个不停，没法继续睡觉。

许知意索性起来画画，画到七点多，出来吃饭的时候，乐燃也下楼来了。

乐燃笑嘻嘻的，从耳朵里拿下一对耳塞，给许知意看："这是上次那对小夫妻在的时候买的，超级隔音防噪，我现在全身都是装备……"

正说着，有人敲门，是夏苡安来了。

她挂着黑眼圈，端着几盒冷冻比萨，拎着奶酪丝和意大利香肠，打算加在比萨上，烤一烤给全家当早饭，然后带他们出去玩。

满厨房都是比萨的香味，夏家父母和尧尧都下楼来了。

尧尧还没闹完，不过不号也不跺脚了，板着脸，谁也不理。

夏家父母对着夏苡安，一副欲言又止的样子，不过鉴于许知意他们都在，不好说什么。

夏苡安把烤好的比萨拿出来，先分给许知意和乐燃。

许知意："我不用，我消化不好，早晨吃不了口味这么重的东西。"

乐燃也拒绝："我也不要。我减肥。"

许知意看他一眼：哈？

乐燃："真的。我感觉我还能再瘦一点。"

夏苡安把比萨端上桌，对她爸妈说："今天我带你们去海港那边，要是有时间，就再去一个有名的沙滩……"

夏家父母明显不是想来玩的，一眼一眼地看许知意和乐燃。

这是觉得他们在旁边，说话不方便。

许知意站在厨房里，吃着吐司，假装看不懂他们的意思，就是不走。

夏苡安也很坚决，继续安排行程："明天就去动物园和水族馆，尧尧肯定喜欢。"

夏妈妈没办法，只得勉强答应，给尧尧喂比萨。

尧尧原本一动不动，沉着脸坐在椅子上，看见妈妈把比萨送过来，突然劈手夺过那片比萨，对准姐姐甩过去。

"我不吃比萨，我要吃烤鸡！"

夏苡安下意识一闪，比萨掠过她，拍在地上，软黏的奶酪和酱汁四处飞溅。

许知意忍不住："你干什么？"

尧尧没想到有人敢吼他，顺手摸起另一片比萨，对准许知意丢了过去。

不知道这孩子的技能点是怎么加的，攻击速度奇快，毫无征兆，许知意完全没有思想准备，眼看着一块比萨朝自己拍过来。

有人从背后把她一拉，险险躲过攻击。

许知意回过头，是寒商。

寒商冷着脸，脸色阴沉得吓人，盯着尧尧。

他人长得高,身材结实,一看就是打架的好手,一脸杀人放火的表情时,谁都害怕。

不止尧尧傻了,连夏家父母都愣住了。

寒商冷冷地开口:"捡起来。"

满屋子气压瞬间降低。

尧尧吓得缩在椅子里,不扔东西了,也不叫唤了。

夏妈妈愣了半天,想起来打圆场,假装呵斥尧尧:"怎么能乱扔东西呢?"起身打算去捡。

寒商说:"让他自己捡。"

神鬼怕恶人。夏妈妈凝固在原地,夏爸爸张了张嘴,可是没敢说话。

尧尧没有父母撑腰,没办法,只得磨磨蹭蹭地从椅子上下来,磨磨蹭蹭地走到厨房,捡起地上的比萨。

寒商看了眼许知意。

许知意却在看夏苡安。夏苡安满脸无地自容的尴尬。

寒商没再说什么,只对尧尧说"扔进垃圾桶",就转身回房,一会儿又回来了,把一张纸摆在餐桌上。

"一个地方有一个地方的规矩,小孩不认字,大人总认识吧。"他走了。

桌上是打印出来的熟悉的合租条例。

夏妈妈看了一遍,和夏爸爸对视一眼,他们也知道房子难找,两个人都没说话。

夏妈妈这回站起来,帮忙用纸巾把厨房地板擦干净,对许知意说:"孩子不懂事,对不起啊。"

许知意心想,你还知道啊,嘴上只能说:"没关系。"

夏苡安也把另一块比萨扔进垃圾桶,收拾干净,过来挽住许知意的胳膊。

许知意回握住夏苡安的手。根本就不是她的错,她用不着内疚。

这房子里有寒商这个"大恶人"在,尧尧没再闹腾,吃了半片比萨,他们全家就出去玩了。

等许知意下午下课回来的时候,尧尧他们也回来了。

"你们今天去海滩了?"许知意问夏苡安。

夏苡安等父母上楼了,才低声说:"没去成。最后还是找了几个公立小学问了问,学校说,每年学费要一万三千刀上下,中学学费更多,小学和中学学费加起来就要一百多万人民币,这还没算生活费,我妈英文不好,怕我蒙她,让人家学校的人把钱数写下来。她算了算,嫌贵。"

这倒是好事,许知意问:"那他们不来了?"

夏苡安苦笑:"不是,他们让我想想办法,我能有什么办法?"

夏家父母跑了一天,先回房间休息,把夏苡安也叫上去了。

没多久,就听见楼上声音大了起来。

这回却是夏苡安的声音。

"聊什么聊？我为什么要跟那种不认识的人聊？"

夏妈妈的声音小一点，声线更柔和，像两方打仗，在对着对面敌人的战壕劝降。

"聊聊吧，聊一下总没坏处，多认识个朋友不好吗？"

夏苡安："用不着。"

夏爸爸说："人家虽然长相一般了点，但是男人嘛，在乎什么长相。小赵人不坏，家里条件特别好，你都快奔三的人了，再不结婚都生不出小孩了，你看不上人家，人家还未必能看得上你呢。"

夏苡安气得声音都抖了："我用得着他看上吗？"

夏妈妈说："听说出来留学的女孩都嫁老外，咱们可不能。爸妈给你找个家里条件好的，多好。他们家里说了，结婚以后，你要是不愿意回国，他也可以跟着你一起到澳洲来，人家愿意。"

夏苡安的声音反而镇定下来了。

"我懂了，这是看见我要留在这边了，他想跟着过来。你们知道外面商婚移民的价格吗？一百万，有价无市，他家愿意给你们多少钱？可别卖亏了。"

夏家父母突然同时不出声了。

夏爸爸半天才嗫嚅着说："爸妈又不会害你，是真的看你这么大岁数了都没男朋友，给你介绍一个。"

夏苡安说："我忙着读书，马上又要上班了，哪有那个闲工夫？你们替我决定这个那个，结婚是我结，生孩子是我生，以后离婚也是我离，为什么都没有人听我说话？你们听清楚，我说了，我不要！"

这一天天的，像唱戏一样。

许知意端着杯子从房间里出来，迎面碰上寒商。

他也出来倒水，指指热水壶："刚烧好的，要吗？"

他知道她要泡茶。

楼梯上有人"噔噔噔"地跑下来，是尧尧。

大概他觉得姐姐和爸妈在楼上吵架，很无聊，跑下来玩。

他冲下楼梯，第一眼就看见寒商，瑟缩了一瞬，紧接着鼓起勇气，恶狠狠地瞪了寒商一眼。

寒商不跟小孩计较，瞥他一眼，没理他。

尧尧看见这个昨晚凶巴巴的大恶人竟然没什么反应，立刻得寸进尺。

他扫视一圈，抓起厨房台面上放着的一把叉子，"嗖"地朝许知意和寒商扔过来，扔完转身就跑。

他人小，力气却不小，钢制的叉子暗器一样斜飞过来，寒商一把抄住。

寒商放下叉子，拿起杯子喝了一口水，竟然没有追上去。

许知意略感奇怪。

这也未免太不像他的作风。

尧尧大概累了，夜里平安无事，第二天一大早，夏苡安就过来带他们出门。

他们玩了一天，又是晚上才回来，这次倒是真的去了动物园和水族馆，尧尧拎着一只毛绒海豚玩偶，不停地用脚踢它。

夏苡安冷着脸，很沉默，估计还在跟爸妈吵尧尧过来读书的事，要么就是相亲的事，不过转眼就被支使出去了——晚饭时"小皇子"又不想吃烤鸡了，要吃麦当劳。

夏家父母在楼上收拾行李，准备坐晚一点的飞机飞凯恩斯市，接下来两天玩大堡礁。

难得清静，许知意坐在外面餐桌旁吃外卖，寒商也出来了，靠在厨房台面前慢慢喝水。

家里多了这么个混世魔王，连后院的大白鹦鹉们都消停了不少，不像平时那样叽叽喳喳了，远远地躲着房子，不敢过来。

没一会儿，就看见尧尧悄悄溜下楼。

他昨晚成功地甩出一把叉子，胆儿明显肥了不少，看寒商的眼神都嚣张多了。

寒商瞥一眼楼梯，安静地站起来。

他无声无息地往前走了两步，尧尧立刻警惕地退后几步，一副随时打算尖叫逃跑的样子。

奈何小孩的步子远没寒商大，速度也没寒商快，寒商已经到了他面前。

可寒商的表情并不像昨晚那么可怕，甚至有点半笑不笑的。

尧尧毕竟人太小，还没脑子摸清寒商的路数，不知道笑面虎其实更可怕，仰头疑惑地盯着他"和蔼"的表情，在跑与不跑之间迟疑不决。

寒商弯下腰。

他说了几句什么。

尧尧的眼睛马上睁大了一圈，满脸都是被吓到的惊恐。

许知意坐在餐桌旁，离得远，听不清，有这种热闹看，她也不再嚼东西，立时努力竖起耳朵。

寒商还在低声跟尧尧说话。

"……想告诉你爸妈？就你爸妈那样的，打得过我吗？"

夏家父母人都不高，比寒商至少矮一头，一看就不是寒商的对手。

寒商继续说："这是国外，可没有警察叔叔。你敢跟你爸妈告状，我就连你爸妈一块处理了。"

寒商说完，直起身，全程连碰都没碰"小皇子"一下。

尧尧足足站了好几秒，没出声，也没动，瞪着眼睛盯着寒商，最后歇斯底里地狂叫了一声，转身就往楼上跑。

寒商回身抄起许知意的饭盒，对她比了个手势，示意她赶紧溜。

许知意的房间离得最近，两人火速躲进去，轻轻掩上房门。

隔着门板，能听见楼上的动静。

是夏妈妈的声音:"怎么了?尧尧?这是怎么了?"
尧尧不尖叫了,放声哭号:"我要回家!我不在这儿待了!我要回家!"

寒商的办法很有效,无论夏妈妈怎么问,尧尧都不肯说是为什么。
随后是一阵下楼的脚步声,有人下来看,没看出所以然来,又回去了。
乐燃的声音遥遥地传来。
"跟你们说,这边房子特别老,就咱们这房子,得有上百年了,里面不知道死过多少人,我们住着有时候也觉得瘆得慌,闹鬼。前两天我一个人在家,在楼下厨房做饭,站在那儿,就觉得身后'呼'一下,有个人影闪过去,去后院了。"
乐燃补充:"我回头的时候瞄到一眼,好像是个挺矮的老太太,穿着白衣服。小孩眼睛干净,看见的肯定比我们还要多。"
他说得一本正经,煞有介事,愣是让夏妈妈半天都没出声。
只有尧尧还在狂号:"我要回家!我要回家!我现在就要回家啊!"
许知意忍不住想笑。
乐燃坏,寒商也坏,就知道他不会让小鬼头昨天白扔那一叉子。
寒商却没有笑,他走到桌前,放下许知意的外卖,眉宇间神色阴郁。
许知意知道为什么。他刚才兴之所至,吓唬小孩,无意中说出来的话,犯的是他自己的忌讳。
想都知道,他现在大概觉得自己和他爸没什么区别。
许知意也走过去,在椅子上坐下,打开自己的外卖盒,说:"你随口一说,又不是真的要怎样。"
"随口一说。"寒商仿佛笑了一下,又不太像是在笑。
许知意认真起来。
她看着他的眼睛:"寒商,你就是你,不是别人。我全世界就只认识一个寒商,你和谁都不像。"
寒商也望着她,看进她的眼睛里,看着她清澈的眸里倒映着的那个自己。
半晌,他才抿了一下嘴唇,问:"我能坐下吗?"
房间里只有一把椅子,想坐只能坐她的床。
和很多年前一样,许知意点头:"没问题,你坐。"
许知意把饭盒挪过来,安静地继续吃外卖。
寒商的目光扫在她的电脑屏幕上,是她正在做的作业,动画短片的一帧。
"一个人在沙丘上?"
许知意有心想转移他的注意力,索性拿起鼠标,一帧一帧地拉给他看。
"一个小人儿,正在爬沙丘。"
一个造型奇特圆滚滚的小人儿,Q弹软糯,却在暴晒的烈日下,一眼看不见尽头的荒凉沙漠上,努力地想翻过沙丘。
"下面有很多骨头?"寒商问。

"对，都是它的骨头。每滑下去一次，它就会死在那里，变成骨头，然后重生，然后继续向上爬。"

小人儿在滚烫又松散的沙子上挣扎着，沙丘下白骨累累，那是它一次又一次失败的见证，可它还是一次又一次地努力尝试。

寒商望着屏幕上的小人儿："很不容易。"

许知意："是啊。"

这是她期末要交的动画短片，离做完还很遥远。

"这是我以前自己做着玩的，其实比这个片段长，也更好玩一点。可惜现在没什么时间做长，这两天又有画稿要交。"

寒商说："你这种自由职业，并没有比上班轻松。"

"是啊。"许知意说，"自由职业，就是自由地加班，想加班到多晚就能加班到多晚。"

外面有开门声，夏苡安回来了，张罗全家人吃饭。

尧尧还在闹腾，这回是吵着要回国，连大堡礁都不肯去了，夏妈妈只能温言软语地哄着。

"咱们先不回国啊，你姐把机票都买好了，去玩玩多好啊，可好玩了，为什么非得回国呢？"

这个许知意知道：回国才有能保护他的警察叔叔。

他们吃好饭，夏苡安订好的车到了，一家人拎着行李要离开去机场，许知意和寒商也从房间里出来，把人送到门口。

尧尧缩在夏妈妈身后，连直接看寒商都不敢，一眼一眼地偷瞄，一直到上车。

估计这孩子在未来的几年内，都对这个"没有警察叔叔"的地方有阴影。

等他们走了，乐燃才说："哎，你们发现没有，楼上那个空房间真的有诅咒，谁住谁吵架。"

到现在为止，住进来两拨房客，都闹得一塌糊涂。

乐燃兴味盎然，问寒商："哥，你还打算招人对吧。下次要招什么样的房客？"

寒商看了许知意一眼。

他问："裴长律说，过两个月要来澳洲，这房间要不要给他留着？"

许知意：嗯？

乐燃一脸的欢快："裴长律？谁啊？哥，谁啊？"

许知意怔在原地，脑子飞转。

寒商说，裴长律要来澳洲，过两个月，差不多就是年底。

这和妈妈上次打电话过来的时候，说的一样。

妈妈当时说："我和你罗姨、裴叔说好了，让长律年底来一次澳洲，差不多的话，你俩就订婚吧。"

她妈妈后来打电话来的时候，又提过好几次订婚的事，每次都被许知意坚

决拒绝了。

妈妈没办法,说:"你和长律好久没见了,让他去看看你,总行吧?长律已经答应了。"

裴长律已经答应了?

许知意当时吓了一跳,马上第一时间打了裴长律的电话。她有话直说:"我爸妈和你爸妈商量我们两个订婚的事,你知道吗?他们说你已经答应了,什么意思?"

裴长律沉默了片刻,才说:"他们就那样,你知道的。没关系,反正我本来就打算找时间去看看你。我走一次,就算交差了,然后跟他们说不行。我在美国,你在澳洲,他们离得那么远,总不能把我们两个绑回去注册结婚,对不对?"

他那一段不太正常的沉默,让许知意也沉默了片刻。

许知意意识到,裴长律的想法,和她原本以为的,似乎不太一样。

这位好像并不是她一个战壕的战友。

她顿了顿,才回答:"是。"

裴长律继续说:"我还没去过澳洲呢。说好了,到时候一定要空出时间陪我玩啊。"

她答应:"好。"

问题是,寒商居然知道这件事。

而且他说话时的语气和表情非常奇怪。

许知意深深地怀疑,他不仅知道裴长律年底要到澳洲来,说不定也听说了双方爸妈催订婚的事。

许知意试探:"裴长律跟你说的?"

寒商只"嗯"了一声,补充:"还有订婚。"

果然!

许知意这些天一直在困惑的一件事,忽然变得明晰起来。

寒商最近很不正常,他本来不太理人,这两天却弄出一个"假女朋友"的借口,各种举止动作都暧昧得过分。

他很久很久以前就说过,这辈子都不打算交女朋友。

以前的他也确实是那么做的。

许知意一直知道,他对她肯定是有好感的,问题是,这种好感究竟有多少。

每一次,无论许知意觉得两人的关系变得有多亲近,他都是说走就走,毫不留恋,然后人就彻底蒸发,就像抽风一样。

仔细想想认识寒商的这些年,他也确实从来没有主动做过什么特别亲密的事,就算只有两个人共处一室,也十分避嫌。

最近却大不相同。

又是牵手又是抱,怎么看都是蓄意的。

许知意一直没太摸清他想干什么,对他突如其来的亲近持不太敢相信的保留态度。

直到现在。

他该不会误以为她和裴长律要订婚了吧？

和一个快要订婚的人暧昧，无论有多暧昧，都不用负责。

许知意被这种想法震惊得说不出话来。

这推理太合理了。

怎么想怎么合理。

许知意的心里乱成一团，抬眼望向寒商，发现他也正在看她，眼神同样很复杂。

两个人都没说话，各想各的。

乐燃左看看，右看看："谁要订婚？跟谁？"

许知意没心思回答，只说："我得赶紧去画画，马上要交稿了。"就回了房间。

她拿起笔，继续画画，却不停地走神。

归根结底，寒商就是不想负责。

而她是别人的未婚妻这件事，变成了他不用负责的最好的理由。

许知意转着手里的笔，盯着它，转了一圈又一圈。

一个疯狂的念头渐渐在脑中成形。

有人敲门。

许知意："进。"

寒商扭开门，先在门口行李箱上的小盒里放了两张二十刀的纸币。

"刚才的和现在的。"他说。

十刀张望费，加十刀进门费，两次一共四十刀。

许知意深深怀疑，他是特地去取了一沓二十刀的钞票，专门付她房间的门票，否则现金哪那么正好，说有就有。

寒商付了门票钱，却没进来，倚在门口。

"所以你们……你跟裴长律，真的要订婚了？"他问。

许知意平静地看着他，平静地回答："是。"

这就是她疯狂的计划。

寒商这个人，是有心结的，起源于他父母悲剧式的婚姻。

许知意时不时就能感觉到，他对亲密关系的畏惧。

所以他才一次又一次地，忽近忽远，每次都在两个人关系最好的时候，明明应该有下一步进展的时候，突然不告而别。

他最近有了翻天覆地的巨大变化，愿意主动和她亲近。

原来是因为误以为她是别人的未婚妻。

如果这种误会能让他放下顾虑，慢慢打开心结，向她靠近，那就让他继续误会下去好了。

这是绝佳的机会，错过就不会再来，许知意下定决心。

· 203 ·

她决定背水一战。

许知意说:"我父母和他父母已经商量好了,订婚,就在年底。"

许知意的回答仿佛在寒商的预料当中,他没有太大的反应,脸色沉静如水,仍然凝视着她,只微微点了下头。

"恭喜啊,有情人终成眷属。"

他的语气漫不经心。

许知意不动声色地回答:"谢谢。"

两个人一个在房间这头,一个在房间那头,遥遥地隔着几米,像决斗中的枪手一样,一动不动,牢牢盯着对方,心中都在估量对方的底牌。

寒商接着说:"不过最近,在他过来之前,你还是要当我的'临时女朋友'。"

看吧。许知意心中想,和她所猜测的一样。

他索性连装都不装了,既不提"雇来的",也不提"假装的",直截了当,用了这个词,"临时女朋友"。

还真是他的"临时女朋友",就两个月。

许知意声音平静,安然地道:"好啊。"

寒商适应了这么多天许知意要订婚的事,可今天从她口中亲耳听到,胸膛里还是一阵闷痛。

仿佛胸腔里的空气被抽干,寒商死命控制着脸上的表情,呼吸的节奏却怎么都调整不对。

他扬起一点下巴,好让呼吸能更通畅一点,眼神向下,远远地看着她。

他听见自己在说话,声音仿佛不是从自己喉咙里发出来的,很遥远。

"那这周六你有没有时间?我们再一起出去?"

许知意:"没问题。最近比较空一点,周六从早晨起,全天我都可以。"

寒商颔首:"那好。我刚好有一件事要跟你商量。"

许知意:"什么事?"

"到时候再说吧。"

寒商退出去,帮她关好房门。

乐燃就坐在外面的餐桌旁,优哉游哉地晃着长腿,正在"咯哧咯哧"地啃一只苹果。他看见寒商出来,马上站起来八卦:"哥,谁要订婚啊?许知意吗?和谁啊?"

寒商淡淡地答:"和她未婚夫。"

这是句废话。

乐燃的眼睛转了转,锲而不舍地追问:"她未婚夫?叫什么'常绿'的那个?哥你打算把他安排在楼上那间房里啊?会不会不太好?"

乐燃用手里剩下的半个苹果指指楼上。

"楼上那间房绝对有诅咒,先是住进去一对,闹到动刀子,差点离婚,再住进去一家人,全家几口吵成那样。那个什么'绿'今天住进去,明天说不定就订不成婚了。"

寒商也看了楼上一眼。

"迷信。"

寒商撂下这两个字,转身往自己房间走,一边走,一边低头滑开手机,给裴长律发消息:年底过来的时候,不用订酒店。我这边有房间给你住。

……………

六年前。

自从上次在出租房看到藏在圆扣中的那颗手绘的心,连咖啡店的同事都看出来了,寒商最近心情超好。

这个人懒懒散散的,平时不太爱搭理人,也没什么笑模样,最近却时不时地盯着一个地方出神,嘴角微微上弯。

"是有什么好事吗?"店长实在忍不住,过来碰碰寒商的胳膊,偏头问。

寒商继续低头洗杯子,没回答。

店长搭讪:"对了,好久都没看见你女朋友了。"

寒商的手顿了顿,这次回答了。

"她最近很忙。快要期末了,又要画画。"

难得他肯开口,说的还是他女朋友的事,所有人的耳朵都立起来了。

店主赶紧追问:"她会画画啊?"

"嗯。"寒商说。

他又补充:"她很会。画得非常好。"

旁人一起起哄:"哟——"

像在自卖自夸,不过寒商还是坚持说:"是真的好。"他想了想,又补充,"她什么都好。"

他不再出声,继续洗自己的杯子,帮客人点单,做咖啡。

他手上忙着各种事,脑子却完全被同一个人占据着。

收银台的抽屉格子里,放着不知谁的数据线,寒商望着它出神,忽然伸手拉过来,在自己的手腕上绕了两圈。

黑色的数据线衬着手腕偏浅的肤色,颜色鲜明。

寒商对着它认真端详。

旁边的同事莫名其妙,甚至有点害怕:"寒商,你在……干什么?"

寒商抽掉数据线,把它重新塞回格子里:"没什么。"

期末快到了,许知意的手绳,和她的那颗心,迟迟都没有送出。

寒商安静地等着,只要她把那颗心交在他手里,他就完全是她的了——穿在身上,挂在她的衣橱里,随便怎样都行。

她每天那么忙,忙到魂不守舍,顾不上吃饭,连水都常常忘了喝,说不定把手绳的事忘了。

寒商有时候想，要不要干脆去她宿舍楼下制造几次偶遇，或者直接约她出来，提醒她，还有他这么个人存在。

后来想想，还是算了，十有八九是她还没练好。

她画画那么好，编东西却不太在行，看她上次编的那个样子，离练好距离还很遥远。

其实他不挑，编成什么样都可以。不过许知意是个那么认真又追求完美的人，一定会练好了才肯送人。

而且就快期末考试了，她应该真的没时间。

考试周临近，这天寒商路过裴长律的宿舍，顺便拐了进去。

裴长律正在整理他的双肩包。

双肩包装得满满当当，寒商随手拎了一下。

"什么东西这么重？"寒商问他。

"给知意带的东西。"裴长律说，"我中午要到她那边找她吃饭，你要不要一起来？"

裴长律知道，寒商虽然在稳定打工，花钱仍然精打细算，对自己十分苛刻，所以只要去外面吃饭，一定会尽量带上他。

寒商刚要回答，忽然发现，裴长律的双肩包上挂着一样东西。

寒商的心像被什么重物砸到一样，人都有点发蒙。

是条小而短，不太起眼的包链。

黑色皮绳编成的，编法复杂，缀着两颗表面镀黑的哑光金属珠，上面还有个熟悉的黑色哑光圆扣。

从颜色到风格，都跟裴长律铁灰配黑色的双肩包非常搭。

寒商全身血液停住不动了一样，手脚冰冷，盯着那条包链。

包链上皮绳编起来的那截非常整齐。原来她早就练好了。

裴长律并没察觉，拉开书包拉链，一样样往外掏东西，全都是书，一本比一本厚。

他嘀咕："我忘了我有没有把笔记放进去了，我看看哦。"

寒商调整呼吸，定了定神。

许知意跟裴长律那么熟，学会了编东西，送他一根包链算是很正常，也许就当是编着练手。

包链上的扣子，就是当时小塑料盒子里唯一的那颗圆扣，不过可能许知意还有，放在了其他地方。

寒商努力说服自己，伸出手，拉了拉那根包链："挺不错。"

裴长律还在忙着一本一本地往外掏书，乱七八糟地摊了一桌子，随口答："啊，那个啊，是知意前两天送我的。颜色和包还挺配的，对吧？"

寒商不动声色地握着那条包链，手指微动，三两下，已经旋开了黑色圆钮的外盖。

里面放着张熟悉的小纸片。

纸片上画着一颗心。

就是那天看到的那颗心。

那颗心，寒商已经在脑海中回忆了无数次。

纸片上，从颜色过渡的笔触，到高光部分微弯的形状，都和那天看到的一模一样。

裴长律仿佛在说话，声音像在很遥远的地方，寒商完全听不见。

"对吧，寒商？"

寒商抬眼看他，"嗯"了一声，喉咙像涩住一样。

冰凉的金属扣还攥在寒商手里，他手指微动，把那张小纸片藏在手心。

"裴长律，你这个扣子好像是可以打开的。"

裴长律转过头："啊？"

他满眼讶异，拉过包链，研究上面的黑色金属扣："这还能拧开？"

他并不知道。

裴长律转了转扣子，试着开合了几次："这种东西，也就你能发现得了，我估计知意自己都未必知道。这么小能装什么，随身带点蒙汗药鹤顶红吗？"

他没当回事，松开包链，继续翻他的书。

寒商手里还攥着那颗纸片的心。

包链是编给裴长律的，心也是送给裴长律的，他自作多情这么久，其实从头到尾，都和他完全无关。

桌上摊满了书，全是出国的资料，裴长律说，是要给许知意带过去的。

寒商声音涩哑："我看到……你上次把托福资料带过去了，许知意是真的打算考这个？"

裴长律理所当然地回答："是啊。我们上次聊了聊，她也想毕业以后去美国继续读研。"

裴长律终于找到了他要找的笔记，松一口气，随手翻了一下，里面全是密密麻麻的字。

"这都是我总结出来的，我写的时候就知道，知意以后肯定用得上。"

寒商半晌才再问："她以后要去美国？她真的不打算继续画画了？"

裴长律重新把书一本本往回装，随口答："画画，就是个业余爱好，她大学这么多年的专业白读了？总不能画一辈子吧。"

寒商的心一下一下地钝痛。

是，画画是她的业余爱好，他也是她的业余爱好。

她面前有一条规划完备的平平整整的康庄大道，就算再喜欢的业余爱好，也就只是业余爱好一下而已。

他就像条流浪狗，一直站在路边，耐心地摇着尾巴，等着她来带他回家，却不知道，她其实早就到家很久了，已经洗好手换过了衣服，关上了门。

· 207 ·

寒商强作镇定，只说中午还有事，离开了裴长律的宿舍。

像是以前所有的猜想都得到了验证。

他们当然应该在一起。

这是当然的。

他们两个那么般配，所有意义上的般配。

寒商一路下楼，茫然地往前走，那颗偷来的心还攥在手里，虽然只是小小的薄薄的一片纸，却存在感强烈，在手心里沉甸甸地硌着。

路上有人经过，低声议论。

"那男生怎么了？"

"是在哭吗？不会吧。"

有人在惊奇地盯着他瞧。

寒商看不清他们的脸，只觉得眼前糊成一片，人影和树影的绿色混在一起，像缭乱的色块。

他加快脚步往前，在一片模糊中，尽量朝人影少的地方走。

一直走。

他不知道自己究竟想去什么地方，只知道，不能停下来。

要离开这里，走得越远越好。

明大的考试周在即。

图书馆一座难求，通宵自习室里挤满了人，不少玩了一学期的人开始临时抱佛脚。

许知意也是一样。

她的编绳大业没有继续，也不太去出租房画画，每天都在没日没夜地突击复习。

这天她回到宿舍洗漱完，躺下好一会儿了，沈晚和谢雨青才双双回来。

两人一边收拾上床，一边轻声说话。

"知意今天在吗？"

"好像在，已经睡着了吧。"

"不知道她知不知道寒商的事。"

许知意原本已经闭上眼睛了，又重新睁开。

寒商的事？

沈晚也在问："寒商的事？什么事？"

"听说他走了。"谢雨青答，"就今天走的，好像去德国了。"

许知意睡意全无，心脏都停跳了。

去德国？

沈晚也奇怪："去德国？为什么突然去德国了？这学期马上就要结束了，连试都不考了？再说他不是跟家里闹翻了吗？"

谢雨青说：“听说他和他爸恢复关系了，是他爸送他走的。说是他爸本来打算送他去英国，他自己选的德国，要去慕尼黑。”

"德国的大学有比明大国际排名高的吗？再说都大二了，重读一遍不亏啊？"

"估计有些学分能转换吧。人家有钱，想怎么折腾怎么折腾。这两天没听意说过，知意知道吗？"

许知意僵硬地躺在床上，完全出不了声。

他竟然就这么走了。

连一声招呼都没打。

就好像两个人是陌生人，并不认识一样，就好像这些年，那些事，那些在一起的分分秒秒，都没发生过一样。

她并不是他的什么人，他要走，也确实没必要跟她说什么。

而且他最后还是和他爸和解了。

他那么刚硬，那么坚持，看透了一切，最后还是向他爸低了头。

谢雨青也在说：“人家前一段时间就是流落民间，微服私访，现在少爷玩够了，要回家了。”

下面传来窸窸窣窣的声音，沈晚和谢雨青在换衣服。

许知意一动都不敢动，唯恐稍一动作，床铺就会发出轻响。

不能让她们知道她还醒着，许知意现在的心乱成一团，根本没法应付她们的问题。

她全身僵硬得像块石头一样，睁着眼睛，盯着黑暗中的床帐顶。

胸腔里异常憋闷，却不敢透气，唯恐呼吸声太大。

床帐的遮光帘严实，不透光，黑暗铺天盖地，仿佛将她淹没在水底。许知意人生中第一次，体会到了失恋的感觉。

可是两个人根本没有恋爱过，失什么呢？

又不知过了多久，下面的声音终于消失了，宿舍里只剩下均匀的呼吸声。

许知意保持着姿势，久久不动，腰背和腿都在酸痛，一边的胳膊和肩膀好像被压麻了。

她小心翼翼地轻轻翻了下身，拿起放在枕边的手机，按亮，从列表里找到寒商。

没有任何消息，一个字都没有。

倒是收到一条短信，她的银行账户收到一笔八十万的转账，附言只有两个字，"还款"。

她帮他负担了一段时间的生活费，又借给他八万，他原本说要双倍还她，现在他和他爸和好，有钱了，还了她十倍。

他这是用钱买断两人的关系，做个了结的意思吗？

许知意点开寒商的头像，打了字又删掉，再打几个字再删掉，最后写了一句话：不用还我这么多。

· 209 ·

发送。

感叹号弹出来,对方拒收。

他把她拉黑了。

许知意给裴长律发消息:寒商去德国了?

这么晚了,裴长律还没睡,回得很快:是啊,这人疯了,莫名其妙,说走就走,也吓了我一跳,还没来得及跟你说。

许知意:他把我拉黑了。

裴长律仿佛有点尴尬,发了个摸摸头的表情包过来:他说他要删档重来,把我以外的所有人都拉黑了。不生气啊,以后我让他把你加回来。

许知意盯着手机屏幕发怔。

原来她在他心里,甚至还不如裴长律,只不过是那些可以随手拉黑的"所有人"中的一个。

寒商走后,杳无音信。

手机打不通,许知意试过几次,给他发消息。

寒商?

寒商,你在哪儿?

一直都是被拉黑的状态,他再也没有把她从黑名单里放出来。

暑假很快就来了,许知意没有回家,在出租房里专心画画。

她有时候会走神,三两笔就勾出一个男生,黑色的短发,牛仔裤膝盖上有几个破洞,手抄在裤子口袋里。

她给他起了个名字,叫西秋。

西秋渐渐地有了他的故事。

他是一只鬼,附身在女主夏彩左边肩膀的文身上,所以永远不会走,每天都跟在夏彩身边,没事的时候就隐在她肩窝的文身里睡觉。

夏彩开了一家专门承接奇怪事务委托的工作室,叫无底线事务所。

无底线事务所的漫画开始在网上连载。

许知意随手有一搭没一搭画出来的漫画,竟然比她兢兢业业画的人设图还受欢迎。

那个夏天,许知意的粉丝疯涨。

要接稿,又要更新漫画,许知意更忙了。

她的皮绳手链始终保持着只编了一半,停工的状态,反正已经没有人可以送了。

装材料的小塑料盒在桌面上摆了很久,无人问津,盒盖上开始积灰。

许知意每次画画前都会看它一眼,有一天,终于下定决心,打算把它扔进垃圾桶。

她忍不住掀开盒盖,忽然想起那颗画好的心。

她从盒子里拣出一颗黑色哑光的金属圆扣，扭开，里面竟然是空的。

许知意仔细想了想，吓了一跳，火速换上衣服，抓起钥匙就走。

上学期期末的时候，有一次裴长律来出租房这边，看见桌上的小塑料盒和里面的皮绳，非要她编点东西送给他。

许知意没办法，答应给他编一个简单的包挂，他却一眼看中了盒子里的金属圆扣。

圆扣就只有一个，那是寒商的，许知意并不想给他。

许知意跟他商量："我明天再下单买点配件，编好了给你？"

裴长律并没有意见。

结果下单的时候，许知意忽然发现，那家手工材料店又进了不少新配件。

其中就有小圆扣的升级版。

形状更小巧圆润，做工更加精致，许知意立刻看上了，马上下单。

第二天，新的配件和皮绳就送到了，许知意打算把升级版的圆扣给寒商，原来的圆扣反正没用了，她简单地用它编了个包挂，送给裴长律，然后用那颗新扣子，继续编寒商那条工艺复杂的手链。

问题是，扣子里的心居然不翼而飞。

许知意明明记得，当时要把旧扣子里的小纸片挖出来，装进寒商的新扣子里。

可是，是真的拿出来了吗？

她仔细回忆了一遍，突然想起来，那时候刚好甲方发来消息，说画稿有个地方不过关，要改。

她好像扔下扣子，赶紧回复消息。

所以到底是拿出来了，还是没有？

要是真的没拿出来，被裴长律发现里面藏着的那颗心，要尴尬到疯。

许知意风驰电掣般骑车回到明大，直接去找裴长律。

裴长律暑假也没回家，在忙着申请学校的事，看见许知意到了，笑道："正好，我发现一家新开的韩式烤肉店特别好吃，中午我们一起出去吃饭。"

他的双肩包就背在肩上，许知意一边跟他闲聊，一边趁他不注意，伸手悄悄扭开圆扣。

许知意怔了怔，扣子里竟然也是空的。

她愣神时，裴长律已经看见了，笑道："原来你知道这个能打开啊？"

这句话的信息量很大。

第一，说明他已经知道这东西有机关。第二，他仿佛认为她并不知道这东西有机关，如果他没说谎，就说明他并没有在扣子里面发现东西。

许知意试探，假装随意："你看见里面的小纸片了吗？"

裴长律不懂："纸片？什么纸片？"

许知意跟他太熟了，看得出他的表情不似作伪，他是真没看见。

许知意："我本来打算画一个猪头塞进去，后来忘了塞了没有。"

裴长律默了默,伸手敲了一下她的头:"你才猪头。走,小猪,吃饭去了。"
　　许知意放心了。
　　那张画了心的小纸片比黄豆大不了多少,看来是收到甲方的消息,手忙脚乱的时候,不小心掉在哪里了,没有注意。
　　和裴长律一起往外走,许知意忍不住问:"寒商最近怎么样?"
　　"他啊,"裴长律说,"他德语没有英文那么好,最近正在疯狂补语言,说和英文太像,在脑子里混得乱七八糟。"
　　寒商已经继续往前走,开始他的新生活了,许知意也要过好自己的。
　　喜欢也罢,爱也罢,是人生的赠品,不是人生的支点。

第九章
地下关系

周末转眼到了。

悉市的温度快马加鞭,只在春天稍微意思了几天,就朝着夏天狂奔而去,太阳底下热得走一圈就是一身汗,只能穿短袖。

周六清早,许知意还没起床,就听见外面有轻微的动静,有人在隔壁进进出出地搬东西,寒商已经起来了。

他应该是在准备出发。许知意爬起来,穿好衣服,打开门。

寒商正从车库那边过来,看见许知意出来,怔了怔。

"我们要走了吗?"许知意问。

估计他又要开车去很远的地方。

"没那么着急。"寒商说,"难得周末,你多睡一会儿,十点起床都来得及。"

许知意放心了,回去调了个闹钟,倒回床上一口气睡到十点,才爬起来洗漱。

有人过来送外卖,寒商拎进来,放在餐桌上:"许知意,过来吃早饭。"

许知意懂了,和他一起出去的时候,就像出差一样,食宿全部由他报销。

外卖是她喜欢的寿司,各式各样,装了满满一盒。

以前的那些事,他都还记得。

"时间有点早,有些好一点的寿司店不开门,"寒商说,"这家的寿司可能比较一般。"

许知意尝了尝,觉得已经很不错了。

213

寒商自己没吃寿司，他点的是一份饭，许知意探头往他的盒子里张望了一下。

寒商侧了一下盒身给她看："是鳗鱼丼。"

隔了几秒，他又补充："不是和牛丼。"

两个人脑中都是往事，忍不住对视着，一起弯了弯嘴角。

寒商吃完一块鳗鱼，才慢悠悠地说："这次路比较远，要跑好几个地方，今晚未必能赶得回来，估计我们要在外面过夜，我明天早晨一定把你送回来，可以吗？"

许知意拿寿司的手停在空中。

寒商不动声色地看着她："我说的'过夜'的意思，和你理解的'过夜'的意思，可能有区别。"

许知意磨了磨牙："你是我肚子里的蛔虫吗？你怎么知道我是怎么理解的？"

寒商："不管你是怎么理解的，放心，就只是普通的过夜而已。"

既然要过夜，许知意就收拾了一大包东西，牙刷、牙膏、护肤品等等，想了想，又放了洗发水、护发素和沐浴露，再想想，又把箱子打开，到处翻找睡衣。

白色的棉布长裙太学生气了，许知意翻出一条丝质吊带，又扔回去。

不行，太露了，显得居心不良。

最舒服的是平时穿的宽松 T 恤加运动短裤，上面印着小猫，可是已经洗得褪色，猫尾巴都淡得看不出来了，而且也不够漂亮。

万一被寒商看见她穿睡衣的样子呢？还是穿漂亮点比较好。

等许知意纠结完，带着一个无比沉重的大包上车时，才发现车后座放平了，满满地塞着不少大袋子小袋子，看来寒商今早进进出出的，就是在忙着运这个。

许知意自己带的东西已经够多的了，没想到他带得更多。

许知意纳闷："寒商，你这阵仗，是要搬家吗？"

寒商答："不是搬家，是露营。"

他这次在导航上设定的目的地，不再是旅馆，而是一个几小时车程以外的露营地。

寒商解释："我在找一个人，以前有传言，说他在附近的小镇开旅馆，不过最近我又收到新的消息，说他买了个露营地的生意。"

他不说为什么要找那个人，按照约定，许知意就也不多问。

这次是离开悉市向北。

天空极蓝，树林更密，河流在阳光下波光闪耀，寒商在车里放着摇滚，许知意把车窗开到最大，温暖的风吹得头发跳舞一样乱飞。

这么好的天气，喜欢的人就在身边，所有的纠结烦恼，都可以暂时放下，以后再说。

露营点终于到了。

草地宽阔，停着不少车，一座座帐篷像地里新长出来的蘑菇，小孩子们和小狗一起撒着欢地跑来跑去。

这露营点通水通电,有浴室和洗手间,除了可以搭帐篷的地方,还有能直接住的小木屋。

许知意和寒商停好车,先去找管理员。

两个人在营地内外兜了一大圈,才找到管理员老大爷。

大爷看着六七十岁了,头发全白,身上套着亮黄色、有营地标志的马甲,手里拎着个袋子,皱着眉头,急匆匆要去哪儿,好像很忙的样子。

"来露营?你们可以先去搭帐篷,我一会儿就回来。"老大爷说。

寒商这回直接问:"我们不是来露营,是来找人。请问这里有没有一个四十多岁的中国男人?"

"很抱歉,这里没有。"老大爷答得很快,拎着袋子就准备走,"我现在有事……"

许知意忽然出声:"你的袋子里,装的是蛇吗?"

老大爷的脚步顿住了,回过头。

"没错,是蛇。"

果然,许知意看着袋子活泼妖娆的扭动姿态,就猜里面装着一条蛇。

老大爷忽然问她:"你想看看吗?"

许知意往前一步:"好啊。"

这辈子除了在动物园爬行馆的玻璃橱窗里,许知意还没见过活的蛇。

大爷松开袋口,只见袋子底,一条一两尺长的淡褐色的蛇正在疯狂扭动,忽然扬起小脑袋,直勾勾地盯着许知意。

许知意想了想:"褐蛇?"

老大爷立刻笑了:"对,东部褐蛇,很漂亮的小东西,对不对?"

这"很漂亮的小东西",号称世界第二毒,毒液里的神经毒素三十分钟就能让被咬的人凝血功能异常,心跳骤停。

露营地管理员的日常工作,除了收费、清洁、割草和修理水电管道,还有最重要的一件事,就是杀虫和捉蛇。

许知意又好奇地瞄了袋子里一眼。

"很漂亮。"

这话不算太违心,作为一条蛇,小家伙身材匀称,表皮有光泽,看着应该算是漂亮的。

老大爷不急着走了,拎着袋子跟许知意唠嗑。

"我一会儿走远一点,到那边林子里把它放了。它还是个宝宝呢,长大以后还能再长不少。我年轻的时候,徒手捉过一条特别特别长的东部褐蛇,比我的身高还要长很多。"

许知意吓了一跳,抓住了他话里的重点:"徒手吗?"

老大爷满眼得意:"徒手。在我二十多岁的时候。现在不行了,动作慢了。"

许知意恭维:"可你还是能捉到蛇。"

"是啊,这就是我刚从营地里捉的,两分钟搞定。"

老大爷笑得脸上的纹路像朵绽开的花,想起来:"你们要找人?为什么要找人?"

许知意看向寒商,寒商立刻回答:"是一个朋友,我们断联很久了,听说他在附近经营露营点,所以想过来找找。"

"那你们可能找错地方了,这里是我前不久刚从一个土耳其人手里买下来的。"

老大爷说:"我买之前,特地去考察过周围所有的露营点,想看看他们的设施,并没有看到哪里有你们说的那样的男人。"

他想了想:"也许你们可以再往北试试运气。"

老大爷回到办公室,拿了一张地图出来,热心地帮许知意他们画出有可能的露营点。

告别大爷和他漂亮的小蛇,寒商才问:"你竟然认得出蛇的品种。"

许知意诚实地答:"我当初来澳洲之前,把这边能遇到的所有毒蛇和毒蜘蛛的图谱都仔细看了一遍,主要是怕不小心被它们咬死。再说万一被咬一口,看清楚种类,还能告诉医生要帮我打哪种血清。"

寒商赞道:"谨慎。"

许知意点头:"那是。"

许知意和寒商不再跑附近的露营地,开车继续向北。

他们又连着跑了两个露营的地方,仍然一无所获。

"时间不早了,"寒商说,"我们再去前面最后一个点。"

最后一个点比其他露营点都漂亮,在海边的一片高坡上。

高坡上绿草如茵,一侧往下,是开阔的沙滩和大海。

寒商一停好车,就去找管理员。

这里的管理员是个瘦瘦高高的男孩子,看着只有二十岁上下,褐色的卷头发,红红的脸颊上满是雀斑,不太喜欢说话。

寒商问了半天才弄清楚,这营地是男孩父母经营的,他今天过来帮手,全家都是南非人。

还是没有找到线索,两个人只好出来。

往回开车肯定来不及了,今晚要住在这里。

两人回到越野车旁,把后座上的露营装备往下搬。

寒商从车上拎下来一个长条形的大袋子,上面印着帐篷的字样。

许知意实话实说:"我没露营过,完全不会搭帐篷,你要是需要我帮忙做什么,就告诉我。"

寒商点头:"好。我要你退后一点。"

许知意乖乖地往后退了几步。

寒商把袋子里叠好的帐篷拉出来,在地上摊开,提着顶,向上一拉。

一秒钟，一个比人还高的帐篷就蓬勃舒展地站在地上了。

许知意：哎？

寒商慢悠悠地道："这帐篷确实是非常难搭，没关系，多学几次就会了。"

许知意无语。

寒商又从车里拿出两个卷起来的充气床垫，并排摆进帐篷里，充好气，又去取睡袋。

他把一个塞成短圆筒的睡袋袋子扔在左边的床垫上，睡袋在床垫上滴溜溜地滚了几圈，才停下来。

"你怕冷，用这个厚的，这个比较暖和。"接着，他又拎出另一袋睡袋，"我用这个薄一点的就行了。"

许知意有点尴尬。

帐篷的内部空间虽然不算狭窄，但是这样并排放两个床垫，实在过于刺激。

寒商随口问："怎么了？"

"寒商啊，"许知意欲言又止地跟他商量，"……我今晚能不能睡在车里？"

反正车上的座椅可以放平。

寒商挑了下眉："哦。"

他回身，又从车里拎出一袋一模一样的帐篷："那我另外这顶帐篷算是白买了？"

许知意气得牙根痒痒。

他明明准备了两顶帐篷，却假模假式地在一顶帐篷里并排摆上两张床垫，故意误导她往别处想。

上星期出来时他就这样，开了一间房，害她胡思乱想，同样的招数，他竟然前前后后用了两回。

许知意："寒商，你什么时候才能不这么幼稚？"

寒商拉开袋子的拉链，抽出帐篷，悠然地答："等你不再上我这种当的时候。"

许知意磨了磨牙，从牙缝里一字一顿地说："你给我住手，别动！"

寒商没懂，不过还是乖乖地定住了，一动不动，看着她："嗯？"

许知意把他手里的帐篷抢过来："让我玩一下。"

她将帐篷铺在地上，抓对了位置向上一提一拉，"噗"的一声，一座帐篷就挺拔地站起来了，像变魔术一样，还挺好玩。

寒商把两顶帐篷固定在地上，盖好罩布，才把其中一个充好气的床垫往外拖。帐篷门太小，床垫太大，有点费劲。

"许知意，能不能帮我掀一下门帘？我没有空手。"

"不能。"许知意说，"你自己非要把床垫放进去骗人，连气都充好了，那你自己再弄出来呗。"

寒商忍住笑，用背顶开帐篷的门帘，把充气床垫拖出来，放进另一顶帐篷里，又去打开折叠桌椅，摆在帐篷门外支起来的凉棚下，挂起灯。

两个人今晚住的地方像模像样。

寒商在忙着，许知意观察着他需要什么，时不时帮忙搭把手，可是眼睛一直在往旁边瞄。

太阳快落下去了，悬在西边望不到边的密匝匝的树冠上，大海在东边，落日对面，海面上方，满天深深浅浅橙红色油彩般的晚霞。

正在出神，有人附在她耳边说："好了，我们可以走了。"

许知意回过神，问他："去哪儿？"

"你不是想去海边？人站在这里，心早就飞了，对不对？"

沿着营地旁边的石头台阶往下走，一路下到底，就是海边一条长长的沙滩。

松软的细沙毫不客气地往鞋里灌，两人索性脱了鞋，放在台阶旁，赤脚沿着沙滩往前走。

沙子晒了一整天，余温仍在，温热而细腻，和悉市热门的沙滩不同，这里因为没什么人来，细沙里混杂着湿漉漉的海藻和树枝，也没有推平，高高低低的。

寒商伸出手，牵住许知意。

"小心扭到脚。"

他现在牵她的手牵得越来越熟练了。

海浪翻着雪白细腻的浪花，卷上沙滩又退去，越靠近海水，沙子越湿，小螃蟹从细小的洞穴里探出头，吐着泡泡，许知意从寒商手上借了点力，跳过水坑。

寒商本能地帮她撑了一下，反手扣住她的手指。

两人忽然就变成了十指交握。

许知意怔了怔，忍不住抬头看他。

沙滩和大海都变成和晚霞一样的橙红色，他也镀上了一层橙红色的光，侧影宛如雕像。

这根本就是约会吧？许知意想。

以前的那些年，两个人要么是和一大群人热热闹闹地在一起，要么就是忙着各自赚钱和做功课，并没有单独这样约会过，更没有这样牵过手。

手指与手指纠缠在一起，密不可分，两个人慢慢地沿着沙滩往前走，反正也没什么事做，好像可以这样一直走到天长地久。

太阳渐渐落下去，旁边崖壁的阴影浮上来。

寒商的脚步慢了下来。

"许知意。"

许知意也停下来："嗯？"

他说这次出来，有件事要跟她商量，大概现在准备说了，许知意安静地等着。

寒商停顿片刻，才说："我知道你快要订婚了。"

他又提起这件事，许知意不动声色，点头："嗯。"

所以？

· 218 ·

寒商依旧攥着她的手,低头凝视着她,睫毛被最后一缕阳光染成毛茸茸的金色。

"许知意……"

金色的睫毛微动,他抿了一下唇。

"……所以至少现在,你还是自由的。"

那当然。

退一万步,就算真的订婚了,也只是订婚而已,又不是把自己卖了。

寒商继续:"那你想不想,在订婚前,短暂地,跟我交往一段时间?"

最后几个字落字很轻,许知意的心跳和呼吸却随着它一起停了。

她只觉得自己听错了。

他真的是这么说的吗?

虽然早就猜想到,寒商好像是在打类似的这种主意,听到他直接说出来,震撼感还是让许知意有点发蒙。

没想到,他不打算暗戳戳的,竟然明目张胆到这种地步。

他说——"短暂地交往一段时间"。

不是"许知意,你不要订婚了",也不是"要不要先试着和我交往看看,再重新考虑订婚的事"。

他并不打算抢别人的未婚妻,只想做别人临时的男朋友。

他就是非常直白的不想负责的意思。

寒商还在等着许知意回答,见她久久不出声,又开口:"就这两个月,在你订婚前,怎么样?"

交往两个月。

寒商继续说:"你是不是在顾忌裴长律?"

他在最后一缕阳光下眯起眼睛:"裴长律这些年交过无数女朋友。你在订婚前,只有我一个,也不算太对不起他吧?"

许知意想了想:如果客观地就事论事的话,他的话竟然很有道理。

寒商偏头问:"可以吗?如果你现在不能决定的话,等你想好了告诉我也……"

许知意不动声色地回答:"好。"

寒商:"嗯,明天、后天,你想好了,随时告诉我。"

许知意平静地说:"不是。我现在就在告诉你,好,我答应你。"

寒商这提议很出格、很疯、很寒商,但是许知意喜欢。

寒商攥着许知意的手站在那里,心中五味杂陈。

许知意答应得比他预料的要快得多。

她几乎连想都没想。

没有任何纠结,没有挣扎,几秒钟就做好了决定。

不过她本来就是这样。

寒商认识她这么多年,深知她外表看起来安静随和,其实不太受世俗标准

的捆绑，自由自在，而且很有主见，非常明白自己想要什么。

她果然和他想的一样，有一点喜欢他，但也没那么喜欢。

寒商心里很清楚，她一直都在受他的诱惑，却没有跟他长期发展的打算。

她就是非常直白的不想对他负责的意思。

他今天的提议，刚好合她的心意，所以才会答应得那么快。

寒商微微点了下头："那我们就说定了。"

好像给两人的关系打下了一个新的印记。

许知意好奇："所以你打算怎么做我的临时男朋友？"

太阳落下去了，沙滩笼罩在石崖的阴影里，寒商没什么表情，收了一下握着她的手的那条胳膊。

许知意被他带得向前迈了一步，寒商已经俯下身。

"这样。"

他的嘴唇贴上来，在她的唇上压了一下，分开，偏过头认真地看了她几秒，又重新吻住她。

和上次在老宅的走廊里不同，他这次要冷静自持得多。

他一点点地，缓慢而坚定地进犯着她的领地。

海浪冲上沙滩，冰凉的海水带走脚趾间的细沙，许知意仰着头，用空着的那只手紧紧地攥住他的衣袖。

寒商觉察到了，松开她的手，一手环过她的腰，另一只手托住她的后脑，把她牢牢地禁锢在怀里，更深地吻下去。

许知意又察觉到了他唇齿间那种特殊的好闻的味道，那味道很特殊，让人迷醉，拨挑着她的神经。

这次没有别人打扰，从容得多，寒商也更有耐心。

他不再毫无保留地由着性子放纵自己的欲望，更像是在有意勾引。

你进我退，你退我又进。

在她迟疑的时候缠绵挽留，等她勾住他的脖子，贴上来的当下，又略微矜持，退后一点，星星点点地浅吻她。

直到两个人都被这种距离折磨得受不了，重新热烈如火地纠缠在一起。

不知过了多久，四周仿佛黑下来了，两人才恋恋不舍地分开。

海浪声阵阵，寒商仍然抱着她，两个人贴在一起，呼吸和心跳一样，都乱着。

寒商调整了片刻，哑声说："我不太会，亲得可能不好。"

虽然声线不太对劲，但是态度很有礼貌，语气中带着歉意。

许知意不想丢脸，也压稳呼吸，回答："没有。上次很好，这次也很好。"

两个人都相当客气。

就像在菜市场，鱼贩子跟老主顾客气：不好意思，今天的带鱼好像没有很新鲜。

老主顾摆摆手：没有没有，昨天的很新鲜，今天的也很新鲜。

寒商搂着她，抿了一下唇。
"嗯。我会进步的。"

海风开始变凉了，许知意打了个寒战，寒商换了个姿势，揽住她的肩膀，把她半抱在怀里，往回走。
"我们回去吧。"他说。
话说开了，他的动作做得越发自然而然，就像已经在脑中演练过一辈子了一样。
脚被海水打湿了，两人去拎上鞋子，光着脚爬上台阶。
露营地的灯光斜照在台阶上，粗糙的石头表面硌着脚底，许知意下意识地蜷缩脚趾，不想实打实踩在上面，才迈出两步，人就腾空了。
寒商把她打横抱起来，这动作也极其熟练。
许知意吓了一跳，用一只手勾住他的脖子，哑然失笑："台阶而已，不至于。我又不是豌豆公主。"
寒商答："你觉得不至于，我觉得很至于，不然你抱着我？"一边说，一边已经上去了。
到了上面的草地上，他仍然没把人放下来，大约觉得这是野外的草地，光脚走不安全。
这样抱着，一路走到露营的帐篷那边。
露营的人们都在忙着做饭，炊烟四起，烧烤炉香气飘散，野营小锅里"咕噜噜"地炖煮着。看见他们两个这样抱着回来，营地里人人都对他们露出笑容。
走到帐篷前，寒商才把许知意放下，两人擦干净脚，重新穿好鞋。
天已经黑到需要开灯，寒商按亮帐篷外挂着的灯，又拿出一罐防蚊喷雾，把许知意和自己上上下下喷了一圈。
许知意被防蚊喷雾浓重的味道呛得直咳嗽："差不多了吧？"
寒商点了下头，目光落在她头顶上："嗯。你头上那只蚊子也觉得差不多了。"
许知意赶紧接过防蚊喷雾，再喷几下，把自己用喷雾腌入味。
"这已经是我能找到的味道最小的防蚊喷雾了。"寒商说，然后问，"晚上吃烧烤？"
"好啊。"
许知意咨询："你打算怎么烧烤？"
没看见附近有公用烧烤台。
寒商去车里搬出一个小电烧烤炉，又拿出好几盒半成品的烧烤串。
他竟然准备得这么周全。
两个人把各种烤串摊了一桌子，有预制的，也有明显是自己弄的，牛羊肉、鱿鱼、三文鱼、虾仁、青椒、香菇一应俱全，看样子，是他在外面厨房忙了一早晨的结果。

寒商接好电线，开火烤起来。
许知意插不上手："要我做什么？"
寒商翻了翻串串："等着吃。"
烤串的香味渐渐飘出来，寒商垂眸检视它们熟的程度。
许知意琢磨，这大概也属于他业务范围的一部分。
他这认真的态度，让许知意看出了点竞争上岗的意思。

许知意看了他一会儿，忽然跑回车上，从包里拿出平板电脑。
寒商奇怪："你在干什么？"
许知意说："我忽然有灵感了，得记下来。"
她重新坐下，在平板电脑上勾出草图。
无底线事务所里，西秋忽然迷上了烧烤，然而他是一只鬼，动手烤了自己却不能吃，于是夏彩天天吃烤串，吃到疯。
夏彩家现在到处都是烤串，厨房里、书桌上、冰箱里、微波炉里，最可怕的是打开卫生间的橱柜，里面也摆着一大盘。
夏彩："啊——"
西秋鬼一样从她身后冒出来，幽幽地问："你不喜欢吗？"

"你在画什么？"
寒商也像鬼一样从身后冒出来。
"一个连载的漫画。"
许知意不太好意思给他看，把图迅速放大，大到看不出来在画什么。
虽然西秋是二次元人物，但那露出膝盖的破洞牛仔裤没法不让人联想到点什么，许知意遮遮掩掩的："你别吵，我的灵感要没了。"
一串烤到吱吱冒油，撒满孜然辣椒粉的羊肉串递到嘴边。
寒商："尝一下。"
许知意就着他的手咬了一口。
味道相当到位，难得的是熟的程度也刚刚好。
德国真是个好地方，把这位万事不动手的少爷送过去，过几年还回来，竟然还会烤串了。
她没画完，寒商也不催她，时不时把烤好的烧烤串递过来。
许知意这样东一口西一口地吃着，竟然快被喂饱了。
寒商烤好，也坐下来，许知意收起平板，和他一起吃东西，等吃完收拾的时候，她还在想着漫画的情节走神。
寒商伸手在她眼前晃晃。
"还琢磨你的灵感呢？你这灵感的尾巴好长，前面的都回悉市的家了，尾巴还留在你这儿没出发。"
许知意不再想漫画的事，抬头看他。

有小虫子扑到灯泡上，撞得晕晕乎乎，却重整旗鼓，坚定地绕着滚烫的亮光一圈一圈地飞，完全不怕死，锲而不舍。

许知意认真地咨询寒商："所以这两个月，我们两个要做什么？"

她这问题让寒商足足沉默了至少五秒。

他的喉结轻微地滚动了一下，最终说："我不知道。"

许知意点头："那就走一步看一步吧。"

在旁边扎营的一家人已经收拾东西，准备睡觉了，寒商似乎有点尴尬，转头跟那家人中的爸爸打了个招呼："这么早睡？"

那家的爸爸说："早点睡，我们打算明早起来看日出，去年我们就在这里看过，很美。"

那家的妈妈插口："明天早晨五点三十五分日出，我们已经查过了。"

许知意建议："那我们也早睡吧？明天早晨看日出。"

寒商没有意见。

许知意进自己的帐篷前，突发奇想道："寒商，能不能帮我把我的帐篷挪一挪？"

寒商没懂："怎么挪？"

许知意指挥："把我们两个的帐篷紧挨着，说不定暖和一点。"

两顶帐篷现在相隔大概半米的距离。

寒商默了默。

"那你还不如……"

许知意问："不如什么？"

寒商："……算了，没什么。"

他过去拔起固定帐篷的地钉，把一顶帐篷拖过来，紧挨着另一顶帐篷，又重新找地方固定好。

现在两顶帐篷不再遥遥地隔着一米的距离，一条边紧紧挨着。

寒商偏头打量自己的劳动成果。

"许知意，你想离我近一点，该不会是因为怕鬼吧？"

营地内虽然有灯，周围却除了大海，就是密林，四周黑漆漆的。

许知意假装淡定："我才不怕鬼。"

"那就是怕蛇？"

许知意嘴硬："白天你看见了，我当然也不怕蛇。"

"好。"寒商嘴角微挑，"进去后把帐篷拉链拉好，那些鬼啊，蛇啊，所有你不喜欢的东西就不会钻进帐篷找你。"

许知意爬进帐篷，仔细检查了一遍所有拉链的地方。

她带的那些花里胡哨的睡衣纯属想得太多，一点用都没有，不止寒商不会看见，最关键的是——冷。海边夜里温度很低，得穿着全身衣服钻进睡袋里才

足够暖和。

等许知意躺在床垫上,她才发现两人真的离得很近。

这款帐篷的侧壁几乎是垂直的,两人的床垫又都紧靠帐篷边沿,中间其实只隔着两层布。

比在老宅的时候,中间隔着一堵二十厘米的砖墙时,还要近得多。

许知意打量着帐篷布,这厚度,两层布加起来,估计就只有一两毫米。

一两毫米,还是把两人分隔在两边。

布是遮光的,许知意看不到他那边手机和电筒的亮光,但是能看到他在动,有时候胳膊或者腿划过,帐篷布就会凸起来一点。

她安心多了。

即使她不承认怕鬼,在这么黑的地方,一个人关在帐篷里,还是多少有点吓人。

听着他那边窸窸窣窣的动静,许知意试探着叫:"寒商?"

寒商立刻回答:"嗯?"带着轻微的鼻音。

他问:"怎么了?"

两层布不隔音,他的声音近得就像在她耳边说话一样。

他那边动了一下,帐篷布微微鼓起来,他把睡袋挪得更靠近了一点,和许知意的睡袋紧挨着。

许知意的脑子迅速跑偏,脸上发烧,幸而他在隔壁,看不见。

许知意:"我发现我们可以这样聊天。"

"是啊,很方便。"

他那边整理睡袋的声音停了,传来拉上拉链的声音,他大概也躺好了。

许知意忍不住伸出手指,戳了戳两人之间的帐篷布,手指忽然被人隔着那两层布捉住了。

寒商平静的声音传来:"这是什么东西?"

他牢牢地捉住她的那根手指头不放。

"许知意,我捉到一只小动物,小爪子很长,会乱动,很不老实,不知道是不是有袋类。"

许知意:你才有袋类。

"什么有袋类,说不定是外星人,特别聪明的那种,把你拉走关进笼子里。"

寒商:"来啊。请关我。"

许知意用力拽了拽,还是没能把手指头拽回来。

寒商:"哪有这么菜的外星人。"

许知意不跟他较劲了,等着他自动放开。

他却没有那个意思,隔着帐篷布,仍然把她的手指紧攥在手心里。

营地里渐渐安静了,偶尔有小狗叫一两声,不过很快被主人低声喝住。

"许知意,你以前住过这种帐篷吗?"

"没有。"许知意答。晚上睡在帐篷里,这是生平第一次。

"你呢？"许知意问。

"我睡过很多次，不过最特别的一次，是小时候，在一家水族馆里。"寒商说，"那家水族馆有过夜的活动，可以打地铺，看穿顶的鱼游来游去，要是怕光线太亮，看够了，也可以进到帐篷里睡觉。"

许知意："这么好玩？"

"是。那时候我才七八岁，我妈妈经常带着我全世界到处跑，这都是她找出来的好玩的地方。"

他提到他妈妈，许知意不知道该说什么好，顺着他的话往下聊："你妈妈好像是个很有意思的人。"

"是啊。"他说，"我妈妈叫秦唐，好朋友都叫她唐唐，她结婚前很喜欢各种运动，速降、滑板、冲浪，后来有了我，就不太做太危险的事了。"

寒商安静了一会儿。

就在许知意觉得他不会再说话时，寒商又出声："那时候，我爸和我妈妈的关系还是好的，每次回国，无论我爸有多忙，都会亲自来机场接我们两个，永远带着我妈最喜欢的花。"

他顿了顿，仿佛笑了一声。

"大概是因为我爸那时候，还不能自立门户吧。"

许知意没出声。

寒商继续说："等他自己的生意真的做大以后，就不太回家了。有事找我妈妈，也都是公事公办的态度，他们倒是不太吵架，就是冷冰冰的。两个人就算闹离婚，也是让律师对殴。"

许知意忍不住问："你爸现在呢？还和寒翎妈妈在一起？"

"没有。哪有那么长情。"寒商说，"现在好像在养一个年纪比我还小的小姑娘。倒是寒翎，还在他公司里。"

听起来像是要代替寒商继承家业的意思。

寒商道："反正和我无关。我已经和他彻底断绝关系了。"

他连姓都改了，自己的公司也前途无量，看着并不想再和他爸扯上任何关系。

许知意问他："我早就想问你，我以后是不是也应该叫你'秦商'？"

"没关系。"他说，"寒商这个名字其实也是我妈妈起的，她很喜欢。你想叫什么就叫什么，都可以。"

既然他说都可以……

许知意："那就叫你，奥斯卡秦都都？"

隔着帐篷布，许知意都能感觉到他磨了磨牙。

他忽然松开她的手指，不过紧接着，就把她的整只手都握住了。

他说："你怎么知道我的小名？哦，杰瑞告诉你的。"

他牢牢地握着她的手："这小子也太不乖了。"

许知意挣不出来："寒商，帐篷要被我们两个弄倒了。"

帐篷随着两个人的动作，危险地摇晃着，外面的人要是看见了，一定浮想联翩。

寒商不在乎："帐篷倒了怕什么，我们两个今晚可以去睡沙滩。我还没睡过沙滩呢。"

他忽然想："许知意，我们现在要不要真的去睡沙滩？"不过自己又否定，"不行，太冷了，你会感冒的。下次带足装备再说。"

这人脑洞很大的样子，许知意忍不住好奇："你睡过的最奇怪的地方是哪儿？"

"雨林的树顶上吧。"寒商似乎想了想，"还有冰屋，全是冰，几年前刚到欧洲的时候。"

他提到这个，许知意忍了忍，终于还是忍不住问："寒商，你那时候为什么突然去德国？"

帐篷布那边忽然沉默了。

寒商半晌才说："我只是想走，走得远远的，重新开始。"

这像是他的脾气会干出来的事，可是许知意直觉地觉得，他说的不是实话，至少不全是实话。

他还是不肯说。

许知意攥了攥他的手："那为什么要选德国？"

"因为相对比较便宜。"寒商说，"我那时候知道，肯定还会再和我爸翻脸，我算过，如果靠我自己努力兼职的话，应该也能读得下来。"

"后来呢？你在疯狂学德语吧？"

"是，我德语不算特别烂，可是开始的时候还是什么都听不懂。"

话题转移，寒商放松多了，仍然握着她的手，跟她聊那时候的事。

许知意让他握着，侧身躺在那里听。

今天下午，两人在海边时，虽然在接吻，身体贴得那么紧，却生疏而遥远，现在隔着帐篷，许知意却第一次觉得，和他那么接近。

黑暗中，许知意并不知道是什么时候睡着的。

再醒来时，她已经不在寒商的帐篷那边了，人斜躺着，抱着充气床垫的边沿，睡得乱七八糟。

隔壁的寒商正在低声叫她："许知意，醒醒，快日出了。"

五点三十四分。

许知意火速抓挠了两下头发，从睡袋里钻出来，拉开遮光的帐篷门。

一道明亮的光直射进来。

并不需要去别的地方，坐在帐篷门口，就正对着大海和正在缓缓跃出海面的太阳。

初升的太阳映在海面上，如同一条金色的路，笔直地通向许知意所在的地方。这条路的尽头，寒商从自己的帐篷里出来，走过来，在许知意身边坐下。

不过，他马上又起身，从帐篷里拉出许知意的睡袋，打开拉链，披在身上，伸出胳膊搂住许知意的肩膀，把两个人裹在一起。

大约是觉得她冷。

然后，他倾身贴了一下她的嘴唇。这肯定不是因为觉得她冷。

他亲完，才说："早。"

声音温柔低哑，撩拨着她的神经。

许知意仰头对他一笑："早。"

话的尾音未落，寒商已经又低头吻了她一下。

也是轻轻的，浅尝辄止。

早饭时，寒商用电磁炉煎了蛋和培根，两个人抓紧时间吃完，一起动手收拾起帐篷桌椅，准备回家。

这次出来仍然没能找到有用的线索，但是许知意还有功课要做，得赶回去。

上车准备出发时，寒商先倾身过来。

他扶着许知意的座椅，欠身帮她扣上安全带。

许知意纳闷："不用，我自己会系。"

他离得那么近，几乎和她贴在一起。

"让我来。"寒商说，"回程我还要开几个小时的车。"

许知意正在想，这和开车有什么关系，寒商就偏过头，覆盖住她的嘴唇。

许知意懂了：他一开车，就没法亲了。

许知意以前一直不太明白，为什么恋爱中的人会像接吻鱼一样天天黏在一起，现在完全懂了。

接吻这件事，真的会上瘾。

寒商吻得很克制，像是在轻轻描画一只鸟的羽毛，怕稍微重一点，小鸟就受到惊吓，拍拍翅膀飞走了。

他吻得浅，许知意断断续续地说："其实你可以……"

她把后面的话吞掉了，没有说完，寒商却已经懂了。

停车。

停下车接吻。

他说："好啊。"

寒商松开了许知意，准备坐好开车，许知意却一把抓住他的衣服前襟："等等。"

寒商莫名其妙，定住不动。

许知意凑近，把他往下拉低一点偏过头，认真地嗅了嗅他的脖子。

那种特殊的好闻的味道，细微而温暖，就在他身上，只要足够贴近皮肤，就能闻得到。

她的呼吸拂过寒商的喉结，寒商一动都不敢动，哑声问："你在干什么？"

"我发现，我好像能分辨出人身上的味道。"

她对气味向来敏感，寒商立刻紧张了："昨晚这里洗澡不太方便，我回去

就洗。"

"不用，"许知意松开他，"是种很好闻的味道。"

她又抬起手，凑近自己的手腕闻了闻："你身上有，我身上也有，我觉得我自己和你的不一样，不过也挺好闻的。"

寒商摸一把她的头："你是小狗吗？"

"真的，不信你闻。"许知意把手送到他鼻子下面。

竟然有这种自动自觉送上门的人。

寒商掀起眼帘看她一眼，低下头，直接吻上她的手腕。

他不止亲了，许知意还觉得有舌尖划过她的手腕内侧，痒痒的。

许知意往回抽手，抽不回来，忽然余光看见车窗外有人。

是这里的管理员。

小男生一脸腼腆，看见他们正在亲热，脸颊立刻烧起来了，一粒粒雀斑像扔进火里的芝麻。

寒商松开许知意的手，放下车窗。

"有事？"

男生说："你们昨天问的那个人，我忽然想起来了，在不久前，有一个中国男人曾经到这里来过，问我们这个营地的生意要不要转让，我们告诉他不太想，他就走了。"

他在自己下巴处比画了一下："大概这么高，有点胖，也许有四十岁？"

他从口袋里掏出一张便笺："他留下一个手机号码，说如果我们想卖营地的话，就给他打电话。"

便笺上有一串手写的数字，字体相当工整漂亮。

寒商马上把电话号码记下来，谢过男生。

男生红着脸走了。

竟然真的找到了条线索，不知道有没有用。

许知意问："要打这个号码吗？"

寒商摇头："现在还不能打，不要打草惊蛇。等我们回去再说。"

他心事重重地发动车子。

许知意不吵他，一个人趴在车窗上看外面的风景。

车子开了大概一个小时，快上高速了，寒商找到一条小路，开过去停在路边。

他一停车，许知意立刻抿了一下嘴唇。

寒商一边解安全带，一边看着她。

他慢悠悠地说："我停车是为了——"

他探身拿起后座的运动水壶，仰头喝了一口："喝水。"

许知意无语。

许知意端庄地坐着："不然呢？你喝完了没有？"

"喝完了。"

寒商把水壶插在旁边的杯托架里，重新系好安全带，发动车子。

这和许知意预计的不太一样，她继续端庄地坐着，目视前方。

寒商打着方向盘，把越野车掉了个头，一脚刹车重新停住，然后探身过来，托住许知意的下巴，吻住她。

他轻轻啃咬她的上唇，呢喃："喝水，还有接吻。"

阳光炽烈，路边的草叶在暴晒下低伏着，他的嘴唇因为刚喝过水，有一点清凉的湿意。

车子上了高速，速度比昨天到处找露营地的时候快多了，不到九点就回到了悉市。

林荫路33号在望。

驶进老宅的车库前，许知意忽然想起来。

"寒商，不要让乐燃看见你亲我。"

车库门缓缓上升。

寒商问："为什么？你不想付那两千刀？"

合租条例第六条，室友严禁恋爱，违者罚款两千刀。

寒商弯弯嘴角："不用担心，我帮你付好了。"

许知意答："那倒不是。毕竟我们也不算是真的在恋爱。"

乐燃知道她有个远在美国的未婚夫，如果又看到她和寒商接吻，不知道会怎么想。

寒商安静地把车驶进车库，停好。

他把车熄了火，才语调平静地说："你说得很对。临时关系嘛，偷偷摸摸，见不得人。"

许知意和寒商进门时，乐燃正躺在楼下的沙发上玩手机。

大周末，刚九点多，他就起床了，还待在客厅里，有点稀奇。

许知意有种隐隐的猜测——他守在这儿，该不会是在等着抓她和寒商吧。

"你俩终于回来了？"乐燃抬起头，"我还在纳闷，昨天晚上家里怎么到处都黑着，一个人都没有了，不过考虑到你们是一起消失的，应该没事，就没报警。"

许知意解释："寒商雇我做向导，带他去附近办点事，来不及回来了，就在外面住了一晚上。对吧，寒商？"

寒商把两人的包拎进来，随口"嗯"了一声。

乐燃的目光在他俩身上来来回回地转，扫过来，再扫过去。

许知意绷住表情，一脸坦然。

她忍不住瞄向寒商。人家不愧叫奥斯卡，演技比她还好。

寒商表情淡漠，并不多看许知意一眼，路过她时，甚至还稍微绕了一下，好像她身体周围有个看不见的结界。

他拎着背包，低头单手滑手机："钱付了。"
许知意的手机响了。
转账两千三百刀，从昨天早晨出发到现在，一共二十三个小时，这是薪水。
乐燃探头看了眼许知意的手机。
他震惊了。
"什么意思？这是秦哥给你的工资？这么多？"
他对着寒商的背影喊：
"哥，你还缺向导吗？我附近都逛过，特别熟，我愿意跟许知意竞争上岗，你不用给我两千三，给一千三就行了。
"要是一千三不行，一百三也行！
"哥？哥？
"一百三还能再打个八折！"
这就卷起来了。
寒商并不理乐燃，自顾自往前走。
许知意多少有点尴尬。
这也就是乐燃，要是别人看见两人一夜未归，寒商还这么给她转钱，估计早就脑补到天际去了。
寒商似乎是真的不太高兴，很明显，是因为她在车库里说的那句话。
许知意按他的思路理了理。
在他的理解里，她马上就要订婚了，如果她不是因为那两千刀的罚款不想曝光两人的关系，那一定觉得她是因为裴长律快要来澳洲，也会住在老宅里，不想乐燃知道点什么，到时候在裴长律面前露出蛛丝马迹。
许知意：吼——好像是在吃醋啊。
这种短暂的关系，明明就是他自己提出来的，本来就不是光明正大的恋爱，他有什么道理吃醋呢？
寒商把许知意的背包撂在她的房门口，一言不发地回房了。
许知意满脑子都是：原来他吃醋生气是这种样子的。
好新鲜。

许知意回到房间，打开电脑，三两笔就勾勒出一个扑克脸的西秋。
西秋板着一张扑克脸，绕过夏彩，好像夏彩身边有个看不见的结界。
灵感突然大爆发。
无底线事务所这天来了个委托人，是个超级大帅哥，和夏彩聊得很投缘，西秋莫名其妙地吃醋了。
许知意一口气画下去，连午饭都没吃，等意识到肚子很饿的时候，突然发现，除了屏幕亮着，房间里的光线已经暗到必须得开灯了。
客厅里竟然也黑着，没人开灯。
可见乐燃没有下过楼，寒商也没有离开过房间。

许知意往前走，想去开厨房的灯，路过沙发时，忽然本能地觉察到旁边有人。

她转过头，借着昏暗的光线，看见沙发深处埋着一个人影，头枕着沙发扶手，长腿搭在旁边。

是寒商。

他像一只潜伏在暗处的动物，也不出声，眼神炯炯地盯着许知意。

看见许知意发现他了，他忽然欠起身，伸出一条胳膊，钳住许知意的腰。

许知意被他的大力一带，倒在沙发上。

寒商顺势翻了个身，把她压在下面。

他人重得像块石头。

两人深陷在柔软的沙发里，皮革受挤压，发出轻响。

许知意怕被乐燃听见，轻声说："你干什么？"

寒商依旧盯着她。

"偷情。"他说。

他用牙齿一口咬住许知意的嘴唇。

二楼楼梯那边忽然传来轻微的脚步声，然后是乐燃的声音："啊，天这么黑了，还没人开灯吗？"

许知意猛地清醒，立刻慌了。

压着她的人动作也是一顿，接着一翻，就从沙发上下去了。

许知意瞬间坐起来，还没想好要不要出声时，乐燃已经下楼来了。

黑暗中，他辨认出了许知意顶着小鬏鬏的轮廓。

"咦？你摸着黑坐在这儿干什么呢？"

许知意顿了顿："思考——人生。"

乐燃："嗯？"

许知意一边回答："思考漫画的剧情。"一边悄悄用眼睛到处找寒商。

人呢？

乐燃已经走到墙边，按下客厅顶灯的开关。

开关"啪"的一声，许知意的心都提起来了。

客厅大放光明，突如其来的强光晃得人眼前发白，整个客厅里，竟然只有许知意一个人。

许知意又扫了一遍，真的没看见寒商。

神奇。

许知意想破脑袋，都想不出寒商翻下沙发后，到底是怎么在乐燃的眼皮底下无声无息地消失的。

这个人是修炼过忍术吗？

"那你思考出来了吗？"乐燃问，"我还等着你更新呢。"

许知意还真的思考出来了。

可以给正在吃醋的西秋安排一个特别激烈的小狗一样胡乱咬人的吻。

"嗯，想出来了，"许知意忍不住顺了一下乱了的头发，"我现在就要回

去画出来。"

她完全忘了自己刚才出来是想吃东西,回到房间,关好门,继续画画。

画到夜里不知道几点,许知意手机收到一条消息。
寒商:开门。
许知意过去拉开门,门外没人,地上摆着一个盘子。
半夜没有外卖,寒商自己烤了小羊排,周围撒着配菜,边沿有点焦,但是看得出来,已经很努力了。
许知意想回他一个亲亲的表情包,到底没好意思,最后还是客气地写了两个字:谢谢。
寒商:礼尚往来。
他在说上次他还关在房间里不肯露面时,她把食物盘子摆在门口的事。
许知意:上次的那盘鱼薯和烤鸡,你吃了?
寒商:吃了,有点凉。
废话。刚送过去的时候还是热的,谁让他忙着气势汹汹地摔门,不赶紧吃掉。

第二天早晨,夜宵供应商又在门口摆了一杯拿铁,拉花是一朵蔷薇。
他多了这个习惯,许知意决定以后开门时都先看一眼脚下,免得不小心把什么东西踢翻。
乐燃下楼来做早饭,许知意问他:"看见寒商了吗?"
乐燃答:"我听见一大早车库门响,大概出去了。"
估计又是出去找人了。
傍晚,许知意下课回来时,看见老宅的前门大开,用纸箱顶着,车道上停着一辆陌生的白色起亚。有人正在搬家。
看来楼上的空房间又有新租客了。
寒商竟然继续招房客,这是真的一本正经做起分租生意来了,还是嫌在乐燃一个人眼皮底下不够刺激,再多添几个房客?
乐燃也在帮忙,从车里钻出来,怀里抱着个大纸箱子。
"是我的两个朋友,暂时找不到住的地方,特别着急,所以我求秦哥帮忙的。哥还很正式地面试了一下,聊了一会儿,就同意了。他们就是过来短租一段时间,等找到地方就搬。"
乐燃强调:"绝对不会耽误年底你未婚夫过来住。"
许知意无语。
一个高大魁梧的男生从车上搬着箱子下来了,身高一米九打底,壮得像头熊一样。
乐燃腾出一根手指头,指了指男生:"我壮哥,英文名叫强森,超级强,硬拉一百九十公斤。"又对男生说,"这个是许知意,我朋友,画手界的超级大佬。"

反正在乐燃这里，人人都是"超级"。

许知意正在跟强森打招呼，身后的动静忽然不对。

箱子已经搬完了，那辆起亚重新发动，像是准备倒出车道，掉个头，结果不知怎么回事，噌地一脚油门，窜上了旁边的草坪。

司机吓了一跳，猛打方向盘。

车轮胎在下过雨的草地里左左右右一通狂扭，碾出一个大泥巴坑，紧接着，车子呼地对准车道口的红砖矮墙撞过去。

许知意要被它吓出心脏病来了。

还好司机猛地刹车，把车停在了车头距离红砖墙只有几厘米的地方。

一个瘦瘦的男生从车上下来，围着车子绕了一圈，喃喃自语，也不知道是在跟谁商量："要不，咱们就先停这儿吧？"

许知意：嗯？

就这么横亘着，就算完了？

乐燃看不下去，放下箱子："我帮你倒吧。"

他顺溜地把车倒回车道上。

许知意好奇："乐燃，你车开得这么好，为什么不买一辆？"

"这话说的，"乐燃把钥匙还给瘦子，"买车养车不用钱吗？买了我还怎么换我的游戏本？"

旁边的强森正在对瘦子说："行不行啊你小子？你不是说有驾照吗？"

瘦子分辩："我是有驾照啊，就是考了驾照后从来没开过车。驾照在这边翻译一下就可以用了，绝对合法。"

这里和国内交规完全不一样，牛的。

强森无语："我就奇怪嘛，刚才开过来，好几次眼看着你一拐弯，冲着对面的车道就过去了，没把我吓死。"

澳洲的车辆全部靠左行驶，和国内完全相反，得重新适应。

强森义正词严地说："不考个路考就让你上路，澳洲这什么规定，我看你先别开了，在附近小路练好了再说，我怕你把别人撞死。"

这位壮硕的哥哥竟然是个正义小天使。

乐燃指指瘦子介绍："这是卢克，也是咱们学校的，在读第一年，强森已经是第二年了，他俩都是读计算机的。"

这位卢克也很"超级"，开车超级吓人。

他们把行李一点点往楼上搬，强森去敲寒商的门。

"秦哥，我能把健身的哑铃什么的放在客厅吗？太沉了，搬上去费劲。"

寒商已经回来了，他从房里出来，点头："好。"

乐燃在后面比画个不停，寒商看他一眼，弄明白了他的意思。

"住在这边有个合租条例，得遵守，我给你们发过去。"

强森和卢克收到寒商的奇葩条例，浏览了一遍，都有点讶异，不过现在找

房子这么难，两人都没什么意见。

老宅忽然多出两个人，马上热闹起来。

晚上许知意出来喝水，看见两个新房客都在客厅里忙着。

客厅贴墙摆着整组的哑铃，厨房敞开的橱柜里多了一罐罐健身补剂。

厨房台面上，放着揉面板和擀面杖，盆里装着肉馅，旁边竟然排满了水饺，一排排一列列，如同小兵列队一样，无比壮观。

许知意小心地咨询强森："这都是你今天晚上要吃的吗？"

强森豪迈地往左边挥了一下手："这一片是今天吃的。"又往右边挥了一下，"那一片是明天要吃的。"

卢克也在，坐在餐桌旁边打游戏，没关声音，引擎发动的音效连绵不绝。

正义小天使强森攥着擀面杖，叹了口气："我让他为了别人的生命安全着想，有空就练练车吧，他说行，然后坐在那儿，给我开了个赛车游戏。"

乐燃也下来了，跟强森打招呼。

"你们明天还出去看房子吗？"

"看了也白看。"强森熟练地包着饺子，"递上去租房申请，人家根本不理。这边的房间就只能住两个月对吧？"

乐燃点头，指指许知意："到时候她在美国的未婚夫要来了，得把房间腾出来。"

乐燃这个大嘴巴。

现在所有人都知道她有个未婚夫了。

强森望向许知意，满脸笑容，热情洋溢："你快要结婚了啊？恭喜恭喜。"

卢克也抬起下巴，眼睛还定在手机屏幕上，跟着说："恭喜啊。"

许知意只得答："谢谢。"

强森生产完他的饺子军团，煮了一批，硬是给每个人都分了一碗。

这回多了两个新房客，难得的是房客并不奇葩，气氛异乎寻常地和谐友好。

强森又盛了一碗饺子，端着去找寒商，他不像许知意当初那么含蓄，"哐哐哐"直接砸门。

"秦哥，出来吃饺子啊！"

寒商打开门，没有开大，只在门缝里说了句什么，大概是在婉拒，可是强森的大嗓门又嘹亮起来："已经吃过了就再吃点呗！茴香馅的，我包的饺子特好吃我跟你说！"

寒商真的出来了。

他走过来，只和许知意对视了一两秒，就把目光挪开。

房门不太隔音，他刚才应该听到乐燃的话了，现在人人都知道许知意有个未婚夫，他和她关系太密切，不太合适。

乐燃找出一摞小碟子，一个个分给大家，一群人全站在厨房里，轮流拿着醋瓶倒醋。

寒商给自己的碟子倒了点醋,许知意伸手去接醋瓶,寒商却没松手。

他倾身过来,直接帮她倒了一点,低声问:"够了吗?"

深色的醋液漫了浅浅的一个盘底,许知意点头:"够了。"

他又欠身把瓶子递给对面的乐燃。

因为刚才的动作,两个人离得比别人都更近了一点,他的胳膊挨擦着她的肩膀。

两人谁都没有挪开,就那样紧贴着,就像正在大家面前,无声无息地共享着一个小秘密。

强森跟乐燃随口闲聊,聊着聊着忽然说:"秦哥绝对是我在现实中见过的最帅的人了。"

乐燃:"那是。"

卢克问:"秦哥,你结婚了吗?有女朋友吗?"

许知意看向寒商。

他那一套"不恋爱不结婚不交女朋友",应该早就说得极其熟练了。

"没结婚。"

寒商随口答。

"但是有女朋友。"

许知意的心脏猛地跳了一下。

乐燃也一脸讶异:"啊?秦哥,你有女朋友?都没听你说过。在哪儿?一定长得特别漂亮吧?"

卢克接口:"那还用问?那不是一定的嘛。"

寒商用筷子拨着饺子,慢悠悠蘸了点醋:"是,非常漂亮。"

许知意一开始就知道寒商胡诌的什么"女朋友",肯定是在说她,但是听见他说"非常漂亮",心中又莫名地不安起来。

客观地说,她算漂亮,但是应该到不了"非常"的地步。

寒商不动声色地看了她头顶的小鬏鬏一眼,接着说:"是我高中和大学时的学妹,比我小一届。"

难得他这么愿意说话,乐燃也乐得凑热闹,追问:"那也是你们明大的呗?"

寒商:"对。"

乐燃开心:"许知意,那和你也是校友呢。"

许知意含糊地"嗯"了一声。

寒商随口道:"许知意也见过。"

许知意一噎。

乐燃赶紧问:"啊?许知意,他女朋友漂不漂亮?"

许知意抬起头,郑重其事地回答:"绝对漂亮。我这辈子从来没再见过长得那么漂亮的女生,风华绝代,国色天香,沉鱼落雁,倾国倾城。"

她这一串成语砸得强森他们一起露出心向往之的神情。

看得出来,寒商很努力地控制了,不过嘴角还是向上弯了弯。

乐燃感慨:"沉鱼落雁,倾国倾城,天哪,好想看一眼啊。"
强森和卢克一起:"是啊——"
寒商:"会有机会的。"
许知意给自己吹完大牛,默默地继续吃饺子,心想,现在这状况越来越诡异了。
我有未婚夫,你有女朋友,我们都有光明的未来。

寒商吃完就回房间了,许知意也回去继续做要交的作业。
强森他们好像很喜欢待在客厅,外面一直有声音,直到晚上睡觉时间,才渐渐安静下来。
隔壁的门传来打开的轻响,不知寒商是去卫生间洗漱,还是要去厨房。
今天一整天,许知意都没怎么和他说过话,就算刚刚一起吃饺子时,两个人也装得像关系一般的普通室友一样,鬼使神差地,许知意也站起来。
她想了想,又拿起杯子握在手里。
假装出去倒水,一点都不突兀,特别自然。
许知意打开房间门,先悄悄张望了一下。
卫生间的门大开着,厨房那边也没有寒商的人影。
许知意有点失望,估计是听错了。
她往前走了几步,忽然有人从身后欺上,从背后搂住她的腰。
是熟悉的怀抱。
他不假装,比她直白多了。
寒商用下巴抵住她的头顶,无声无息地抱着她,把她压在怀里,也不说话。
"寒商?"许知意轻声叫他。
寒商不出声,低头吻了吻她的头顶,半天才说:"想你了。"鼻音很重,像在撒娇。
他的嘴唇在她头顶上温暖地贴了一会儿,一路下移。
许知意的丸子头扎了一天,已经快散了,碎软的发丝落在后颈上。
寒商俯下身,嘴唇贴在她后面散下来的发丝里。
许知意被他吻得脖子痒痒的,轻声说:"你在干什么?"
寒商的声音也很轻,语气还有点酸溜溜的:"在跟你保持见不得人的不正当关系。"
他的唇齿和气息撩拨着她颈后的那方皮肤,吻了吻,又偏一点,挪到她的耳后,咬住她的耳垂。
许知意默默地深吸一口气,反手抱住他的胳膊。
可是心在乱跳,不知是因为寒商,还是因为紧张。
这里是走廊,正对着二楼的楼梯口,任何人只要站在楼梯上,一眼就能看见两个人在干什么。
楼上真的传来轻微的声音。

许知意紧张，用气声说："寒商，楼上好像有人开门出来了。"

寒商"嗯"了一声，并不管，抱着她不动。

开门的人似乎去楼上卫生间了，警报解除。

寒商昨晚说的"偷情"，的确没说错，只不过昨天要躲着乐燃一个，现在要躲着三个，暴露的危险系数一下子变成三倍。

招强森他们进来，不知寒商是怎么想的。

强森和卢克是乐燃的朋友，但是寒商想拒绝别人时，向来管他什么朋友不朋友。他说过：你没法让所有人都高兴。让人高兴的代价，通常就是自己不高兴。管别人那么多干什么。

许知意忽然有点明白了。

他可能就是觉得这样好玩。

这个人，放着好好的恋爱不谈，非要来找别人的未婚妻，现在又在住着这么多人的房子里，各种偷偷摸摸。

也许是觉得刺激吧，这像是他能干出来的事。

一阵"哗啦啦"的冲水声传来，去卫生间的人出来了。

地毯吞没声音，但是楼上那人原本就没打算轻轻走路，能听到脚步声往楼梯口这边过来。

许知意使劲往外挣："寒商，有人来了。"

某人的未婚妻和某人的男朋友抱在一起，被人看到就太不好了。

寒商胳膊却依然紧箍着她，没有放开的意思。

脚步声很快靠近二楼的楼梯口，马上就要看见他们，现在退回房间已经来不及了。

前面就是洗衣房。

寒商搂着许知意上前两步，拉开洗衣房的门，把她也塞了进去，火速关门。

黑暗的洗衣房里，两人齐齐松了口气。

寒商轻轻笑出声。

许知意就知道。他就是觉得这种可怕的状况好玩。

洗衣房是一小间，面积不大，放了一台洗衣机、一台烘干机和一个水槽后，就只剩下可以转身的地方了，更何况地上还摆着许知意他们三个的脏衣篮。

两人变成了面对面的姿势，许知意的后背压在洗衣房的门板上。

寒商关好门，不管三七二十一，立刻扳起她的下巴，吻住她的嘴唇。

整整一天都没有亲过了，他亲得毫不客气。

隔着门板，能隐约听见有人下楼来了。

这种一步一步沉甸甸的动静，肯定不是乐燃，应该是体型大得多的强森。

躲在这种狭小黑暗的地方接吻，许知意的心脏"咚咚"乱跳，肾上腺素疯狂飙升。

偏偏寒商又甜美无比，让人上头。

两人不太敢发出声音，生怕一动，靠着的门就会发出声响，动作都紧绷而收敛，许知意搂着他的脖子，能感觉到他全身肌肉紧绷，听到他尽力控制中的低喘。

混乱的眩晕中，寒商的动作忽然顿了顿。

许知意也听到了。

脚步声不是去客厅的，正奇怪地朝洗衣房这边过来。

两人不再动了，凝固住，一起听着外面的动静。

脚步声真的过来了，停在洗衣房门外。

门把手微微一动。

洗衣房只是间洗衣房而已，门当然没有装反锁，一扭就开，只因为他们两个的身体抵着门，才没能真的推动。

就在门把手扭动的瞬间，寒商忽然松开许知意，也把手探向门把手。

不过他不是抓住门把手不让它动的，而是顺着外面的力道一转。

他帮忙把门拉开了。

这个疯子。

两个人躲在洗衣房里，许知意的头发又被他弄得乱七八糟，完全没有任何解释的空间，傻瓜都会知道他们两个在干什么。

许知意想都没想，动作快得像闪电一样，不用半秒钟就缩到了门背后。

寒商在开门时，仿佛还看了许知意一眼。

那双漂亮的眼睛半笑不笑的。

门外，强森的声音传来。

"啊，秦哥，你在里面啊？"

顺着门轴的缝隙，许知意看见强森抱着一摞脏衣服，站在门口。

寒商"嗯"了一声："我正打算用洗衣机。"

这谎撒的。洗衣房没有窗，灯都没开，关着门的时候漆黑一片，也不知道他打算怎么洗衣服。

强森倒是完全没意识到这个漏洞，笑呵呵地道："行，那我排你后面。"

寒商真的低头从自己的脏衣篮里拿衣服，慢吞吞一件件塞进洗衣机里，又加上洗衣液。

强森却没有离开的意思，抱着衣服站在门口，跟寒商聊天。

"秦哥，你是做什么工作的啊？"

"计算机。"寒商简洁地回答了三个字。

这位壮汉和乐燃一样，都很外向，闲聊的热情无比坚定，不受打击。

"计算机啊？我们学的也是计算机，我是从别的专业转过来的，本科不是学这个。那秦哥你是做什么方向的呢？网络？人工智能？大数据？"

许知意安静地窝在门背后，不敢发出丝毫声音。

寒商只得答："虚拟现实。"

"啊？这个现在大热啊！"强森很有热情，"那谁家最新出的那个头盔你看到了没有？感觉技术又上了个新台阶……"

他滔滔不绝，没有停的意思，似乎打算站在这里聊一辈子。

寒商随口应付着，启动洗衣机。

他转身时，瞄一眼门后可怜巴巴地站着的许知意。

寒商对强森伸出手："脏衣篮给我。"

强森把脏衣篮递过去。

寒商随手把它放地上："先放着，等我洗完了就叫你。"

然后，他出了洗衣房，随手带上门。

洗衣房里重新黑下来，只剩洗衣机的一排指示灯在黑暗中亮着。

许知意终于不用那么窝在墙角了，她贴在门上，仔细听着外面的动静。

寒商他俩还站在门外，强森继续跟寒商聊头盔的事。他们待在这里，许知意没法出去。

只听寒商说："你说的那个头盔，想试一下吗？我那边有。"

强森："啊？真的？这才刚上市几天，你已经买了？"

两个人终于走了。

不过许知意没动。

他们应该正沿着走廊往前，只要一回头，就能看见洗衣房。

过了一会儿，大概寒商从房间里拿头盔出来了，他的声音隐隐传来："我们去客厅吧，那边地方比较大。"

许知意又等了等，算着差不多了，才悄悄扭开门把手，把门打开一条缝。

走廊里终于没人了，强森的说话声在客厅那边，许知意放轻脚步，悄无声息地猫过走廊。

从客厅的方向，可以方便地看到她的房门，但是寒商很机警，正指挥强森背对着这边，戴上头盔。

机不可失，许知意做贼一样，轻手轻脚地潜回自己房间。

只不过亲一下而已，搞得像谍战片一样。

第十章
业务熟练

　　第二天一大早,那几位还没下楼,许知意照例起床去洗手间时,发现门口又摆上了一杯拿铁,拉花之复杂,令人惊叹,是一只舒展翅膀的大鸟。

　　咖啡还是烫的,不过寒商已经出门了。

　　白天上课时,夏苡安竟然来了。

　　她稍微晒黑了一点,头发也有点毛糙,一看就是从大堡礁玩了一圈回来的样子。

　　许知意惊奇:"你们已经回来了?我以为你们要多待几天。"

　　夏苡安放下书包,满脸疲惫:"他们改签回国了。"

　　许知意:"啊?"

　　"尧尧什么都不肯玩,这几天哭着闹着非要回国,说一天也不在澳洲待了,我爸妈犟不过他,就带着他回去了。"

　　许知意问:"那你爸妈还要送尧尧来当小留学生吗?"

　　夏苡安呼出一口气:"尧尧说他讨厌澳洲,应该不会了吧。但愿。"

　　挺好。

　　夏苡安接着又说:"可是他们还是在没完没了地给我介绍相亲。隔着十万八千里远,相个什么亲。"

　　她给许知意看手机,好几个人要加好友。

　　许知意不想她继续心烦这些事,问她:"你公司那边怎么样了?"

"现在每周去两次,坐火车过去要一个半小时,有点远,等全职就好了,我就住那边。"

夏苡安犹豫了一下。

许知意感觉到了,问:"怎么了?公司不好?"

夏苡安这才实话实说。

原来那公司不大,但是内部有点复杂,尤其是同部门的几个印度人,很抱团,夏苡安刚来,难免受欺负。

老板脾气也不太好的样子,动不动就暴跳如雷,似乎对夏苡安不太满意。

小公司没什么培训时间,几乎一上来就希望她能接手负责一摊工作,压力巨大。

她欲言又止:"可是能找到就已经很不错了,尤其是公司还愿意担保,要求不能太高。"

许知意只能说:"加油。"

夏苡安:"嗯,加油。无论公司什么样,我都会想办法坚持下来的,我是真的不想回去,想留在这边。"

夏苡安家里那种情况,当然是走得越远越好,许知意完全明白。

下午是动画课的 Tutorial(辅导课),所有人都在埋头苦干,准备期末要交的动画大作业。

这个时段的 Tutorial,是上课的那个金发马尾的伊森老师亲自带的,他巡来巡去,又停在许知意旁边。

许知意还在做她的沙丘和不停地滑下沙丘的小人儿。

小人儿在烈日下挣扎,一遍又一遍生死轮回。

伊森人长得高,弯腰看屏幕难受,忽然扑通一下,跪在了许知意椅子旁边的地毯上。

许知意心中默默地一个大惊悚。

这回高度倒是合适了,伊森好像跪得还挺舒服。

他说:"我看过你的故事板了,很不错。"

许知意知道,他给她打了高分。

"我很喜欢这个故事,还有它的内涵。"伊森看着许知意的屏幕,"把它做得这么短,有点太可惜了。"

许知意实话实说:"其实我有长很多的版本。这是我以前自学动画的时候,做的一个故事里的片段……"

她又火速声明:"不过这次绝对没有照搬,我全部推翻重新做过了,这个小片段里,用了很多你在课堂上讲过的那些要点,不信我可以把原来做的动画给你看。"

伊森笑了:"不用这么焦虑,我相信你。"

他说:"不过我是真的真的很想看看你原来做的完整版的故事。"

许知意点头："好啊，我回家后传给你。"

伊森站起来，离开她的座位，去看别人的作业去了。

许知意望着屏幕上起伏的沙丘，忽然想起当初第一次画这只小人儿的时候……

那是刚上大二的那年秋天。

寒商去德国了，杳无音信，裴长律在忙着准备申请去美国读博的推荐信和个人陈述，许知意也在裴长律的推荐下，成功地进了他导师的实验室帮忙。

带许知意的是一个研二的师姐，拼命三郎的作风，实验做得不眠不休，许知意也跟着忙起来。每天除了上课，她就是泡在实验室里给师姐帮忙，晚上很晚才能回宿舍，回去后还有一摞摞的相关文献要看。

结果就是，完全没时间画画。

想画画，她就得把已经很短的睡眠时间继续压缩。

许知意忙不过来，只得暂时停止接稿，先处理手上留下来的单子，夏彩和西秋的漫画也不再更新了，打算过了这一阵再说。

她更是很久都没再去过出租房那边。

人不过去，每月房租还要照付，不划算，许知意准备退租。

周末的时候，许知意跟师姐请了半天假，又去了一次出租房，打算收拾一下自己的东西，再跟房东说退租的事。

小小的一居室像被人遗弃了一样，空气中有种没人住的灰尘的清冷味道。

桌子是她画画的桌子，椅子是她常坐的椅子，墙角还放着寒商买回来的电暖器。

这是她画画的地方，虽然破破烂烂，但是稳当安静，一来就不太想走。

许知意一样样打包，收拾东西，挪开床铺拆床罩的时候，床尾和墙的夹缝中，忽然掉下来一个纸团。

草稿纸揉成的纸团。

许知意有点纳闷，捡起来，刚想扔进垃圾桶，忽然意识到这是什么。

夏天的时候，装空调的那天，寒商坐在她的椅子上，在草稿纸上乱画，画一张，揉掉一张，把纸团遥遥地投进垃圾桶。

这是条漏网之鱼。

那天他和裴长律走后，许知意好奇心起，曾鬼鬼祟祟地捡回纸团，想看看他到底在画什么。

结果纸上全是毫无意义的混乱线条。

手里的这个小纸团，像是寒商隔着时空，留给她的一样东西。

许知意把团得很紧的纸团小心地展开，抚平皱褶。

上面依然是错综复杂交织在一起的混乱线条，但是在线条中，隐隐能分辨出一行字。

字体一如既往,龙飞凤舞:
△许知意,你真的不画画了吗?
许知意握着那张皱巴巴的纸,怔在原地。
装空调的那天,裴长律带来了不少他用过的托福资料,还打算介绍她进他导师的实验室。
她当时在说,那就没时间画画了。
寒商坐在旁边,全听见了。
他现在隔着时空,在遥遥地问她:许知意,你真的不画画了吗?
你真的不画画了吗?
他那双纯黑色的眸子仿佛正在看着她,眸子正中间映出她的影子。
就在那一刻,许知意忽然想明白了。
什么是她真正想要的,什么是她真正喜欢的,什么是她在这一生短短的几十年里,真的想做的。

许知意干脆坐下来,就着寒商的那张纸,列了几个问题。
△我喜欢画画吗?
△我擅长画画吗?
△我真的有足够的能力,靠画画养活自己吗?
△我真的能付出比别人多十倍二十倍的努力,走上这条路吗?
四个问题的答案全都是肯定的。
许知意小心地把那张揉皱了的纸收藏起来。
她没有退租。
当天下午,她就找到裴长律,跟他郑重道歉,再跟他一起去找导师道歉,说发现自己不太适合进实验室搞科研。
那天晚上,不用再去实验室,忽然空出了大块的时间,许知意在出租房里,第一次画了那只努力爬上沙丘的小人儿。
快乐无比。
过了这么多年,小人儿爬沙丘已经很娴熟,一次次滑落,一次次向上。

傍晚,许知意坐火车回家,迎着夕阳出火车站时,竟然看见了寒商。
他等在路边,百无聊赖,手指间一圈圈地转着手机,也不怕手机拍在水泥地上。
看见许知意出来了,他立刻走过来。
许知意有点诧异:"在等我?"
"嗯。"寒商说,"来接我国色天香倾国倾城的女朋友。"
许知意在心中纠正:临时女朋友。
许知意左右张望。
"找什么呢?"

"找你的车。"

"我没开车过来。"

原来他来接人的意思,是陪着她一起从火车站走回去。

寒商伸手拿下许知意身上的书包,手腕一沉。

"为什么你的包永远都这么重?"

"电脑就重啊。还有好多别的东西。"

数位板、各种线、充电器、雨伞、水壶、饭盒等等,每次出门都像搬家。

自己是自己唯一的后勤部长,练臂力是必须的。

寒商把许知意的书包挂在右边肩膀上,腾出左手,牵住她的手。

两个人手牵着手,一起往回走。

许知意平时回家都急匆匆的,很少仔细去看路两边有什么,今天和寒商在一起,两个人都不想快走,一路往前慢慢逛。

路边是一式一样的一两层的小房子,每座房子前面都有小小的院落,种着花和果树,胭脂色的三角梅扑成片,黄色的柠檬挂在矮树上,熟透的落了一地,路旁的草地该修了,漫出来的草叶往水泥人行道上进军。

两个人手牵在一起,随着步子一晃一晃的,像两个牵手放学回家的小朋友。

寒商每走几步,就偏头瞄一眼许知意。

许知意知道他在想什么,看破不说破。

终于快到家了,遥遥地能看见老宅,许知意松开他的手。

寒商停下脚步,不再往前。

"许知意……"

许知意能猜到他想说什么:"这是外面,只准额头。"

寒商被她看穿念头,这回并没有嘴硬,他的眼尾微弯,向前一步,扶住她的肩膀。

他低下头,庄重地在她的额头上贴了贴,像个哥哥一样。

只是贴的时间不太像哥哥,略长,总有两三秒,才向后退开。

脸上的表情心满意足。

还好两个人没有继续牵着手,因为一到家,就看到乐燃和强森待在客厅里,如果他们透过玻璃窗往外看,刚好能看见门前的人行道。

乐燃随口问:"你们两个一起回来的啊?这么巧?"

"路上遇到的。"寒商把书包递给许知意。

"挺好,有苦力帮我背包,重死了。"许知意的语气也很自然。

乐燃上楼去了,强森又在厨房做饭。

他昨晚用过厨房后,把厨房擦得干干净净,连锅底都擦洗到能照出人影。许知意觉得,就算寒商假装的那个洁癖房东人设变成真人,过来检查一圈,都挑不出半点毛病。

强森用过厨房后,许知意才过去做晚饭。

肚子已经饿得"咕噜噜"叫，许知意打算热一块蒜香面包，再加一杯奶，是最快的。

寒商也过来了，打开冰箱拿东西。

厨房地方窄，两个人让来让去，各忙各的。

强森坐在餐桌那边吃东西，跟寒商有一搭没一搭地聊天。

"秦哥，你现在都是远程办公啊？"

寒商随口答："是。"

"那你是来澳洲出差？"

"对，公司有点事。"

寒商应付着他，从冰箱里取出一盒牛肉糜。

路过许知意时，他轻轻扶了一下许知意的肩膀："让我过去。"

许知意抬头看向强森。

强森没看见，正在低头喝汤。

许知意把蒜香面包放进烤箱里，寒商打开微波炉，给肉糜解冻。

"你们公司在澳洲有分部吗？"

"暂时还没有。"

微波炉"叮"的一声，寒商取出肉糜，走回来，站在许知意旁边，把一块牛肉糜分进盘子。

他从身后越过许知意，伸出胳膊，欠身去拿盐罐。

强森又低下头。

寒商原本就离得近，在拿到盐罐的刹那，偏了偏头。

有柔软温暖的东西贴了贴许知意的额角。

许知意一惊。

她火速抬头，看见强森还在喝汤，并没有留意到这边。

寒商的胆子也太大了一点。

他不动声色，眼睛里都是坏事得逞、没被人逮到的得意。

前门那边有声音，卢克也下课回来了，这下左边和前面两个方向都有眼睛，寒商和许知意分开，他神情自若地继续搅拌他的牛肉糜。

卢克手里捏着一沓信，随手扔在餐桌上。

强森探头看了看："谁的？"

"我的。"卢克说，"都是催交违章罚款的，催了好久了。"

所有人一起默了默。

强森忍不住："你不交吗？"

"我看看能不能拖到毕业回国，反正我也不打算留下，到时候他们就找不着我了。"

强森："哈？"

卢克接着说："不过这次好像收到法院的信了。"

违法的这位，姿态比偷情的寒商还淡定。

许知意从冰箱里拿出牛奶，又从橱柜里取出杯子，走到水槽前，刚伸手去扭水龙头的开关，寒商就跟过来了。

他也伸出手，攥住水龙头的开关——中间隔着许知意的手。

强森还在跟卢克说话："法院都发信了你还敢不交，再不交当心你的留学生签证。"

许知意转过头，避开他们的目光，用口型对寒商说："好玩吗？"

寒商握着她的手，把水龙头扭开，双眸黑亮地看着她，在"哗哗"的水流声中用口型无声地回答："好玩。"

他松开手，去开橱柜拿煎锅，顺便在她耳边低声说："刺激。"

是很刺激，许知意紧张得心跳速度爆表。

许知意烤好面包，刚倒了杯牛奶，她放在台面上的手机就响了一下。

是裴长律：在吗？

寒商低头看清她手机屏幕上的字，脸上半笑不笑的。

许知意回他：有事？

裴长律立刻打过来了。

自从上次许知意打电话跟他讨论过订婚的事后，裴长律发消息和打电话的频率，明显比以前高了不少。

许知意犹豫一秒，接了。

"知意，我是想跟你商量一下年底过来的事。"

许知意看寒商一眼："好，你等一下，我去拿耳机。"

要用耳机，最好还要回到房间，不知道裴长律会说些什么，万一被寒商听到，知道她根本没有订婚的打算，就全盘露馅了。

许知意回到自己房间，找出耳机连好，才说："你说。"

裴长律说："我跟老板商量了一下，我大概可以在十二月初到澳洲……"

许知意讶异："这么早？"

"是，我算了算，刚好有个比较长的空当，大概将近一个月。"

许知意想了想，瞥一眼门那边："你过来也好，我们两个到时候一起跟我爸妈，还有你爸妈，把话说清楚，我们是不会订婚的。"

裴长律仿佛尴尬地停顿了片刻，才答："好。"

他说："等圣诞假期后，我可能就要忙起来了，没有时间。我估计我应该可以在本系拿到终身教职。"

他所在的大学竞争非常激烈，拿终身教职很不容易，一旦拿到，就像捧上了一辈子的铁饭碗。

许知意替他高兴："真的？太好了。"

"你不知道我是怎么过五关斩六将的。"裴长律随口跟她聊系里的事。

他一直都很优秀，而且上进，许知意知道。

合租条例

☑ 一、厨房以及厨具电器、卫生间、走廊、客厅、洗衣房、前后院共用，每周有小时工定时打扫，请注意保持，请勿留下任何人类使用过的痕迹。
（所有公共区域，除垃圾桶外，禁止出现垃圾，比如毛发、废纸、食物残渣等等。在公共区域每留下一根头发，罚款十刀，废纸团、外卖饭盒、饮料瓶等醒目的大型垃圾，罚款二十刀。）

☑ 二、每晚十一点至早六点，请尽可能保持安静，无法避免的洗手间冲水声也尽量轻。

☑ 三、严禁进入其他室友的房间。

☑ 四、严禁未经允许，私自碰触他人的私人物品。

☑ 五、婉拒任何私人接触，请尽一切可能避免碰面，轮流使用公共区域，实在有话要说，请发微信。

违反以上规定，严重者终止租房（房租按实际居住天数结算），房东拥有随时补充条例的权力。

签名：许知意

"那你以后就要一直在大学里做科研了,"许知意随口说,"你是不是特别喜欢?"

裴长律顿了顿。

"知意,"他笑道,"我已经快三十岁了,今后要照顾父母,要养家糊口,现在还谈喜欢不喜欢,会不会太不现实?"

许知意也顿住了,一时不知道该接什么比较好。

有人敲门,许知意过去打开,是寒商。

他手里端着一个碟子,上面是许知意的蒜香面包和一杯牛奶,他帮忙拿过来了。

他开口想说话,许知意立刻对他比了一个嘘的手势。

寒商识趣地闭嘴,没再出声,先把手里的二十刀随手放进门口的小盒子里。他进门从不忘记买票。

寒商用口型说:"要凉了。"

加了黄油的蒜香面包一冷,黄油就会结成腻人的一坨。

许知意点头,示意他把碟子放下,走回去拉过桌上的纸笔,飞快地写:我没告诉过他我们住在一起。

寒商跟着过来,看了一眼,从她手里拿过笔,添了几个字:我也没有。

两个人的想法完全一样,更像在偷情了。

寒商放下碟子,像是要走,随手拿起笔:我要躲出去回避一下吗?

他都这么问了,许知意反而不太好意思让他走,接过笔,假装大方:没关系,不用。

寒商点点头,拉过她的椅子坐下。

他留在这里,有点麻烦,耳机倒是不漏音,他应该不会听见裴长律说话,但是许知意自己说话要非常小心,不要露出马脚。

好在裴长律聊的都是普通得不能再普通的话题。

他不再说系里的钩心斗角,换了话题:"知意,我十二月到悉市,到时候应该穿什么?"

"十二月的时候,我们这边就是夏天嘛,穿得凉快点,"许知意答,"但是昼夜温差很大,晚上要出去的话,得有长裤和外套。我去年去看跨年烟火……"

椅子被寒商占着,许知意一边说,一边回头看看床铺,打算坐下吃面包。

寒商却伸出手。

他没用什么力气,就拉她坐到了他腿上。

寒商拿起笔,转了一圈,随手在纸上写了几个字:坐这边。

许知意吓了一跳,脸腾地红了。

她的脑子飞了,正在说的话也停了,对面的裴长律等待片刻,觉得她没有再继续的意思,说:"信号好像不太好。你说看烟火怎么了?"

寒商在纸上继续写:你就当我是把椅子吧。

他的业务范围十分广泛。

坐在寒商腿上,还是生平头一次,许知意心慌意乱,耳边裴长律还在问问题。

许知意努力把思路拉回正轨。

"是,信号不太好,好像断断续续的,最近海底光缆总出问题。我刚才说,去年看跨年烟火的时候,我没带够衣服,晚上冻得半死。所以你最好也带一点能加减的衣服比较好……"

寒商动了动。

他把她更稳当地抱在怀里,一只手松松地揽在她的腰上,另一只手帮忙把盘子拉过来。

他无声地说:"饿了吧?吃吧。"

她坐在寒商腿上,给裴长律打着电话,吃着蒜香面包。

这三件事,谁也不挨着谁,放在一起,奇怪到不行。

许知意忙了整整一天,确实饿透了,咬了一口面包,又喝了口牛奶。

裴长律没有挂断的意思,继续闲聊:"知意,你那边有什么好玩的地方?你带我去。"

听他的语气,这次来澳洲,像是纯粹过来玩的。

许知意应付他:"悉市好像也没什么特别好玩的地方,有几个沙滩很漂亮,但是天气热的时候,人太多了……"

寒商动了动。

他倾身向前,把一只手肘撑在桌面上,偏头看着许知意。

这样一来,两人从原本松松揽着的姿势,变成寒商的前胸紧贴着许知意的后背。

他身体的热度一阵阵传来,许知意疯狂走神,对他用口型说:"我坐床那边吧。"

寒商撑着头:"不要。"

神态像在撒娇。

许知意懂了。

这位只有两个月的"临时恋人",正在跟电话那头的"正牌未婚夫"较劲。

毫不知情的"未婚夫"还在瞎聊。

"人多没关系,热闹。听说澳洲的海很漂亮,我们到时候一起下海游泳……"

许知意老老实实地答:"我不要跟你下海,我怕被淹死。"

"有我在你怕什么。"裴长律说,"记不记得小学的时候,我妈找了个游泳教练,教咱们两个一起学游泳……"

许知意想起来了:"我那时候才六七岁吧?水那么深,让我们站在水里的小台子上,我是真的害怕,一下水就抓住你胳膊,死活不肯撒手,结果我们两个什么动作都不能学,把教练气得冒火……"

两个人一起笑出声。

腰上原本松松揽着的手忽然紧了。

寒商扬起头，吻了一下许知意的嘴角。

他亲完还不算，又偏过头，轻轻啄她的脖子，嘴唇贴着她的皮肤，一路细细碎碎地吻过去。

许知意说到一半的话彻底卡壳。

许知意心知肚明，寒商表现得这么反常，当然是因为裴长律，只要挂断电话就行了。

可是鬼使神差地，她忽然有点舍不得。

她继续跟裴长律说话。

"悉市周边有些小镇景色还不错，或者我们干脆走得远一点……"

寒商专心地侵犯她锁骨间的小窝，嘴唇又向上滑。

他换了个姿势，把她放在一边的腿上，把她搂低。

裴长律："好啊，我听你安排，你是主我是客，我那些天的所有行程，包括衣食住行的安排，全交给你了……"

寒商已经越过她的下巴，抵达她的嘴角，耐心地用舌尖沿着她唇弓的形状若有似无地描摹。

轻描淡写，一下又一下。

许知意从不知道，寒商还会有这种样子——

他半眯着眼睛，动作无声无息，又柔情蜜意，轻柔无比，像只立定心思要勾引人的猫。

两人的呼吸一起重了。

麦就在耳机上，离得那么近，裴长律好像听见了，问："知意，你在干什么？"

"我在……"许知意回答，"吃晚饭，很辣。"

寒商的嘴角无声地弯起来，一口嚼住她的上唇。

许知意下意识地搂住他的脖子。

寒商的喉结滚动了一下，仰着头，不作声地把这个吻加深，尽可能放缓动作，不发出任何声音。

耳边是裴长律在说话："吃得那么辣，小心胃疼，你的胃本来就不太好，自己还不注意……"

寒商控制住她的舌头不放。

"我还记得你小时候，吃了不好消化的东西，能胃疼一整天，有一次还去医院了……"

许知意抢回自己的舌头，才有空当深吸一口气，说句话："一点点辣，没关系。"

一点点没关系，不是一点点就很有关系。

寒商是全世界最顶级的辣油，许知意全身冒汗，脸烫得火烧火燎。

寒商放她说完这句，伸手重新固定住她的后脑勺。

裴长律那边有人在叫他名字。

"我有事得走了。那好，那我们就说定了，到时候见。"

许知意要挣开说话,寒商却还贴着她的嘴唇。

"知意?"

"嗯,"许知意只得这样含糊地说,"到时候见。"

许知意挂断电话,寒商也松开她了,手从她腰上挪开,身体不再紧贴着,向后靠在椅背上,脸上全是毫不掩饰的得意。

许知意从他腿上站起来:"寒商,你真行。"

寒商微微扬眉:"怎么了?本来就说好了,订婚前这段时间,你是我的。"

他看一眼桌上被遗忘的、黄油已经凝结的面包:"我们出去吃东西吧?"

"不要。"许知意说,"我还忙着。"

要交的作业还没做完。

"好,那我去点外卖,你肯定饿了,我去找一家快的,让他们马上送过来。"

他站起来,忽然倾身过来,抱住许知意,亲了亲她的头顶,才松开走了。

他今天异乎寻常地黏人,当然是裴长律刺激的结果,许知意倒是没想过,裴长律竟然还有这种作用。

寒商很快就带着外卖回来了,自动交了门票,问许知意:"忙什么呢?我还以为你要画画。"

许知意的屏幕上正开着网页,是个购物网站。

许知意把网页往下拉,随口说:"裴长律来的时候,差不多就是他的生日,我看看要买什么生日礼物。今年倒是省事,不用千里迢迢寄到美国了。"

身后的寒商安静了好几秒,在旁边的床沿坐下,放下外卖盒。

他打开外卖盒,抬头看看她刷的网站。

"许知意,"他悠悠地说,"买礼物这种事,还有一个多月,用不着这么着急吧。"

许知意继续刷:"看看没坏处,有充分的时间挑,免得到时候来不及。"

寒商瞄一眼屏幕,把一份外卖推到许知意面前:"买皮夹这种,会不会太贴身了,显得不够庄重?"

许知意挑眉。

是送皮夹,又不是送皮带,哪里不庄重。

寒商补充:"我知道你们要订婚了。可是越是这种时候,似乎越应该保持恰当的距离。"

许知意随便往下翻了翻:"那你觉得送他点什么比较好?"

寒商想了想,答:"送个钟吧。"

许知意无语。

寒商的薄唇里往外蹦字:"钟多好。个儿大,够庄重,够矜持,很适合他。"

寒商坐过来一点,探过身,握住许知意的手,带动鼠标,又虚虚地环抱着她,另一只手在她的键盘上敲了敲,进了一个网站。

他把下巴搁在她肩膀上:"看,这个牌子的钟很不错。"

一整排造型奇特的古董款的钟。

许知意扫一眼数字："这是人类能接受的价格吗？"

"没关系，"寒商说，"我帮你买。或者以我们两个的名义送。"

以两个人的名义送钟。

许知意张了张嘴，又把话咽回去了。

寒商已经看到了，偏头碰了碰她的脸颊："你想说什么？"

许知意自己骂自己："我感觉，咱俩送钟，就好像西门庆和潘金莲，正在琢磨着谋害武大郎。"

寒商忍不住弯弯嘴角。

"我倒是觉得，潘金莲这件事，和其他出轨的故事不太一样。我不觉得她可恨，只替她觉得委屈。"

他说："她自己不愿意嫁，是被主家硬逼着嫁给武大郎，武大郎捡了个大便宜娶了，一念贪心，仗着自己有个好弟弟撑腰，非要她安分守己，嫁鸡随鸡，嫁狗随狗。他也不拿个镜子照照，他配吗？"

他随口慢悠悠地说："这么执迷不悟的人，弄死就弄死了。"

许知意吓了一跳，转头看他。

放在桌上的手机这时忽然响了，许知意接起来。

寒商用口型问："裴长律？"

许知意摇头，无声地回答："是我姐。"

是许从心的电话，寒商乖乖地松开她，坐回原位，不出声也不乱动，和裴长律打电话的时候判若两人。

许从心说："知意，我想问你，明天下午你有空吗？"

原来向衍出差不在家，许从心有事要出去办理，晚上才能回来，家里两个小孩都是下午三点钟下课，一个十三岁，一个七岁，单独在家，许从心不放心。

许知意爽快地答："明天下午是阶梯教室的大课，点名以后我可以溜出来，问题不大。"

姐姐很少找她帮忙，这次大概是真没办法了。

许从心松了口气："知意，多亏有你。那你是明天过来，还是我把孩子送到你那边？"

许知意点了静音，问寒商："我明天能把我姐的两个孩子带过来，待到晚上八九点吗？"

访客需要提前报备。

寒商立刻答："当然没问题。"

姐妹两人又聊了几句，才挂了电话，寒商才出声："你和你姐感情很好的样子。"

"这不是废话嘛，那是我姐啊。"许知意说，"上次被你暴揍了一顿的，就是我姐夫向衍。"

寒商没吭声。

第二天下午，许知意逃了半节课，等在家里，难得的是，寒商也没出门，和她一起等着。

下午三点半，许从心准时把孩子们送过来了。

姐姐收拾打扮过，化了淡妆，背着包，风风火火的。

她解释："我有个朋友开了一家羊毛制品工厂，我想做他们的代理，下午要过去跟他们详谈。"

她连门都没进，把两个孩子交给许知意，又递给许知意一袋水果。

许知意说："你放心，我保证让他俩吃饱喝好……"还没说完，就看见姐姐的目光瞟到她身后，扬了扬眉。

寒商竟然也出来了。

他从许知意身后探身出来，态度礼貌："许知意的姐姐？你好，我是寒商，是许知意的朋友。"

许知意默默地帮他补充：就是揍了向衍的那位。

许从心肯定知道他是谁，但是很明显，一点都不介意向衍挨揍的事，眼神愉快地在妹妹和这个高而帅的男人之间转了个来回。

她笑道："好，那孩子就交给你们两个了，我晚上过来接。"

她说"你们两个"，责任人忽然由一个变成了两个。

第一责任人许知意和第二责任人寒商一起回答："没问题。"

许从心走了，许知意把孩子们带进客厅。

乐燃下午没课，从楼上晃下来，吓了一跳。

"许知意，你什么时候多了两个孩子？还都这么大了？"

"是。你不知道你一觉睡了十几年吗？"

乐燃无语。

许知意："是我姐的孩子。"

许从心的大女儿叫奥莉维亚，十三岁了，在中学读八年级，身高快赶上许知意了，穿着校服裙，两条长腿晒得厉害，和头发一样，又黑又直。

小女儿只有七岁，叫米亚，糯米团子一样，还在读小学。

姐姐发来短信，是两个小朋友的作息时间表，许知意对着手机研究："从现在起到五点半都要做作业？"

"对。"奥莉维亚到处打量，"我们要在哪儿做作业？"

奥莉维亚和米亚都能听懂中文，但是基本不说，开口就是英文，用英文回答中文，训练有素，相当流畅。

许知意房间的书桌上堆满了她画画的东西，寒商建议："不然用餐桌吧？"

两个小孩一人一个大书包，大的从书包里掏出手提电脑和本子，小的竟然也拿出一摞试卷和练习册。

许知意看得目瞪口呆。

"这里小孩的作业也这么多？"

"不是，"奥莉维亚解释，"学校的作业很少，这都是补习班的。"
乐燃也纳闷："小妹妹这么小，才七八岁吧，就要上补习班了？"
奥莉维亚代米亚回答："当然了，她都七岁了，九岁的时候就要参加精英班的入学考试了，现在就要开始补习。"
许知意问："精英班是什么？一整个班的精英吗？"
奥莉维亚耐心地跟这个无知的小姨解释。

"是一种特殊的班，只有很少一些小学有一两个班级，考进去后，以后考精英中学的时候，打分时会有优势。"
她补充："我也是这样啊，四年级考精英班，六年级考精英中学，十一年级就可以开始把高考的科目考起来了。"
奥莉维亚成绩奇好，在悉市一所著名的精英中学读书。
寒商搭茬："好像是这样。普通公校好一点的区还好，差一点的区不读书，打架都是小事，吸毒、堕胎不算新闻。"
有点追求的华人家庭只有两条路，要么花钱读私校，要么靠成绩进精英中学。
许知意：不是都说国外的孩子很轻松吗？
根本也是卷上天。
移一代不容易，移二代也很不容易的样子，大家都在努力地活着。

两个小孩趴在餐桌上用功，其他人都不敢再说话，蹑手蹑脚。
许知意悄声对寒商说："我姐会不会抓得太紧了，他俩好不自由的感觉。"
寒商想了想："不然让她们休息一会儿？"
许知意看了一眼姐姐的时间表，知道中间有个休息吃点心的时间，去厨房找刀切许从心带过来的水果。
米亚做着题，抬起头："小姨，这道题我不会。"
许知意擦了擦手，刚要过去，寒商就自动自觉地走过去了。
他在小米亚身旁坐下："哪里不会？我帮你看看。"
寒商看一遍题，拉过草稿纸，换英文给米亚讲题，讲得很慢，十分耐心。
许知意：咦？
他以前不是说过，最讨厌辅导小孩做功课了吗？
许知意把水果端上来，寒商也站起来回房间，一会儿就拎着一个大袋子出来。
他一样样往外拿，摊了一餐桌，全是各种薯片、巧克力之类小孩喜欢的零食。
寒商解释："我上午出去买的。"
奥莉维亚和米亚马上开心了，放下作业，向零食发起进攻。
许知意懂，寒商这是不小心揍了人家老公，只好在人家孩子身上狂刷好感值。
两个小孩吃饱喝足，继续做作业。奥莉维亚做得飞快，一个多小时就搞定了，眼神开始往外瞟。
许知意建议："不然你们去后院玩一会儿？外面有好多鹦鹉。"
奥莉维亚迟疑："我能出去一段时间吗？半个小时就回来。"

· 253 ·

许知意问:"你要去哪儿?"

奥莉维亚回答:"我朋友家就在附近,我可以去找他吗?"

许知意火速说道:"当然不能。"

万一出点什么事,她没法跟姐姐交代。

奥莉维亚咬了咬嘴唇,满脸失望。

寒商跟许知意商量:"不然这样,让她朋友来我们这边玩一会儿?"

奥莉维亚环顾一圈,看了眼这一屋子人,摇摇头,不愿意。

一张小脸可怜巴巴的。

许知意不忍心,想了想:"或者你们在外面逛逛,这附近有个公园——只给你十五分钟。不过得把定位打开,让我随时能看见你的位置。"

这回奥莉维亚高兴了,立刻低头发消息,没过多久,门外人行道上就过来一个骑脚踏车的男孩子。

个子很高,半长的金棕色头发,五官帅得像漫画里走出来的一样。

奥莉维亚从椅子上跳起来去开门,许知意火速跟过去。

"奥莉维亚,只能在附近公园走走,不许去别人家。还有,我会开个十五分钟的定时,到时间了还不回来,我就告诉你妈妈。"

寒商也跟出来了,直接下了台阶,向那男孩伸出手:"你好,我叫奥斯卡。"

男孩被这么郑重对待,怔了怔,赶紧腾出手跟他握了握:"我叫杰登。"

寒商半笑不笑的:"奥莉维亚只有一刻钟的活动时间,我希望你能准时把她送回来。"

他人高马大,有点吓人。杰登赶紧点头:"我会的,没问题。"

等这两人的身影在街角消失了,许知意才转身进门。

寒商慢悠悠地开口:"某人刚刚还在说,她们妈妈抓得太紧,好不自由。"

"这谁敢让她自由。"许知意答,"才十三岁啊!"

餐桌那边米亚在叫:"奥斯卡!奥斯卡!我又一道题做不出来了!还有,我的水壶空了,我可以喝点水吗?"

寒商去辅导作业,许知意去接水,一边灌水壶,一边盯着奥莉维亚的定位。

她看看时间,又快要给她们准备晚饭了。

姐姐这照顾小孩的活儿,真是不容易,各种需求源源不断,琐琐碎碎。

奥莉维亚说到做到,差半分钟到十五分钟时,已经回到了门口,踩着铃声回来了。

"小姨,我这么准时,你下次还放我出去好不好?"

许知意只得答:"好啊。"

寒商建议:"晚饭别做了,我们点外卖吧?"

他把外卖软件打开,手机放在桌子上,往前一推,大方无比:"你们两个想吃什么,随便点。"

"真的,奥斯卡?点什么都可以??"

奥莉维亚和米亚高兴了,立刻凑在一起研究。

小朋友最最狂野的"随便点",也就是点了平时妈妈不许多吃的炸鸡、可乐和薯条。

吃完饭,按许从心发过来的时间表,是阅读时间。许知意好奇,问奥莉维亚:"你们平时也是吃完晚饭就直接看书吗?"

"不是,"米亚说,"我们都会出门散步,去公园玩一会儿。"

奥莉维亚解释:"妈妈觉得让你带我们出去玩太麻烦了,就没有写。"

许知意指指门口:"走,那我们也出去散步。"

两个小孩欢呼一声,欢蹦乱跳地换鞋出门。

乐燃在厨房那边探头探脑,问寒商:"你俩都要走啊?"

第二责任人寒商回答:"嗯。"

附近有个公园,奥莉维亚坐在秋千上晃,米亚小猴子一样沿着绳网往高处爬,许知意和寒商两个人提心吊胆地守在下面,唯恐她一头栽下来。

足足玩了一个多小时,大家才一起回家。

天都黑透了,两个小孩在前面走,许知意和寒商跟在后面。

寒商用手指钩了一下许知意的手,默默牵住。

往前走了一段路,寒商忍不住,轻轻攥了一下许知意的手。

许知意抬起头,寒商立刻靠过去,无声无息地吻了她一下。

奥莉维亚忽然回头:"小姨……"

许知意火速松开寒商的手。

奥莉维亚默了默:"……我看见你们两个偷偷接吻了。"

米亚也指着前面地上被路灯拉得极长的影子,兴高采烈:"我也看见啦!两个影子在接吻。"

两人自以为神不知鬼不觉,结果地上的影子暴露一切。

许知意和寒商哑然。

反正都已经被发现了,寒商索性一不做二不休,重新把许知意的手攥住。

许知意忽然想起,很多年以前,那天下晚自习后,在回家的路上,寒商吓走寒翎,站在马路对面遥遥地看着她。

那时的路灯下,寒商的影子也如此时此刻,长长地延展,越过静夜里空旷的街道。

现在地上却有两个影子,连在一起,那是他们互相牵着的手。

回到家,两个小孩看了会儿书,许从心就过来接人了。

她看着很累,但是心情愉快,估计是和工厂那边谈得差不多了。

"她们两个有没有不乖?"

责任人许知意答:"没有,都很乖。"

许从心笑道:"麻烦你们两个了。"

责任人寒商流畅地回答:"应该的。"

奥莉维亚出门换鞋时,趁着妈妈不注意,悄悄扯扯许知意。

"小姨,"她轻声说,"要是你不告诉妈妈杰登的事,我就不告诉妈妈你和奥斯卡的事。"

小小年纪,竟然还学会要挟人了。

奥莉维亚悄悄说:"这个奥斯卡还不错——虽然没有杰登那么好,但是真的还不错。"

米亚跟着重重点头。

愿意给她们吃薯片、炸鸡、可乐的,绝对是大好人。

送走他们,许知意和寒商一起倒在沙发上。这大半天,忙得要死,却好像什么都没干。

乐燃他们都在楼上,寒商顺手揽过许知意的肩膀,帮她顺了顺毛。

许知意挣扎着站起来:"不行,我还有篇小论文没写,下周要交。"

期末越来越近了,这星期连着要交好几门课的东西,还要准备期末考,想都知道,会忙到崩溃。

寒商放她起来,自己也站起来。

"我去帮你做杯咖啡。"

"不用,"许知意说,"现在喝了今晚就不用睡了。"

寒商:"无咖啡因的。"

许知意默了默:"所以无咖啡因的咖啡,意义到底在哪里?"

寒商眯起眼睛:"意义是,那是我做的。这意义不够重大吗?"

许知意老实点头:"够,重大。"

悉市的天气热起来。

几乎是一夜之间,满城的蓝花楹一起绽放。

如果这时候从天上俯瞰,整座城市就像炸开了大朵大朵的淡蓝紫色的云霞,淹没在花海里,让这座烈火一般坦白奔放的城市,忽然温柔起来。

蓝花楹开,对留学生们不是什么好兆头,意味着到期末了。

门前的林荫路上,几棵蓝花楹也开了,细碎的小花落满前院和屋顶。

许知意精心安排过这段时间的画稿,给自己留出空当处理功课。

理论课要写文章,最后要在课堂上做Presentation,有两门专业课除了交论文,还要交画稿。

最麻烦的就是动画课的短片,里面的细节十分磨人,感觉没做什么,几个小时就过去了。

于是,她天天熬夜。

期末了,凡是对成绩有点追求的,都在熬夜。

乐燃也是一样,挂着两个大黑眼圈,走路飘得像只鬼一样。

他没法排时间选许知意那个班的动画课,在另一个班上,和两个人结组一起做短片,每天都在崩溃的边缘。

他下楼来吃泡面,跟许知意抱怨。

"组里那位,人说不见就不见了,也不知道他那块做得怎么样了,死都不回消息,他不弄完,我怎么往下做啊?

"以一人之力,拖慢全组所有人的进度,你说我干脆把他那块做了行不行?行不行?"

许知意安慰他:"至少组里还有一个人,能帮你一起做,对吧。"

乐燃痛苦:"那位倒是肯做,问题是人家太热情了,太激动了,一拍脑袋,就改个东西,根本不按组会上说好的来,他那边一动,我这边全要改!"他倒进沙发里,"我上辈子是干过什么缺德事,这辈子要结这种小组。"

许知意各门课程的小组都很给力,要省心多了。

夏苡安和以往一样,小组里她那部分是最重要的,也是最快做完的,让人一看就觉得安心。

可她自己还是不太放心,打电话过来跟许知意商量。

"Presentation 我第一个讲,但是我感觉这个开头开得不太好,太死板了。最好听着觉得有意思,能抓住人,幽默,互动效果好,老外老师最喜欢这个⋯⋯有什么和内容比较贴的玩笑可以开一下?"

她焦虑到不行,许知意也跟着焦虑,两个人焦虑得像两个乱缠在一起的毛线团儿。

这么忙了些日子,在这种热到快中暑的天气,许知意竟然奇怪地感冒了。

有天早晨起来,许知意忽然疯狂地流鼻涕。

要交的东西不能不做,考试的科目也要复习,许知意穿着睡衣,披头散发地坐在转椅上,把自己用被子围起来,对着电脑,旁边摆上垃圾桶。

没过多久,垃圾桶里面的纸巾就堆成了山。

有人在外面敲门。

许知意瓮声瓮气地答:"进。"

寒商推开门,看清里面的情形,知道不对劲,蹙起眉。

许知意:"我建议你别进来,我感冒了,小心传染,而且还能省门票钱。"

"海狮"感冒了,"水族馆"今天不营业。

寒商乖乖关门走了,不过没多久,就又端着一个碗回来了。

"我试着做的,尝了尝,好像还行。"

小碗腾着热气,是碗热汤,浓稠的汤里飘着玉米粒和蛋花,卖相算很可以了。

许知意闷头喝汤,寒商在她旁边坐下。

"你这明显是累的,每天睡不够,抵抗力太差,当然会生病。"

"期末不都是这样?"许知意喝一口汤,"我上学期期末也病了,感冒了整整一个月,考完才好。我现在发现,人努力其实是有限度的,极限就是身体

的极限。"

寒商一脸无话可说的表情。

许知意抬头看他："我还以为你要来个小说里的霸总发言，说'都生病了，不许再做了'。"

"怎么可能。"寒商说，"这是你想要做的事，有人拦着你，你绝对会一脚把他踹到门外，我可不想被你踹出去。"

他倒是很明白。

他看一眼她的屏幕，琢磨："我没办法帮你。"

许知意建议："你可以给我当啦啦队长。"

寒商没有当啦啦队长，他变成了后勤部长。

午饭和晚饭他全包了，虽然都是外面买回来的，但每次送到许知意的房间时都是热的。许知意只要围在自己的被子窝窝里，坐在电脑前，吃的喝的都不用操心。

寒商还出去买了药，除了药房的感冒药，还特地找到中药店，买了治感冒的中成药。

他给许知意服下去，就开始观察她有没有好一点。

许知意无奈地道："感冒就是这样的，无论如何都要七天才能好，哪有那么快。"

寒商搬了把椅子，坐在许知意旁边。

一直到入夜，他还待在许知意的房间，时不时起来帮她泡杯热茶。

许知意毫无睡意，头明明疼着，对着屏幕的双眼还在放光，她赶他去睡觉："你在这儿，我的感冒也不会好得更快。"

寒商靠在椅子里刷手机："我陪着你。"又说，"又不是没陪过。"

当初大学时，在出租屋，他就是这么坐在她旁边看书，她画到几点，他就守到几点，然后陪她一起回明大。

恍惚中，似乎又回到了六年前。

许知意病了，到底精力不济，一口气做到夜里两点多，终于撑不住了，一下一下地打盹。

寒商并不出声，默默地看着她。

恍惚中，许知意觉得自己被抱起来了，安稳地放到床上，盖好了被子。

这倒好，连睡衣都不用换，许知意迷迷糊糊地想，早晨从床上爬起来，晚上再回去，相当顺畅。

只是这么一天都没梳过头发，也没洗脸，还感冒着，样子大概像鬼一样。

鬼就鬼吧，反正寒商也不是没见过她生病的样子。

这念头轻飘飘地滑过，无声无息，落进混乱的混沌里。

寒商把许知意放好，站在床边没有走，低头看着她。

她还是对他毫无防备的样子，一点都不考虑一下，他现在已经不再是十九岁的青涩男生。

更何况,这些天两人的行为越来越擦边,越来越过火,边界像一根弦一样颤巍巍地绷着,不知什么时候轻轻一拨,就断了。

寒商望着她,心中默默地叹了口气。

单纯成这样,还非要嫁裴长律。

裴长律在男女关系上,早就是王者级别,你一个小破青铜,跟他在一起,被碾成渣都不知道是怎么死的。

寒商伸出手,顺了顺许知意满枕头乱飞的头发,这回毫不犹豫地低下去,吻住她的嘴唇。

许知意动了一下,闭着眼睛含糊地说:"……你不怕我传染给你感冒啊。"

"不怕。"

寒商又啄了啄她的嘴唇,才说:"睡吧。"

许知意沉入梦中,各种乱梦不知做了多久,只觉得眼前很亮,半睡半醒地睁开眼睛。

是寒商忘记合拢百叶窗,叶片斜着,洒进来一点月光,落在她的眼皮上。

月光下,后院好像有影子一晃而过。

许知意刚醒,脑子不太灵光,心想:这身影肯定不是寒商,也不是乐燃和强森,倒有点像身材偏瘦小的卢克。

卢克大半夜去后院干什么?洗的衣服忘记收了吗?

脑子很想过去把百叶窗彻底合上,身体却不太愿意动,许知意很快又睡着了。

林荫路上的蓝花楹越开越盛,掉落的花朵铺出一条蓝紫色的花路,隔壁保罗大叔家的前院就有一棵,撒了满地小花,扫完掉,掉完扫,收拾得叫苦不迭。

种这种花,就是把美留给别人,把麻烦留给自己。

许知意的感冒缠缠绵绵,没有转好的意思,但是功课进展得很不错。

该考的试考了,交了论文,只有做 Presentation 的时候,因为感冒,喉咙哑着。

好在有夏苡安撑场,效果比前面的印度小哥组强得太多了,逗得坐在教室后排的老师笑呵呵的,连连点头。小组这块的成绩稳了。

这门一考完,顾嘉就要回国了。

这是她的最后一个学期,也是最后一门课,不挂科的话就可以毕业了。毕业典礼要到半年后才举行,她打算先回国,到时候再过来。

走之前,她来跟许知意和乐燃告别,身后跟着个男生,帮她拎着包。

顾嘉介绍:"这是我男朋友。"

男生长得很帅,五官漂亮得能出道,更难得的是,对顾嘉温柔又体贴,换鞋的时候毫不犹豫地蹲下去,帮她解靴子上的鞋带,一看就做惯做熟了。

"总算拿到这张文凭了。"顾嘉呼出一口气。

顾嘉家里在一个沿海城市开工厂,据她说,这两年厂子状况一般,但是开

厂的大片地皮都是自己家的,家底相当殷实。

她是独生女,拿这个文凭只是为了好看,不是为了谋生,回国是要继承家业的。

顾嘉说:"本来也打算去跟夏苡安告个别,结果她在那么远的地方,天天上班,忙得连出来见一面的空都没有。"

夏苡安也要毕业了,考完最后一门,一天都没歇,就马不停蹄地正式上班去了。

许知意纳闷:"还有这么忙的澳洲公司?"

"听苡安说,他们老板特别抠,把人往死里用。"顾嘉说,"我给她打过几次电话,都是没说几句就赶紧挂了,怕老板听见。"

顾嘉男朋友和乐燃聊得热络,看起来性格不错。

许知意去厨房切水果的时候,顾嘉也跟过来了,许知意悄悄问她:"他就是你上次上课的时候说的那个啊?"

"对,就是他,长得特帅,还特别有上进心,同时打好几份工的那个。"

许知意:"你们两个要一起回国?"

"他还没毕业,不过舍不得让我自己先回国,打算休学,要跟我一起回去。"

这是怕顾嘉自己回国就不要他了吗。

许知意问:"你不是说他家里条件一般,没什么钱吗?读一半就不读了,多可惜。"

顾嘉不在乎:"他家里没什么钱,可我家有啊。可以让他进我家的工厂,有没有那张毕业证都不是问题。"

寒商在旁边也听见了,和许知意对视了一眼。

两人不约而同地,都想起了寒商的妈妈。

许知意低声提醒:"顾嘉,还是要小心一点。"

顾嘉瞥了客厅那边一眼:"我懂。我爸妈的钱和厂子当然都是我的,谁也别想惦记着。他要是乖,当然没问题,算计我的话,我就换一个呗。"

她脑子很清楚。

顾嘉和夏苡安都考完了,其他人都还在做考试周的最后冲刺阶段。

强森忙到连雷打不动的日常健身都停了。

到了饭点,没人开火,不是在吃泡面、啃面包,就是点外卖。

只有卢克赖在沙发上刷手机,好像还轻松一点。

强森问他:"你App那门课都做完了?这么闲?"

"没有,我歇一会儿。"卢克说,"其实不用那么较真,凑合一下就行了,我算过了,前面的分加起来,最后交的App只要拿一半的分就刚好到六十了,及格了。"

乐燃纳闷:"及格就行?你都不想冲一下D(优秀)啊HD(卓越)什么的吗?"

卢克也很纳闷:"我要个 HD 干什么? 及格不就能毕业了吗?"

乐燃忽然也困惑了,问许知意:"所以我们要 HD 干什么?"

许知意淡定地答:"人总要有点追求。"

乐燃对卢克转述:"对,人总要有点追求。"

卢克刷了会儿手机,看到个搞笑的视频,马上爬起来给强森看,两个人凑在一起,"哈哈哈"笑到不行。

乐燃捞着碗里的泡面,盯着他俩研究,喃喃自语:"奇怪,难道诅咒失效了?"

寒商靠在厨房台面旁,顺口答:"再观察一段时间。"

他们声音不大,许知意没听明白:"你俩在说什么?什么失效了?观察什么?"

乐燃和寒商齐齐回答:"没事。"

乐燃吃完自己的泡面,起身上楼,走到楼梯口,忽然趴下,手脚并用,顺着铺着地毯的楼梯往上爬。

大家一脸问号。

许知意担心他的精神状态:"乐燃,你在干什么?"

乐燃爬得飞快:"我想爬一爬,放松心情,舒缓神经。别管我。"

强森探头看了看,赞道:"爬是个挺好的运动,我待会儿也爬上去。"

卢克收起手机,叹了口气:"我上楼接着做那个破 App 去了。"

他也手脚并用,"噌噌噌"地爬上楼梯。

考试周,就没有人不疯的。

第十一章
荒诞喜剧

许知意每天没日没夜,她的动画短片一点一点地成型。

提交的前一天晚上,许知意做最后的修补检查,寒商趁着楼上那三个不注意,悄悄进了她的房间。

这么偷偷摸摸的,目的却很纯洁。

他乖乖地坐在她旁边陪读。

许知意赶他:"你去睡觉吧,我不用人陪。"

寒商趴在桌上,懒洋洋地用手撑着头,偏头看看她:"好啊,我在你这儿睡。"

这个人和以前一样,一旦决定要做什么,赶都赶不走。

结果,他也跟着许知意熬了整个通宵。

上午九点是截止时间,最后半个小时,许知意翻来覆去重新检查了一遍,确保一切都完美无缺,点下提交时,手都有点抖。

寒商坐在她旁边,跟她一起看屏幕,问:"交了?"

许知意想哭:"嗯,交了。"

她转过身,张开手臂,抱住寒商:"终!于!全!都!做!完!了!"

她头一回这么主动。

寒商僵了片刻,小心地用手臂搂住她,把她环在怀里。

"许知意,既然都做完了,我们两个要不要去哪里玩?"

"好啊。"许知意说,"等再过些天,有空的时候,我们要不要一起去新西兰？"

寒商怔了怔。

从悉市去新西兰，飞机只有两个多小时，机票几百刀，有澳洲的学生签证，一两天就能下签。

许知意不再是十八岁的那个许知意，现在想去，易如反掌。

许知意："我们一起去皇后镇，我想去学滑翔伞。"

往事纷至沓来，寒商喉咙有点发紧。

"好。"

他摸了摸她一头蓬松的乱发，调整声音。

"还要先等你感冒好一点再说——已经交了，不用再做了，应该快好了吧。"

许知意："虽然学校的事都做完了，可是我还有好几个画稿要先画完。"

寒商：……就没有真的闲下来的时候。

许知意问寒商："你最近都不出去找人了？"

最近这些日子，许知意一直感冒，寒商留在家里的时间居多，很少出门。

寒商答："不急。"

"有进展了吗？"

"有一点进展。记得上次在露营地，我们拿到的那个电话号码吗？号码是对的，可惜我还没真的找到人。"

画稿的压力没那么大，许知意这些天来头一次，终于能正常睡觉了。

昨晚熬了通宵，许知意破例晚上十点多就早早地收拾好，躺在床上，脑子却很兴奋，根本睡不着。

她对着墙，突发奇想，轻轻敲了敲。

这么早，寒商肯定还没睡，但是回音马上就来了。

"咚。"

对面也轻轻敲了一下。

晚上十点多，还不到合租条例里规定的保持安静的时段，许知意再敲两下。

"咚咚。"

对面也跟着敲了两下。

"咚咚。"

太好玩了。

许知意试着叫他："寒商？"

这次没人回应，他好像听不见。

许知意又放大了一点音量："寒商，你能听见我说话吗？"

他在对面说了句什么，手机紧跟着发来消息。

寒商：你在说什么？我听不清楚。

再大声就只能喊了。

她用手指关节"咚咚咚"又叩了三下。

伴随着寒商回应的敲墙声，手机响了，这回是乐燃：你俩玩什么呢？

他在楼上也听得很清楚，许知意不敢再敲，乖乖酝酿睡觉的状态，迷迷糊糊快睡着的时候，又忍不住轻轻叩了一下墙。

"晚安。"许知意轻声说。

那边立刻回了轻轻的一下，像是在回答：

晚安。

第二天早晨，刚起床，许知意就收到姐姐许从心的电话。

许从心说，她要搬家。

"搬家？"许知意纳闷，"为什么忽然要搬家？"

许从心现在住的公寓，是她和向衍一起贷款买的，没有突然搬家的理由。

许知意急匆匆地收拾好，准备出门，寒商已经拿着车钥匙出来了："要去哪儿？我送你过去。"

许从心给的新地址，是个稍远一点的华人区。

这个区很热闹，路上人多得不像是在澳洲，路两边除了中餐馆，还有不少泰国和马来西亚的小餐馆。

据说这边治安不太好，许知意却觉得，这里人气很旺，一派生机勃勃。

两人终于找到了许从心给的新地址，是一幢半新的公寓楼，离商业区不远。

许从心正等在楼下。

她把一头长发剪短了，只剩齐耳的长度，看起来利落很多。

看见开车的是寒商，许从心一点都不意外。

她打趣："还有这种专程开车接送人的服务，知意，这么好的房东，你哪儿找来的？"

许知意下车后一靠近，就察觉到姐姐不太对。

许从心左边被头发半遮的脸颊上青了一大块。

许知意急了："姐，你的脸是怎么回事？"

寒商在身后低声说："还能是怎么回事。"

许从心摸了一下："没什么大事。我前几天跟人谈工厂代理的事，晚上回来得比较晚，向衍莫名其妙地不知道想到哪儿去了，说让我在家带孩子就行了，不要出去和不三不四的人接触，怎么解释都不听，疯了一样发脾气。"

许知意拉过姐姐的手，发现她的手腕像被人勒过一样，也青了一圈。

不知道看不到的地方还有什么伤。

许知意问："报警了没有？"

许从心答："当场就报警了。警察把向衍带走，向法院申请了家庭暴力禁止令。他现在不能靠近我住的地方两百米以内。警察发通知让他从家里搬出去，不过我不想再住在那间房子里了，觉得窒息，所以自己出来租房子。"

许从心说："按这边的规定，离婚要先分居一年以上，不过我这种家暴的状况特殊，法院应该很快就会批准离婚。"

· 264 ·

许从心的语气非常平静,甚至是轻松的。
许知意抬眼看姐姐。
除了头发,姐姐还有别的地方不太一样了。
这些年,她身上、脸上、头发上,都像是盖着一层黯淡的膜,灰的、黄的,雾蒙蒙的,让人看不清楚。
今天她虽然脸上有伤,但那种疲惫和萎靡却一扫而空。
许从心打开门禁,带他们上楼。
她新租的公寓不大,是简单的一室一厅一卫。
"最近房子很不好租,找了好久,只能先租在这个区,不过也有好处,这边的菜店和肉店都要便宜不少。"
许从心一间间带许知意和寒商看房间。
"我打算在这里摆一张单人床,我睡,这边摆一个双层床,给奥莉维亚和米亚,她俩现在跟着我,以后协商好之后,估计每周三天在向衍那边,四天到我这边来。
"然后在客厅摆张大桌子,可以吃饭,也可以让奥莉维亚她们做作业。
"地方小了点,没关系,开始肯定很难,会越来越好的。"
她的声音轻松快活。
许知意深深觉得,就冲姐姐的状态,这婚其实早就该离了。
"我今天约了搬家公司把我的东西搬过来,但一会儿有人要过来送双层床,你能不能……你们两个能不能帮我在这边等着?"
许知意答应:"当然行啊,这能有什么问题。"

许从心走了。
新租的房子里只剩下许知意和寒商。
阳台整齐干净,不像姐姐原来的家,到处都堆满了杂物,小山一样。
许从心向来喜欢简洁,不留杂物,偏偏向衍有囤积各种东西的习惯,什么都不舍得扔,她已经忍很多年了。
这公寓没有高楼遮挡,许知意站在阳台上,眺望远处天际的地平线。
"总算是离了。"她说。
最终还是没能和平分手,离得很惨烈,给这么多年磕磕绊绊的婚姻画上了句号。
寒商也走过来,站在许知意身后,双手撑在她两边的栏杆上。
许知意说:"可怕的是,这个鬼故事的开头,是他们两个当初其实是相爱的。"
那时候许从心大三,认识了大她两岁的向衍,两个人学历相当,外貌般配,最重要的是,都觉得对方是自己的灵魂伴侣,每天无话不谈,能聊个通宵,最后不顾家里的反对,一毕业就飞速结婚。
结果婚姻就像一个崭新的厨房水槽,看着光鲜锃亮,真用的时候,污水却

一点点反上来，怎么擦都擦不干净，一次次的，没完没了。
寒商低头吻了吻许知意的头顶。
"放心，你不会的。"
许知意挑挑眉。
"你这话让我想起，我在一个社交平台上，经常看见有人吐槽老公，下面评论区就会有一长串女孩子艾特自己的男朋友，她们的男朋友跑过来回复：不会这样的宝贝，不用担心啊宝宝。配合主楼食用，搞笑到不行，像个黑色幽默的荒诞喜剧。"
寒商慢悠悠地说："我的意思是说，你，不会的。"
"你一直在做你自己，"寒商说，"和你在一起的人是什么样的，就没那么重要。不合适的话，换一个就完了。"
许知意转过头看向他。
寒商在望着远处的天际，只能看见他漂亮的下颌线。

有人来敲门，是送双层床的工人到了，床架一片片装在纸壳板箱子里。
反正没事，许知意和寒商一起动手装床。许知意撸起袖子，对照图纸，装得飞快。
寒商偏头研究她："一看就没少装过。"
"那当然，这些年买的板式家具，都是我自己装的。"
装家具，扛行李，通马桶，抓蟑螂，跟二房东吵架，都是女留学生基本素养。
她自己都会，还要他做什么？
寒商想了想："我们把两层床装好以后，我就把上层床架搬上去摞起来，你不用动手。"
许知意看看手里的图纸，纳闷："我们明明可以拼好下层床架以后，就着它在上面一块一块地拼上层床架，多省力气，为什么非要先拼好你再搬上去？"
寒商无语。
许从心带着搬家公司的人回来时，床已经装好了。
奥莉维亚和米亚也来了。
两个小孩看起来情绪正常，甚至还觉得这状况新鲜有趣，在空房间里跑来跑去。
许从心在楼下看着工人搬东西，许知意留在楼上，按箱子上的标签指挥工人放好位置。
正乱着的时候，手机轻微地响了一下，是夏苡安：知意，我好累。
两个壮汉正搬着冰箱上来，许知意指挥着："麻烦搬到厨房，往里走左转那个门，对。"
然后，她回夏苡安：怎么了？是同事欺负你了，还是老板骂人？
夏苡安在这种时间发消息，肯定是公司发生了什么事。
小米亚钻到门口，探头往外张望，人长得太矮，外面推小车运箱子的工人看不见她，差点撞上。

许知意吓得一步窜过去，不过寒商更快，已经把小米亚拎开了。

手机上，夏苡安没回答，半天才又发来：*我觉得我快坚持不住了。*

许知意不知道该说点什么好，给夏苡安回了个摸摸头的表情包。

夏苡安没再发消息过来。

夏苡安是那种会想很多的人，经常自己蘑菇一样闷在角落里，想着想着就想通了，大不了睡一觉，明天早晨起来，就又斗志昂扬。

许知意收起手机，指挥工人把每个房间的箱子摆好。

等全搬完，许从心给搬家工人结了账，所有人又开始拆箱子，连好电器，拿出被褥铺床——至少要让她们母女三个今晚能有地方睡觉。

箱子一个接一个地拆开，里面的东西一样样地摆出来。

许知意忽然想起，很多很多年以前，姐姐接到大学录取通知书准备出发报到前的那天晚上。

也是这样，客厅里摊了一地的东西，大行李箱端正地摆在中间，姐姐一样样地往箱子里收拾。

收进去，重新打开时，一晃这么多年。

大家一起忙到晚上。

三个人都是手脚麻利的人，两个孩子也很会帮忙，进度比许知意预想的快得多，入夜时，箱子拆了大半，小家已经初具规模，像模像样了。

姐姐的精神状态看着不错，许知意放心多了。

下楼的时候，许从心和寒商落在后面嘀嘀咕咕，回到车上，许知意才问："我姐跟你说什么了？"

寒商发动车子："她说你傻，让我照顾你。"

许知意跟站在路边人行道上的许从心挥手再见。

"胡说八道，我姐才不会那么说。全世界就只有你一个人会说我傻。"

路灯下，满地蓝花楹掉落的细碎小花，被昏黄的灯光染成一种奇异的暖紫色。

许从心站在花毯上，扬起手，对着妹妹挥了挥。

仿佛心中一件悬置已久的大事终于放下，这一夜，许知意睡得格外踏实。

在梦中，枕边的手机一直在振动。

许知意猛地睁开眼睛。

天还没亮，房间里黑着，只有手机屏幕在发光。

许知意一把抓过手机，心脏"咚咚"乱跳，先看手机上是不是姐姐打来的。

还好并不是，竟然是顾嘉。

她不是已经回国了吗？

许知意按下接听。信号不好，顾嘉的声音小而急，断断续续："许知意……你接到警察的电话没有？他们打到我这儿来了……"

正说着，一个陌生的号码打进来了。

连杀猪盘都不在这种时间打电话，许知意的心慌到不行，先断掉顾嘉的电话，接了起来。

对面在说英文，是警察局，劈头就问："你认识 Yian Xia 吗？"

女警察把"苡安"读得像"言"。

"有人今天晚上在海边找到了她的背包，里面有护照、钱包和手机，旁边还有外套和一双鞋……"

许知意的太阳穴突突乱跳，耳边一阵阵轰鸣。

她根本听不清他们在说什么，越着急越听不清楚，英文单词一个个连在一起，丧失了意义，朝她劈头盖脸地打过来，没法分辨。

许知意只能一遍遍地重复："对不起，你能再说一遍吗？你能再说一遍吗……"

对面的女警察放缓语速。

"你不要着急，你认识 Yian Xia 吗？我们在海边发现了她的身份证件和手机，还有外套和一双鞋，我们问过她的室友，她今天晚上没有回住的地方睡觉，你今天见过她吗？"

许知意喉咙干涩住一样，挣扎着出声，语序理不顺，单词胡乱地拼凑在一起。

"我没见过她，但是今天傍晚她给我发过短信，说她很累。你们在哪儿？你们是什么地方的警察局？"

是夏苡安工作的地方的警察局，是悉市附近的一座工业城，离市区有几十公里远，半夜没有火车，最早一班要等到早晨五点。

许知意等不了，套上衣服，去敲寒商的门。

寒商几乎瞬间开门，他在隔壁隐约听见她半夜和人打电话了。

"你姐姐？"

"不是，是夏苡安。"

乐燃也下楼来了，他也接到警察局的电话了。

他看见寒商急匆匆穿衣服，回身上楼："你们要走？等我，我也去。"

许知意一把拽住乐燃。

她已经冷静下来，思路清楚多了："我们过去也只能问问情况，没什么作用。你先不用过去，你明天早晨还有考试。"

乐燃明天上午要考最后一门，是笔试，不能不去。

寒商已经回房换好了衣服，手里多拿了一件厚外套。

他知道许知意现在没心思去找衣服，把自己的外套给许知意套在外面："晚上太冷，多带一件。"

许知意和寒商两个人匆匆上车。

越野车驶离车库，上了路。

天阴着，没有星光，凌晨的林荫路死一样寂静，许知意套着寒商的大外套，坐在副驾驶座。

她看一眼寒商，觉得半夜让他这么陪着她到处跑，不太好意思。

"总是要你开车送我，谢谢。"

寒商想说什么，不过转头看了一眼她的状态，把话咽回去了。

"不用客气。"

车上了高速，寒商贴着限速开得飞快。

许知意又拿出手机，重新看了一遍今天下午夏苡安发过来的短信。

△知意，我好累。

△我觉得我快坚持不住了。

许知意的心像被一只手紧紧掐着，透不过气。

那时候许知意忙着让工人搬箱子，只回给夏苡安一个摸摸头的表情包。

当时应该立刻给她打个电话。

她其实是在求救。

人在最后的时刻，会下意识地向周围的人求救，这是本能。

夏苡安太累了，她撑不住了。许知意本以为，她这回也能像以前的每一次那样，睡一觉，就熬下来了。

许知意攥着手机，一动不动地坐了一个多小时，车子终于到了地方。

这座卫星城和悉市一样靠海，只是规模小得多。

寒商按照导航，找到了打电话过来的警察局。

凌晨三点，路上所有店都黑着灯，关着门，只有警察局二十四小时开着，亮着蓝白格子交错的灯箱，有人值班。

许知意说明来意，接待他们的是个胖胖的年轻女警察，听声音就是打电话过来的那个。

她耐心地跟许知意说了一遍情况。

"我们找到了附近街道上店铺的监控，看见傍晚八点左右，她往失踪的沙滩那边走过去了，"她顿了顿，"从监控里看，她没有再回来。"

"接警后，我们已经派直升机在附近海面搜索过，志愿者也乘救援船出去找过，但是海上天气太恶劣，风速高，海浪太大，安全起见，我们只能把救援船撤回来了，最快也要明天早晨，看情况才能决定要不要继续搜索。"

她同情地望着许知意。

"我个人的猜测是——只代表我个人的想法，我是在这里长大的——按我的经验，这种天气，生还的可能性不大。"

更何况夏苡安可能并没有求生的意志。

"我很抱歉。"女警察说。

许知意请她帮忙在地图上标了夏苡安失踪的沙滩的位置。

"我们的警员已经在附近搜索过了，没有再发现什么，不过你们当然可以再去看看。"

女警察借给他们两个手电筒:"今晚浪很大,注意安全。"

许知意跟她道过谢,和寒商重新上车,按照地图上的位置找过去。

地方很偏僻,只有零星几户人家,然后是向下的坡地,断裂错落的黑色礁石,最后是一片狭长的沙滩,向远处延伸。

没有月亮,也没有星光,大海沉黑一片,海浪呼啸着,汹涌地朝岸边扑过来,席卷一切,又朝大海深处退回去。

沙滩上空无一人。

手电筒在黑暗中辟出一道强光,许知意攥着手电筒,在礁石和坡地间深一脚浅一脚地走着,往各种隐蔽的地方扫来扫去。

"说不定她改主意了。这么冷的天,躲在哪儿避风,一不小心睡着了。"

寒商不说话,默默地用一只手拉着她的胳膊,跟着她,也打着手电筒在礁石间仔细寻觅。

寒商心里非常清楚,就算明知过来不会发现什么,不让许知意亲眼来看一遍,她不会甘心。

两人沿着长长的沙滩一点点搜寻过去。

海浪大一阵小一阵,涌上来的海水浸湿了两人的鞋和裤腿,刺骨的冰冷从脚底漫上头。

走了很久,一直到前面全是峭壁,再也没路时,天已经蒙蒙亮了。

寒商问:"我们回去?"

许知意不肯走。

"天亮了,说不定能看见点什么,我们再往回找一遍。"

寒商拉她在礁石上坐下:"歇一会儿,坐几分钟我们再往回走。"

许知意用目光搜索着海面。

"说不定她又被海浪带回来了,冲到岸边,要是这时候我们刚好看见,能拉一把,她就回来了。"

厚重的灰色云层压着海面,浪还是很大,海水翻涌着白色的泡沫,海面和沙滩上没有半个人影。

两个人沿着原路往回走。

天色大亮,他们回到了昨晚出发的地方。

风顺着衣领和袖口钻进来,寒商停下脚步。

"应该是真的没有。许知意,太冷了,我们回车上吧。"

两人默默地回到车上,许知意坐在那里发怔。

一个活生生的人,昨天还在一字一句地发消息,今天说没就没了。

寒商把车开回警察局。

女警察要下班了,她说:"今天白天我们还会有直升机在附近海面上搜寻,你们还要继续等吗?"

许知意点头:"我等。"

她转头问寒商:"你今天……"

寒商打断她:"我今天没事,我陪着你等。"

上午的时候,天气状况仍然没有转好,天还阴着,风浪很大,救援船仍然不能出海。直升机出去搜索,把附近海面找了一遍,一无所获。

快到中午的时候,天下起了大雨。

乐燃考完了,打电话过来,许知意把情况告诉他,对他说:"不用过来了。"

乐燃懂她的意思,人应该是真的找不到了。

他在电话那头沉默了很久。

接手案子的是个中年的华人警察,因为是同胞,对许知意直言不讳。

"应该没有生还的可能性,你们先回去,如果后续有新发现的话,我会第一时间电话通知你们。我刚刚已经联系到了国内夏苡安的父母,他们要过些天才能赶过来。"

许知意和寒商在这里待了一整天,在路边的小店随便吃了个汉堡,开车回程。已经是傍晚下班的时间,靠近悉市,路上的车越来越多,排成长龙。

许知意呆呆地望着前面的车流,忽然想到一件事。

夏苡安的朋友圈一片安静,上一条更新还是一个月前,可是她还有一个不太用的微博账号。

许知意飞快地在关注列表里找到她,点进去。

昨天晚上,八点三十九分,那个账号发了一条微博,只有短短一句话:**好累啊,再也不想来了。**

八点三十九分。

她在海边待了半个多小时,最后还是脱掉鞋子和外套,放下了手机。

水那么冷。

海水只是浸透了许知意的鞋和裤脚,就让她冷到全身发抖,夏苡安当时怎么能下定决心,在那样风高浪大的晚上,走进那么冰冷彻骨的海水里。

雨滴顺着挡风玻璃淌下来,一道一道的,前面的车尾灯一片模糊。

寒商开大雨刷,转了一下头,看见许知意缩在座位里,缩成一小团,头偏向车窗那边,头发从昨晚就没梳过,掉下来的头发挡着脸。

车子渐渐驶入市区。

悉市还没有下雨,天死气沉沉地阴着。

再往前就是林荫路,乐燃此时应该在家,强森和卢克都考完了,估计这会儿在楼下吃晚饭。

寒商没有继续往前开,打了方向盘,转上岔路,在路边把车停下来。

他下了车,绕到许知意这边,帮她打开车门,拉她下车,顺势把她抱住。

许知意完全没抬头,把脸埋在他胸前。

她从昨晚到现在,一直冷静镇定,跟所有人都很客气,很不正常,现在终

于哭出来了，只是遮着自己，不想让人看见。

寒商把她从胸前剥出来，在她面前俯下身。

"上来，我带你去一个地方。"

就好像很多年前，山涧的石头上，她的脚踝肿到不能动的时候，他说："手搭上来，我背你上去。"

许知意趴到他背上，搂住他的脖子。

他没再抱怨锁喉的事，不过许知意还是自觉地把手挪开，把头埋在他的后颈旁。

寒商勾住她的腿，把她往上颠了颠，背着她往前走。

许知意很快就发现了这样被背着的好处。

她伏在他背上，无论她怎么哭，都不会被别人看见。

天阴着，路上没有行人，只有一辆辆车呼啸而过，有户人家的老太太出来开前院的信箱，惊奇地看着他们两个。

许知意深深地埋着头，无声无息地哭着，把他的衣领弄湿了一大片，就像当年那个夏天，她肩上留下的那一大片洇湿的印子。

寒商要去的地方是一大片墓园。

悉市的墓地奇葩地穿插在居民区中间，像大片的绿地公园，只是林立着或高或矮的无数石头墓碑。

死去的人与活着的人分享空间，和平共处，仿佛墓地和便利店一样，只是生活的一部分。

墓地这种时间空荡荡的，没有人，有些墓碑前摆放着败落的鲜花。

寒商背着许知意一路向里走，仿佛漫无目的，只为了让她趴在他背上无声无息地哭个够。

他的背比以前更宽，像一条稳稳地托着她的船。

只是比船更温暖。

过了好久，许知意只剩下一下一下的抽气声，寒商也走到了墓园的最深处。

他找到一个长椅，把她放下来，自己也在旁边坐下。

许知意仍旧低着头，不想别人看见她红肿的眼睛和哭花的脸，寒商就只把她的一只手放在掌心，用自己的两只手合起来，轻轻拢住，望着前面的墓碑群。

"这是每个人最终都会来的地方，是所有人的归宿。"寒商说。

许知意也望着成片的墓碑，不出声。

每个墓碑下，都躺着一个曾经鲜活地喜怒哀乐着的人。

铅灰色的天空下，冷风刮过，这一大片寂静的灰色墓园却奇异地安抚着人心。

寒商说："每个人来到这里之前，都只有短短几十年，区别只是，有的人来得早一点，有的人要晚一点，或早或晚，最终都是一样的。"

许知意转头看向他。

他一动不动地坐在那里，对着墓碑出神。

他妈妈去世得那么早，在他十几岁的时候，他就不得不直面死亡这件事，对死亡，他比同龄人更敏锐，想得也更多。

只是那时候十几岁的寒商，只有他一个人。

他的外公外婆早就已经去世，他妈妈是独生女，没有兄弟姐妹，父亲寒启阳又根本就是杀人嫌疑人之一，至少也是默许的从犯。

当他去接母亲的骨灰回国时，大概并没有人像他此时陪着她一样，陪在他身边。

许知意忽然明白了。

那个时候，愿意站出来为他做证的她，大概是当时唯一一个毫不犹豫地支持他的人。

寒商手上的温度一阵阵传来。

许知意找到他手指的间隙，和他十指交叉地握住。

不只是想握住他的手，也想穿过时空，牵住当初那个孤零零的十几岁的少年。

两个人都没再说话，默默地坐在这片墓园里。

肩没有挨着，手指却紧扣着手指。

许知意望着墓碑，回想这些年，其实每一次她需要支持的时候，寒商也都会在她身边。

甚至他不在的时候，也是一样。

当初大学快毕业时，爸妈想要她继续读研，许知意却没有，应聘进了枫市一家公司的市场部。

公司是国企改制，内部风格还像当初的老国企，节奏偏慢。领导层互相倾轧，斗得你死我活，许知意这种小民却过得很悠闲，一点都不忙。

工资不高，甚至算得上很低，但是胜在上下班准时，下班时间一到，部门经理带头收拾东西走人，许知意就有了画画的时间。

许知意赚得更多了，最疯狂的一个月，副业收入是工资的十几倍。

她像只小仓鼠一样，一点都没乱花，把钱一分分存起来，开始研究出国留学的事。

这年春节回家，吃年夜饭的时候，许知意鼓起勇气，把留学的想法跟爸妈说了。

不出意料，爸妈都震惊到不能相信。

"你要辞职？"

"对，辞职，然后我想出国留学。"

妈妈回过神："知意，你好好想想，你一毕业就拿到了枫市户口，还找到了个稳定的好工作，说出去多少人都羡慕得不得了，你辞什么职？留什么学？哪能这么想起一出是一出。"

"我早就想好了，想了好长时间了。"许知意说，"我也已经查好学校和专业了。"

许知意打开电脑，把自己收集到的各种资料给爸妈看。

他们沉默了好久。

爸爸最终说："就算你真的想去，咱家的条件和你姐那边的情况你也知道，不说留学的生活费，光是这笔学费，咱们就没有。"

许知意不动声色地轻轻呼出一口气。

她打开银行账户，给他们看她的存款余额。

七位数的存款，已经足够了。

这里面，除了她自己这几年的积蓄，还有一半，是寒商走之前留给她的那笔钱。

他人不在，或许在德国，或许在世界上的其他什么地方，在那个大年夜里，却还像是默默地站在她身后。

悉市的墓园里。

光线渐渐变暗，远处的墓碑只剩模糊的灰色影子。

许知意问："如果今天是你活着的最后一天，你会干什么？"

寒商望着那片墓碑，仍旧攥着许知意的手，没有回答。

半晌，他才说："这里要关门了，我们得走了。"

两个人站起来。

许知意不再哭了，不用寒商背，和他牵着手走出来，回到车上。

回到老宅时，乐燃他们都在楼上，一楼没有人，静悄悄的。两个人换了鞋洗好手，各自回房。

寒商把许知意送到她房间的门口。

"你累了，早点睡觉。睡一觉，明天早晨起床的时候，就会觉得好多了。"

许知意点点头，扭开房门。

寒商也转身往他的房间走，忽然发现走不了。

寒商转过头，看见许知意正用一只手攥着他的衣服后摆。

她身上还穿着他那件又大又厚的外套，披头散发，两只眼睛和鼻头都是红的，见他回头了，仍然没有松手。

寒商一阵心软。

他很明白她的感觉。

当初高中时，出国去认领母亲的遗体，把遗体火化的那天晚上，他就是一个人过的。

他在酒店的椅子上坐了整整一夜，睁着眼睛，一直到天亮。

如果那时候能有一个人陪在身边，那个晚上就没有那么难熬。

寒商转身回来，拉过攥着他衣服的那只手，握在自己手里。

"我陪着你。"

许知意点了下头。

寒商牵着她进了她的房间，回身关好门。

房间里黑着，和许知意昨晚走的时候一样，寒商扭开一盏小灯。无论他关门还是开灯，许知意都牢牢地攥着他的手不放。

寒商无奈，回握一下她的手："让我脱一下外套。"

许知意这才松开他的手，一声不吭地看着他脱掉外衣。

寒商把衣服搭在椅背上，又帮许知意也脱了外套，才在床边坐下，往里让了让，靠着床头："你睡一会儿吧，我就在这儿。"

许知意点点头，自动自觉地靠过来，调整姿势，把头扎在他胸前，伸出胳膊揽住他的腰。

他的味道让人心安。

从昨天夜里接到警察局的电话到现在，许知意已经将近二十个小时没有合眼了，几乎一闭上眼睛，就睡着了。

再醒来时，房间里是亮的，有人仍在紧紧地抱着她，把她拥在怀里。

许知意一动，头顶就传来声音。

"醒了？"

许知意定了定神，忽然想起一件事，猛地坐起来，到处乱找。

寒商靠着床头望着她："怎么了？找什么？"

"手机。"

寒商探身从枕头旁边摸出她的手机，递到她手里。

许知意看了一眼："快八点了！"

她慌慌张张地爬起来。

"我忘了，我必须得去一次学校，有门课的论文在线提交以后，得过去再交一份打印稿，今天上午九点半就要截止了。"

她一脸着急，但是看上去状态比昨晚好多了。

寒商放心了不少，也坐起来："交了电子版，还要再交打印版，你们老师是很缺那几张打印纸吗？"

那谁知道。

许知意只知道，不交会影响成绩。昨天出了那种大事，许知意脑子里乱成一团，把要交论文的事彻底忘了。

论文必须要交，成绩必须要拿，活着的人还要继续一天天活下去，努力往前走。

寒商也起来了，抄起椅背上的外套："我开车送你过去，能快一点。"

可是外面客厅里有人，是强森他们在说话。

许知意的房门正对着客厅，一出来，就会被客厅里的人逮个正着。

他们两个，一个有"未婚夫"，一个有"女朋友"，被人看见一大早这样从同一个房间里出来，没奸情也要被当成有奸情，实在太不合适了。

许知意随手抓了抓头发,在头顶扎成丸子头:"我先出去看看情况,不行就先走,你等没人了再出来。"

许知意拉开门,迎面差点一头撞上乐燃。

她火速回身,把房门关好。

乐燃不想交偷窥费,也没有往房间里看的意思,说:"你起来了?我知道你一夜没睡,在补觉,没敢过来敲门。"

他问了问夏苡安那边的情况。

昨天中午跟他打过电话后,并没有新进展,许知意说了一遍情况:"警察局那边说,一旦有了新发现,就立刻电话通知我们。"

乐燃叹了口气:"但愿……能有希望。"

他问:"秦哥呢?也还在睡觉?"

"估计是吧。"许知意说。

许知意看了一眼客厅,卢克不在,强森正背对着这边,弯腰鼓捣墙边的哑铃。

许知意脑子飞转:"乐燃,冰箱里剩下的两个鸡蛋是你的还是我的?"

乐燃没听懂:"什么鸡蛋?"

"你过来看。"许知意顺势带着他离开房间门口,来到厨房,打开冰箱门。

乐燃跟在她身后:"什么你的我的,鸡蛋而已,你吃了呗。"

强森在那边说:"鸡蛋啊?那是我的。你们想吃就吃,两个鸡蛋我还是请得起。"

"哦。"许知意拿了片面包出来,"算了,反正也来不及做。"

调虎离了次山,不知道寒商够不够机灵,有没有抓紧机会溜出来。

她刚要给他发消息,就听见乐燃打招呼:"秦哥。"

许知意的房门紧闭,寒商从自己房间那边的走廊上出来了,装得像模像样,仿佛刚起床。

他问许知意:"走?"

"嗯,我洗个脸。"许知意对乐燃解释,"我要去学校交论文,快来不及了,找寒商送我。"

乐燃点点头。

"哥,你可不能偏心,下次我来不及了也要你送。"

坐到越野车的副驾驶座上,许知意才从风风火火中冷静下来。

昨晚,她和寒商在一张床上过了一夜,相安无事,寒商的态度也自然大方,并无异样。

他车开得很快,九点不到,就把许知意送到了学校。

他把车子熄了火,去开车门,准备下车,被许知意一把拉住:"寒商,你能不能……就在车上等我?"

他的样子太醒目,许知意实在不想这样公然跟他在学校里逛一圈,让所有人看见。

寒商顿住了。

他没吭声，不动声色地望向许知意。

把人家当抱枕睡了一晚上，一大早又让人家当司机，可是连面都不许人家露，让他这个工具人当得十足十，是有点太没人情味，许知意多少有点心虚。

许知意正想着，寒商却开口了："好，我在车里等你。"

许知意松了口气。

"不过……"

寒商探身过来，伸手扣在她脑后。

他在她的唇上轻轻贴了贴，嘴唇温暖，却极其克制，一触即离。

"你要迟到了。"他放开她。

许知意还没从他突然吻上来的动作中缓过神，转头瞥一眼中控台屏幕上的时间，吓得火速冲下车。

学校的课程基本考完了，比平时冷清得多。一个学期结束，又一批人带着他们的故事毕业离开了，很快会有新的人拥进来，走一批，来一批，学校就像个流水线的大工厂。

老师的办公室都在系里的一幢楼里，许知意按照房间号一路找过去，看见办公室门口挂着个纸盒做的简易信箱，上面写着：论文放这里，谢谢。

玻璃门里，老师看见她了，无声地用两只手夸张地比画把一大摞纸塞进箱子里的动作。

这倒是省事。

许知意刚把论文塞进信箱，旁边办公室忽然探出一个金发马尾辫的脑袋。

"知意，我正要找你。"

是动画课的老师伊森。

伊森的办公室是一个大间里用玻璃墙隔出来的一小间，地方很小，东西多，又挤又乱，但是非常有趣，墙上贴满画，架子上摆着各式各样的动漫人偶，琳琅满目，像个小型玩具店。

他搬开杂物腾出椅子，让许知意坐下，这次没跪着，自己也拉过一把椅子坐在对面。

"我看了你的'滑沙'的动画短片——不是期末作业那个，是你传给我的你以前的作品，我感觉我看懂了里面想表达的意思，短片本身的技巧和氛围我也非常喜欢。"

他们这么长篇大论地夸人的时候，一般都会紧跟着一个"但是"。

许知意安静地等着伊森的"但是"。

"但是"没有来。

"所以，"伊森继续说，"我想征求你的意见，把短片推荐给我的导师，耐特渥伦斯，我不知道你有没有听过他的名字，他曾经参与过很多部电影的后期特效制作。

"最近悉市有一个国际动画影展,他就是组织者之一。影展已经开始,报名时间早就过了,但是我很想帮你试试,把你的短片推荐给他,看看能不能走特殊流程,当作学生组的作品,送进影展里。"

伊森从书架上抽出一张纸,推到许知意面前。

"如果你愿意的话,这是一份报名表。"

许知意填好表格,从伊森那里出来时,人还有点恍惚。

她从来没想过,只是凭兴趣,没有任何目的做出来的短片,竟然要参加动画影展了。

她出电梯时,迎面过来一个男生,就是上次在课上公然说要找枪手写论文的那位。

男生悠闲地溜达进教学楼,看见许知意,眼睛一亮。

"许知意,你见过夏苡安没有?"

许知意停下脚步。

他说:"我这学期那门课还是没过。夏苡安上次说,可以找她帮我辅导,每周辅导两次,每次只要三十刀,包过,我这两天给她发消息,她也不回我。"

许知意默默地看着他,心里只觉得太不公平了。

为什么这样混吃等死的人都活得好好的,苡安那么认真地想活下去的人,却偏偏活不下去呢?

许知意淡淡地说:"苡安说,她涨价了,三百刀一小时。"

男生吓了一跳,瞪大了眼睛:"三百刀?一小时?她抢钱吗?"

许知意绕过他:"随便你。她值得。"

从学校里出来,许知意遥遥地看见,寒商还在车里等着。

他靠在座椅里,眉头微锁,盯着什么地方出神,不过看见她过来了,神情立刻柔和下来。

"回家?"他问。

"家"这个字,被他用得熟极而流。

许知意点头。

寒商发动车子时,许知意的手机响了。

她接起来,听清对面的话,在说英文,声音都有点变了:"对不起,你能不能再重复一遍?"

寒商转过头,看见她的手都在抖。

许知意在追问:

"什么时候?

"在哪儿?

"真的?"

她一连串地说了无数个"谢谢",挂了电话。

许知意坐在那里,坐了足有一分钟。

"他们昨晚找到苡安了,"她的声线不稳,不知道是在哭还是在笑,"她还活着。"

昨天夜里,有当地人在峭壁下的礁石丛里发现了夏苡安。

发现的地方距离出事的地方,足有几公里远。

她应该是被回旋的湾流带过去的。她头部有撞击伤,有脱水和失温的症状,当地的医疗机构立刻把她转送到悉市的艾德蒙王子医院。

打电话过来的是那个女警察。

她说:"我们都不能相信,有人能在那种大风浪的恶劣天气下存活,她应该是有非常强烈的求生意志——我觉得她在海里的时候,应该是很想活下去。"

许知意问寒商:"你知道艾德蒙王子医院在哪儿吗,能不能送我过去?"

寒商伸手调导航:"当然可以。我是你的专属司机。"

医院离市中心不远,正是探视时间。

夏苡安已经转入普通病房,许知意和寒商登过记,乘电梯上楼,穿过长长的走廊。

隔着门上的玻璃,许知意看见夏苡安了。

病房是个双人间,另一张床空着,她半靠在床上,头上包得严严实实,脸上还没什么血色,但是看上去没有大碍。

听见敲门声,她转过头,看清是许知意,眼圈立刻红了。

许知意扑过去,两人抱着,一起哭了。

寒商看着抱着哭的两个女孩,默默地退出去,帮她们关好门。

哭了好久,夏苡安瓮声瓮气地说:"我这儿没纸。医院也不给自杀救回来的病人配盒纸巾,不知道亲友来了会抱头痛哭吗?"

许知意"噗"地笑了,站起来,满屋子转了一圈,终于找到一卷卷筒纸。

两个人一张张往下揪卷筒纸,对着擤鼻涕。

许知意也瓮声瓮气的:"怎么就弄成这样了。"

"老板说要辞退我,他还是不满意。"夏苡安说,"下了班,我就想,就这么算了。"

她说:"后来在海里的时候,海水又苦又咸,呛到鼻子里很疼,没法呼吸,也不知怎么回事,我忽然看见我自己了。"

许知意:"你自己?"

"是,我看见我自己就在旁边,在海浪里对我喊:你不要死,该死的不是你。

"我当时忽然就后悔了——人都说自杀的人会后悔,原来是真的。那个时候我觉得,其实什么都不重要,我想活着。

"我在海里拼命游,拼命游,可是浪太大了,不停地呛水,后来撞了一下,就什么都不知道了。"

她还是那个拼命的夏苡安,在鬼门关门口踩了一脚,踹开拽着脚脖子的小鬼,

又挣扎着回来了。

许知意攥着她的手:"这就是个坎,过了就过了。"

夏苡安点头。

"对。我刚才躺在这儿想,出院后,我打算去西澳。那边有家公司,我过了两轮面试,后来进这家实习,就没再继续,我想再去试试运气。"

她很明显已经恢复状态了。

许知意:"这家不行还有那家,总能找到的,天无绝人之路。"

夏苡安重重点头:"对。"

夏苡安放在床边的手机一响,看来警察把她的手机还给她了。

她拿起来看了一眼。

"还记得想找枪手代写论文的那个男生吗?他说要找我假期给他辅导。"夏苡安满脸困惑,"他说要给我三百刀一小时,他是不是疯了?"

第十二章
不速之客

许知意从病房里出来时，寒商还等在走廊里。
"她没事了？"
"过几天就能出院了。"许知意说，"大难不死，必有后福。"
两人回老宅时，家里正热闹着。
强森和卢克也考完了，叫了好几个同学来玩，一群男生窝在客厅沙发上热火朝天地打手机游戏。
乐燃不在，许知意给他发过消息了，他肯定正在赶去医院的路上。
寒商和许知意一起进门。
强森打了个招呼："你俩一起回来的啊？又顺路？"
许知意假装淡定："没错。"
夏苡安没事了，许知意心情大好，这两天的阴霾一扫而空。
她去洗了个澡，吹干头发，换掉床单被罩，把百叶窗彻底打开，让后院的阳光照进房间里。
许知意在书桌前坐下，三两笔就勾勒出一个女孩子。
女孩披着长发，头上缠着渗血的纱布，但是双手握着一把镶嵌着宝石的大剑，披荆斩棘，无所畏惧，宛如战神。
画画时，隔壁一直声响不断。
寒商进进出出的，一会儿浴室就传来水声，他陪着她熬了两天，也连衣服

都没换过。

又过了一会儿,她的房门忽然被人扭开,寒商敏捷地闪身进来,又无声无息地迅速把门关好。

像在搞什么地下工作一样。

他果然洗澡收拾过了,一身清爽。

许知意放下笔:"他们都在客厅,你现在进得来,当心没机会出去。"

"我进来了,就没打算出去。"他抄手走到许知意身后,看看她屏幕上的画,"现在高兴了?"

"嗯。"许知意点头。

"我不太高兴。"

寒商伸手拉了一下百叶窗帘的拉绳,一排排叶片刷地合拢,房间里瞬间暗了。

许知意纳闷:"关窗帘干什么?"

寒商从喉咙深处哼了一声,淡淡地答:"因为我见不得人。"

原来他还在不爽她不肯带他去学校的事。

许知意有点想笑。

她索性站起来,踮起脚,胳膊绕上寒商的脖子,把他拉低,贴住他的嘴唇。

这是大学时她发高烧那次之后,她头一次主动吻他。

他全身僵住,忽然觉得,脖子上的胳膊松开了,一只手顺着他的衣服下摆悄悄摸进来,小动物一样热乎乎的,一路爬着,往上探索。

寒商根本撑不住,脑中那根名为理智的弦,"啪"的一声断了。

许知意只觉得,寒商的胳膊骤然收紧。

他低头回吻住她,动作凶悍,干脆把她原地提起来,向前几步,放倒在她的单人床上,欺身压了上去。

"许知意。"

他低声叫她的名字,嘴唇下移,扯开她领口的衣服,张口咬住她的肩膀。

像只挣扎的狼一样,他半舔半咬,毫不客气地清除所有妨碍他的阻碍。

两个人同时吸了口气。

许知意在墓园时曾经问过,如果今天是他活着的最后一天,他打算做什么?

这就是他想要做的事。

寒商松开她,从口袋里摸出什么,撕开包装。

许知意纳闷:"你身上竟然还带着这个?"

寒商腾出一只手,钳住她的下巴,在她的嘴唇上咬了一下。

"这是服务的一部分。"声音多少有点带着酸意的恶狠狠。

他重新低下来,把她嵌进怀里。

他仿佛有无尽的耐心,像是在跟某个未来的强劲对手较劲一样,他把自己的冲动死死地禁锢住,细心而敏锐地体察着她的感觉。

安静的房间里,忽然"吱嘎"一声尖锐的怪响。

许知意的单人床和楼上前些日子用的床都是一起买的,毛病一样。

许知意:"它会响。"

寒商:"我知道。"

这样不行,强森他们一群人都在外面,肯定能听见。

一切都只能尽可能地放缓,慢到极致。

隐忍也到了极致,寒商死命咬紧牙关,皮肤上渗出一层汗。

许知意用了全部力气,死死地扣着他结实的肩膀。

房间里无比安静,只有气息纠缠。

因为极其慢,绵密但强烈的感觉如同旋转的阶梯,一层层缓缓地摞上去,把许知意带到一个以前从未见过,也无法想象的所在。

困意席卷,许知意窝在寒商怀里睡着了。

她睡得昏天黑地,是这么多天以来,最沉的一次。再醒来时,百叶窗缝斜射进来一道道光,已经是下午了。

寒商还在。

他在身后抱着她,支着头,并没有睡。

他的手仍在她的腰上,脸紧贴着她头发:"我以为你会像发烧那次一样,睡个一天一夜。"

许知意翻过身。

眼前是他裸着的胸膛、肩膀和手臂,亲密到让人脸红,许知意还完全不能适应。

寒商倒是没有不适应,甚至往前贴了贴,被子里肌肤紧挨着肌肤,触感光滑温暖,他把她更亲密地按在怀里。

他低声呢喃:"我不想吵你睡觉,一直在等着你醒,等到现在……"

外面有人敲门,是乐燃的声音。

"许知意,你在里面吗?我有事找你。"

"在。"许知意应了一声,爬起来急匆匆穿衣服。

寒商也跟下来了,贴上来,把她抱住。

他没穿衣服,却姿态大方,百叶窗的光一格一格地落在他漂亮的身段上,留下肌肉起伏的阴影。

虽然以前惊鸿一瞥过,再看见,还是冲击力巨大。

寒商认真地观察着许知意的表情。

外面有乐燃在催命,她的目光还是停在他身上,没有急着挪开,寒商心中暗暗松了口气。

她喜欢。

而且就算睡到了,她也没有对他失去兴趣。

他刚才的表现大概算是过关的。

寒商抱着不放，许知意安抚他："我看看乐燃有什么事，马上就回来，乖。"

寒商低头咬了咬她的耳朵，松开手："爽过就跑，小白眼狼。"

许知意脸上发烫，调整了一下呼吸，把门开了条缝，溜出来，又随手掩上。

乐燃正等在门口，瞥了眼被她关紧的房门："半天都不出来，忙什么呢？"

"忙着补觉。"许知意问，"有事？"

"对，是想跟你商量夏苡安的事。医院那边都是老外的伙食，吐司、豆子什么的，不适合咱们中国人调养，我想这几天炖点鸡汤之类的送过去，可是后天我有事，你能不能帮忙带到医院？"

"当然行。"许知意点头，自告奋勇，"我也会煲汤，我们两个一起。"

乐燃答应："那好啊，我上次正好在肉店买了只走地鸡。"

两个人说做就做，去厨房把鸡仔细收拾了，炖在火上。

等许知意帮乐燃收拾好厨房，回到房间时，她看见寒商还在，不过明显已经洗过澡换过衣服了，正大马金刀地坐在她的椅子上。

"我今天打算赖在你房间里不走了。"他说。

他还知道是"赖在"。

许知意默了默："那你坐在这儿，我坐哪儿？"

寒商探身过来，搂住她的腰，手上一用力，把她拉到他腿上坐下。

他环住她，歪头问："坐这里不行吗？我不只是你的专属司机，还能当你的专属椅子。"

这把椅子和它的椅背，触感极佳，厚实有弹性，还很暖和。

许知意坐在他腿上，看了看桌上的数位板："这椅子的高度不太对。"

寒商强词夺理："我觉得明明就很对。"

许知意无话可说。

今天一时冲动，把两人的关系推进到这一步。

好在结果算是不错。

她冒进了，他却没有退，反而变得异乎寻常地黏人。

寒商环着许知意的腰，抱着她，望着她的屏幕，忽然说："许知意，你再过几个月就要毕业了，对不对？"

许知意点了下头。

"毕业后，你打算去美国找裴长律，对吗？我上次听见你跟你妈妈打电话的时候说了。"

许知意：嗯？

他这是随便听见一耳朵什么了？

寒商神色黯然："你现在还是这么打算的，是不是？"

许知意忽然明白他一个人留在车里的时候，到底蹙着眉在想什么了，原来是为了这个。

许知意纠结了片刻。

继续骗他，有点不忍心，但是成效实在太显著了。

他比以前主动得多，也直白得多，一改以往行事飘忽不定，让人猜不透的做派，变化翻天覆地。

暂且保持战术不变。

许知意瞬间做好决定，继续点头："没错。"

寒商吻了吻她的脸颊："到时候，我也打算去加州。"

许知意神情纹丝不动，心中却充满了疑问。

"无论你和裴长律住在哪儿，我都打算住在隔壁，当你们的邻居。"

他要当"隔壁老王"。

他厚颜无耻地继续说："裴长律不在家的时候，我就去找你，好不好？"

许知意三观稀碎，奥斯卡秦都都，你可真是毫无底线啊。

许知意满心都是好奇，装出担心的样子，锁紧眉头："如果被裴长律发现了，我们怎么办？"

寒商抱着她，悠悠地问："如果被裴长律发现了，你打算怎么办？"

许知意假装迟疑不决，很想听听他要说什么。

寒商在等着她的答案，却没有等来。

他挑了下眉。

"如果他可以接受，我不介意。"

许知意要想一下，才明白他这句话是什么意思。

许知意："哈？"

他不是来破坏这个家的，是来加入这个家的。

许知意："寒商，你是说三个人在一起吗？你是在开玩笑，对不对？"

寒商默了默。

"我当然是在开玩笑，否则呢？"他眯起眼睛，"许知意，你该不会真想这样吧？齐人有一妻一妾而处室者？"

"我哪有。"许知意说。

寒商靠在椅背上，淡淡地道："不过我了解裴长律，他是个精明实际的人，只要给他的价码足够，他说不定还真会接受。"

许知意："你这是在攻击裴长律的人品吗？"

寒商偏头盯着她："你这是在维护你的宝贝未婚夫吗？"

"他毕竟是我朋友。"许知意解释，"就像你也是我朋友，我也不会让他说你的坏话。"

"朋友？"

寒商伸手按住她的后脑勺，端详她的脸，贴了一下她的嘴唇。

"你把我这种叫作朋友？让我想想，朋友之间还能做什么。"

寒商的眼睛盯住她不放，没什么表情，放在她腰上的那只手却无声无息地挪了位置。

他说："嗯，想出来了。"

房间里骤然安静下来，只有时断时续的抑制住的呼吸声，不过有外面客厅

里强森他们一群人说话的声音遮掩,并不明显。

没过一会儿,身下的转椅突然"吱嘎"一声。

两个人的动作顿住。

再稍微一动,又是一声。

外面还有那么多人呢,许知意和寒商一起凝固。

许知意压低声音:"寒商,怎么你买的所有家具都长着声带……"

寒商也很无奈。

"你那天没地方住,我必须要赶在晚上之前,找人搞定这座老房子所有的事,要整理前后院,做清洁,通水电,澳洲这地方你也知道,买什么家具都要预订,经常要等个十天半个月,最快的也要一两天才能送到,所以最后,好不容易才找到一家当天就能送货的,质量就只能凑合。"

他说:"我这两天就全部换成新的,去找大一点结实一点的床,再换把椅子。"他瞄一眼许知意的书桌,"桌子也换了吧。"

许知意赶紧说:"不要。"

无缘无故地换家具,简直是不打自招。

寒商没出声,抱着她眯眼思索,不知在琢磨什么歪主意。

没多久,许知意就知道了。

傍晚时,强森的同学都走了,吃过饭,许知意安心画这两天要交的画稿,寒商赖在她的房间,懒洋洋地靠在她的床头刷手机。

乐燃去医院送鸡汤回来了,上楼没多久,二楼就传来一声他的鬼吼鬼叫:"啊?这怎么回事?"

强森的声音:"乐燃?你看见鬼了?"

"那倒不是,"乐燃说,"我的床塌了。"

许知意下意识地望向寒商,寒商优哉游哉地放下手机:"我上去看看。"

其他人都在楼上,许知意跟寒商溜出房间,一起上楼。

强森和卢克已经凑在乐燃门口看热闹了。

未经许可向其他人房间内张望,要罚款,许知意绝对不想交钱,才到二楼走廊就先通知:"乐燃,我想来看看你的床。"

乐燃说道:"敬请参观。"随即反应过来,"强森,你俩没问过我就往我屋里瞎看,一人欠我十刀!"

为了再省十刀,许知意没进房间,在门口探头探脑。

只见乐燃那张单人床的一条床腿松开了,朝旁边危险地倒下去,上面的床板和床垫全砸在地上,被子和枕头也滑下去了。

"床腿螺丝松了吧?"强森说,"重新紧上就行了。"

乐燃蹲下研究:"不是,木头都劈开了,好不了了。"他纳闷,"怎么突然就这样了呢?我走的时候还好好的。"

强森:"我想起来了,刚才我健身的时候,听见'哐'的一声响,还以为是邻居家砸东西呢，估计就是你的床塌了。"

许知意无语地望向寒商。

那声动静她也听见了。巨响的几分钟前，寒商刚刚摸出她房间，说是要去洗手间。

那么短的时间，床说塌就塌，估计是用脚踹的。不知道他是怎么摸进人家乐燃的房间，搞定了床，又悄悄溜了出来。

寒商一脸淡定自若："这床的质量不太好啊。"

乐燃可怜巴巴："哥，你不会让我赔钱吧？"

许知意：他还有脸让你赔？你让他赔还差不多。

"当然不会。"寒商大方地回答，"你今晚先用床垫凑合着，我明天就让人把新床送过来。"

他像是突然想起来一样。

"干脆所有人的床都换了吧，换个质量好点的，这种太危险了，万一砸到脚呢……哦，还有椅子。这椅子的质量也不怎么样。"

卢克趁机提要求："秦哥，我俩男的挤一张床太痛苦了，能顺便给我们换成两张单人床吗？"

寒商一脸愉快："没问题。"

床的问题，轻松搞定。

第二天，好几张新床和床垫都送过来了，还有几把新的人体工学电脑椅和许知意最喜欢的大桌子。

乐燃一看到桌子就高兴了："哥，你太懂我们画画的人的需求了。"

原本的单人床架全部拆开，收进车库，每个人的房间现在都鸟枪换炮，一人配了一张双人床。

要不是强森和卢克合住的房间面积不够，估计寒商也能给他俩一人塞一张双人床进去，不过也给他们买了加大号的单人床。

卢克有点讶异："要这么大一张床干什么？"

强森的块头大，衷心地说："挺好，睡得宽敞。"他躺上去滚了滚，床在他那种块头的重压下都纹丝不动地沉默着，一声不吭。

乐燃也对他的双人床很满意："双人的好，我在国内家里的时候，从小到大多是睡双人床，想怎么翻腾就怎么翻腾，我喜欢。"

许知意的床仍然放在靠墙的地方，和寒商的新床隔墙相邻。

可是他房间的床，变得毫无存在的意义——有人天天赖在这边不肯走。

他不仅不走，还进出都照例交钱，"水族馆"的投币箱里全是一摞摞的十刀二十刀，满到快溢出来，要不是许知意直接给了他她所有私人物品的碰触权和房间的张望权，还能更多。

许知意无奈："你这样，每次进门出门都像在做贼。"

寒商答得很流畅："不然我们住我房间，把你的电脑都搬过去，我那边的

门比较隐蔽，你又不肯。"

许知意坚决不肯。

她一点都不想被别人看见她那一整套画画的设备都搬到他房间里，与其自己做贼，不如让寒商做贼，反正他愿意。

寒商确实愿意，做贼也愿意。

他心里非常明白，现在的每一分每一秒，本来就不属于他，全都是他偷来的。裴长律很快就要来了，这种和许知意形影不离地黏在一起的日子，过一天少一天。

等裴长律来了，他就得把人家的未婚妻还回去，只能像当初一样，向后退几步，看着他们两个郎才女貌，成双成对。

每当想到那种情景，寒商的心就一阵阵绞痛。

前些天，和许知意达成短暂交往的协议时，寒商还在想着，只要能和她在一起，哪怕只有这短短的两个月，都没有关系，就算能有一天，也已经是上天额外的恩赐，可是现在，他的想法完全变了。

每次抱着许知意，和她耳鬓厮磨的时候，寒商都在想，现在再让他放弃她，是绝对不可能的。

就像水库的闸门打开，洪流倾泻而下，被放纵的爱意与欲念裹挟着向前，没有回头路可走。

他说打算追到美国，去做他们的邻居，并不是在开玩笑。

寒商坐在许知意的床上，靠着她浅米色的枕头，心中默默地盘算：如果从裴长律身上下手呢？给裴长律足够多的好处，让他主动退出。

许知意并不是那种能用利益收买的人，但是寒商很清楚，裴长律是。

只要出对价码。

可是许知意一定不喜欢他这么干。

如果她真的想跟裴长律在一起，他应该尊重她的选择，当年是，现在也是。

不顾她的想法和感受，把自己的意志强加在她身上，这和裴长律他们，又有什么区别？

跟着她，引诱她，要让她心甘情愿地选他。

他是没有经验，但是他都可以学，好在许知意也没有什么经验，无从比较，刚好给了他宝贵的练习的时间。

寒商怎么想都觉得，以他的脑子和学习能力，如果使尽浑身解数，就算对手是裴长律，他也未必真的会输。

所以追到美国，赖在她身边，的确是个办法。

"你在想什么？"

眼前不知什么时候，多了个脑袋。

许知意半跪在床上，探身向前，小鬏鬏顶在头顶，在很近的地方好奇地看着他。

她把一只手搭在他胸前："想得连我过来了都不知道。"

"在想公司的事。"寒商说，"有家竞争对手，实力很强，我在想着，怎么才能把他们的大客户抢过来。你画完了？"

许知意今天在画画稿，考完试，可以干活了，可惜寒商天天在，完全没机会更新无底线事务所的漫画。

她坚决不肯给寒商看漫画，寒商就也不强求。

"还没有，画累了，休息一会儿。"

许知意说着，搭在他胸前的那只手滑过胸肌，路过他的腰腹，慢慢往下落。

寒商在她碰到之前，一把捉住她的手腕。

他眼底燎着火苗，脸上不动声色，淡淡地道："你这样休息，不会越休息越累吗？"

"不会，"许知意不跟他较劲，闲着的另一只手也摸上去，"还会激发灵感。"

寒商这次没躲，仍旧攥着她的手腕，探身向前，薄唇轻轻吐字："你激发的都是什么不正经的灵感。"

他松开她，翻身下床："等我，我去拿点东西。"

许知意明知故问："拿什么？"

寒商往门口走，先侧耳倾听外面的动静，才扭开门把手："你猜。"

有人不让他走，悄无声息地跟过来，从背后搂住他的腰，低头顺溜地一钻，就钻进他怀里。

寒商无奈，跟她商量："这边的用完了，等我，就一分钟。"

许知意不讲理："不等。"

寒商俯低，碰碰她的嘴唇："乖。"

只一碰，就被人顺势搂住了脖子。

许知意挂在他身上，亲得三心二意，腾出一只手，悄悄顺着他T恤的下摆钻进去。

那只手肆无忌惮，摸过他的腰，继续往上乱跑。

寒商本来就快撑不住了，干脆反手箍住她的腰，深吻下去。

忽然"吱呀"一声。

热吻中的两个人都吓得一抖，一起转过头。

门把手刚刚被寒商扭开后，没有重新关好，门自己被后院进来的风吹开了。

门外竟然站着强森，他双手抱着一大摞衣服，明显是刚从洗衣房出来，打算拿到后院去晾，从这里路过。

三个人你看看我，我看看你。

强森结结巴巴地说："我……那个……就是路过……洗衣服来着……可是……"

他的震惊劲过了，皱起眉："可是，你们俩……"

要是别人，肯定不会管这种闲事，只当没看见就过去了，可是强森没有。

这位的正义感向来比别人强得多。

老宅里人人都知道，许知意有个远在美国的未婚夫，年底就要过来了，寒商也有个国色天香倾国倾城的女朋友。

结果他俩竟然亲到了一起。

明显是帅房东在和房客女孩偷情。

强森蹙着眉头："你们俩……"

寒商松开许知意，利落地反手揪住强森的胳膊，把他拽进门："进来说。"顺手关好门。

许知意琢磨着，看寒商的意思，这肯定是飙演技的时间到了，不然怎么收场。

"强森。"她不等寒商有所表示，就先抢着登台亮相，"我是有个在美国的未婚夫，可我一点都不想跟他结婚。"

强森还没怎样，寒商立刻转过头看她。

许知意继续说道："他家和我家是邻居，我们两个从小青梅竹马，一起长大，我爸妈和他爸妈一直都想让我俩订婚。"她咬了一下嘴唇，"可我自己根本不愿意。"

寒商目不转睛地盯着她瞧。

"我爸是公司的会计，特别喜欢买彩票，脑子一糊涂，挪用了公款，他爸是公司领导，抓到了证据，然后我那个竹马一直喜欢我，他威胁我说，如果我不跟他结婚，就把我爸送进监狱。"

寒商失望了。

他知道，许知意爸妈的单位不是什么公司，她爸爸也不是会计，再说裴长律无论再怎样，也下作不到这种地步，干不出这种事来。

她在瞎掰。

掰得像模像样，情真意切，眼圈都泛红了。

许知意演技很好，强森真信了。

强森的眉头更深地皱起来："这都什么年代了，还有这种包办婚姻，逼女孩子卖身救父的事？"

许知意神情诚恳："这次他要到澳洲来，我就是打算当面跟他求情，我是真的不想跟他结婚，我自己有喜欢的人。"

她顺手一捞，搂住寒商的胳膊，意思很明显：奥斯卡同学，接下来是你的show time（表演时间）。

奥斯卡秦都在希望与失望之间走了一圈，尽可能掩饰住脸上的无语，开口道："对，我也喜欢她。"

他握住许知意搭在他胳膊上的手："我说我有一个女朋友，说的其实就是她，她就是小我一届的高中和大学学妹。"

这倒是有点出乎许知意的意料。

这种该飙演技的时候，本以为他会编出一套比她的故事更跌宕起伏，更狗血的剧情出来，什么豪门联姻、怀孕、逼婚，来个大乱炖。

结果他直接把她这个女朋友认下来了。

寒商攥着许知意的手:"我只喜欢她,从来都没有别人。"

他语气淡定,神态认真。

寒商说得太像真的,许知意忍不住抬头看向他。

强森也怔在那里,望着寒商的眼睛,好半天,才忽然情真意切地说:"我信你。"

寒商只不过说了那么两句而已,强森却很笃定。

"你们俩放心,"强森跟这对苦命小鸳鸯表态,"今天的事,我绝对不会跟别人说。"

他转向许知意:"你爸自己做错了事,是男人就应该自己担责任,哪有卖女儿的道理?我看这样的家庭,你也别维护了,你跟秦哥跑吧,有多远跑多远。"

许知意也被他感动了:"可那毕竟是我爸……"

强森叹了口气:"我懂。但是人得首先对得起自己,然后才是对得起别人。你……加油吧。"

他眼眶泛红,死死地搂着怀里那摞湿衣服,不想被许知意他俩看出来,赶紧转身开门出去了。

许知意在强森背后心想,强森啊,你欠我二十刀门票钱。

但是鉴于被他发现两人恋爱,按规定应该出两千刀的罚款,这二十刀的事还是算了,不提这茬比较好。

强森终于走了,寒商低头吻吻许知意的头顶,又去开门。

许知意问他:"你去哪儿?"

寒商无语:"我回房间拿东西。"

"不用了吧。"许知意转头看看书桌上的电子钟,"我十分钟休息时间过了,要开始工作了。"

"十分钟?"寒商磨牙,"你这是瞧不起谁呢?"

许知意安抚他:"我过会儿还有个半小时的休息时间。"

她卡着点坐回书桌前,埋头认真画画去了。

强森很守信用,并没有对别人透露,只是看向他俩的眼神,总是带着由衷的同情。

两人就这样在大家的眼皮子底下偷偷摸摸地同居。

这天,许知意在休息的时候刷手机,忽然"啊"了一声。

寒商问:"怎么了?"

许知意把手机转过来,给他看新闻:"元唐集团出事了?"

元唐是寒商的爸爸寒启阳的集团公司。

寒商只懒洋洋地瞟了一眼。

"是,年初的时候后台就倒了,扯出一堆经济问题,元唐受牵连,也正在被调查,我听说,他在到处活动找关系,这两年房地产又那么惨,能熬到现在,

算他命大。"

　　许知意好奇："集团会垮吗？"

　　寒商答："就看他们运作得怎么样了。如果现在被人找到把柄，估计就会被直接摁死，不过如果运气好的话，能重新爬起来也未可知。"

　　他语调悠闲，一副事不关己的模样。

　　不过也确实和他没什么关系。

　　这天早晨，寒商接了个电话，"嗯嗯"了几声，急匆匆地起来穿衣服。

　　许知意还睡得迷迷糊糊，翻了个身："去哪儿？"

　　"有点事。"寒商百忙之中俯身亲亲她，"你继续睡吧。"

　　寒商一走，就大半天都没回来，只发了个消息，告诉许知意帮她订了外卖，马上会送到，不要忘记吃饭。

　　他没说去做什么，许知意就也没问。

　　难得他不在家，许知意一口气画完了要更新的漫画，又处理工作邮件。

　　邮件中，有一封不是约稿。

　　许知意读了一遍，火速加了里面的联系方式。

　　对方是国内一家有名的动漫公司，想买无底线事务所的动画版权。

　　许知意尽量镇定心情，跟他们聊了一会儿，觉得不是骗子，把一个师姐的联系方式给他们了。

　　师姐是明大法学院的，和许知意大学时同在动漫社，现在是律师，经常会帮许知意看甲方的合同。

　　快中午的时候，师姐发来消息，两个字：靠谱。

　　她说：不过具体的还要细谈。

　　不仅有七位数的版权费，最关键的是，她的夏彩和西秋要动起来了！

　　许知意的心"咚咚"乱跳，坐在转椅上转了个圈。

　　这种好消息，全世界她第一个想告诉的人，只有——

　　寒商。

　　许知意发消息过去：寒商，现在方便说话吗？

　　寒商立刻把电话打过来了，像是在开车。

　　"怎么了？"寒商的声音慢悠悠传来，"我也想你。"

　　许知意："谁想你了？"

　　不过他说的也没错。

　　许知意："寒商，我是要跟你说，我的漫画要变成动画啦！"

　　"真的？"

　　"真的！"许知意说，"就是我一直在画的那个漫画……"

　　寒商："就是你一直不肯给我看的那个？"

　　"没错。"许知意说，"今天一家很有名的动漫公司过来找我，正在跟他们谈合作改成动画的事,我也会参与制作,他们以前出品的几部我都看过,很不错!"

寒商的声音里满是骄傲:"从很多年前我就知道,你一定可以的,许知意,你画得那么好。"

许知意怕他分心:"你专心开车吧,回来我再跟你细说。"

寒商回答:"好,我手机快没电了,我很快就回来。"

许知意挂断电话,脑中已经有活的夏彩和西秋的卡通小人儿动起来了。

她继续画画,画到过了中午,才站起身。

老宅里很安静。

假期了,强森和卢克都没回国,刚好都不在,大概出去玩了,乐燃原本天天猫在房间里做他的新游戏,可今天中午好像被同学找出去了。

这些天老宅里热热闹闹,楼上楼下一屋子人,就没有消停的时候,难得地,今天所有人都不在。

许知意一个人去厨房喝了点水,端着杯子去后院。

天气晴好,阳光明亮耀眼,后院金字塔形的铁丝晾衣架上挂满了衣服,被风吹得一圈一圈地转着。

许知意看了半天大白鹦鹉,才重新回来。

她捧着杯子往房间走,忽然觉得不对。

是哪里不对,说不上来。

许知意的脚步顿了顿,继续往前,突然想明白是什么不对了。

气味。

厨房和客厅的窗都没开,走廊里却多出了一种陌生的气味,是人身上几天没洗过澡的味道。

许知意的汗毛都竖起来了,她刚刚去后院的时候,走廊上还没有这种气味。

许知意扫了一眼,前门紧锁着,只有后院的门大开着,要是有人溜进来,一定是潜进后院,趁着她去树下看鸟的时候,偷偷摸进来的。

许知意一边往门那边退,一边掏出手机。

寒商的电话打不通。他上午说过,他的手机快没电了。

许知意正要再按报警电话,走廊尽头,洗衣房的门忽然一动。

门打开了,一个人探出半身,向外张望。

是个看上去四十多岁的中年男人,华人模样,体型稍微偏胖。

他大概以为外面没人,想出来,没想到刚一探头,就正巧和许知意打了个照面。

许知意头皮发麻,转身就往前门那边跑。

可她突然意识到这人可能是谁。

中年华人,男的,个子不高,有点胖。这不就是寒商一直在找的人?

"别!"身后的男人出声,说的是中文,"你别报警!"

许知意没再跑，回头盯着他。

"秦先生托人给我留了他的手机号，让我遇到危险的时候，就给他打电话。"男人说，"我今天上午给他打过电话，关机了。幸好我上次跟过他的车，发现他住在这边，就自己找过来了。"

他脸色苍白，身体还有一半躲在洗衣房里，唯唯诺诺的，声音都在发抖，像是遇到了什么可怕的事。

前门那边突然传来敲门声。

"咚咚咚！"

敲得又粗鲁又急。

中年男人听见敲门声，像只受惊吓的兔子一样，"嗖"地重新躲进洗衣房里。

许知意看了眼前门。

彩色花玻璃窗外，映出一个人影。

个子挺高，像是个男的，戴着帽子。

许知意走过去，想了想，先把门上的金属门链挂好，才打开反锁，开了一条门缝。

门外果然站着个男人，戴着顶晒得半旧的大檐防晒帽，短袖外面套着一件橙黄色的反光马甲，手里拿着文件夹板和一支笔。

他身材魁梧，不知是哪个族裔，皮肤略微偏黑，对许知意笑了笑，龇出一口白牙："你今天好吗？我过来查电表。"

门外站着一个不认识的男人，门里藏着另一个不认识的男人。

行吧。

门链牢牢地限制着门打开的幅度，许知意也对他笑笑，指一下外面："我家电表在房子旁边，靠近车库，你走过去就能看见了。"

说完，她关好门，重新把门锁好。

外面的人又敲门。

"咚咚咚！"

他扬声问："电表就在车库那边吗？"

这回许知意没有回答。

她飞快地冲到后院门前，把门销插好，又跑回房间，把窗全部关上锁死。

洗衣房的门紧闭，那个中年男人躲在里面，毫无动静，许知意没有管他，先去寒商房间和楼上查了一圈。

他们几个都不在，因为怕大白鹦鹉溜进来捣乱，窗子都是锁好的。

外面的人不敲门了，许知意这才拿出手机报警，报警电话立刻通了，许知意先跟接线员报了地址。

"外面有一个男的，说自己是查电表的，一直在敲门，我知道他不是电力公司的，我怀疑他是想入室抢劫……"

许知意根本不知道这房子的电表在哪儿，但是这些天来去火车站的路上，曾经见过电力公司的人在附近挨家挨户读电表，都是手里拿着一个读表的仪器，凑上去扫一下就行了，没见过还拿着夹板和笔的。

门外那个男人，比门里这个来历不明的男人还不地道。

许知意去厨房摸了把尖刀，藏在衣袖里，看一眼洗衣房，再看一眼门外，安静地等着警察。

幸好刚刚闻出了特殊的气味。

如果没有闻到气味，就不会发现藏在洗衣房里的人，听见有人敲门，会直接过去把门打开，接下来就不知道会发生什么了。

百叶窗外，后院里，好像有人影一闪而过。

有人翻墙进了后院。

不过紧接着，前院那边就传来汽车引擎的声音。

黑色的越野车驶上车道，是寒商回来了。

车库那边的门响，许知意火速迎过去，扭开通向车库的小门，看见寒商下车，松了口气。

寒商一眼就看出不对劲："怎么了？"

许知意跟他汇报："洗衣房里藏着一个男的，中年华人，胖胖的，好像就是你要找的那个，外面还有另一个男的，说自己是查电表的，我看不太像，现在好像翻墙进了后院。"

寒商问："乐燃、强森他们全不在？"

"今天刚好都不在，家里就我一个人。我感觉外面那个男的是冲着屋里那个男的来的，所以我把门窗都锁好了，报警了。"

"你把门窗都锁好……"

寒商简直要疯。

"许知意，你哪儿来的那么大胆子？

"遇到这种事，你要直接跑出去，去邻居家，或者去旁边商业街的超市，先保证自己安全……"

许知意打断他："可是藏在洗衣房里的那个人，不就是你费那么大劲想找的人吗？我感觉他遇到危险了，我应该帮他。"

寒商一边跟她说话，一边快步往车库外走。

他用钥匙开了通往后院的小门，转了一圈，没有那个查电表的人的影子。

"算他动作快，已经跑了。"

大概是看见寒商回家，直接溜了。

寒商这才回来，直接去洗衣房，拉开门。

门一打开，里面的中年人一脸惊恐，看清寒商那张脸，瞬间没有了血色。

他声音都在哆嗦："你是……你是……"

寒商答："对。我是秦商，寒启阳的儿子。你是周正浩？我找你很久了。"

前门外的车道上，一辆警车停了下来。

寒商对周正浩说："你在这里稍等一下，我先去对付警察。"

许知意跟着他一起去开门。

门外站着两个全副武装的警察。

许知意刚刚听清了寒商的措辞，他说先去"对付"警察，他应该是不希望警察掺和洗衣房里的男人的事。

许知意主动开口："刚才是我报的警，不过我男朋友马上回来了，那个敲门的人好像走了。"

她自然无比地用了"男朋友"这个词，寒商立刻低头看了她一眼。

警察没有太在意："最近附近的入室盗窃案很多，也有入室抢劫的，平时不要轻易给陌生人开门。"

他们问了一下对方的特征，记下来，又把房前屋后巡查了一遍，告诉许知意他们再发现可疑人等的话记得打电话报警，就上车走了。

周正浩还猫在洗衣房里，脸色惨白，看见寒商关门回来，目光仍然定在他那张脸上，满眼都是恐惧。

许知意忽然明白了他在怕什么——

他怕的不是寒商，而是长得和寒商非常像的寒启阳。

周正浩哆嗦着："他们想杀了我……他们这两天找到我了，到处追着我……你说过……你说你有办法救我……"

"我能。"寒商说，"至少可以让你保住你的命。"

寒商指了指他的房间那边："我们过去说话。"又随口问，"你老婆和你女儿呢？"

这个问题让周正浩更害怕了。

他嗫嚅着："……送、送回国去了……"

寒商点头："回国安全多了。"

他跟许知意介绍："这位周先生，前些年是我爸集团的财务总监，知道的秘密非常多，后来隐姓埋名躲到了澳洲。最近集团出事，有人比我还着急，想找到他灭口。"

许知意已经完全明白了。

这就是寒商来澳洲的目的。

寒商在找的这个周正浩，一定是元唐集团某些经济问题的关键证人，除了寒商，还有别人也在找他，想让他不能说话。

寒商找周正浩的目的也很明显。

寒启阳的元唐集团要完蛋了，正在做最后的垂死挣扎，寒商打算在这种时候，送寒启阳致命一击。

他妈妈的仇，他根本没忘。

寒商对许知意说："我想和周先生单独谈谈。"

他们两个在房间里关了很久，久到连乐燃和强森他们都回来了，已经在厨房做饭,浑然不知今天这房子里发生过这么多起奇奇怪怪的事。

隔壁房间的门响,寒商和周正浩终于出来了。

许知意立刻探头出去看。

周正浩不那么害怕了,眼角耷拉下去,只剩一脸疲惫。

寒商则完全不同,眼睛明亮无比,全身姿态机警绷紧,像一头伏在草丛中正准备一跃而出撕咬猎物的狼。

他快步走过来,进了许知意的房间,把门关好。

"我要去次总领事馆,安排他尽快回国做证,他留着保命用的证据,也在国内,我得跟他一起回去一次,快的话,两三天就能回来。"他说,"我叫了安保公司的人过来,他们这几天都会在这边守着。不过你不用太担心,我爸他们一心要找的是周正浩,周正浩一回国,他们的注意力就会转移到国内,不会再在这边有什么动作。"

许知意点点头,一脸忧心。

寒商拥住许知意,低头吻了吻她的头顶:"放心,我很快就回来。"

寒商又出去找乐燃他们,低声交代了几句。

安保公司的人到得很快,没多久就上门了。

来的是两个起码一米九,两百斤打底的彪形大汉,腰上都配着枪,进来跟许知意他们打招呼。

"我们就在路对面的黑色房车里,二十四小时观察房子的动静,"他们说,"你们有事的话,也可以随时出来找我们。"

没过多久,外面就又来了一辆不起眼的银灰色车子,停在路边,轻轻点了一下喇叭,短暂地"嘀"了一声。

寒商回房拿了一个背包,带着周正浩急匆匆出去,上了车。

乐燃探头张望。

"哈?咱家什么时候多了个人啊?"

他问许知意:"哥要去干什么?雇了保安,还神秘兮兮的,让我们待在家里,尽量不要出门,说他过两天就回来。"

许知意:"大概是他公司那边有什么大事吧。我觉得我们听他的话比较好。"

乐燃和强森他们的神情都严肃起来了。

寒商他们动作极快,傍晚的时候发来消息,说他们已经在机场候机。

许知意反复在心中安慰自己。

寒商,不,秦商,早就不是当年那个对他爸毫无反抗能力的小男生,他现在带个人回国,想保障两个人的安全,应该没那么难。

许知意这一夜睡得极其不踏实,辗转反侧,一直到第二天中午,收到寒商他们在京市平安落地的消息,才放了点心。

寒商待得比他预计的还要久。

他一直和许知意保持联系，告诉她进展，一切都很顺利。

其实不用他说，渐渐地，也有风声从国内传出来了。

澳洲那些最喜欢登各种小道消息的中文媒体上，很快就有消息了。元唐集团的事比所有人预期的要严重得多，董事长寒启阳被带走接受调查。

前几年还赫赫扬扬，如今房倒屋塌。

寒商打电话过来说，不止寒启阳，寒翎母子这些年因为集团的事搅和得太深，也被控制起来了。

只有寒商，他和他爸丝毫关系都没有，完全不受影响。

他打电话回来，声音疲惫，却很愉快。

"该交的材料全部交上去了，元唐已经被踩死，没有问题，我现在没什么事可做了，明天就回澳洲。"

转天早晨，许知意还在睡觉，忽然听见轻轻的敲门声。

她迷迷糊糊地去开门，还没看清人，就被抱住了。

寒商身上带着外面清晨的凉气，把许知意压在怀里。

许知意使劲挣扎："你还没换过衣服呢，你就碰我睡衣，你这个坏蛋……"

寒商抱着她不放，把脸埋在她头顶。

"想你。"他含糊地说。

才几天而已。

寒商终于松开她，去洗澡换衣服，然后去厨房。

他打开冰箱翻了翻："已经没什么东西了。"

"是啊。"许知意说，"你不是说，这几天尽量待在家里，不要出门吗？我们连外卖都不点。"

主打的就是一个待在金箍棒画出来的小圈圈里，绝不乱动。

"好乖。"寒商摸摸许知意的头，"已经没事了。我们出去吃早饭。我上次看到一家很好看的小店。不远，走过去就行了。"

他说的小店在附近商业街的尽头。

也是座老房子，被改成了一间小小的咖啡馆。

店铺外，沿街摆着几张铸铁的桌椅，卷出花形的黑色铸铁脚上，托举着小小的圆形玻璃桌面。

难得的是，店门前，刚好有棵蓝花楹，开满花的树冠罩着整间咖啡店，最近花期快过了，落得满桌满地都是掉落的蓝紫色小花。

两人拂掉铸铁椅子上的碎花坐下，点了两套简单的早餐。

许知意要了杯拿铁。

咖啡端上来，许知意抿了一下，小声道："他家拿铁没有你做的好喝。"

"那当然。"寒商支着头，理所当然地说，"你这是由俭入奢易，由奢入俭难。从今以后，你再也喝不了别人做的咖啡了。"

他瞥一眼咖啡表面乳白色的心形拉花。

"再说，除了我，谁还能做出那么完美的一颗心？"

许知意心里有点委屈，忍不住道："可是你的那颗心，都已经给很多人做过了。"

一朵小花飘然而落，擦着杯沿，险险就落进咖啡里。

寒商的眼尾和嘴角都微微弯起来。

"当然没有。"他轻声说，"那颗心，我练了无数次，可是全世界，我只给一个人做过。"

许知意怔怔地望着他。

寒商的脸色却突然变了，他偏了下头，下一瞬，探身越过桌面，一把抱住许知意，朝旁边扑出去。

许知意在那一刻，听见了复杂的声音。

有汽车的引擎声，尖锐的刹车声，玻璃的碎裂声，铁制桌椅翻倒的声音，店员的尖叫声，还有沉重的东西撞上砖墙的巨响。

时间仿佛变慢了。

所有声音都复杂地混在一起，却又异常清晰，一种与另一种之间，能完全分辨。

许知意还看见了那辆冲过来的汽车。

驾驶位上坐着一个男人，仿佛是东南亚长相，瘦瘦小小的。然后就是寒商的胸膛，挡住她的视野。

她失去了意识。

许知意再醒来时，眼前一片纯粹的白色。

是天花板。

许知意试着转了下头，脖子牵连着后背，一阵疼痛。

这是个小房间，明显是医院。几台不知名仪器靠墙放着，自己身上没有插管子，和电影里不太一样。

许知意酝酿了几秒钟，鼓足勇气，一使劲——

坐起来了。

她第一时间低头看看自己。

两条胳膊在，两条腿也全在，手指头一根不少，甚至身上还穿着自己的衣服，没有换病号服。

下一个念头是：

寒商。

那辆车撞上来的时候，寒商抱住她，带着她一起扑倒在地上。

这小房间的门虚掩着，许知意火速下床，往外冲。

蓝紫色的花树下，他望着她的眼睛，说，那颗心，全世界只给一个人做过。

如果他出了什么事的话……

如果他出了什么事。

许知意死命控制住脑中不好的念头,"唰"地拉开门。

几乎迎面撞进一个人怀里,是熟悉的怀抱。

许知意整个人都放松了,放松到虚脱,这才觉得从颈肩到后背都因为她急匆匆的动作痛得要命,一阵头晕,攥住他胸前的衣服。

"你总算醒了。"

寒商说,声音奇怪地带着鼻音。

许知意抬起头,看见他长长的眼尾竟然泛着红。

寒商小心地抱着她:"你昏迷了一个多小时。"

一个梳棕色发髻的女医生从他们身后的门缝里挤进来,一脸笑眯眯地说:"他很担心你,一直问我们,你会不会再也醒不过来了,我告诉他,绝对不会。"

医生指了指旁边:"过来,坐这边,我再帮你检查一下。"

许知意过去了,手却牢牢地攥着寒商的衣服不肯松。

寒商很明白她的感觉,把她的手从衣服上剥下来,攥在手里,跟她一起过去。

医生又帮许知意仔细检查了一遍。

只有摔倒的时候的轻微脑震荡,还有肩背的软组织挫伤,右手无名指和小拇指大概磕到了地面,也肿着,一片瘀青。

寒商自己的左手手腕轻微骨裂,不过他没太当回事,只在问许知意的事。

"她的手指会影响以后画画吗?"

医生哭笑不得:"不用紧张,大概过一周就消肿了。"

寒商轻轻地吁了口气。

医生说:"再观察一小时,你们就可以走了。"

等医生出去了,寒商才说:"是冲着我来的,如果你真的出事了……"

他说不下去。

许知意知道。

在看清驾驶位的男人的一瞬间,不知为什么,许知意本能地想起了前些天,她透过百叶窗的缝隙,看到的潜入后院的那个影子。

一样的瘦瘦小小。

"又是交通肇事。"寒商说,"司机人没跑,在原地等着,手法和当年如出一辙。连司机的国籍都一样,是前一段时间旅游签证过来,滞留在这里的东南亚黑户,警察已经把人带走了。"

如果只被当成危险驾驶,不是蓄意谋杀,就算人撞死了,最多也就是坐十年牢而已,说不定还能减刑。

这次没有成功,只让人受了轻伤,估计只是拘押一段时间后,驱逐出境。

许知意有点奇怪:"你爸他们不是已经不能自由行动了吗?"

竟然还能遥控杀人。

"不是他。"寒商说,"我猜测,应该是寒翎或者他妈妈。自从我把VirtuaSpace做起来后,我爸一直在想办法通过各种渠道联系我,想要言归于好。

去年底,他还找到一个我没办法拒绝的中间人,想安排今年在欧洲见一面。"

如果寒商回家的话,会直接威胁到寒翎的地位。

许知意:"寒翎他们不是也被抓起来了吗?"

寒商说:"我估计,应该是他在出事前安排的。"

结果他们人被抓了,买来的凶手还在继续干活,今天终于被他找到一个下手的好机会。

寒商把许知意的手放在手心里:"你不用操心这个,我来处理就行了。"

许知意点点头。

寒商低头望着她手指上的瘀青。

只差一点。

他心想,如果那时候他迟疑半秒,他们两个人现在已经进停尸房了。

可还是害她昏迷了那么久。

这两年,他曾经试着找过当初那起车祸的证据,可惜年代久远,就连撞人的司机,没进监狱多久,就在一次斗殴中死了。

这次,有人自己主动把证据送上门。

他们能买凶杀人,他就能让凶手反咬他们一口。他早就不是当年那个束手无策,无能为力的高中男生。

碾死他们,易如反掌,只是差点就害死许知意。

在她一动不动时,寒商想过无数种可能性,每一种都让他害怕到心底发抖。

如果她死了,或者永远醒不过来了,每个害死她的人都要千刀万剐。

第十三章
孤独大陆

两人在医院留到许知意的观察期结束，才离开医院回家。

寒商的外伤比较重，不过有衣袖遮着，看不太出来。

乐燃跟他们打招呼，好奇："你俩去哪儿了？"

"去看蓝花楹，"许知意说，"花季快要过了。"

看花看进医院里。

寒商把许知意送回房间，让她躺好休息，难得地回到自己房间。

绝不能失去她。刚刚她昏迷的时候，他脑子里全是这个念头，现在也是。

寒商拿出手机，给裴长律发了一条信息：裴长律，你具体什么时候来澳洲？

马上就要十二月了。

消息刚发过去，裴长律就直接把电话打过来了。

他的声音中透着一点疲惫："我这两天就过来。正在看机票，打算一会儿告诉知意。"

他说他马上要来。

寒商尽量让自己的声音显得平静镇定："我还以为你要再过几天。"

裴长律说："因为我发现，知意对订婚这件事，比我原以为的还要抗拒。"

寒商几乎以为自己听错了。

抗拒？她不是亲口说过，打算年底和裴长律订婚吗？

难道最近两个人亲密无比的关系，让她改主意了？

寒商还没想清楚，就听见裴长律在继续说："开始的时候，听她爸妈的意思，我以为她对我们订婚这件事是默许的，我猜是因为我还没有直接对她表白过，她也不好意思多说什么。可是后来我发现，她从头到尾，就是真的不想。

"而且她仿佛觉得，我也应该不同意。"

裴长律叹了口气："她好像把我们两个脑补成一对联手反抗父母包办婚姻的好朋友了。"

寒商忍不住重复："她不愿意？"

"不愿意。"

寒商脑中一片混乱。

如果许知意从一开始就不同意和裴长律订婚，为什么又说她要和裴长律订婚？甚至就算是最近，都没改过口？

寒商尽量让自己冷静下来，把思路一点点理顺。

她是故意的。

故意对他说谎，说要和裴长律在一起。

裴长律还沉溺在自己的悲伤中，不能自拔："我一直都觉得，知意这些年肯定是有点喜欢我的，她对我那么好。"

寒商默默地想：她对狗都好。

"她对我和对别人不太一样，你知道，她是个很有底线的人，可是无论我做什么，她都支持我，比对一个朋友要多，我感觉，我们一直是友达以上，恋人未满。"

"我知道，我交了不少女朋友，她都没什么表示。"裴长律说，"可是确实有那种特别深情的女孩子，一直陪在你身边，安静地等着最后上位，电视剧里的男二女二不是经常这样吗？"

寒商："你电视剧会不会看太多了？"

"是真的。"裴长律说，"我这些年也真遇到过，不止一个女孩子，向我表白，说愿意一直等着我。浪子回头后，只对一个人忠贞不渝，多少女孩子都喜欢这一套。

"所以，我这次来澳洲，打算用这一两个月的时间，和她单独相处，我从小和她一起长大，没人比我更了解她，也知道她喜欢什么，我不信以我对女孩子的经验，她最后能不对我上头。"

寒商没有出声。

裴长律说："所以我打算提前过来，越早越好。"

挂掉电话后，寒商的心还在疯狂地乱跳着，两只手一阵阵发麻。

寒商揉了揉自己的脸，深吸一口气，让自己能够呼吸。

她没打算订婚，原来她根本没想和裴长律在一起。

这件事太好，好得像假的，好得像在做梦。

是他生平做过的最好的梦。

寒商口干舌燥，心中雀跃到不能相信。

寒商又吸了几口气，喉咙干到痛，他拿起杯子站起来，开门去厨房找水喝。

乐燃正站在厨房里，抱着一大盒紫红到发黑的李子，一边啃一边刷手机。

看见寒商来了，乐燃往前递了递手机。

"哥，也不知道许知意最近都在干什么？漫画好久都没更新了。你有没有在追？不然咱俩当面催个更呗？"

乐燃的手机屏幕就在寒商面前，想不看到都难。

屏幕上，是个穿着夏装校服一样短袖白衬衣和短裙的少女，她的左肩上，竟然坐着一个男生。

男生比少女高很多，却奇奇怪怪地坐在她肩头，他的眼睛和头发如墨一样黑，神情百无聊赖，两条长腿随意地蜷着，牛仔裤的破洞里露出膝盖。

这就是许知意一直不肯让他看的漫画。

她不许他看，寒商就也自觉地不去看，可是眼前的画面，冲击力实在太强。

寒商忍不住接过乐燃的手机。

乐燃啃着李子，也凑过脑袋来看："哎，哥，你觉不觉得，这个西秋，长得有点像你？虽说二次元和三次元有壁吧，可是我觉得他的做派和说话的语气都挺像你的。你觉得呢？"

寒商对着那张图盯了很久，然后一路往前翻。

漫画是在微博上免费连载的，已经连载了很多年。

连载开始的时间，就是六年前，他去德国的那个夏天。

她画了一个西秋，因为西秋是只鬼，只有附身在女孩左肩的文身上才能存在，所以永远跟她在一起，永远都不会走。

寒商的喉咙一阵发紧。

乐燃叫他："哥？"

寒商回过神，把手机还给他，拿出自己的手机，干脆在餐桌旁坐下，找到这个账号，从头开始看。

"啊？这漫画你还没看过啊？"

乐燃拉着长声问，笑得相当开心："好看对不对？上头对不对？认识许知意之前我就在追，追了好几年了。"

乐燃在餐桌对面坐下，啃着李子，声音含糊地说着："强森和卢克跟你说了没有，他们已经找到一个房子了，打算明天就搬过去。这样楼上的房间就空出来了，许知意的未婚夫马上就要过来了，刚好可以住进去。"

寒商只"嗯"了一声。

没过多久，许知意也从房间里出来了。

她手里拎着水杯，眉头皱着，满脸沉重。

寒商火速按熄手机屏幕。

乐燃瞥了寒商黑掉的手机屏幕一眼，笑得更灿烂了，啃了一大口李子。

许知意走到厨房里，往杯子里装了点水，心不在焉地喝了一口，才幽幽地说:"裴长律刚才给我打电话了,他说要提前过来,已经订了机票,后天下午就到了。"

寒商完全明白她在担心什么。

这个小骗子。

裴长律马上要来了,订婚的事眼看就要穿帮,不知道她打算怎么收拾残局。

总不能真的答应裴长律吧。

寒商用眼睛追着许知意的身影,心中忽然升起了好奇心,不知道她打算什么时候才向他坦白骗人的事。

乐燃连忙插话:"你未婚夫终于要来啦?恭喜恭喜!"

许知意脸上全无喜色,点点头,转身回房去了,一副魂不守舍的模样。

乐燃也抱着李子"噔噔噔"地上楼了,寒商重新按亮手机,继续看许知意的漫画。

寒商一口气看了上百话,才放下手机。

故事里,全是他和她之间,从高中那个中午开始,一年年、一桩桩的点点滴滴的影子。

原来她的心意和他一样,那么早,那么深,却一直没有宣之于口,也像他一样,慌慌张张、笨拙地找着各种借口。

夏彩说:西秋,你永远都在,真是太好了。

夏彩说:西秋,你不知道,我有多喜欢你,一直喜欢,很喜欢,喜欢了很多年。

寒商坐在那里半天,才动了动,从身上摸出皮夹,打开。

他从皮夹的夹层里,取出用塑封膜仔细封着的一张小小的纸片。

纸片上画着那颗心。

这是他从别人那里偷来的一颗心。

虽然岁月久远,因为小心收藏着,那颗心上的颜色没有褪掉。

每种颜色的过渡,都仔细用了心思。

一笔又一笔,勾画的是她的真心。

当初在裴长律那里看到这颗心时,扭搅着心脏的嫉妒和痛苦,现在全变成了满腔柔情。

这里的每一笔,原来都是为了他,并不是为了别人。

寒商对着那颗心看了很久,才重新把它小心地放回皮夹里。

他站起来,人还有点晕着,脚步像是没法踩到实处,心中只有一个念头——到她身边,越近越好。

寒商推开许知意房间的门。

许知意正坐在书桌前发呆,对着电脑,手上的笔转了一圈又一圈,一笔都没画,竟然没听见寒商进来的动静。

寒商在她旁边坐下,伸手拉过她的手:"手指还肿着,就急着要画画了?"

许知意"嗯"了一声,转过头。

看着可怜巴巴的。

好像一只小动物,自己"吭哧吭哧"地挖了个坑,不小心把自己掉进去了,现在扒着坑沿往上使劲,不知道该怎么爬出来。

寒商默默地把旁边的冰敷袋拿过来,帮她敷在手指上,用两只手一起握住她的手。

许知意心不在焉地看了一眼,就算再走着神,也察觉到寒商情绪不对。

寒商坐在那里,捂着她的手指,默不作声地低着头。

许知意心中一阵内疚:"寒商,你怎么了?"

其实不用问也知道,裴长律就要来了,寒商的心情不会好。

寒商听见她的话,抬起双眸。

许知意看见,他的眼角微微弯着,眼中满是柔情蜜意,仿佛有千言万语,怎么看,都不是在难过的样子。

许知意:嗯?

寒商语气温柔:"强森他们说,明天就要搬走了,刚好,楼上的房间腾出来了,我明天出去买点日用品,这样裴长律过来的时候,就可以住了。"

许知意不吭声。

寒商:"或者你跟我一起去挑,你们一起长大,你对他的喜好比较熟。"

许知意:"寒商……"

寒商凝视着她的眼睛,等着听她打算说什么。

可是许知意忧心忡忡,没有继续的意思。

她不说话,寒商就接着说:"我要跟你的未婚夫搞好关系,毕竟以后大家要做邻居,对不对?"

许知意咬了咬嘴唇,拿起笔,望着屏幕发呆。

寒商望着她的侧影。

许知意,你不知道,我也喜欢你,很喜欢,喜欢了很多年,比你能想象的还要多得多。

第二天,强森和卢克搬家,和大家告过别,带着行李和哑铃,上了他们那辆白色小起亚。

卢克安慰大家:"放心,这么多天了,我已经记住要靠左行驶了。还有,转弯要让直行,过环岛的时候要让左侧……哦,不对……右侧的车,对吧?"

说得大家更害怕了。

乐燃把他从驾驶位揪下来,塞进后座,自己亲自开车送他们。

寒商说到做到,和许知意一起,开车去给楼上的空房间买基本的家居用品。

在店里,寒商逛来逛去。

"许知意,裴长律喜欢这种乳白色,还是喜欢藏蓝色?"

"格子比较好,还是纯色的他更喜欢?
"这台灯怎么样?他喜欢古典风吗?
"许知意,你过来帮他挑一下杯子,我不知道哪个好。"
许知意在寒商身后快快地跟着,心里又忧愁,又纳闷。
怎么感觉寒商比她这假未婚妻还要热心?
他脚步轻快,自内而外透出来的愉快藏都藏不住,一副心情极佳的样子。
许知意盯着他琢磨,难不成他真的对三个人这种奇葩的关系,有某种特殊的爱好?
许知意随便挑了一堆东西带回家,让寒商悉数放进楼上的空房间。她没有布置房间的心思:"让他到时候自己拆吧。"
寒商放下东西,悠悠感慨:"真是个冷漠无情的未婚妻啊。"
寒商也扫视了一遍这些大包小包。
玩笑归玩笑,许知意是真的知道裴长律喜欢什么。
她今天逛店的时候心神不属,随手选的东西,风格却高度统一。
颜色都是素淡的,以灰色系为主,造型简洁大方,线条优雅,就是裴长律平时惯用的东西的风格。
她和裴长律一起长大,青梅竹马,这么多年不是白过的。
裴长律说的没错,许知意对他是有一点特殊的情感在的,和对其他男生的态度截然不同。
她自己当初也说过:过命的交情。
裴长律这次过来,是下定决心,要在一两个月内搞定订婚这件事,他一定会用尽手段,火力全开。

这一天逛下来,寒商心中已经全是警惕——
不能开心得昏了头。
这是最后的决战时刻,裴长律是个非常强劲的对手,即使知道许知意这些年的心意,也绝对不能轻敌。
裴长律的飞机明天下午到,晚上睡觉前,寒商在许知意这边仔细搜索了一遍。
两个人这些天几乎住在一起,寒商图省事,不少东西都留在她的房间里。
反正按合租条例,其他人并不会冒着罚款的风险往房间里看,两个人有恃无恐。
从他的电脑、鼠标键盘、充电器,到放在她这边的内衣外衣,寒商来回走了好几次,才全部运回隔壁房间。
许知意的房间又恢复成本来的样子。
寒商站在门口,扫视一圈。
"看不出来了吧?"
许知意想哭:"嗯。"
他就这么轻而易举地把他的痕迹抹得一干二净。

"你今天晚上就要回去睡了吗?"她问得可怜巴巴。

寒商的心软成一团,快步走过去拥住她:"今晚不走,还在这边睡。"

晚上,两个人早早地上床。

一上床,寒商就把许知意拢在怀里,顺好她的头发,吻了吻她的头顶:"安心睡吧。"

许知意窝在寒商怀里,头埋在他胸前,抱住他的腰。

两个人各想各的,闭上眼睛。

加州的阳光名不虚传,明亮到刺眼。

起居室雪白的纱帘被风扬起,露出前院的如茵绿草,仿佛哪里传来隐约的钢琴曲声,轻而和缓,听不太清楚。

米白色的沙发前,彩色卡通泡沫防滑垫上,耸立着一座乐高城堡,只搭好了一半,正在修建屋顶。

城堡前,趴着一个小男孩,发旋在阳光下反射着晕光。

他回过头,叫:"妈妈,我渴了。"

许知意应了一身,手撑着沙发,想站起来,无奈手脚都浮肿着,七八个月的肚子隆得像小山一样。

许知意在软软的沙发上挣扎了半天,总算起来了,拿过旁边茶几上放着的儿童水壶,穿过起居室去厨房。

正门那边一阵响动,裴长律走了进来。

逆着阳光的晕光,看不太清楚他的脸。

不过许知意心中知道,他的身材依旧挺拔,人依旧年轻,岁月仿佛没在他身上留下什么痕迹。

"知意。"他先过来,低头在许知意头顶亲了一下,"我回来看看你,顺便换下衣服,一会儿还要出去。晚上系里几位教授要聚一聚,这种活动一定得参加,消息才能灵通,你懂的,可能晚上得晚点才能回来。"

"哦。"许知意点点头。

裴长律去客厅摸了摸小男孩的头,就去换衣服,许知意扭开儿童水壶的盖子。

主卧门开着,裴长律遥遥地在说话。

"知意,生完以后,让我妈或者你妈过来带孩子,你有没有兴趣去苏珊娜的实验室帮忙?我听说她那边刚好有个空位置,你专业合适,又正好能拿到一点工作经验——当然,我是说,等你生完,休养好之后。"

"哦。"许知意说。

卧室里,一声手机的响动。

裴长律出来了,换了一身休闲的西装,低着头,在看手机。

许知意犹豫了一下,还是问:"长律,又是你上次出差去开研讨会,遇到的那个女生?"

裴长律怔了怔，忽然笑了，快步走过来。

他从身后环住她，把手机递到她面前。

"不是。上次研讨会上，大家互相都加了联系方式，我不太好意思拒绝，就加她了，谁知道她后面会没完没了，一直发消息过来骚扰，发的消息还那么奇怪。"

他在许知意眼前点了几下屏幕。

"你不喜欢的话，看，我把她删了。这些人都不重要。乖，别胡思乱想，安心养胎。"

他松开她，转身出门走了。

房子里异常安静，像一潭沐浴在金色阳光中的池水，没有丝毫波纹。

许知意把手里儿童水壶的盖子放在旁边，扭开水龙头。

流水"哗啦啦"的声音遮蔽掉钢琴曲声，许知意心中隐隐有种奇怪的念头。

仿佛很久以前，她曾经想要做一件什么事。为了那件事，少睡了很多觉，吃过很多苦，但是也很快乐。

那件事绝不是洗一个印着小火车的儿童水壶，也不是去实验室做什么帮手。

可那件事是什么？

无论如何都想不起来了。

又仿佛，岁月中还曾经有过那么一个人，一个非常重要的人，那个人不是裴长律，也不是现在身边的任何一个人。

可他是谁呢？

许知意疯狂地在脑海中搜索，却怎么都想不起来，她越想越着急，越想越焦躁，着急到想哭。

"许知意？"有人在叫她。

许知意猛地睁开眼睛。

寒商。

他正抱着她，低头看着她，在黑暗中，目光明亮。

第二天早晨，寒商早早地起床洗澡，在洗手间里待了很久。

他出来的时候，能看得出来，认真整理过头发，刮过胡楂，一身清爽。

帅是真的帅，寒商不仔细打扮也帅到天怒人怨，可许知意的心思完全不在上面。

吃早饭的时候，寒商问许知意："我们要去机场接他吗？"

许知意："不用吧？裴长律又不是小孩儿。再说他也说了，不用我去接机。"

寒商道："我估计也是。"

许知意：嗯？

"他不会要你去接机，也不会直接过来的。"寒商淡淡地说，"他刚飞了二十多个小时，是最狼狈的时候，怎么会带着行李来你这边兵荒马乱地换衣服洗澡？"

许知意却觉得有可能,毕竟裴长律和她那么熟,应该不会太在乎这个。

寒商见她不信,挑眉:"要打赌吗?"

许知意没那个心思,拒绝:"不要。"

寒商又说:"我刚才出去帮你买了样东西,说不定你可以用得上。"

许知意不懂:"什么东西?"

寒商起身,片刻就回来了,手里竟然拿着一小束花。

花束不大,但是配花雅致错落,非常漂亮。

寒商说:"他千里迢迢来澳洲,我觉得,你好像应该送束花表达诚意。"

许知意纳闷:"他又不是女孩子,要什么花。"她把花接过来,随手往旁边的架子上一插,"这花送我好了。"

寒商的眼睛亮闪闪的,嘴角似笑非笑。

他悠悠地道:"裴长律以前说过,追女孩子的时候,第一次送花,千万不要送造型太过夸张的,九十九朵玫瑰什么的,太俗了。花要小而精致,带着点随意,显得有品位,又让人印象深刻。所以我估计,他自己也喜欢这样的吧?"

管他喜欢什么。

许知意一心只在马上要到来的大麻烦上,满心绝望。

下午的时候,裴长律发消息过来,说他已经平安落地了,正在出关。

寒商所料不错,裴长律说,出关后不会直接到这边来,大概要到晚上才会过来看她。

许知意又多熬了痛苦的一下午,心神不属地跟寒商一起吃了晚饭。

乐燃也下来凑热闹。

他坐在餐桌旁,问许知意:"你未婚夫要来了,你都不去机场接他啊,他不会伤心吗?"

许知意万分纠结。

到底应该等着裴长律过来后,趁寒商不在的时候,偷偷跟裴长律把话说清楚,把订婚这件事悄悄解决掉,还是现在干脆跟寒商坦白自首?

这么纠结着,一直到了晚上。

裴长律迟迟不来,让许知意什么都做不下去。

寒商望着她,忽然说:"我记得,裴长律曾经说过,约女孩子,在两次见面之间,没有敲定下一次约会的时间的时候,要压制住想见她的急躁情绪,尽量向后拖,一定不要急着给她打电话、发消息,这样才能让她想着你,把她想见你的情绪吊起来。"

寒商继续说:"他说,但是一旦定好了约会的时间,一定要严格守时,最好提前一点,不要太多,比如两三分钟,才能让她有好感,又不显得你太着急。"

许知意默了默,这都是什么神经病的招数。

不过许知意心情急躁,倒不是因为想见他,是因为心悬着,不知道头顶上那把断头台的大铡刀什么时候掉下来。

等到晚上八点多,裴长律发来消息,说是晚上九点半会到。

又过了一个多小时,外面路边,终于停下一辆出租车。

许知意下意识地去看时间。

九点二十七分,早了三分钟,和寒商说的一模一样。

有人从车上下来了,过来敲门。

乐燃从晚饭后就躺在客厅沙发上打游戏,这时候"嗖"地坐起来,可是并不去开门。

寒商偏头看向许知意,也没有去开门的意思。

许知意只得自己走过去,把前门打开。

裴长律站在门外。

许知意上次见他,还是在枫市上班的时候,有一年过年回家,他照例来她家拜年。

很久不见,裴长律的样子又有了点变化。

他和寒商一样,由少年蜕变成了男人,肩变宽了,人更高了,明明是一身温文尔雅的书卷气,却因为事业顺利,鲜衣怒马,春风得意,锋芒毕露。

进入十二月,就算入夜了,还是热,裴长律只穿着件浅到几乎看不出颜色的蛋青色衬衣,灰色亚麻西装薄外套搭在臂弯里,虽然一路舟车劳顿,人却清爽干净。

是那种走在路上,每个人都会忍不住回头多看一眼的好看的男人。

"知意,不好意思拖到这么晚,本来应该明天早晨再过来,可我实在忍不住,想先来看看你。"

声音也照例清越动听。

裴长律俯身过来,象征性地松松地抱了许知意一下,随即松开。

许知意敏锐地察觉到,他用过香水。

不多,量控制得刚刚好。

香水微带水果调,以男香而论,略微甜了一点,但是这味道和许知意自己常用的那款香水有点神似,只是更冷冽,更偏中性,所以闻着还不错。

裴长律松开她,把背后的另一只手递到她面前。

他手里拿着一小束花。

花束不大,却很精致,风格随意雅致,配色清淡偏暖,点缀着一点点亮色,恐怖的是,也包着米色的包装纸,和寒商买来插在她房间架子上的那束花宛如孪生兄弟。

许知意看见花,满脑子只有一个念头——

这种预判,寒商是怎么做到的?

随即,她就想明白了,他们两个其实都在按她喜欢的颜色配花和衬纸。一个认识她二十几年,一个认识她十年,两个人都很懂她。

可见寒商说什么,买束花让她送给裴长律,全是胡扯,他买那束花和说那

句话的心思，一想就明白。

他对她说过裴长律是怎么送女孩子第一束花的，抢先点破裴长律的套路，让他招数的效果大打折扣。

不过由此可见，裴长律这次过来，是真的把她当成攻略对象了。

裴长律的表现确实不大一样，不像以往这些年两人相处时那么放松，状似随意，呈现的却是最完美的姿态。

许知意心想：你难道觉得你这样，我就能忘了你穿宝宝面包裤的样子了吗？

"送你的。"裴长律说。

许知意接过花，随手递给身后的寒商："谢谢，进来吧。"

裴长律的目光也落在寒商脸上，停了一秒，微笑着，伸手拍了下他的肩："好久不见了。"

寒商颔首："好久不见。"

乐燃立刻从沙发那边站起来，热情无比地跟裴长律打了个招呼，眼珠滴溜溜地把裴长律打量了好几圈。

乐燃同学，也是枚会随时引发穿帮的定时炸弹。

今晚无论许知意找什么借口，都没法把乐燃赶回楼上待着，他是铁了心要留下看她的"未婚夫"上门。

许知意很担心他会劈头对裴长律来一句"嗨，你就是许知意在美国的未婚夫吗"，还好乐燃并没有，他只说："嗨！你就是那个……'常绿'吧？久仰大名哈。"

裴长律一身轻松，没带行李。

他跟乐燃打招呼过，对许知意解释："我还是先订了酒店房间，如果这边有空房的话，晚上或者明天再搬过来。"

看得出来，他离开机场后先去了酒店，肯定洗过澡，换过衣服，好好休息过，并不是才下飞机那种风尘仆仆的样子。

也和寒商预计的一样。

"吃过晚饭了没有？"寒商问，漫不经心，却是主人的口吻。不过他本来也是这座老宅的主人。

裴长律顿了顿，才笑答："已经吃过了。"

他接着问寒商："这么晚了，你是专程待在这边等我的，还是……你也住这边？"

"我住这儿。"寒商答得很坦然。

裴长律瞥他一眼，又看向许知意："倒是没听你们两个提起过，我还以为寒商住在市中心的公寓。"

寒商直视着他的眼睛，嘴角微挑，淡淡地答："没有，我早就搬过来了。"

"哦，"裴长律语气随意地问，"你是什么时候搬过来的？"

寒商答："她搬过来的那天晚上。"

裴长律停顿两秒，最终点了下头，笑了。

"行。"他说。

他补充："那时候知意没地方住，所以想请你帮忙照顾一下。你照顾得真是不错。"

寒商悠悠地答："客气了。"

许知意知道，裴长律不是傻瓜，他已经觉察到不对，寒商也没有丝毫掩饰的意思。

他俩像两匹伏低脊背，准备抢地盘的狼。

许知意站在战火纷飞的中心，心脏"咚咚"乱跳，火速对裴长律说："你坐，我去倒茶。"

乐燃立刻指指沙发："过来坐，别客气啊，就像在自己家一样。"

"不用倒茶，我不渴。"裴长律说，"知意，我要住的房间在哪儿？"

他不问老宅的主人寒商，只问许知意。

"哦，在楼上，我带你上去看看。"

能转移注意力是最好的，许知意马上把裴长律带离战场。

她带着裴长律上楼梯："这边有两层，你的房间在二楼。"

问题是，寒商和乐燃也跟在后面上来了。

走到空房间门口时，裴长律转头看了一下走廊。

二楼走廊只有三个门，尽头的门大开着，里面是洗手间，另外两扇门显见的是两个紧挨着的房间。

裴长律问许知意："隔壁是你房间？"

许知意还没说话，乐燃就在后面飞快地抢答："隔壁不是她房间，是我房间。以后咱俩住楼上啊。"

裴长律礼貌的微笑凝固在脸上。

他今晚的笑容保持得很不容易的样子。

许知意火速探身帮他开门。

房间里很干净，强森搬走前仔细收拾打扫过，一尘不染，只是床前地上堆着大包小包，都是枕头、被子、床罩等等。

许知意解释："我们刚买回来，还没来得及拆。"

她说"我们"。

裴长律仿佛没听见这两个字，走进房间里，四下看看，又扫了一眼地上堆着的东西。

"一看就知道是你买的，都是我喜欢的风格。知意，跟你我就不客气了。"

寒商靠在门口，随口接道："她挑的，我刷的卡。"

裴长律脸上的笑容终于撑不住，消失了。

许知意原本的打算，是先混两天再说，可是看现在的状况，根本连一晚上都混不下去。裴长律才进门没多久，他和寒商之间的火药味已经浓得吓人。

寒商完全是一副其他雄性动物侵犯他的领地,炸了毛的姿态,裴长律更神奇,好像真有未婚妻被别人抢了似的。

许知意倒是不怕裴长律知道她和寒商的事,她怕的是,他俩稍微多互呛几句,她对寒商撒的关于订婚的谎就会彻底露馅。

许知意调整呼吸,假装没事:"长律,你先看看房间,我下楼一下,马上回来。"

裴长律点头:"好。"

许知意转身前瞥了眼寒商。

许知意下楼回到自己房间,没过多久,门就又开了。

寒商非常机灵,看懂了她的眼神,跟着下来了。

他进来,回身关好房门,先搂住许知意的腰,把她压在门板上,低头吻住。两个人靠在门上,无声无息地接吻,仿佛外面的一切都不存在。

许久,寒商才松开一点,轻声问:"怎么了?未婚夫来了,还要继续偷情?"

许知意背靠着门板,做了好几秒钟的心理建设,才开口。

"寒商,我有一件事,想要对你坦白。"

她仰着头,有点局促不安,但是瞳仁清亮,直视着他,眼神中又有了寒商熟悉的那种天不怕地不怕,又直又莽地往前冲的样子。

是他喜欢的样子。

寒商抿了一下唇,掩饰想要弯起来的嘴角。

"什么事?"

许知意一字一顿地说:"我,其实,从一开始,就没打算跟裴长律订婚。"

寒商平静地看着她。

实话说了,他的反应却是没什么反应。

这和许知意预料的不一样,许知意有点着急了。

"真的,我是骗你的。我就是想着……就是想着……"

寒商打断她的话:"许知意,我给你看一样东西。"

他从口袋里摸出皮夹,从里面抽出一张过塑的小纸片。

塑料膜是信用卡的尺寸,但是纸片还没有指甲大,上面画着小小的一颗心。深深浅浅的金属色,在灯光下反着光。

许知意忍不住"啊?"了一声。

她有点结巴:"这个……怎么会在你这儿?"

"我偷的。"寒商镇静地说,"从裴长律包挂的扣子里。"

许知意怔了两秒,脑子飞转,前因后果全部贯通。

"我就在奇怪,这颗心怎么会忽然没了,原来还是不小心留在裴长律那颗扣子里了?"

许知意推测:"然后被你发现了,你还把它悄悄偷出来了?怪不得我跑到裴长律那边找,也没找到,裴长律也不知道。"

"对。"寒商答,"我那时候以为你喜欢裴长律,很难过,所以带着这颗偷来的心,去了德国。"

许知意望着他,几乎不能相信。

这些天,寒商说过很多次,他有多喜欢她。

他半真半假地在强森面前跟她表白,他说拿铁上的千层心全世界只给一个人做过,在她昏迷的时候,他是真的急了。

寒商喜欢她的程度,远比她以为的要多。

不止多,还长久。

那些一个人追逐背影的岁月,原来是两个人的辗转纠结。

许知意反应了好几秒,气到磨牙:"你当时就那么跑了?但凡问我一句呢?你还给我拉黑??"

寒商手指竖在唇边:"嘘,小声点,楼上要听见了。"

许知意压低声音,语气却很凶悍,用气声恶狠狠地说:"寒商,我是真的很想咬你一口。"

寒商把手送到她嘴边。

"你咬。"

许知意没跟他客气,扎实地一口咬上去,在他手背上留下两排深深的牙印。

"这颗心本来就是打算给你的,我准备编一条手链,结果手链还没编完,你就跑了,跑得那么远,想找都找不着……"

"我知道,我知道。"寒商抱住她。

他柔声呢喃:"我现在都知道了。我看过你画的漫画,夏彩和西秋的故事。我也知道,你从来就没打算和裴长律订婚。"

他问:"可是,许知意,你当初真的想过去美国吗?"

"有。"许知意说,"我那时候确实动过去美国读博的心思,因为觉得去那么远的国家,可能挺有意思的。"

寒商低声问:"如果你走了,我怎么办?"

许知意顺畅地答:"我也想过。要是你肯的话,可以去陪读,我养你。反正我也不是没养过——我有奖学金,还会画画,我养得起。"

她未来的计划里一直都有他。寒商有点哽咽:"我以为你要去美国,不打算再画画了,也没想和我在一起。"

许知意望着他,一字一顿地说:"寒商,在我的人生中,从来没有一秒钟想过要放弃画画,也没有一秒钟想过不要你。"

寒商凝视了她很久,才低头亲了亲她的额头。

"为什么会有这么多误会。"

"我倒是觉得,误会没什么。"许知意说,"阴错阳差是难免的,这次没有误会了,那下次呢?关键的是,无论有哪种误会,无论有多少误会,你都要坚定地喜欢我,我也会坚定地喜欢你。"

寒商攥紧她的手。

"我总感觉，"许知意继续说，"好像存在着一些平行时空，在那些平行世界里，我曾经选错过，放弃了我喜欢的东西和喜欢的人。这次一定不能再错了。"

寒商凝视着她。

"不会。"他说，"无论在哪个平行世界，我都会爱你，找到你，最后和你在一起。"

寒商把那颗心小心地重新收进钱包里。

许知意一眼看见，钱包夹层里还收着一样熟悉的东西，是她挂着金属小猫的发圈。

他这不是钱包，是随身携带的许知意纪念馆。

"你等我一会儿。"寒商说。

他出去了，片刻就回来，手里拿着一只藏青色的丝绒小盒子。

他先点开手机屏幕。

"我知道，裴长律这次过来，是打算跟你求婚。"

许知意：嗯？

她知道裴长律这次过来是对她有所图，完全没料到他会这么激进。他是对自己的魅力有多自信，才觉得能在这么短的时间内让她答应嫁给他？

"我估计，他打算用假期的这些天和你培养感情，最后在走之前，正式向你求婚。"

寒商翻出裴长律发过来的图片，把手机送到许知意面前。

"这是他打算求婚的钻戒。"

公正地说，戒指还挺好看，正是许知意喜欢的款。

寒商今天一直在给裴长律拆台，不停地把裴长律准备的各种惊喜，或者惊吓，提前给她瞧。

寒商仔细观察了一下许知意看到戒指时的表情，才打开手里的丝绒小盒子。

盒子里是一枚同样祖母绿切割的长方形钻戒，和裴长律那张照片相比，主钻大得太多了，也纯净剔透得太多了。

"裴长律跟我说，你喜欢这种切割，因为看上去像一颗冰糖。

"我的这颗，比他的大，比他的白，比他的更像一颗冰糖。"

许知意抬起头。

"我并不是现在逼你结婚的意思，"寒商那双眼睛很黑，带着湿漉漉的温柔，"你想结就结，不想也没关系，我都陪着你，但最关键的是，让我当你的未婚夫，不要收他的戒指。"

寒商说："许知意，他的钻戒不好，选我的。"

寒商认真地望进她的眼睛里。

"许知意，选我。"

当然选他。

许知意从来没有想过要选别人。

可是攥在手里的手机这时候忽然振动一声,有人发来短信。

许知意瞥了一眼,认真地说:"寒商,我现在必须得打个电话。"

她在这种时候要打的电话,一定非常重要。

寒商:"好。"

是动画课的伊森老师,他热情的声音从那头传来。

"知意,你收到我的短信了?有个特别好的消息,我想马上告诉你!你的'滑沙'拿到了动画影展学生组短片的最佳动画奖!还有另外一个更好的消息:我的导师想把你的短片推荐到今年的菲纳国际动画节,希望能竞争学生毕设类的奖项,所以我需要你填一些表格……"

菲纳国际动画节今年夏天举行,是全球最著名的几大动画节。

伊森兴奋极了,说得又急又快,许知意已经听不清了,只有喜悦漫上来,然后就很想哭。

许知意问清楚接下来需要做什么,挂断电话,伸手抱住寒商的腰,把头埋在他胸前。

那些吃过的苦,一点一滴的,最终都变成了馈赠。

许知意用了好半天,才重新恢复镇定。

"寒商,我的短片要去菲纳动画节了,是全球最最好的动画节,我以前从来都没有想过,我有一天竟然可以……"

寒商抱着她,用手拢着她的肩。

"我知道,我知道,"他在她头顶上说,"我一直知道你可以。你值得。"

许知意平复好心情,松开寒商,把手递到他面前。

"我选你。"

寒商怔了一秒,仿佛深深地吸了口气。

他从小盒子里取出那枚冰糖般的钻戒,握住她的手,仔细地帮她戴在无名指上。

他的神色不变,但是手指一直在微微地抖。

许知意抬眼看他,发现寒商垂睫看着自己和她的手,眼眶泛着红。

"许知意,"他的声音有点沙哑,"你不知道,我等了多久。"

有人在轻轻敲门。

许知意转身扭开门把手。

门外站着乐燃。

"就知道你俩藏在这儿。"乐燃轻声说,回头瞟一眼身后。

"你俩把楼上的那位忘了吧?把我们撂在那儿半天了。我搜肠刮肚的,把我们家狗吃什么营养膏和我奶奶年轻的时候谈过几次恋爱都跟他说了一遍你们知道吗?"

乐燃说着话,目光落在寒商和许知意牵着的手上,一眼看见了许知意那枚

钻戒。

他立刻握起拳头，在胸前无声地比了一下："耶！终于！"

乐燃压低声音："不过你们这种戒指，太没个性了，我觉得，还是我做的小猫耳环比较好看。"

许知意：哎？

看到许知意被吓到了，乐燃得意非凡。

他在耳朵上比画了一下，小声说："你的小猫耳环，寒商送你的那对，是我亲手做的。没想到吧？"

他说："我那时候上高中，我舅舅家里开着一个首饰加工厂，我没事就过去玩，跟师傅们学了不少东西。我正好想赚点外快给游戏充值，就在网上开了个手工饰品的店，卖的都是自己做的各种小首饰。

"因为首饰都是按自己的想法做的，生意还挺不错，后来有一天，有个人在网上找我，问我定制首饰做不做。我随便瞎开了个高价，他居然同意了，就是要求特别麻烦，要完全按照他设计的样子来。"

许知意看向寒商，寒商已经弯了嘴角。

乐燃说："那时候，他天天给我发语音，一发就是一大段，烦得要死。耳环要小，还得精致，材料还得好，彩钻什么的，差点没做瞎我的眼睛。

"他要的耳环，一边是猫头，一边是猫尾巴，我问他，为什么要做小猫。他说，女朋友喜欢猫啊，要用一只小猫换另一只小猫。我也不知道是什么意思。"

怪不得那对小猫耳环，许知意全网都搜不到同款，原来是寒商特别找人定做的。他还故意把耳环装在简陋的小塑封袋里，随便扔在袋底。

乐燃对许知意笑笑："后来我在澳洲遇到你的时候，一眼就看见你耳朵上的小猫耳环了，心想，哟，这不是我做的嘛，全世界独一无二。

"咱俩认识以后，我仔细观察过，发现你独来独往的，看来送你耳环的那个人，后来没和你在一起。然后我就发现，我一直追的漫画是你画的，我有种直觉，送你耳环的人，就是漫画里西秋的原型——因为漫画里，西秋也送过夏彩一对耳环。

"后来你就搬进了这幢老房子。我看中了房租便宜，也想搬进来，发消息问房东，结果房东直接打电话过来了。

"他一开口，我就听出来了，这不就是找我订耳环的那位吗？"

乐燃对寒商挤挤眼睛。

许知意忍不住："所以你比我还早知道他是寒商？"

那时候寒商在她面前藏得好好的，谨言慎行，只肯发消息，一句话都不肯说，结果早早地就在乐燃面前把马甲掉得精光。

"所以我就赶紧搬过来看热闹来了。"乐燃优哉游哉，"没想到还能顺便赚钱。"

他算计着："强森他们搬走了，那个'常绿'还不算正式搬进来，所以我现在是唯一的'其他房客'，对吧？"

合租条例第六条，室友严禁恋爱，违者罚款两千，罚款其他室友均分。

寒商挑了下眉毛，刷了几下手机。

乐燃的手机响了。

乐燃欢呼一声："四千刀！谢谢哥！"

他一直压着嗓子悄声说话，这会儿得意忘形，声音没控制住，有点大，楼上立刻传来裴长律的声音。

"你们聊什么呢？把我一个人撂在这边？"

许知意和寒商对视一眼。

寒商握着许知意的手不放："我们上去。"

两人重新上楼，刚走上楼梯，就看见裴长律从房间里出来了，正对上他的眼睛。

裴长律的目光落在许知意和寒商牵着的手上，随即抬眼，脸色沉下来。

他没看许知意，而是看向寒商。

"什么意思？"

寒商依旧握着许知意的手："这不是明摆着嘛。"

裴长律大概刚才就有思想准备，反应不算特别大。他沉默了几秒，指了下身后的房间："寒商，我们进去单独谈谈。"

寒商不动："没有什么话不能让许知意听的。"

乐燃在旁边疯狂点头："对，有话公开说嘛。"

裴长律盯着寒商。

"那我真的说了？"

寒商此刻攥着许知意的手，心满意足，对裴长律有无穷的耐心："说。"

裴长律只得直说："寒商，我知道，你一直都没有和人结婚的打算，也号称不交女朋友。可是像你这样，长得帅，有钱，又是爱玩的性格，怎么可能到现在一直单着？不承认罢了。

"打着不婚主义的旗号，就是不想负责，随便找人玩玩而已。可是怎么能找到许知意头上？会不会玩过头？你应该知道，我是真的打算娶她。"

寒商满脸都是无语。

他讽刺："你真了解我。"

裴长律并不觉得是讽刺："那当然，都是男人嘛。"

乐燃在旁边小声起哄："许知意，秀钻戒！秀钻戒！"

小声，但是声音不算太小，裴长律听见了。他怔了怔，目光再次落向许知意和寒商牵着的手。

终于看见重点了。

裴长律的脸色这回彻底变了，神情复杂到难以形容。

他原地怔怔地站着，仿佛要站到天长地久，才重新开口，声音哑涩："你求婚了？"

寒商答："是。"

"还是用和我的一样的钻戒？"

寒商："比你的好。"

裴长律深吸一口气："寒商，你是真的要抢兄弟的老婆？"

寒商淡然地答："第一，她从来就不是你老婆。第二，'抢'，你说得好像许知意是一件东西，能被这个人抢过来，那个人抢过去。她并不是，她是她自己的。她愿意选你还是选我，应该由她决定。"

裴长律一改往日的能言善辩，仿佛艰难地消化了半天寒商的话，才说："到底是怎么回事，你们不想跟我解释一下？"

"其实没什么需要对你解释的。"寒商说，"我和许知意，已经互相喜欢很多年了，而且这件事，和你基本没什么关系。"

寒商动了一下手指，和许知意十指交握。

"我和她第一次见面，是在高中，我揍寒翎的那天，那天我和她之间发生的所有的事，都和你无关。你去明大后，我一次次地去找她，是因为我自己想见她，也因为担心她得罪了寒翎，寒翎会找她麻烦……"

裴长律疑惑："得罪寒翎？"

前因后果他根本不知道，寒商也懒得解释："总之，就是和你没什么关系。大学的时候，她会站出来，帮我付生活费，同样也只是因为她喜欢我。"

裴长律终于恢复了一点状态，轻轻哼了一声。

"洗得倒是干净。与我无关的话，你在澳洲遇到她后，为什么特地第一时间主动打电话来告诉我？"

寒商耐心地帮他答疑。

"这次在澳洲重新遇到许知意，无论有没有你求我帮忙，我都会想办法帮她解决问题。她流落街头的那天晚上，我会主动给你发消息，告诉你我遇到她了，只是因为我发现，她不再用旧的微信号了，我想拿到她的新手机号码，顺便套到她的现状，找你是最简便快速的方法，仅此而已。"

他的意思是，裴长律就只是个电话号码簿。

裴长律脸色发白。

寒商总结："我们两个一直把你当成一个方便的借口。就像……"他想了想，"……就像想要一起撑伞时下的雨，想牵手时爬的山，无论是雨还是山，在整件事里，根本不重要。"

寒商这几句话非常直白，裴长律被砸得说不出话来。

许知意心中多少有点不忍。

她说："我是真的只把你当成好朋友，我一直喜欢的都是寒商。说实话，我不相信以你的聪明，会看不出来。"

裴长律的喉结滚动了一下。

"我是能看出一点来。"

他终于承认了。

"可是男男女女,两个人经常在一起,又都长得不错,互相有点感觉是正常的,谁不是呢?

"你们两个这么多年,都没有发展的意思,那次去美国做交换生的时候,我特地观察了一下,你们也并没有怎么样,我回来后,你们就再也没什么接触了,所以我以为……"

他叹了一口气:"知意,我不是个保守的人,其实我不介意你跟别人谈几段恋爱,反正我自己也在恋爱。我甚至觉得,你太单纯了,太单纯就容易做不现实的梦。你最好先去吃一点男人的苦头,看一看男人的真面目,有经验了,才能明白我的好。我只是没想到,你最后会真想放弃我,跟别人在一起。更没想过,这个人会是寒商。"

裴长律的声音干涩。他自己也察觉了,清了清喉咙。

他调整了片刻状态,重新打起精神:"知意,你理性地想一想,寒商并不适合你。"

寒商没有出声反驳,许知意也很安静,想听听他准备说些什么。

"人都说齐大非偶。你不会看不出来,寒商这个人,脑子聪明,胆子大,但是性格极端,做事也很极端,这种人的人生大起大落,好的时候是很好,一飞冲天,但是坏的时候也能坏到底,跌进十八层地狱,不知道还能不能再爬得出来。

"而且他妈妈的事,你也清楚。"

裴长律提到这个,寒商的眼神立刻阴沉起来。

裴长律看了他一眼:"我不是说,寒商是他爸爸那样的人。我的意思是,他们这种阶层的人,利益纠葛太大,涉及的钱太多,动不动就是生死搏命,和他在一起,说不定哪天走在路上,一条小命就莫名其妙地没了。"

许知意想起了那辆对着她撞过来的汽车。

在某种意义上,裴长律是对的。

"跟着他,并不是一个理性的选择。"

裴长律越说越镇定,有条有理地帮许知意分析利弊,就像当初在纸上帮她规划出国读博的路径一样。

"我跟他不一样。我可能不如他优秀,不那么惊才绝艳,但是我是个非常安稳和实际的选择。所谓小富即安,跟着我,有足够的家底,有稳定的收入,有受尊敬的阶层,有房有车有绿卡,有舒心的公婆关系,这才是理想的生活。"

他说:"知意,你还看不明白吗?我对你非常合适。跟着我,才能一生安定无忧。"

许知意又想起了昨晚的那个梦。

那种"安定无忧"的生活,她已经在梦里体验过了。

寒商忽然悠悠开口:"什么'跟着我''跟着他',她一直都没有在跟着谁,她的漫画要做成动画,她自己的短片也要去参加菲纳国际动画节了。"

裴长律还沉浸在他的思路里,完全没听懂:"什么?什么节?"

寒商懒得解释："没什么。"

裴长律深吸了一口气，英俊的脸有点苍白。

"知意，我不是不喜欢你，当然是喜欢的，你是我亲眼看着长大的漂亮妹妹。但是我们两个太熟了，我在你这里，一直都没有那种心跳加速的感觉。

"可是我的心现在正在狂跳……"

裴长律抬手按了一下心脏的位置。

"……我觉得自己没法呼吸。我不能没有你。在我所有的幻想里，未来的老婆都没有是别人过。过了这么多年，我发现我爸妈的判断非常对，你才是最适合我的。我是真的很喜欢你，你再重新认真考虑一次，好不好？"

许知意没出声，心中疯狂跳戏，裴长律，你觉不觉得你刚才那几句深情告白说得特别特别琼瑶？

裴长律还在继续："我保证，以后一定会当一个尽职尽责的好丈夫。知意，我不相信你一点都不喜欢我，这些年，你一直都对我那么好。"

这件事必须要说明白，许知意诚恳地说："我对你好，是因为我一直把你当成我最好的朋友，真的。"

裴长律的表情并不相信。

许知意郑重道："长律，你还记得大肥肉吗？"

裴长律一脸困惑。

"幼儿园的时候，"许知意努力唤起他的记忆，"肉皮上打着蓝钢印的大肥肉。我小班，你大班。"

裴长律突然想起来了。

两个人小时候，上的是爸妈单位里的家属幼儿园。

许知意进幼儿园小班时，裴长律已经上大班了。

幼儿园中午不回家，提供午饭，因为孩子不算多，所有人都在摆着长桌和小椅子的餐厅里一起吃饭。

问题是，饭菜做得很灾难。

许知意在人生的极早期，就见识到了什么叫作黑暗料理。

其中最恐怖的一样东西，就是一种煮出来的五花肉块。

肉带着皮，除了薄如纸的一两层瘦肉外，大部分都是肥的，而且煮得很浅，肥肉完全没烂，咬不动，嚼起来"咯吱咯吱"响。肉块的皮上，带几根硬毛是正常的，运气好的话，还能看见蓝色的检疫钢戳。

但是老师管得很严，一人一份，每个小朋友都必须要吃光光。

遇到这种大肥肉时，简直绝望。

剩菜的小朋友，会被老师一个个点名。在幼年许知意心里，被老师点名是一件堪比地球毁灭宇宙爆炸的大事。

那天又遇到大肥肉，许知意对着餐盘，绝望得想哭时，有人忽然悄悄从身后猫过来了。

一只手无声无息地伸进餐盘里，抓起一块肥肉。

是裴长律。

"你不喜欢？别哭啊，我帮你吃就行了。"

裴长律悄悄地把肥肉塞进嘴巴里。

他嚼了几下，干呕一声，不过还是拼命咽下去了，然后瞄一眼老师的背影，赶紧又抓起另外一块。

一块接着一块，吞得毫不迟疑。

那以后，只要再有这种可怕的大肥肉，裴长律会自动摸过来包办。

小时候的世界很小，只觉得这件事天大地大，裴长律的壮举，不亚于把许知意从霸王龙面前拯救回来。

许知意看出裴长律想起来了，继续说："我记事很早，到现在都忘不了你一边帮我吃肥肉，一边一下一下地干呕的样子，我从那时候起，就做好了决定——我一定要当你一辈子的好朋友。"

许知意耐心地继续说："所以这些年你的一些做法，在我这里其实是越界的。但考虑到我们那么好的交情，我不会跟你太计较。"

裴长律呆在原地，完全说不出话来。

他站了好久。

"你让我消化一下这件事。"他说，"我真的有点不能接受。"

许知意并没有催他。

"我想先回酒店，好好想想。"裴长律说。

他才来没多久，就又要走了。

寒商说："我开车送你回去。"

"不用，别，我受不了。"裴长律说，"我自己叫车。"

他低头在手机上叫车。

出租车很快就到了，裴长律下楼。

"我们送送你。"许知意说。

毕竟认识裴长律那么多年了，看见他这副失魂落魄的样子，许知意有点不忍心。

裴长律点了下头："好。"

有电话打来，他叫的车找错了地方，司机把车停在两个路口外。

裴长律说："没关系，不用过来，我走过去。"

他还是那样，彬彬有礼，从不与人为难。

外面路上很安静，大家睡得早，连遛狗的人都回家了，昏黄的路灯下，三个人并排一起往前走，谁都没再说话。

走过两个路口，又转了个弯，许知意蓦然发现，这里有个熟悉的公交车站。

这就是搬家的那个晚上，遇到寒商的地方。许知意只知道离老宅不远，没想到这么近。

一辆出租车亮着灯，停在车站旁，裴长律走过去，拉开车门。

他的手搭在车门上,却没有上车,忽然转过身,问许知意:"知意,其实……我也没有那么差吧?"

"没有,"许知意说,"就只是我们两个不太合适。"

裴长律扯扯嘴角,苦笑一下,上了车。

看着裴长律走了以后,寒商才开口:"原来是这种过命的交情?"

几块大肥肉的交情。

寒商说:"许知意,你除了肥肉,还有什么别的不吃的东西?给我吃。我都可以。"

"喵——"

一声轻轻的猫叫,两个人一起转过头。

是那只挂着圆牌的小虎斑猫吗?

然而人行道上空荡荡的,旁边的矮砖墙上也没有小猫的影子。

倒是有辆夜间公交车开过来了,安静地刹住,停在车站前。

车门打开,车厢里的灯亮着,包着蓝花绒布的座椅上空无一人,只有驾驶位上坐着上了年岁的司机,留着宇宙最强水管工马力欧的专属大胡子——

又是搬家那天晚上遇到的热心的司机大叔。

司机大叔明显也认出许知意来了,热情地扬手跟她打了个招呼,笑眯眯地道:"今天不用送你去哪儿了吧?"

许知意今天没有带着满地行李,没有淋雨,看上去安稳而快乐。

许知意答:"对,不用了。"

司机大叔的目光落到寒商身上,又看了看他们彼此牵着的手。

他问许知意:"这就是你那天在等的人?"

那天晚上,许知意告诉过他,自己正在等人。

许知意毫不迟疑:"对,我等的就是他。"

司机大叔再上下打量一遍寒商,点点头。

"那就——祝你们两个好运吧。"

公交车关上门,重新启动,摇摇晃晃地沿着夜晚的街道驶远,逐渐模糊。

就像那些过往的岁月,一个人默默地兵荒马乱的日日夜夜,在记忆中褪了色,渐渐淡去,只留下一道永远抹不掉的印子。

寒商牵着许知意的手,问:"我们回家吧?"

许知意钩住他的手指,晃了晃:"好啊。"

一年前。

澳洲中部。

乌鲁鲁卡塔丘塔国家公园。

天空蓝得像开了滤镜,赭红色的巨石乌鲁鲁在湛蓝色的衬托下,鲜亮得犹如一大团熊熊燃烧的火。

红褐色的旷野上，一丛丛荒草和带刺的灌木在干旱中蓬勃地向上生长，零星几朵不知名的小花摇曳绽放。

干而燥热的风吹过地面，太阳暴晒着铺满红土的停车场，导游正在招呼大家下车。

小旅行团只有十几个人，坐的车是一辆中巴，许知意从车上下来，踩上停车场的地面上时，多少还有点晕车。

到澳洲之后，许知意一直惦记着，要来看中部的这块巨大的红色岩石，好不容易等到第一个假期，立刻飞过来了，就地报了一个旅行团。

团里都是同胞，说中文简单舒适。

坐在许知意邻座的小姐姐也下车了，拍拍许知意的背："还不舒服？"

许知意迎着热风深呼吸几下："换换空气，走一走就好了。"

"晕车这么厉害，还要来看乌鲁鲁啊？"小姐姐环顾四周，"其实也没什么看头，就只是块大红石头而已。"

许知意没说话。

当然要来，一定要来，当初明明说好了的。

导游举起小旗子，吆喝："大家集合！咱们都往这边走啊，前面就是国家公园的步道……"

邻座小姐姐转了下头，忽然猛拽许知意的胳膊。

"快快快！看！看！"

许知意没懂："嗯？"

她转过头，只看见身后蒙着一层红土的公路上，几辆车刚刚开走，估计都是清晨赶过来看乌鲁鲁日出的游客，现在刚好离开。

"那辆车啊！越野车！开车的那个男的，长得巨帅！"

许知意又扫了一眼。路上有好几辆越野车，不知她说的是哪一辆。

不过无论是哪辆，都已经开走了。

小姐姐很遗憾："太可惜了，你没看见。我在现实中就没见过帅到这种程度的人。"

现实中帅到不行的人，许知意当然见过。她瞥一眼绝尘而去的越野车，心想，再帅也帅不过寒商。

黑色的越野车里，寒商心不在焉。

前些天收到消息，那个关键证人，周正浩，现在应该在澳洲，有人在悉市附近看见过他。

虽然只有一点线索而已，寒商还是不想放弃希望，亲自飞过来了。

苦找了两周，一无所获。公司那边还有事，明天就要飞回去，可是走之前，寒商挤出时间，乘飞机飞到艾尔斯岩，又租了一辆车，来到这里。

当初和许知意说好，有机会要一起来看这块叫作乌鲁鲁的大红石头。

不知她现在在哪里，估计是和裴长律一起在美国，大概也早就忘记了曾经说过的话。

乌鲁鲁他已经看过了，还看到了日出。

第一缕阳光照在这座原住民红色的圣山上时，他的胸腔充盈着，满心满意只有一个人。

愿那人一切安好。

黑色越野车扬起红褐色的烟尘，疾驰而去，与中巴车和车下的人交错而过。

错过的，不会永远错过。

在这块一切都颠倒的孤独大陆上，十二月炎热如火，太阳往北转，车靠左行，但是一样的风过，一样的花开，走同样路的人，一定会找到彼此。

- 正文完 -

番外一
新年快乐

转眼就到了春节。

悉市也照样过年。市中心中国城附近,有舞龙舞狮的队伍敲锣打鼓,鼓声震得几条街外都能听见,引得大群人围观。按传统,大一点的店早早地挂上春节的装饰,歌剧院年三十晚上会打上中国红,图的是大吉大利的好彩头。

华人超市里,最显眼的柜台上摆着年糖年饼、八宝饭和各式年糕,冰柜里的烤麸、蛋饺、汤团、饺子一应俱全,从北到南不同家乡的人各买各的,一派喜气洋洋。

在许知意和寒商的故乡熙市,过年的传统是吃饺子,巧的是,强森和卢克家里也是要吃饺子的。

强森他俩又搬回老宅来住了。

前些天,他们新租的房子出了大问题,二房东卷款跑路,两个人突然又无家可归。二楼的房间空着,家里反正已经有乐燃这一只八千瓦的大灯泡,再多两个也无妨,寒商就让他们回来了。

乐燃的说法是:楼上的房间谁住谁吵架,谁住谁分手,只有强森、卢克他俩可以,大概是八字硬,克得住。

他俩一回来,乐燃就跟他们八卦了许知意和寒商的事,听得强森眼泪汪汪。

"那个'未婚夫'走了没?滚回美国了?太好了。"

年三十这天刚过中午，强森就在厨房拉开架势，摆下战场，用新买的不锈钢盆一口气和了四种馅，大家都洗手准备包饺子。

只有乐燃不太一样。

"我们家那边都是吃汤团的。"乐燃探头看强森复杂的馅，"阖家团圆嘛。"

强森瞪大眼睛："汤团不都是正月十五吃的吗？再说我们那儿管那玩意儿叫元宵。"

"我们几个吃饺子，你自己吃汤团噢。"许知意安抚乐燃。

饺子大获全胜，四比一。

卢克把电视打开。

大家都说要看春晚，寒商前两天专门去买了一台电视放在客厅，手机投上去，就能看春晚高清的直播了。

卢克说："我从小到大，这些年就没怎么看过春晚，我爸妈看，我都是找同学出去玩。结果不知道为什么，现在出了国，反而特别想看，感觉要是不看的话，就像没过年一样。"

强森："春晚就是过年的标准背景音嘛，不放一下没气氛。"

乐燃又来："我们不看春晚，我们看TVB。"

赶在被强森弹脑门之前，他火速转移话题："哥呢？"

"对噢。"强森问许知意，"大过年的，秦哥怎么还猫在屋里不出来？"

"你们等着，"许知意扬声，"寒商啊——寒商？大家都等着你呢。"

隔了好一会儿，许知意房间的门才动了。

寒商出来了，一张俊脸毫无表情。

他身上穿着件喜气洋洋的大红色的短袖T恤，胸前印着四个金黄色大字——"恭喜发财"，下面配一条颜色花里胡哨一言难尽的沙滩短裤，看着十分吉祥。

所有人都呆住了。

好在寒商有颜值硬生生撑住，穿什么奇葩衣服都难看不到哪里去。

乐燃瞪大眼睛，"噗"地笑出来。

"哥，我五岁以后过年就没穿过这种衣服了。"

卢克："哈？你五岁以前过年穿过？"

寒商一只手插在大花裤衩的口袋里，假装没事地晃过来，转移话题："要包饺子了？"

强森认真研究他T恤上的字："真不错，还带着金粉。"

衣服这件事的起源是前几天，寒商躺在床上，许知意趴在他身上，突发奇想："寒商，我们打个赌怎么样？"

寒商抱着她，一搭没一搭地玩她的头发："赌什么？"

"极限定力挑战。赌谁能坚持到最后，谁撑住的时间长，谁就赢。"

寒商问："能赢什么？"

"赢的人可以要求输的人穿指定的衣服,一整天。怎么样?"

寒商感兴趣了,眯眼打量许知意:"穿什么衣服都可以?"

许知意点头。

寒商轻轻一翻,把她压在下面:"好。我们来。"

结果许知意赢了,赢得很艰难。

寒商输了,却输得心满意足,枕着手臂咨询:"下次打这种赌是什么时候?还想要。"

许知意:"还想要输?"

"输赢不重要。"寒商悠悠道,"重要的是享受比赛过程。"

年三十一大早,许知意就把她准备好的衣服拿出来了,寒商看见这么奇葩的衣服,反而松了口气。

脸上的表情写着:就这?

许知意提醒他:"是要穿出去的,穿一天,不能只在房间里给我看一下就算完了。"

"这能有什么问题。"寒商说。

结果,他还是掩饰不住地尴尬,又硬撑着假装没事,看着特别有趣。

乐燃完全没眼色,继续死命盯着寒商的衣服瞧:"哥,要是把你这个'恭喜发财'换成'百年好合',就能直接当新郎了。"

寒商:"煮你的汤团去吧。"

年夜饭,每个人都动手做了家乡菜,凑在一起,摆了满满一餐桌。

许知意做了四喜丸子,又提前熬了肉皮冻,切成小块,码在盘子上。寒商也端出盘地道的烧鸡和切好的酱肘花。

许知意悄声问他:"你亲手做的啊?"

寒商理直气壮:"我亲手切的。"

乐燃厨艺向来好,贡献了一盘白灼虾,一盘清蒸鲈鱼,又拎出几提罐装的啤酒。

强森鄙视:"大过年的,喝什么啤酒,啤酒在我们那儿只能算是饮料我跟你说。"他拿出两瓶白酒,"来,上白的。"

澳洲和国内加上夏令时,有三小时的时差,晚饭时还远远不到春晚的时间,寒商找了半天,把去年的春晚投在电视上。

卢克说:"有什么关系,都一样,反正去年的我也没看过。"

许知意点头:"没错。"

天热得要开门开窗,夏日的晚风从后院吹进来,花香阵阵,怎么都不太像是过年的意思。

大家自己随意喝酒,却都喝得有点多,强森忽然在餐桌上趴下了。

乐燃仔细观察了一下，用口型对许知意说："哭了。"

春晚热热闹闹的小品声中，大家都没出声。

强森终于起来了，抹了抹眼睛："想我妈了。"

"那就打个电话呗，"卢克说，"现在就打，又不是没有网。"

强森真的打给他妈妈，改用方言说话。

他家乡的方言毫无保密性，谁都能听得懂，其实说的话也没什么特别，无非就是挺好的，天不太热，过年买吃的了，什么都好。

他绝不会说前几天用哑铃把手指头砸了，现在还包着纱布，也不会说出去买菜，差点和两个中东人干架，都是报喜不报忧。

乐燃也跟家里视频，语种天然加密，完全听不懂在说什么。

他把镜头转过来，所有人一起挥手跟乐燃爸妈打招呼。

大家都在打电话，许知意也给夏苡安打了一个。

夏苡安已经去西澳了，顺利入职新公司。

视频里，她看着状态极佳，也正在和两个合租的室友一起过年。

"新公司特别好。"夏苡安说，"是本地的大公司，朝九晚五，绝对不加班，工资反而比以前还高了。下周我打算请两天年假，再加上周末，去玛格丽特河住几天，逛逛酒庄什么的。"

她在鬼门关走了一圈，想法变了不少，不再苛待自己，比以前放松多了。

挂掉夏苡安的视频后，许知意又打给姐姐。

姐姐那边正在忙着，许知意看见，母女三个在打包清点羊毛被和羊毛褥子，客厅里堆得小山一样，小米亚在一包一包的被子山里滚来滚去。

年三十也没闲着，许知意只稍微聊了两句，就放姐姐继续干活。

她深吸了一口气，打给爸妈。

今年老两口也是自己过年，也正在包饺子。

妈妈一接电话，眼圈就红了。

"你们俩今年都不回来，尤其是你姐，你说她怎么说离就离了呢？"

这里都是同学，许知意不方便多说，岔开话题，跟爸妈聊过年的各种事。

她边说边转过头，看见所有人都在给家里打电话，只有寒商一个人靠着椅子坐着，手里拎着一罐啤酒，默默地喝了一口又一口。

他脸上沉郁的表情，让身上醒目的"恭喜发财"都喜庆不起来。

许知意掉转镜头。

"我跟好多同学一起吃饭呢。"

乐燃立刻挤进镜头，使劲挥了挥手："阿姨过年好！叔叔过年好！身体健康，恭喜发财！"

他长得好看，嘴巴又甜，许知意妈妈马上乐呵呵地招呼："过年好！过年好！"

强森和卢克也赶紧挥手打招呼。

许知意拿着手机，转头望向寒商，眼中全是鼓励。

两人一起想起当年在出租屋，许知意在跟妈妈视频，寒商一直躲在外间的事。

许知意对他伸出手。

寒商把手里的啤酒罐放下。

他牵住许知意的手，靠过来，人坚定地进到镜头里，几乎和许知意头碰着头，占据了屏幕一半的面积。

寒商认真地打招呼："阿姨，叔叔，过年好。"

寒商出现在镜头中的一刹那，许知意妈妈明显怔住了，明明寒商有一张英俊到非人类的脸，许知意妈妈却完全是一副见到鬼的惊吓表情。

许知意镇定地说："是寒商，妈你应该见过。"

好半天，许知意妈妈才回过神，客气话说得结结巴巴："……是、是……以前见过……过年好……好……"

许知意还听见爸爸在旁边小声问："怎么了？寒商？谁啊？"

许知意把头偏得离寒商更近了一点："妈，爸，那我们接着吃饭了。"

她顿了顿，又说："你们两个好好过年，我在这边也会好好照顾自己，不用担心。"

视频断了。

乐燃坐在对面研究他俩："以后我第一次见丈母娘，身上绝对绝对不能写着'恭喜发财'。"

寒商一噎。

许知意："刚才没拍那么低，只能露出个领口，看不见。"

乐燃补刀："可是阿姨刚才的声音都抖了，估计是看见大红衣服，误以为你俩在偷偷结婚。"

他随口问："哥啊，你怎么不给家里打个电话？"

他问得太快，许知意拦都来不及。

寒商没回答，坐回去，重新抄起那罐啤酒，仰头一饮而尽，又探身拿过白酒，给自己斟满一杯。

他面不改色地灌下半杯，像喝水一样。

一阵振动，寒商放在桌上的手机响了。

他看一眼，立刻抬眼去看许知意，然后接起来。

坐在旁边的许知意也出现在寒商的手机屏幕上。

她对着镜头说："寒商，你最近过得怎么样？"

他有家人。

她就是他的家人。

寒商凝视着镜头里的许知意，终于微笑了一下，哑声说："我过得很好。"

第二天就是春节，许知意一上午都不见踪影，寒商一个人从房间出来，开

车出门。

他没多久就回来了,手里拎着一个袋子。

"这么早就出去买东西啊?"乐燃招呼。

"是啊,急用。"寒商说。

中午吃饭的时候,许知意终于出来了。

乐燃正在做饭,原本打算招呼:"新年快乐啊……"话说到一半,直接卡壳。

许知意表情肃穆,身上的衣服却一点都不肃穆。

她穿着件黄黑条纹的小裙子,背后背着一对透明大翅膀,头上顶着两根长长的触角,是弹簧做的,随着她迈出的每一步,颤颤巍巍。

实属小蜜蜂本蜂。

乐燃怔了半天,笑到蹲下,捧着肚子直"哎哟"。

"昨天寒商穿那么奇怪,今天你又穿那么奇怪,你们俩该不会是在打什么奇怪的赌吧?"

许知意不吭声。

乐燃接着分析:"昨天他输了,今天你输了,对不对?对不对?"

寒商跟在许知意身后出来,一脸愉快,也不回答。

他今天不用再穿那件奇葩的红T恤了,穿着长睡裤,随便拢着一件薄睡袍,像是打算直接去浴室。

外面忽然"轰隆隆"一阵响,闷雷一样一路扫过去了。

乐燃:"什么声音?"

许知意随口答:"垃圾车。"

垃圾车。

垃圾车?

许知意跟乐燃对视一眼。

"你把垃圾桶拖出去了没有?"

"没啊,昨天忙着过年呢。"

寒商顿住脚步,完全没听懂,问他俩:"拖什么垃圾桶?"

许知意默了默:"这个区每周一回收垃圾,要把垃圾桶拖到路边,等垃圾车倒掉,不然你以为垃圾桶里的垃圾是怎么消失的?是魔法吗?"

寒商:"我还以为是来做清洁的小时工清掉的……"

这位少爷什么都不懂。

许知意:"小时工为什么要帮人收垃圾?我经常周一早晨把垃圾桶拖出去,放学再拖回来。"

乐燃举手:"我也拖过。"

这里垃圾一周只收一次,桶已经快满了,要是没被收走,下周就是灾难。

三个人面面相觑,下一秒,寒商"嗖"地冲到门口,套上鞋,拉开门。

许知意和乐燃赶紧跑到对着前院的窗前看热闹。

只见寒商掀开车道旁垃圾桶的桶盖,火速判断了一下。

装可回收垃圾的黄盖子垃圾桶里还有空间,装普通垃圾的红盖子桶里已经爆满。

寒商果断攥住红垃圾桶的把手,拖着它一路往外狂奔。

他追着前面正在驶远的垃圾车。

"等等!等等我!"

垃圾桶的轮子在人行道上颠着,"哐当哐当"乱响。

林荫大道上,寒商撩开两条漂亮的大长腿,大步流星,身上睡袍的衣摆犹如旗帜一般,在奔跑中猎猎招展。

乐燃扒着窗框,探头往外张望,感慨:"多么温馨的画面啊!"按下手机的相机快门。

许知意忽然想起很多年前,寒商一个人坐在皇后镇的酒店房间里,寥落地对着沉寂如镜的湖面和一盘煮过头的饺子。

许知意晃了晃头上的触角:新年快乐啊,寒商。

番外二
加州故事

平行时空。

许知意大学毕业后去了美国，多年后，两人在加州重逢。

美国。

加州洛杉矶。

阳光之城名不虚传，正午的阳光白亮到刺眼，寒商眯了眯眼睛，望向路口对面的车道。

手中握着的方向盘猛地一抖。

"嘀！"

隔壁车道的车子吓了一大跳，猛按了一声喇叭，寒商在刺耳的声音中回过神，攥稳方向盘，心脏一阵狂跳。

是她吗？那是她吗？

他相信自己认人的能力，就算隔了十年，就算只是惊鸿一瞥，也绝不会看错。

毫无疑问，那就是许知意。

她开着一辆小小的白色福特，坐在驾驶座，穿着件晕染着彩色图案的浅灰色大T恤，长发随便扎成丸子顶在头顶，几缕碎发顺着脸颊垂下来，一双清亮的眼睛瞄着往来的车辆，正准备转弯。

寒商定了定神，火速找地方掉转车头，追了上去。

好在路上车子不多，很快就看到了前面的小白车，寒商稳下来，牢牢地跟在她后面。

小白车开了一段距离，拐上小路，最终驶上一排联排别墅的车道，停在车库门口。

许知意从车上下来，从后备厢拎出保温箱和好几个装得满满的大帆布袋，绕到正门前，开门进去了。

是座乳白色的小房子，小巧漂亮，上下两层，和左邻右舍连在一起，门前的小院里种着大片多肉，几大丛银叶爱沙木蓬蓬勃勃，落霜般泛白的细碎枝叶上开着一串串紫色的小花。

这是她的家。

寒商找到地方停好车，遥遥地望着房子发怔，终于忍不住从车上下来，走近几步。

许知意今天大采购，忙了一个上午，买全了一周的存货，开门换好鞋，把东西拎进厨房，一样样摆进冰箱。

正忙着，忽然听见"叮咚"一声，有人按门铃。

"来了。"

许知意应声，有个快递应该到了，她匆匆忙忙擦干手过去，连猫眼都没看，就直接拉开门。

外面的人在按过门铃后，就退后了几步，遥遥地站着。

许知意怔在原地。

那双在梦里见过无数次的眼睛，黝黑沉静，深不见底，正定定地望着她。

是寒商。

他穿着白色暗纹衬衣，打着藏青色领带，像是刚从某个正式场合出来，或者赶着要去工作，英俊得让人下意识地屏息静气。

他还是当初那个寒商，却又和当年有些不太一样。

毕竟已经十年了。

穿过门廊的微风搅动了两人之间停滞的时间，许知意终于回过神，叫了声："寒商。"

喉咙干涩，有点哑，大概是早晨忙到现在，没喝过水的缘故。

寒商站在原地，微微颔首，开口："好巧。"

他的声音也没好到哪里去。

他轻轻清了清喉咙："我刚才在路上忽然看见你，就跟过来了。"

跟过来了，原本打算远远地看一眼，没想到鬼使神差地走过来，按下门铃。

左边的女邻居推着婴儿车出来了，好奇地往这边瞧，许知意如梦初醒，按着门往后让开："是啊，怎么会那么巧，进来坐。"

门口的鞋架上有一双黑色麂绒的大号男士拖鞋，许知意取下来："你穿

这双。"

寒商扫了一眼鞋架。

开放式的鞋架上只摆着常穿的两三双鞋，其中一双平底鞋和一双小白鞋明显是许知意的，此外还有一双鞋码大了不少的黑色男士正装皮鞋。鞋架连着旁边的鞋柜，鞋柜再往上的衣架上，挂着一件浅灰色男士薄外套。

寒商收回目光，换好拖鞋，把自己的鞋放到鞋架上的空位里。

房子不大，门廊连着起居室，浅色的木地板一尘不染，落地窗对着后院，白色纱帘在微风中轻柔地翻卷。

起居室里家具不多，一张米白色的双人沙发靠墙放着，挨着窗边放着一张大工作台，工作台上堆满了画画用的东西，居中是个巨大的显示器。

空气中隐约浮荡着一种水果糖般的甜香。

前几年，寒商有次忍不住，鬼使神差地去买了许知意常用的那款香水。他把香水摆在浴室里，洗手台上，想起来时就按一两下。

牌子他不会弄错，香型也对，可是闻到的味道总是和许知意身上的有某种微妙的不同。

现在站在她的房间里，鼻端萦绕的香气才是他无比熟悉的味道。

"你随便坐。"

许知意的心还在狂跳着，为了掩饰心慌，转身去厨房："我记得你以前喜欢喝我的果茶，我最近发现了一个特别好喝的牌子，你试试。"

当初在出租屋时，寒商天天蹭她的果茶喝。

寒商没跟她客气，打量着房间，只答了一声："好。"

许知意走进厨房，灌了一壶水，按下开关。

厨房没有镜子，许知意对着深色微波炉门反光里的影子，飞快地把头发打散，用手指当梳子顺了顺，重新在头顶扎成丸子，又就着水龙头掬了捧冷水洗了把脸，用厨房纸巾擦干。

这两天熬夜画画，脸都没洗过，挂着大黑眼圈，大概像鬼一样。

许知意端着两杯果茶回到起居室时，看见寒商没有乖乖坐在沙发里，而是坐在工作台前她自己的转椅上。

他又鸠占鹊巢，一声不响地打量着这幢房子。

从他的视角看过去，刚好能看到一楼打开的卧室门，大床上并排摆着两个枕头，被子胡乱掀开，上面丢着几件衣服。

最近太忙，没时间收拾，许知意放下茶杯，过去关好卧室的门。

"我以为你一直在德国。"许知意说。

"是。最近因为公司有事，要在洛杉矶待几周的时间。"寒商顿了顿，继续，"我知道你在美国，裴长律告诉我的。"

原来他一直知道。

两个人断联那么多年，如果中间没有一个裴长律，他在许知意这里，几乎算得上是杳无音信。

明明曾经那么熟,现在却像是无话可说。

许知意不知道接下来该聊点什么,捧起杯子,喝了一口茶。

总不能质问他,你当初为什么说走就走,连招呼都不打,到底是在抽什么风?

她用余光瞄见,寒商也顺手拿起茶杯,却没有喝,眼睛微眯,死死地盯着她,盯得她有点心虚。

又没有什么对不起他的地方,可他的眼神却像是欠了他几百万似的。

"还在画画?"他问,"我以为你读博后会继续做科研。"

"没有。我早就转专业了。"许知意答,"我毕业以后就在一家多媒体公司做动漫特效,最近一段时间申请了在家工作,不用去公司,我自己也经常接一点私活。"

寒商问:"喜欢现在的生活吗?"

许知意想都没想,就点了下头,肯定地说:"非常喜欢。"

她这语气坚决的四个字一出口,寒商忽然放下了茶杯。

他站起来:"我必须得走了。今天上午有个会,一刻钟之前就开始了,我已经迟到了。"

听他的意思,是去开会的路上遇到熟人,临时起意,拐到这里。

许知意:"好。"又补充,"你还会在洛杉矶待一段时间,对吧?有时间再过来玩。"

寒商轻轻"嗯"了一声。

寒商走到门口,换回自己的鞋子,伸手去开门,却又停住了。

他转头重新扫视了一遍这座温馨中带着点小乱的房子,抿了下唇,开口:"你过得不错。"

许知意答:"是啊。"

寒商又点了下头,没再说什么,自己开门走了。

许知意看着他转过转角,才关好门,突然想起一件事:居然都没问他要个联系方式。

不过裴长律肯定知道,问裴长律就行了。

许知意拿出手机,犹豫不决。

也没什么好要的,就算要了,寒商也未必喜欢这种打扰。

他今天应该就是兴之所至,来逛了一圈,参观了一下大学时代故人的生活环境,最后还客观地打了个分——你过得不错。

听口气,分数大概是个 B+。

门外,寒商走回车子那边,上了车,却没发动。

手机一直在振动,他迟迟不到场,合作方大概等疯了。

寒商向后靠在座椅里。

裴长律他们结婚的话,一定能听到消息,没有消息,就是没结。可是两个人看上去应该是在同居,门口挂着的外套是裴长律最喜欢的颜色,尺寸也相当。

手机还在不屈不挠地振动着。

寒商没有理,坐在车里,遥遥地望着那幢房子的车库门出神。

刚才在那幢弥漫着她的香气的小房子里,被他们两个人显而易见的幸福浸没到天灵盖,只觉得一阵阵窒息,可出来了,待在这儿,又无论如何都不舍得走。

念念不忘三千多个日日夜夜的人,此时就在咫尺之外。

不知过了多久,一辆浅灰色车子越过这里,开到车库门前,停在车道上。

寒商看见了裴长律。

裴长律从车上下来,手里拎着一袋东西,姿态轻松,绕到正门前。这么多年不见,他身上并没太大的变化,身材挺拔,英俊得体,还是当初那个裴长律。

许知意大概看见他了,直接从里面帮他打开门。

一直到那扇门重新关好,寒商才意识到,自己刚才忘了呼吸,气闷到眼前发花。

寒商深深地吸了口气,感觉手机又振动了。

他低下头,只回了几个字:稍等。路上出车祸了。

对方吓到了:啊?

确实是车祸,别墅的门关上的那一刻,寒商整个人就像刚刚被一辆重型卡车碾过,轮胎下肢体残臂断,血肉模糊,惨不忍睹。

他对着那扇门发呆,不知过了多久,一个念头冒出来。

疯狂的念头,完全不能控制,攻城拔寨地占据了整个大脑,把所有的理性和冷静都挤到旁边。

手机还在持续地振动着,不知振动了多久,寒商终于下定了决心。

仿佛所有的勇气和信心又回来了,他重新坐正,打了一行字:没事了,我马上就到。

接下来的几天,许知意一直心神不定。

寒商突然出现了一下子,又不见踪影,像在玩快闪一样,简直是种折磨。

熬到第六天早晨,许知意躺在床上,觉得这样下去不是办法,终于下定决心,拿起手机,给裴长律发消息:寒商是来洛杉矶了吗?你有没有他的联系方式,我想找时间跟他聚一聚。

敲完这行字,还没点下发送,就听见外面"哐"的一声巨响。

许知意连忙放下手机,开门出来。

左边邻居竟然在搬家。

车道上停着一辆货车,两个工人正在搬家具,看见许知意出来了,连忙道歉:"对不起,刚刚不小心撞到栅栏了。"

许知意很好奇:隔壁带着婴儿的小夫妇什么时候无声无息地搬走了?完全不知道。

这声巨响,把许知意好不容易才鼓起来的那点勇气一并送走了,那条消息到底没能发出去。

隔壁热火朝天地折腾了一天。新邻居像是没有任何家当,运来的家具电器都是现买的,贴着标签,包着薄膜。

傍晚的时候,许知意换上运动衣出门跑步,跑了几步,邻居家的门就开了。

寒商穿着宽松T恤和短裤、跑鞋出来,跟许知意打了个招呼。

许知意诧异得怔在原地。

寒商从容自若地关上前院的门:"要跑步?一起吧。"

不声不响地搬来的新邻居,居然是寒商。

许知意没回过神来,有点结巴:"你怎么……"

寒商淡定地答:"我那天过来,觉得这附近环境不错,刚好要在洛杉矶住一段时间,就搬过来了。"

许知意讶异:"所以你就把隔壁租下来了……"

寒商:"我买的。"

行吧。少爷高兴,少爷有钱。

寒商熟门熟路地和许知意一起往附近公园的方向慢跑,姿态自然得好像这是每天都在做的事一样。

他人高腿长,就算刻意放慢速度,许知意也有点跟不上。

"我在想,"寒商提议,"什么时候你、我和裴长律,我们三个一起吃个饭,就当是庆祝我乔迁新居?"

"裴长律?"许知意不止跟不上他的步子,也有点跟不上他的思路,"那可能没办法,他前两天刚走,去纽约有事,要过两周,大概下个月九号才能回来。"

"哦。"寒商眯了眯眼睛,"那到时候再说。"

他心情似乎不错,步速更快了一点;许知意努力跟了一段,干脆停下来不跑了,弯着腰喘气。

寒商转身:"这才跑了几步?"

许知意默了默:"我是坐久了想出来随便活动活动的,不是来备战马拉松的。"

寒商慢条斯理地说:"你这离马拉松差得有点远,我遛条边牧都比现在跑得快。"

许知意愤怒地瞪他。

他当他是在遛狗。

许知意就不明白自己了,这些年天天想他干什么?抽他还差不多。

寒商遥遥地站着看她,笑了。他难得笑一次,笑容明亮得像这春末夏初的好天气。

好吧,许知意心想,想他还是有理由的。

寒商走回来，不再跑了，和她并排往前慢慢走。

他有一搭没一搭地聊着，像是有意的，几乎不太问许知意现在的生活，说他自己的近况比较多。两人在公园里绕着小路转了两圈，天渐渐黑了，才原路返回。

回到许知意家门口时，天几乎已经黑透了，只有远方天际像被人描了橙红色的一笔一样，还亮着。

许知意被他遛了一圈，好不容易到家了，却下意识地迟疑了一秒，心底隐隐地舍不得走。

寒商也站住，定定地看着她："明天晚上再一起跑步？"

许知意点头："好啊。"

寒商白天都不在家，隔壁很安静，但是晚上一定会准时回来，准时等在许知意家门口。

许知意头昏脑涨地工作一整天，傍晚的时候，看见他一身清爽地站在门外，一天的疲惫都烟消云散，比什么灵丹妙药都强百倍。

于是一起跑步就变成了两个人的固定活动。

许知意原本只是偶尔随便跑跑，现在认真起来了，一口气在网上下单买了七八套长短不一的运动衣裤，又新添置了几双跑鞋。

跑得多了，速度比开始时快了不少，可是她快了，寒商也默默地提了速。

他跑在前面半步，像拉磨的驴子前面吊着的那根胡萝卜，看得见，碰不着。

这天两人跑了一圈半，速度不慢，许知意撑不住，坐倒在草地上罢工了。

寒商也停下来："刚跑完别坐着。"

他把一只手送到许知意面前。

胡萝卜终于主动递到了驴子嘴边。

许知意迟疑了一秒，把手搭在他的手心里。

寒商微一用力，拉她起来，拉起来后也并没有放手，仍旧自然而然地握着她的手："累了吧，我们再走半圈就回家。"

他一直没有松开手的意思，这手牵手的半圈走得许知意心浮气躁，完全不知道自己是怎么回到家门口的。

右边的邻居老大爷正牵着狗出门，年纪大了，眼睛却不花，直接往他俩牵在一起的手上瞄。

许知意火速松手，寒商松得比她还快，不止放开她的手，还避嫌地退后了半步。

他忽然说："今天八号。"

"是啊。"许知意随口答，随即想起来了，他大概还记得裴长律九号回来的事，想要三个人约饭。

寒商没再说什么，只扬了下手："明天见。"

许知意的手上还残留着他的温度："明天见。"

许知意回家没多久，门铃又响了。

许知意过去开门，发现还是寒商。

他说："我今天不想点外卖，打算自己做饭，可是路上忘了买东西。你家里有没有油？"

原来这位邻居大哥是过来借油的。

"有。"许知意转身要去厨房。

"等等，"寒商补充，"有没有盐？"

他刚搬家，也不是会自己开火做饭的人，东西不全是正常的。许知意答："当然有。"

寒商却还没说完，在她身后接着说："还想再借点米。"

他缺的东西有点多，许知意转过身："我帮你也装点米，一碗够了吧？"

"够了。"寒商淡定地继续说，"那菜呢？什么菜都可以。肉和蛋也都要借一点。"

许知意默了默：只听说过家里有醋，想借点螃蟹的，没见过他这种心安理得地一锅端的。

许知意："你进来吧。我把整个厨房全借给你。"

寒商的目的达到，迈进门，先扫视一眼门口的挂衣钩。

那里仍然挂着件上衣，不再是上次的浅灰色外套，是米白色的男式运动服。

他的目光停都没停，就从那件男式外套上漠然地滑过去，坚定地换鞋往里走。

"你做饭了没有？"寒商走进厨房。

"还没。"

寒商也不跟许知意客气，自己打开冰箱看了看，随口说："那我做两个人的好了，我们一起吃。"

许知意终于明白了：他其实是主动提供私厨上门服务。

冰箱里蔬菜肉类一应俱全，许知意随便他翻拣，自己闲着没事，从柜子里取出一个猫罐头。

罐罐声一响，一道棕黄色的影子箭一般"嗖"地窜进厨房。

是只小虎斑猫，只有几个月大，四爪雪白，脖子上挂着小小的金属牌。

寒商怔了怔："你养的猫？和以前我们……"

他没把话说完，许知意明白，他是想说，它和以前两人在出租屋时邻居家的那只小猫很像。

"是，上次你来的时候它在睡觉，你没看见。"许知意打开罐头喂猫，"它叫Lucky。"

两个人同时想起了往事，都没再说话，厨房里只有小猫呼噜噜地吃罐罐的声音。

寒商切肉时，小猫已经把一整个罐头消灭了，在厨房里到处溜达。

它绝对是只交际猫，一点都不认生，似乎对寒商很感兴趣，试探地踱到他脚边，转了两圈，轻巧地跳过他的脚，仰起脑袋蹭他的小腿。

"它好像喜欢你的味道。"许知意下结论。

"可能是因为我身上有你的味道吧。"寒商说，仿佛也觉得这句话不妥，又找补，"我是说，我们每天一起跑步，身上可能有对方的味道。"

许知意忽然想起两人今天完全没借口的暧昧牵手，只觉得他越描越黑，赶紧点头："是，没错。"

空气中又只剩尴尬的静默，许知意没事找事做，打算给猫换碗水。

她转过身，全没留意到小猫已经踱到她脚下，差点就一脚踩在猫身上。许知意吓得火速往旁边硬扭，重心不稳，对着灶台那边栽过去。

寒商手疾眼快，扔下手里的菜刀，一把搂住许知意。

只差一点点，她受过伤的右脚踝就又扭了。

许知意松了口气："没看见猫。"

寒商只"嗯"了一声。没事了，他却没松手。

他低着头，下巴几乎蹭着她的头顶，手臂牢牢地环过她的腰，紧密地把她压在怀里。

猫在他们两个脚下蹭来蹭去，也不知道是在蹭他的腿，还是她的。许知意的脸腾地烧起来，稍微挣了一下。

寒商依旧没松，就像在山洞口守了整个冬天的猎人，忽然逮到了迷迷糊糊晃出洞的小熊崽一样，抱住了，就不肯再放手。

许知意仰起头，撞上他那双眼睛，双眸黑不见底，含义不明。

"许知意。"他低低地叫了她一声。

"我没有办法。"他呢喃，"这么多年过去，我比当初更喜欢你。"

许知意的大脑有点蒙：他说什么？

他是在表白吗？

这是在表白吧？

他那双黑色的眼睛仍然盯着许知意："你呢？你对我有没有一点点喜欢？"

比一点点多得多。

许知意仰头回望着他，点了下头。

"我猜也是。"寒商认真地看着她，没再问什么，而是松开一只手，顺了顺她掉下来的碎发，手指顺势捧住她的脸颊，低下头。

许知意脑中轰然一声，他的嘴唇已经压下来了。

裸露的脚踝上有柔软温暖的东西蹭着，是小猫的尾巴，同样柔软温暖的是他的舌尖，暧昧地撩拨着她。

许知意被撩拨得完全没法思考，闭上眼睛，搂住他的脖子。

腰上能感觉到他紧箍着的小臂肌肉的轮廓，胸腔被他挤压着，仿佛不能呼吸，许知意觉得他把她抱起来了。

他就这样带着她走了几步，两个人一起倒下去，落点柔软舒适，是她的床。

进度有点过快，许知意心想。可是算了，她也等了他那么多年。

寒商松开她一点，坐起来。

他剥掉上衣，扔到旁边，露出漂亮的胸肌和腰腹，又伸出手，拉过床上的两只枕头，也随手扔到床边地上。

"我不想看见他的枕头。"他说。

许知意：嗯？

寒商俯身吻住许知意，温存片刻，嘴唇滑到她耳边，低声说："也不想在他这张床上。可是算了，总得适应。"

许知意：嗯嗯？

许知意：适应？

适应什么适应？

许知意挣开寒商的手，手脚并用地从他身下挪出来，往床的另一边爬了两步，和他拉开一段距离，才问："寒商，你什么意思？"

寒商目光幽幽地望着她："明天他就要回来了。这房子里到处都是他的痕迹，我不喜欢。不然我们去我那边？"

许知意消化了一下，终于弄明白了寒商的意思，张口结舌地看着他发怔。

怔了一会儿，她开始愤怒了。

怒火腾腾地往上蹿，许知意从床上爬下来，攥住寒商的胳膊，把他往卧室外拉："你给我出去。"

寒商莫名其妙："怎么了？"

许知意连拖带拽地把寒商扯到门口，从鞋架上拎起他的鞋，"咚"的一声扔到他脚边："出去。"

寒商没动，一脸蒙。

许知意磨了磨牙："你以为你在这儿玩出轨偷情呢？好玩吗？刺激吗？"

寒商愣了一会儿，脑子仿佛转过来一点，开口："可是，裴长律……"

"裴长律和我半点关系都没有！这是我家！我自己一个人的家！"

寒商怔了怔："可是我第一次过来的那天，亲眼看见裴长律……"

"他前一段时间回国，帮我妈妈带了点东西，抽空给我送过来了，不行吗？"

寒商看一眼衣架："这里还有男人的衣服和鞋，我以为……"

"我自己住，怕不安全被人盯上，故意在门口摆上男人的东西，和裴长律有什么关系？"

"可你的床上有两个枕头……"

许知意板着脸："我睡觉不老实满床乱滚，特地放了两个枕头，有时候还放三个呢，这要你管？"

许知意不想再跟寒商废话，也不再管他穿没穿鞋，干脆打开门，直接把他推到外面的台阶上。

· 343 ·

"你去别处找人玩偷情吧。走好,不送。"
她"啪"地摔上门,惊天动地一声响。

门外安静了好一会儿,终于传来轻轻的敲门声。
还有寒商压低的声音:"许知意?"
大概是怕邻居们听见。
"我真的……"他在门外说,"是我误会了,对不起,我不应该胡思乱想,你别生气,先放我进来好不好?"
许知意的怒火压不下来。
他最近的表现和当初很不一样,主动到几乎不像他了,尤其是今天,那么坦率地对她表白,让她由衷地高兴,以为他是真的喜欢她。
没想到可能对她,就只是好玩而已。
大概是觉得刺激,男主人出差了,他乘虚而入。
他以为他是谁?隔壁老王?
"许知意……"
寒商不敲门了,在外面低声叫她。
"我不是那个意思。我是真的喜欢你。"他的声音越来越低,"从过去到现在,从来没有变过。"
他停了停:"……一天都没有变过。"
许知意没吭声。
寒商继续说:"我一直以为,你最后会和裴长律在一起……"
许知意:还是让他在外面关着吧。
寒商:"所以这次见到你们两个,我以为你们已经住在一起了。后来我下定决心,就算有裴长律又怎样?就算你们已经结婚了,我也一定要把你重新抢回来。你愿意离开裴长律,我们就在一起,你不愿意,我就做你的情人。只要能和你在一起,怎样都可以。"
他的语气真诚。
"许知意,我爱你,一直爱你,爱了很多年。"
许知意默默地看着那扇门,没有出声,也没有动。

外面安静下来,再也没有动静。
过了很久,许知意才悄悄拉开门。
寒商居然还在。
门廊只开着小灯,他坐在夜色里,光着脚没有穿鞋,上半身也裸着,听见开门的声音,回过头。
他的头发有点乱,眼睛极黑,缎面般的肌肤反射着一点灯光,像条被主人关在门外的大狗。
他开口:"许知意,别把我关在外面。你可以骂我,但是别不理我。"

声音委屈巴巴。

夜风吹过,带着凉意,许知意的心软得一塌糊涂。

她退后一步,按住门,松口:"算了,进来吧。"

寒商的眼睛亮了,他抿了下唇,立刻乖乖地站起来,默不作声地跟着她进了门。她刚才把他的鞋怒气冲冲地扔在门口,他弯腰捡起来,端正地摆在她的鞋架上。

像在外游荡多年的流浪狗,终于有了家。

(全文完)

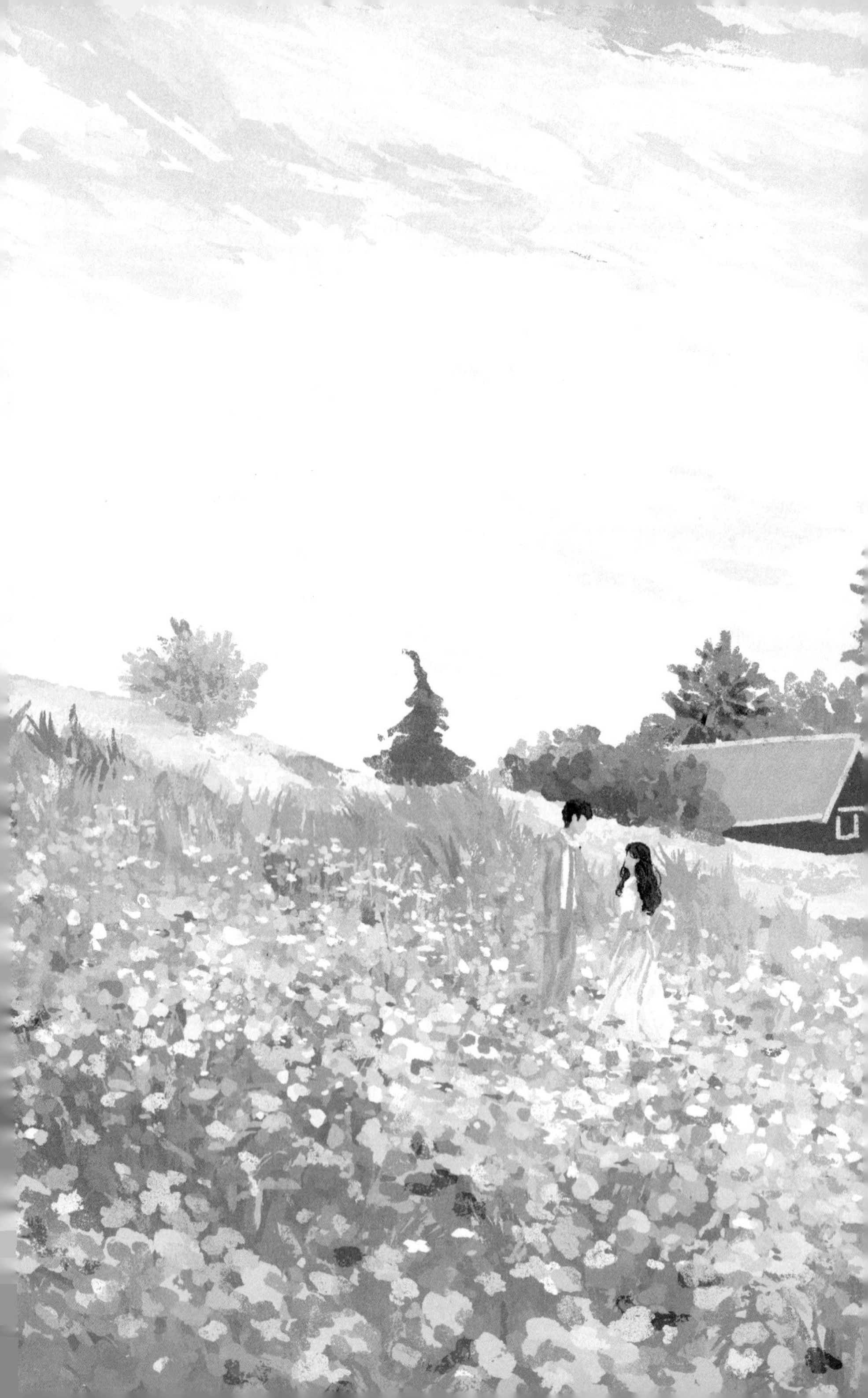